故事会

2010 · 37

（总第 454-457 期）

合订本

I0553285

STORIES

上海故事会文化传媒有限公司　出品

（00272）

图书在版编目(CIP)数据

2010《故事会》合订本.37/《故事会》编辑部编.
上海: 上海锦绣文章出版社, 2010.4
ISBN 978-7-5452-0562-6

Ⅰ.①2… Ⅱ.①故… Ⅲ.①故事-作品集-中国-当代 Ⅳ.Ⅰ①1247.8

中国版本图书馆CIP数据核字(2010)第044637号

责任编辑:刘迎曦
封面设计:李宝强
责任督印:张 凯

2010故事会合订本37
(总第454-457期)
《故事会》编辑部 编

上海锦绣文章出版社·上海故事会文化传媒有限公司出版
地址: 上海绍兴路74号

电子信箱: gushihui@263.net
网址: www.slcm.com

中国图书进出口上海公司发行
地址: 上海市广中路88号
电话:36357888
ISBN 978-7-5452-0562-6/Ⅰ·174

454

2010
SEMIMONTHLY
上半月刊

1月
STORIES

欢迎登录本刊主办的"故事中国网"（www.storychina.cn）

故事会
—STORIES—

2010 年 1 月
上半月·红版

社　长·主　编：何承伟

常务副主编：吴　伦

副主编：姚自豪（上半月·红版）

副主编：夏一鸣（下半月·绿版）

本期责任编辑：吕　佳

电子邮箱：lujia411@yahoo.com.cn

红版发稿编辑：

姚自豪 郑继文 叶小萌 李天然(见习)

美术编辑：李宝强

电脑制作：郭瑾玮

通　联：归依玲

本社办公室电话：021-64375030

上半月刊编辑部电话：021-64332325

下半月刊编辑部电话：021-64336469

（上海市绍兴路74号 邮编：200020）

主管、主办 上海文艺出版（集团）有限公司

出版单位：《故事会》杂志社

———————————————

制作、发行总监：张　凯

电话：021-64313938

广告业务：上海故事会文化传媒有限公司

广告总监：张　淮

广告业务：021-34010383

广告投诉：021-64333738

广告经营许可证

沪工商广字 3100320050022 号

发行：中国图书进出口上海公司

（本栏插图：李 加）

求爱方式

老李迷上了跳舞，结识了几位异性舞伴，不料惹怒了妻子。起初，读中学的儿子还替老爸说话，说跳舞是一种时尚，可最近儿子的态度发生了变化，老李被搞糊涂了，就问儿子："你不是站在老爸这边吗？"

儿子瞪了老李一眼，说"原来是我认识上有偏差，自打我看了一期《动物世界》后才明白了真相。"老李问："什么真相？"儿子一本正经地说："那天我看《动物世界》，解说员说，在这个大千世界里，很多动物到异性面前展示舞姿，不过是一种求爱方式！"　　　　　（从 容）

"彩铃"女生

一天，小明正低头写作业，忽然前排的同学回过头来，问他知不知道隔壁班新来了个彩铃女生。

小明顿时来了精神，彩铃女生，好美的名字："她是不是长得很漂亮？"

"那倒不是，因为她每次都踩着铃声进教室，人称'踩铃'女生。"
　　　　　（黄 康）

都是潜伏者

上班时间，小赵和同事小李溜到楼下的健身中心去游泳。两人换好泳衣，跳下泳池，一露头，迎面碰见领导光着膀子，站在池中……

领导抢先说："组织上派我来查岗，看看谁在上班期间溜出来游泳！"

小赵连忙接话"您也领到这任务了？还以为就我一个呢。"

剩下的小李傻了，良久，他泪流满面，说道："我都义务查岗很多年了，今天总算找到组织了……"
　　　　　（写字猫）

二虎相斗

莎放学回来，遇上邻居，邻居说："你爹和你妈昨晚闹得够狠啊！"

莎莎叹气说："是啊，二虎相斗，三头遭罪。"

"都遭啥罪了？"

莎莎说："我爹被我妈骂得狗血淋头，我妈被我爹气得浑身发抖，我吓得做不好作业，今天上课被老师批得大汗满头。"

邻居听了，也叹道"那可是五头遭罪啊！"

莎莎问："还有两头是谁？"

邻居说"我和你楼下那家人，一夜没睡，昏脑昏头。"

（余长生）

负责任

儿子想买雪糕，妈妈同意了，可一掏兜，发现只有一张50元的钞票，便递给了儿子。

一会儿，儿子高高兴兴地回来了，身后还跟着冷饮店的营业员，营业员手里拎着两大袋雪糕，原来，儿子把50元钱都买了雪糕。妈妈发火了："谁让你买这么多雪糕了？"儿子望着妈妈，一脸认真地说："妈妈你别生气，你放心，我会负责任的，一定把这些雪糕全吃掉。"

（于祥艳）

伤心的理由

老王到医院检查身体，回家以后一直闷闷不乐，女儿很担心，就问："爹，您是咋了？有啥事给我说说吧。"

老王叹了口气，说："今天我上医院去了，检查后医生说……"

"爹，你甭急，医生说啥了？"

"说我啥病也没有，身体很好。"

"呀，这是好事啊！"

"好事？啥好事啊，白白花了几百块钱，结果什么也没有，那钱不就白扔水里了吗？"

（涂 涛）

姓氏风波

有个县令携家眷新到任上。县令夫人出身望族，姓伍子胥的伍，很骄纵，不大懂人情世故。到任以后，县令夫人和其他官员家眷见面，互问姓氏。她先问了一个，对方答姓陆游的陆，再问一个，答姓戚继光的戚。县令夫人脸色大变，转身就回内室了，弄得宾客不知所措。

县令听说，赶紧进去看夫人，问怎么了。夫人哭道："我问她们姓氏，先一个说姓陆，后一个说姓戚，这肯定是知道我姓伍，故意嘲弄我。幸亏我没再问，再问下去，肯定是姓八姓九的。"

（弯月如眉）

最牛告示

小张性子急，开车时总嫌前面的车开得慢。那天，小张在路口遇上了红灯，绿灯亮起来后，前面一辆小轿车半天不动，瞧那模样，司机肯定是个新手。奇怪的是，这回小张竟然不急不躁，连喇叭都没按一下。

坐在车后座的女友奇怪地问："你怎么不催一催前面的车呀？"

小张苦笑了一下，对女友说："我不敢催呀！"

"怎么不敢催？"

小张无奈地说："你看看他车尾的告示。"

女友仔细一看，车尾处贴的告示是："越催越慢，再催熄火！"

（郭　展）

缘分

弟弟三十多岁了，女朋友谈了十几个，不是人家不中意他，就是他看不上人家。老妈很着急，弟弟却总是说"缘分未到"。

这天，弟弟又去相亲了，晚上回到家，大家争先恐后地问他感觉如何，弟弟笑着说："我和那女孩真有缘分。"听了这话，老妈高兴地说："太好了！快说说，怎么有缘分？"

弟弟说："那女孩就是我八年前第一次相亲的女孩。"（龚细鹰）

深谋远虑

琼斯太太向朋友抱怨说："我结婚后没多久，就发觉他脾气太坏，一点小事就破口大骂，气得我瘦了四磅。"

朋友也看不过去："这种男人，干脆同他离婚算了。"

"我也这样打算。"琼斯太太答道，"不过我想等气得瘦到一百磅时，再和他办离婚手续。"

朋友奇怪地问："为什么？"

"到那时我身材好了，重新投入择偶市场比较有利。"（张红斌）

养 老 院

夫妻俩陪人参观一所养老院，养老院挨着青山绿水，健身器材、娱乐设施一应俱全，每人每月800元，包吃包住。

回家后，老公说："养老院真不错，800块一月，两人1500块左右，有人给做饭洗衣服，啥都不用干，等老了咱也住。"

老婆敲了他脑袋一下："死脑筋，干吗非等老了再住？咱现在住，把咱房子腾出来出租，咱这么好的地段能租3000块，咱付1500块给养老院，还能有1500块零花钱，现在就能退休了。"

老公抱着老婆，激动地说："你太聪明了！好，我明天就不上班了。"

（偶 然）

休息两天

儿子说："爸爸，我每天都乖乖的，你说什么我都听，你可不可以每天给我两块钱的'乖乖费'？"

爸爸笑了，说："这个主意不错，我考虑考虑吧！"

儿子高兴得跳了起来："耶！要是你答应了，我每星期就有十块钱了！"

爸爸奇怪了，问："怎么是十块呢，一个星期有七天，你再算算！"儿子做了个鬼脸："我没说要乖七天哪，我总得休息两天吧……"

（执 著）

不差钱

自从2009年春晚以后，一个词语以惊人的速度、在超乎想象的范围内、以令人瞠目结舌的频率，在各行各业、各式人等、各种场合中流行开了——"不差钱"。

这天，席先生对董事长说，他今天讲的那个故事也叫《不差钱》。"不差钱"的意思便是不缺钱，是说买东西时有足够的钱付给卖家，可席先生说的那个"不差钱"完全不是这个意思，这一下，董事长就来了兴趣……

席先生的故事是这样的——

老武是个老实巴交的农民，家里不富裕，老婆常年生病，儿子在念大学，家里很拮据。这一天，老武去县城卖桃子，其实他家的桃树也不多，就在地头种了几棵，往年也没卖过，都是自己吃的，今年不舍得吃了，卖了83块钱。天近黄昏，老武回村了。

村头有个小超市，老武在门口站了又站，想了又想，他终于走进去拎了一瓶啤酒出来，日子再紧张，也要偶尔享受一下啊，一瓶啤酒2块钱，包里还有81块。

老武现在心情不错，他走进自家院里，院里有口井，井旁有个桶，桶里的水很凉，是刚从井里打上来的。老武把啤酒放进桶里，先镇一会儿，啤酒镇了喝着爽口。

老武在院中就喊了起来："老婆子，我回来啦，哎哟，真热死了！"老伴从屋里出来，问卖了多少钱，老武说"还没数，有好几十块吧！"其实，桃子刚卖完，老武就把钱数清楚了，路上两次歇脚时，又数了两遍，但他故意说没数，还有意把钱说得少些，为的是待一会给老伴一个惊喜，女人嘛，即使是上了一点年纪，也是要哄的。

两人进了屋，老武把包里的钱朝桌上一倒，"哗啦啦"，几枚硬币滚到了地上，于是老两口就趴在地上捡钱，一枚，两枚，地上的硬币都捡起来了于是就开始数钱，他们先把10块的钱放在一起，接着把5块的钱放一起，然后又把1块的纸币放一起，最后把1块和5毛的硬币摞在一起……

两人先数10块的，10块的钱很好数，因为就两张，老伴又唠叨起来："10块的太少了，要是多几张就好了。"老武"嘿嘿"一笑："10块的要是有1000张，咱家成万元户啦！"

"万元户有啥稀罕哩，咱村里有几十万的人家，就不下十户！"老伴说着，又叹了口气，"要不是我看病花钱，咱家……"

"不说那，不说那！"老武打断老伴，转移了话题，"数到哪儿了？多少钱了……"

老两口数得很慢，数钱可不像在地里干活那样赶时间，数钱是一种享受，数钱时会觉得很舒服呢，不过，毕竟钱不多，舒服的时间不太长，很快，钱数完了，钱的数目也出来了：79块！

老武心里开始纳闷了：我数过几遍了，一共卖了83块啊，我买了瓶啤酒2块钱，现在的钱数应该是81块才

对啊！老武心想肯定是数错了，就嚷道："再数一遍，看对不对。"

于是，两人又一五一十地数了一遍，这次老武数得特别认真，可桌上的钱确确实实只有79块。

老武心里十分惊奇，表面上却做出若无其事的样子："噢……再数一遍吧，反正也闲着，这次你数纸钱，我数硬币。"就这样，两人又数了第三遍，可千真万确，桌上的钱就是79块！老武心想：难道是路上丢了2块钱？不对呀，钱都包在一起，要丢也不可能只丢2块啊！是先前我数错

了？也不会，数了几遍都是83呢……

老武现在很失落，如果一开始不知道卖了多少钱也就算了，可知道后再平白无故地少了钱，怎么都觉得心里有点过不去，别看只差2块钱，81的感觉比79好多了！

老伴看出老武不开心，笑着说："不少了，真不少了，那么点桃，卖了79块，咱还想啥啊？"说着，老伴把钱收了起来，放进里屋了。老武没说什么，走出了屋，他从桶里拎出那瓶啤酒，朝院外走去，他想，啤酒不喝了，退了算了，退回2块钱，还是81块，那多好！

到了超市，老武说要退啤酒，开超市的老郑有些为难地说："老武，不就一瓶啤酒嘛，买走了就喝呗，还至于跑来退吗？"

老武脸上一热，胡乱撒谎说："刚好……刚好家里要置办件东西，钱不太凑手……"老郑瞪了他一眼，有点不以为然："置办啥东西啊，就差那瓶啤酒钱啊？"

老武有些尴尬，再三央求，老郑说，退瓶啤酒原本也没啥，但老武拿来的啤酒已经在水里泡过了，酒瓶上的标签纸都泡烂了，这样子还能卖给谁呀？确实是不好退了。老郑说得在理，可偏偏老武这会儿一根筋了，非退不可了，他想了想，不好意思地说："这样行不行，这瓶啤酒就退1块钱好了，算你帮我忙了，都是一个村的……"

话都说到这份上了，即使是乞丐向你要2块钱，你也得给了，老郑无可奈何地摇了摇头，答应了。

老武回到家里，老伴正在厨房忙着做饭，他便偷偷把从老郑那儿退回来的1块硬币藏进了桌腿下面。老武设计好了：待会儿吃饭时，自己故意把筷子掉在地上，再弯腰捡筷子，于是就把那1块硬币拿出来，大声说："啊，刚才钱没数对，还有1块钱呢！"嗨，老伴准乐得合不上嘴！

饭做好了，老伴把饭端上来，她的神态有点怪怪的，带着几分神秘，

另类优点 （文：佚 名；图：包丰一）

1. 有一对小夫妻不会做家务，家里的脏乱差已经达到一定程度了。

2. 一天，有个朋友要来他们家做客，妻子嫌丢脸就躲了出去，事后她问老公：

"怎么样，朋友有没有被吓到？"

3. 老公不以为然地说："没有呀，他还夸咱家很安全呢。"

4. "安全？" "对呀，他说万一在咱家摔倒了，一定不会摔伤，因为只会倒在衣服和废纸上。"

她说："我出去一下。"老武不知道老伴出去干啥，就坐在那里等着。不大一会儿，老伴回来了，"啪"的一声，老伴将一瓶啤酒不轻不重地放在桌子上，笑着说："你今天上县城卖桃累着了吧？知道你爱喝啤酒，给，喝吧！"

老武看着啤酒，还没说话，老伴又带着几分调皮的语气说："我告诉你，卖桃的79块钱还在里屋好好放着哩，这瓶啤酒虽然也是用卖桃的钱买的，但不在那79块钱里。"

老武一听，全明白了：老伴早就想给自己买啤酒，可她担心数完钱后，再说要买啤酒的话，自己会心疼钱不舍得买，于是就在数钱之前偷偷

藏起了2块，怪不得明明应该是81块钱，却数来数去是79块……

桌上放着的那瓶啤酒，标签已经泡烂了，显然，这瓶啤酒已经是第二次上老武的家了。老武望着它，又看看老伴，眼里湿漉漉的，心里默默地算起了账：卖桃得了83块，买了瓶啤酒2块钱，剩81块，老伴偷偷拿走2块，剩79块，自己退了啤酒，拿到1块钱，总数是80块，加上老伴买回的啤酒，这样就是82块，还有1块钱，让老郑扣了、赚了。

账是清清楚楚的，不差钱。

（本期作者：芦宏伟）

（题图、插图：安玉民 梁 丽）

这张订单不简单

□ 吕浩峰

张鹤大学毕业后在一家汽车销售公司上班，这个公司底薪很低，收入大多靠卖车的提成，张鹤上了半个月班，一辆车也没卖出去，为啥呢？因为这家公司虽然规模不小，也有很多优惠措施，但新开张不久，没什么人知道，经常出现业务员比顾客还多的局面。于是张鹤决定不在店里守株待兔，他向经理申请外出推销，他要主动出击！

农村长大的张鹤不怕吃苦，他拿了一大摞宣传单，在每张宣传单上都附上自己的名片，来到了一家大型汽配城。汽配城是专卖汽车配件的地方，来来往往的都是跟汽车打交道的，按说宣传效果应该不错，可实际情况恰恰相反，张鹤递出去的宣传单根本就没人接，一天下来，只发出了几十张。有个好心的大爷告诉张鹤，人们到这里都是来买大货车、大客车

或工程车的配件的，他们对小轿车不感兴趣，你发小轿车的宣传单，不妨去南郊的二手车市场看看。

张鹤谢了老大爷，决定到二手车市场上去碰碰运气。等车的时候，车站上有人看到他手里拿着宣传单，就跟他索要了一张，张鹤觉得在这儿派发也许能有效果，索性就在等车的间隙挨个给路过的人派发。

这时，一个穿粉色连衣裙的漂亮女士走了过来，张鹤也向她递上了宣传单。这女士是个标准的职业女性，步子迈得很大，一脸自信，边走边打电话，她礼貌地摆摆手拒绝了。就在她经过张鹤身边的一瞬间，张鹤的脸"腾"一下红了，他犹豫了一下，快步

走过去紧跟着那女士，只听那女士正交替用英语和粤语跟对方谈着什么，就这样走了几十米，那女士发现了紧跟着她的张鹤，向他投来了敌视的目光。前面拐角处是一个女洗手间，这时女士刚好打完电话，她看着一路尾随、满脸通红的张鹤，又扫了一眼他手里的宣传单，呵斥说："你跟着我干什么？推销汽车不该在这儿，更不该纠缠别人，我不会买你车的，你要是再跟来，我就报警了。"

张鹤尴尬地点了点头，可还是鼓足勇气递给那女士一张宣传单，他有点害羞地说："大姐，我觉得……您很需要这个，请您务必仔细看看！"

没等那女士反应过来，张鹤就把宣传单塞进了她手里，这时，张鹤等的车也来了，他匆匆回身上了车。

到了二手车市场，有不少人对张鹤的宣传单感兴趣，受到鼓舞的张鹤一口气发了上千张宣传单，中午都忙得没顾上吃饭，令人振奋的是：一个顾客跟张鹤约好，明天下午三点在公司见面。

第二天上午，张鹤又到二手车市场分发宣传单，一直忙活到下午两点才匆匆忙忙赶回公司，结果一直等到晚上，不但那个约好的顾客没有来，张鹤的手机也不知什么时候给弄丢了，几天来辛苦的"主动出击"，效果却等于零，赔了夫人又折兵，张鹤泄气了，他决定下周就跟经理辞职，他

觉得自己不适合做销售这个工作。

周一的早会上，经理对张鹤外出分发宣传单的事提出"精神可嘉"的口头表扬，但也对因此造成的宣传单浪费现象提出了批评。好在张鹤早有心理准备，都打算辞职了，批评就批评吧。

不料从周一下午到周二，陆陆续续有十几个顾客来看车，都说是找业务员张鹤，看来派发的宣传单起作用了。张鹤热情地接待了每一个客户，但是谈来谈去，也没有一辆车成交的。这时，张鹤的心态反而平和了，买

ation

车嘛，哪有一下子就定下来的？自己就要辞职了，更应该站好最后一班岗，别让人说出什么闲话来。

周二傍晚，一个高高瘦瘦、文质彬彬的外国男人来看车，张鹤陪着来人转了一圈又一圈，礼貌地给他介绍各种汽车的性能、性价比和优惠措施，老外却显得非常挑剔和不耐烦，他指出了一大堆问题，张鹤耐心地一一做出了解答。老外临走时天下雨了，张鹤把自己的伞借给了他，而老外连一声"谢谢"也没说，只说："我会还你伞的。"

周三上午八点多，一男一女走进了销售大厅，男的正是那个老外，他

手里拿着张鹤的那把伞，女的很漂亮，穿一身粉色连衣裙。老外一进门就说："我们是路通驾校的，请找一下经理。"

经理一听说是路通驾校的，赶紧把两人迎到贵宾室。新开的路通驾校需要大量教练车的事他早有耳闻了，圈里传言说，路通驾校是老外跟香港老板合办的，因为金融危机，香港那边的资金迟迟没有谈下来，所以至今还没有谁吃到这块肥肉。

经理把两人请到贵宾室，老外指着那个女的介绍说："这是路通驾校的校长，叶子，也是我的太太，我是路通驾校的董事长，我们今天来，是专门想见一见贵公司一个叫张鹤的业务员。"

叶子从包里拿出一张附有名片的宣传单，说："就是这个人，我们要购买这批车，完全是因为他。"经理拿过名片来一看，名片上印着："阳光锐通汽车销售有限公司 张鹤 销售顾问。"

张鹤一进贵宾室，脸"刷"的红了，他嗫嚅着对叶子说："大姐您、您怎么找到这儿来了……"

叶子站起来握着张鹤的手，对老外说："就是他！没有他，别说谈成生意，我的脸都不知该往哪儿搁。"

老外也站起来握着张鹤的另一只手，一连说了好几声"谢谢"，说得张鹤一阵阵发懵，谢我？为啥呀？这是哪儿跟哪儿啊？经理也是一脸迷茫，

叶子请张鹤坐下来，说起了事情的原委……

上周，叶子代表驾校去跟港商谈判投资的事，这是一次决定成败的谈判。叶子发现一路上很多人都在看她，她觉得这是个好兆头，可能是今天的衣服穿得非常得体，吸引了人们的眼球，想到这儿，她走起路来格外自信。她哪里知道，由于出门时走得匆忙，她右侧腋下连衣裙的拉链忘了拉上，大半个腰身直到臀部都暴露在众目睽睽之下，里面还露出了内衣，那才是她引人注目的真正原因。

恰好张鹤在分发宣传单时看到了这一幕，当时叶子的全部注意力都集中在跟港商打电话上，对于自己的"走光"，她丝毫没有察觉。张鹤觉得必须有人提醒她才行，谁去呢？他本想找个女孩帮忙去说一下，但是看看周围人们"事不关己高高挂起"的神情，指望别人是不行了，张鹤一时想不出更好的方法，只好紧紧地跟着她，寸步不离，因为这样能暂时挡住她走光的部位。但是，总不能一直跟着她吧？而且这种事，自己又怎么好意思开口去提醒呢？万一被误以为是色狼……张鹤迅速地想着办法，他边走边拿出一支笔来，把一行提醒的字写在了一张宣传单的背面，等叶子发现张鹤并呵斥他时，他就把那张提醒的宣传单递给了她，并且强调说："大姐，我觉得您很需要这个，请您务必

仔细看看！"

"我太太的那次谈判成功了。"老外用不太流利的中文说，"是'姜河'帮她获得了成功。"

"是张鹤，不是姜河。"叶子纠正他说，"要注意发音。"

"张鹤？"老外无奈地耸耸肩，"这个发音太难，我太笨了。"他使劲握着张鹤的手说："我们早已考察过全市的汽车公司，前几天，我们的十几个管理人员都到这里看过车，他们觉得你的服务非常好。昨天下午我又亲自对你做了测试，现在，我决定在你们公司购买20辆汽车。"

"20辆？"张鹤一时有点发晕，"你们要在这儿买20辆车？"

"是的，20辆，如果没有你对我太太的那个提醒，我太太的谈判也许就不会成功。"

张鹤的脸一下子红了，他感激地想说什么，叶子微笑着摆摆手，道："你是一个善良的人，一个能急中生智的人，又是一个称职的销售顾问，不过，再优秀的人在事业刚起步的时候，也需要强大的助推力。你帮了我们，我们又何妨帮你一把、做这个助推力呢？一句话，你有资格分享我们的成功。"

张鹤就这样完成了他人生中的第一笔订单，20辆汽车，300万，说简单也简单，说难也难。

（题图、插图：安玉民 梁 丽）

赤脚进鞋店

在英国伦敦的一条大街上新开了一家鞋店，但这条街上鞋店很多，竞争非常激烈。

一天，店里进来两位时尚女性，她们试穿了一次又一次，付账的时候，店老板听到她们说："一次一次地脱鞋，累死了。"店老板心想，若能让顾客赤脚进店，就少了不必要的麻烦，购起物来就轻松多了。

但如何能让顾客赤脚进店呢？店老板从一些重要场合铺红地毯得到了启发，他决定在店内铺放名贵地毯。铺好地毯后，他将店名改为"赤脚鞋店"，又在门口设置鞋架，并贴出一份

告示：店内铺有名贵地毯，顾客须脱鞋进店购物，脱下的鞋，由本店代为免费擦鞋。

告示公布后，许多顾客慕名而来，结果鞋店销售额大增。

成功往往取决于另辟蹊径的细节。 **（推荐者：千　寻）**

兵马俑的朝向

有个老板的厂子濒临倒闭，朋友想拉他一起去西安旅游散心，他却提不起劲来，朋友只好自己去了。朋友参观兵马俑时，给这老板发了一个短信"你知道兵马俑的朝向是何方？"

皇帝南面称尊，兵马俑是护卫他的，自然也是同一个方向。老板马上做出判断，回了短信："朝南。"

朋友回复："再想想。"老板想了想，再次回复："是朝北吧。秦始皇发号施令，士兵应该面向他洗耳恭听。"

可这个答案还是错了，朋友最后说出了谜底：兵马俑的朝向是东。秦国在崤山以西，六国在崤山以东。秦一心灭六国、平天下，秦始皇的陵墓向东，他的士兵也向东，表示同心协力，征服东方六国！

朋友最后发来的一个短信是："人生最重要的不是你所站的位置，而是你所朝的方向。"

（作者：王清铭；推荐者：弯月如眉）

斗鞭

□ 郭 选

老田最近去农家乐玩了几天，学会了一种新的晨练方式：甩鞭。这种新鲜的锻炼方式很快在小区里流行开来，老田和几个老伙计自从迷上甩鞭，便把什么散步、打太极抛到了九霄云外。你看，甩鞭子多有气势啊，振臂一挥，长鞭呼啸升空，犹如长龙出涧，然后迅疾一拉，"啪"——不亚于晴天霹雳，响亮干脆，再趁势吼上一嗓子，更是气势磅礴，威风八面。

每天天刚亮，老田他们就来到小区的花坛边，"噼里啪啦"地练上了。时间长了，他们还练出了花样，什么双响炮、连环雷、爬山顶，直看得路人啧啧称奇，老田他们的自信也一路"噌噌"往上蹿，谁要是偶尔抛来个不屑的眼神，老田都想截住他问一问究竟。

这不，这几天有个老太太就惹得他们很不高兴，这个老太太一身土气，一看就是刚从农村来的，大概是来帮着带孙子的。她路过这里的时候，往往要停下来看一会，然后不停地摇头叹气，那不屑的眼神让老田他们心里直冒火：如果是个农村老头，说不定早年当过车把式，甩过鞭子，还有资格摇头，她一个老太太，凑什么热闹！

这天，当老太太再一次摇头准备离开时，老田拦住了她："大妹子，问一声，你也甩过鞭子吧？"

"我一个老太婆，甩过什么鞭子？只是——"老太太语气一转说道，"我家老头子是个车把式，年轻时我乘车的次数多，他赶累了也让我拿拿鞭子。"

老田接着问道："那你甩鞭子的

技术一定很高超了？”

老太太忙摆手：“你这话太抬举我了，能赶着牲口走就行了，没啥技术。”

老田居高临下地追问道：“大妹子说的不是心里话吧？我看你天天摇头，傻子都知道是啥意思，都说乡下人没有花花肠子，有啥就直说了吧。”

老太太挺了挺腰：“其实我也是老菠菜叶直筒子，说句不怕得罪你们的话，要论甩鞭子，在我们村里我上不了台面，可和你们比，那真还不是差一里二里的事，要说从北京差到南京吧，有点远，要说从北京差到郑州，这千八百里的距离还是有的。”

这话还真狂妄，被一个老太太这样羞辱，叫几个大老爷们的脸往哪里搁？老田气得七窍生烟，把手中的鞭子一扬“说大话谁都会，有真本事拿来练一练，也让老哥几个开开眼！”

老太太推开了他的鞭子，说“我们用的都是自己拧的鞭子，你们这金贵鞭子我还真使不上手。”

“您别是上嘴唇挨天、下嘴唇挨地——只剩下嘴了吧？”有人恼火了，不论高低地说。

老太太毫不在意地笑笑，不急不恼地说：“你们好歹容我回去编了鞭子，明天咱们在这里见面，都亮一亮自己的招，怎么样？”

老田他们毫不犹豫地答应下来，等老太太走后，老田他们又在一起商

量了好几套应对的方法，就不信明天赢不了她。

第二天，老田他们早早就来到了花坛旁，可是左等右等，老太太就是不出现。想去找她，又不知道她住哪栋楼。

老田开玩笑道：“莫不是她大话吹过头，怕丢丑，连夜回老家去了？”

就在大家准备离开的时候，老太太一颠一颠地跑过来，抱歉地说，孙子没睡好，一个劲地哭闹，好不容易才把他哄睡了。

大家一看她手里的鞭子，不由笑出了声，那是什么鞭子呀？就是一根二尺长的小木棍，一头绑了一根尼龙绳，和老田他们质地精良、装饰考究、几百元一根的鞭子比起来，简直就是弹弓对导弹。

老田他们早等不及了，迫不及待地就要开始，老太太却不慌不忙地说，好歹这也是比赛，输赢总得有个说道。

“那你先说，你输了打算怎么办？”有人问。

“我要是输了，给你们赔礼道歉，还要天天来给你们喝彩捧场。”老太太看来早已想好了。

“我们要是输了，把鞭子全扔到垃圾堆里，再也不在这里甩了！”老田接口道。是啊，如果真输给这老太婆，还有什么脸面在这里露丑！

老太太顿时来了精神“好，各位

邻居作证，都不许反悔！"

今天是星期天，来看热闹的人还真不少，里里外外围了好几层，大家纷纷点头答应。

老田大喝一声："哥几个振作精神，先来个惊天动地！"

几个老头排成整齐的一行，一起用力挥舞长鞭，只听"啪"的一声巨响，那响声真是惊天动地，前排观看的孩子们争先恐后地捂住了耳朵。

"雷公出巡！"老田又是一声大喊，大家挨个甩起鞭子，噼啪声接连响起，绵延不绝，好似滚雷阵阵，声传天际。

"好——"有人叫好，掌声四起。

老田兴致勃发，指挥大家，把拿手好戏都亮了出来，"满天星"刚甩完，"虎啸狮吼"就登场，新招迭出，花样翻新。好大一会，他们才停下来，老田擦擦头上的汗，得意地说道"大妹子，该你出手了。"

老太太学着他们的样子，把手中的鞭子挥向天空，可是竟然没有发出一点声音，有几次鞭子还缠到了自己身上，惹得大伙一阵笑。老田故意扯开嗓子道："大妹子，说过的话可不能不算数啊，还是回去好好收拾一下，准备当我们的拉拉队吧！"

老太太嘟囔道："这鞭没有鞭梢，甩不出声，是个哑巴！这不争气的东西，我还是罚它给大伙捡垃圾吧。"

老太太话音刚落，也没有看到她用多大劲，那根尼龙绳鞭子突然迅速飞了出去，缠住了花丛上的一个废弃塑料袋，老太太手一带，鞭子卷着塑料袋，准确地飞到花坛边的垃圾筒里。紧接着，老太太"嗖嗖"几下，地上的几张纸片也被老太太送进了垃圾筒。

这一手一露，惹得四周看热闹的掌声雷动。

老田不服气："这招我也会！"他看到花坛里一棵小树上挂着个方便面

袋，就挥鞭抢过去。不料鞭子没有打中袋子，却打在树枝上，"嗡"的一声，腾起一团黄烟。

"马蜂！"有人惊叫一声，还没等大家明白过来，马蜂已经发疯似的向大家冲来。看热闹的人中，老人孩子居多，跑又跑不快，这要是大批马蜂追过来，那还得了！

就在大家蒙头捂眼、准备转身逃跑的当口，忽然，大家觉得嗡嗡声没有了，再看地上，已经落了一层死马蜂，个别没死的还在蠕动。

大家目瞪口呆，只见老太太神情自若，抚摩着鞭子说："这可比山里的马蜂好打多了！"

老田清醒过来，把自己的鞭子往老太太跟前一扔："鞭子你收起来吧，我……再也不在这儿丢人了。"接着，其他几个老头也垂头丧气地扔下了鞭子。

老太太没去拾鞭子，她松了一口气，道："这下我那孙子早上总算能睡个好觉了。"

老太太这么一说，人群中也有人附和道："是啊，我儿子天天加夜班，早上又被你的鞭子声吵醒，睡不好觉，都快成神经衰弱了。"

老田他们越发惭愧，他们每天起得早，鞭子甩得跟炸雷似的，确实有人给他们提过意见，但都被老田他们给顶了回去：几个老人锻炼身体，谁管得着！

老太太凑到老田身边，小声说："老哥，趁今天我也壮胆说你们几句，咱老了，大家都尊重咱，咱也不能凡事只顾自己不是？也要为年轻人想一想，锻炼身体是好事，打搅别人休息就不对了。"

老田涨红了脸，嘴唇动了几下，没说出话来，只是连连点头。

老太太把鞭子拾起来，一一递到他们手中："鞭子该甩还得甩，我啊，给你们想了个好地方！"

老田问道："哪里？"

"我老家呀，离这里也不远，我那老头子，赶了一辈子车，不是我夸他，他甩鞭子的技术，那可是数一数二的。现在我也出来了，他自个在家，闲得看蚂蚁上树。要是有几个人跟他去抢鞭子，他还不高兴得蹦起来啊！我们那里地多人少，山清水秀，在山坡上尽管抢开膀子，再吼上几嗓子，可比这里痛快到天上去了。"老太太越说越兴奋，"我这就去给他打电话，叫他接你们——你们一定要去啊！"

老田他们异口同声地回答："我们明天就去！"

（题图、插图：魏忠善）

红版编辑部各编辑邮箱：

姚自豪：yaobianji@126.com;

郑继文：zjw002@vip.163.com;

吕　佳：lujia411@yahoo.com.cn;

叶小萌：xiaomeng.ye@gmail.com;

李天然：chin_poet@163.com.

工地上来了 "90后"

□ 大刀红

王经理是毛家河水电站工程团的总经理，这天他正在喝茶，工程团的屈主任找到他，说："王经理，我有件事要给你说，是关于汪浩的。"

一听说是汪浩的事，王经理忙说："什么事？你说。"

屈主任把头伸向王经理的耳朵，轻声说："我听当地老百姓说，汪浩和本地一个女人关系暧昧。"

王经理大吃一惊，差点被茶水呛住，忙问："真的？"

屈主任说的这个汪浩，是王经理

一个老朋友的儿子，水电专业的大学生，过了年刚满二十，用现在流行的话说，是个典型的"90后"。老朋友说这孩子自理能力差，想趁暑假让他到下面工地去锻炼锻炼，就把汪浩托付给了王经理。那天，老朋友夫妻两个亲自把汪浩送到工地上，走的时候，汪浩的母亲搂着儿子，母子俩哭得死去活来，好像生离死别一样。后来王经理听说，汪浩从小到大，一直待在省城，从没有离开过他妈，所以才会哭得那么伤心。

王经理想到这里，不由对屈主任的话将信将疑，汪浩就像个没长大的小孩，怎么会干出这种事？记得汪浩刚来的时候，曾和同事去县城办事，给他母亲打电话，还奶声奶气地说："妈咪，我们工地不通电话，我是专门跑到县城给你打的电话，妈咪，我想你。"惹得在场的同事大笑不止。

虽然王经理觉得这事不可能，但没有调查，也不能轻易下结论。工程团建设的毛家河水电站是个小型水电站，山高峡窄，窄窄的峡谷里，只有一个二十多户人家的小村子。这里和外界只靠一条村级道路相连，连手机信号也不通，精神生活相当匮乏。汪浩刚来的时候，还有几分新鲜感，连呼"好酷"，举着手机到处拍照，但时间长了，新鲜感一消退，年轻人在长期枯燥的生活中，就容易做出出格的举动。工程团里以前也发生过这样的事，结果引起了村民和工人的械斗，所以工程团很重视这方面的事。

王经理想了想，问屈主任"你知道那个女的是谁吗？"

屈主任说："女的我不知道，但汪浩不是有收藏碟片的爱好吗？每到天黑，不少工人和村民都去汪浩那里看碟片，听人说，汪浩每到影碟放完后，就会去那女的家里过夜。"

王经理沉思了一下，对屈主任说："你先不要声张，等抓到证据后，我再处理这件事。"

晚上，像往常一样，村子里一些男男女女来汪浩宿舍看碟片。散场后，别人都走了，只有一个叫秦霜的女人留了下来。果然，汪浩收拾完东西，就拿了个手电，和秦霜两个人走了。屈主任一见，忙把这件事告诉了王经理，王经理听了，火冒三丈，说

"这还得了，反天了。"

秦霜是这一带最漂亮的小媳妇，不到二十五岁，穿戴比较时尚，脖子上挂着个小巧的粉红色手机。她是一个"留守女"，本来她和丈夫两人在深圳打工，不料婆婆突然瘫痪，她便辞了工作，独自回家照顾婆婆。王经理对秦霜的印象不太好，本地没有通讯信号，她为了时尚，脖子上挂个手机，显得很滑稽。

等汪浩和秦霜走了，屈主任和王经理便紧紧跟在后面。去秦霜家的路不远，只有一公里，很快就到了。

屈主任和王经理见两个人关上门，就守在秦霜的家门口，只等一关灯，就抓他们现行，然后再训导他们一顿，最好能大事化小，不做宣扬。

没想到，两个人一进屋，灯就灭了。王经理见状，忙去敲门，谁知这时，眼前一亮，明晃晃的手电光刺得王经理睁不开眼，接着，肩头便挨了一棍。这时，他听见汪浩惊讶的声音："呀，这不是王叔叔和屈主任吗？秦姐，不要打！"王经理这时才看见，秦霜拿着一根棍子，站在他身后，估计秦霜和汪浩发现了后面有人盯梢，才专门从后门摸出来对付他们。

"王叔叔，你们来这里干啥？"汪浩关了手电，惊奇地问。

王经理摸着受伤的肩膀，对汪浩说："你问我，我还要问你！半夜三更，你到秦霜家做什么？"

汪浩这才明白，王经理是跟踪他来的，就红着脸说："给她打伴呗。"

王经理一听就着了急，说："她男人不在家，你给她打伴，这不是想犯错误吗？"

汪浩辩白道："王叔叔，你搞错了，是这么回事。"汪浩说，秦霜和她婆婆在家，有个二流子便打起了秦霜的主意。有一次，二流子撬开她家的门栓，爬上她的床，如果不是她奋力咬伤那个二流子的手指，险些就遭欺负。这些天，秦霜到工地看碟片，总感觉回家的路上那个人一直跟着她，汪浩说："我们平时就谈得来，她把这事告诉我后，我就主动提出送她回家，给她打伴。送她回家后，我就会回工地宿舍。"

"哦，是这么回事。"王经理总算松了口气。

这件事后，届主任以为王经理会责备他，王经理却说："汪浩还小，有些事情，还麻烦你多加留意。"王经理的担心自有他的道理：汪浩年轻，自律能力差，如果和秦霜接触多了，这男女之间的事，谁又说得清楚呢？

六月天，大雨连绵，是电站施工最困难的时节，那天早上，工程团得到一个坏消息，说山上崩岩，将高压线路砸断了，而且通往县城的路也给阻断了，这条路是通往外面的唯一通道，交通枢纽断了，人出不去，车进不来，这里就与世隔绝了。工程建筑

材料运不进来，又没有了电，工程团只能停工。

王经理去崩岩的地方查看了一下，那堆堵住公路的土石有一万多个立方，他估算，从外面开挖，至少需要半个月时间。王经理摇摇头，心想只能等下去了。

崩岩后的第三天，届主任风风火火地找到王经理，对王经理说："汪浩和秦霜两个人去天柱峰了！"

原来崩岩后，工程团的人都闲了下来，屈主任注意到，汪浩又和秦霜粘在了一起，有时一天要去秦霜家几次，屈主任心里犯起了嘀咕，就对汪浩多关注了几分。

今天，汪浩又去了秦霜家，过了一个小时才回到工地宿舍，换了双旅游鞋，又去秦霜家了。屈主任见汪浩举止有些反常，就跟上汪浩，想看看他们要做什么。最后，他看见汪浩和秦霜两人朝天柱峰方向走去，就回来向王经理报告。

王经理一听两个年轻人去了天柱峰，吓了一跳。天柱峰是这里最高的一座山峰，王经理考察电站地理位置时曾去过一次，那里只有采药人顺着山脊爬出的一条小路才能行走，山高路险，两边全是悬崖，稍不留神，就可能跌得粉身碎骨。王经理上次去的时候，就吓得身上直冒冷汗。

这几天一直在下雨，山陡路滑，王经理这下更加担心了：这一男一女上天柱峰去做什么？汪浩这小子，从没爬过山，要是出了意外，怎么向他家大人交待？

王经理忙叫上屈主任，一起撵了上去。到了天柱峰脚下，王经理便看见两个身影已经爬到了半山腰。屈主任刚想大声叫住他们，王经理阻止了他，他怕大声一叫，两个年轻人一分心，发生危险，就和屈主任悄悄地跟在后面爬了上去。

过了一个小时，王经理和屈主任终于气喘吁吁地爬上了天柱峰。天柱峰虽然险峻，峰顶上却是一块平地，王经理蹲在一块山石后，见汪浩和秦霜坐在峰顶的一块石头上，不停地打手机，看样子，手机一直打不通，他们只好站起来，来回走动，期望能接收到信号。

转了几个方位，只见汪浩激动地对秦霜说："有信号了！"过了几秒钟，他对着手机说："妈咪，我们这里崩山了……什么？上电视新闻了？妈咪，我一切都好，你不用担心……"

等汪浩打完电话，秦霜便站到汪浩的位置打起了电话："老公，我们这里滑坡了，我们被堵在里面了，我和你妈都好，你不要挂念我们……"

听到这里，王经理激动地站了起来，他没想到，两个小年轻是来这里打电话，给他们的亲人报平安的。

秦霜和汪浩突然见到王经理，都吓了一跳。汪浩解释道"秦霜说这里有时会有手机信号，我就求她带我来。她一开始不答应，怕有危险，我求了两天，她才答应带路。王叔叔，你要批评就批评我吧。"

王经理摇摇头，把手伸向汪浩，说："这个过会再说，你先把你的电话借我用一下，我也给家里的老婆孩子报声平安。"

（题图、插图：刘斌昆）

天下父母

□ 蔡美美

老黄生病住进了医院，一检查，竟然是癌症晚期。知道了病情，老黄反倒坦然了，这天，趁照顾他的儿子不在，老黄和邻床的病友聊起了天，聊的，自然是有关死亡的话题。

老黄的邻床是老林头，是个乡下老汉，也被检查出了癌症。老黄说："老哥，咱们这把年纪，也没什么好忌讳的了，你说，要是真有那一天，咱死在哪里好？"老林头不假思索地答道："这还用说，自然是死在家里好了，叶落归根嘛！不瞒你说，我已经决定了，明天就出院，就是要死，也是在自家的床上安心！"

老林头说到做到，第二天就叫儿子收拾行李出院。临走时，老黄从病床上坐起来和他握手："老哥，你这一走，只怕咱们要来世再见了，你多保重啊！"说着，声音都哽咽了。

老林头安慰他说："大兄弟，城里医疗条件好，你的病多半能治好，乡下空气好，我呢，说不定也死不了，咱兄弟还有见面的时候呢！"老黄要老林头留下联系方式，老林头没电话，就留了他儿子的手机号码。

老林头走后不久，老黄的病又发作了几次，他知道，自己的日子不多了，他又想起了那个问题：死在哪里好？老林头是"叶落归根"了，自己最后的日子是不是也应该在家里度过？

老黄家是新买的两室两厅的房子，老黄住着朝南的那间，宽敞明亮。看着医院里白惨惨的墙壁，老黄下了决心：咱也回家去死吧。

正巧这时儿子来了，老黄就向他

说了自己的想法，儿子说："爸，你咋这样想呢？这医药费咱又不是出不起，你就安心住院治病吧！"老黄说："我这病就是个时间问题，反正也是个死，不如让我像老林头那样回家等死，死得舒服点，安心点……"

儿子犹豫着没吱声，老黄知道，儿子要和媳妇商量，就没再追问。

老黄在医院一住又是两个星期，这期间，有人来看他，来人自称是老林头的邻居，有事进城，受老林头之托，顺道来看看他。老黄问起老林头的情况，来人说："老林头其实不想死啊，一回家就托人四处找治癌症的偏方、草药，这不，他特意让我给你捎来一包草药，说是有特效！"

老黄连连道谢，接过那包草药，却不由得苦笑"这老林头，求生欲望倒挺强的！"

这天，老黄觉得精神稍微好点，就试着下床走走。走了几步，老黄轻轻推开了病房的门，走廊里清冷的空气扑面而来，老黄不由深深地吸了两口，就在这时，他听到走廊里有人说话，听声音，正是自己的儿子和儿媳。

只听儿子说："爸说想回家的事，你考虑得怎么样了？这事不能老拖着，要我看，爸的想法也可以理解——"儿媳不耐烦地说："上次我就说了，这事不成，还考虑什么？你也不想想，咱家就两居室，爸去世后，那

间房子就要给咱闺女住，爸要是在那里过去了，女儿怎么敢住？爸也真是老糊涂了，干吗非得回家去——"

老黄怔住了，直到脚步声越来越近，他才醒悟过来，连忙爬回床上装睡，不知不觉间，泪水打湿了枕头。这时，他不由羡慕起老林头来，至少，老林头能够按自己的意愿，死在家里，而他当了一辈子国家干部，在这件事情上，竟然比不上一个乡下老头！

儿子儿媳一走，老黄就拿起手机给老林头打电话，想好好和他唠唠。接电话的是老林头的儿子，听老黄问起老林头，他哽咽着说："我爸三天前已经过世了——"

老黄怔住了：怎么会这样？

这时，正好护士小田进来打针，老黄跟她说起了老林头的事，小田叹了口气说："老林叔的病其实还是早期，如果及时手术，治愈的可能性很大，医院也反复向他说明了这点，催他尽快手术，可他说，家里仅有的一点存款是留给儿子结婚用的，实在负担不起医疗费了，只好回家找点偏方，保守治疗，没想到，这么快就去了……唉，可怜天下父母心啊！"

老黄听到这里，愣了半天，等护士走后，他拨通了儿子的手机，没等儿子开口，就说："儿子啊，老爸想通了，医院里挺好的，老爸回不回家都没关系……只要你们好……"

（题图：刘斌昆）

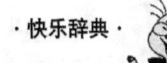

男人一生对女人的要求

◇ 3岁: 常抱我。给我做好吃的, 喂我。我尿了裤子不打我。

◇ 9岁: 我考试不及格她不笑话我。我揪她辫子她不告诉老师。借橡皮给我用——不借给别的男生用。

◇ 18岁: 貌美如花, 和她一起走进游泳池, 旁边的男孩子会看得眼睛发红、鼻子呛水。自己解决大部分零花钱。不要老在一起! 不想结婚!

◇ 30岁: 牛仔裤上不再有破洞。有情调, 周末做几个好菜, 开一瓶红酒。经济独立, 但挣的钱不要比我多太多。不期望我成为英雄或百万富翁。不求总在一起。结婚也可以。

◇ 45岁: 穿上旗袍还算好看。路上的中学生管她叫阿姨, 而不是奶奶。孩子去夏令营的时候, 她记得买快餐回来给我吃。我忘了她的生日她不再生气, 生气也不摔东西, 摔东西拣不贵的摔。关心我的体检表胜过工资单。不再逼我周末和她一起回娘家。

◇ 55岁: 没有因为更年期而杀人放火、让我坐老虎凳。

◇ 70岁: 穿我的T恤不嫌小。让我给她的小外孙擦屁股时态度比较和气。路上的中学生叫她奶奶, 而不是爷爷。我做的饭她能吃。不用我养的鱼喂她养的猫。说起我30年前的艳遇已不再大发雷霆。记得我们的退休金账号和保险号。总是在一起。

◇ 80岁: 活着。认得我是谁。永远在一起。

(推荐者: 阿 涛)

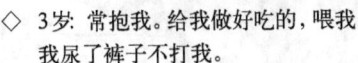

老弟媳妇是硕士

◇ 老弟的媳妇是硕士。一天, 她向母亲学习做饼, 母亲揉好面, 掐下一小坨让弟媳搓圆, 弟媳问母亲: "直径是多少?" 母亲茫然。

◇ 母亲在厨房里忙碌, 一时腾不出手, 便对弟媳喊: "把刀递给我!" 弟媳问: "要锐角的还是要钝角的?" 母亲被问糊涂了: "两只角都要。"

◇ 父亲要剃个光头, 弟媳就带父亲去理发, 过了一会儿母亲打电话来问弟媳: "你爸的头剃完了没有?" 弟媳答: "已剃掉二分之一。"

◇ 母亲要睡觉了, 弟媳对母亲说: "妈, 您把窗子打开, 让空气对流。" 母亲起床把窗子打开, 在床上坐了一个小时后喊弟媳: "你来看看, 流完了没有, 我要睡了。"

◇ 晚上看电视, 弟媳突然说: "我今天在菜场看到一种瓜, 不知叫什么名儿。" 母亲兴奋起来: "说说看, 什么样? 没我不晓得的瓜。" 弟媳描述道: "形状就是一个心形图案绕对称轴旋转一周所得到的空间体。" 母亲昏倒。

(推荐者: 从 容)

给铁公鸡拔毛

□彭晓风

阿亮最近跳槽到金海啤酒公司，在收购处当上了质检员，甭提有多神气了！来卖大麦的对他都赔着笑脸，为啥？他手里拿着验粮器，往你卖粮的麻袋里一插，取出一点大麦，看看成色，再试试干湿，看你不顺眼，稍微降一下等级，价格上你就得受损失，谁跟钱过不去呀！

来金海啤酒公司卖大麦的都是些粮贩子，为使自己的大麦卖上好价钱，他们都讨好阿亮，经常塞盒好烟给他，或吃饭时捎上他撮一顿。可是，有一个粮贩子不仅没给阿亮送过烟、请他吃过饭，若阿亮在检验时稍有不公，还会跟他较真顶牛。这个粮贩子叫大牛，阿亮向别人打听过他，他们提起大牛都直摇头，说他是出了名的铁公鸡、死脑筋，只会蹭别人的，想让他请别人吃饭？比登天还难。

阿亮见过几次大牛蹭饭，大牛挺能喝啤酒，放开了量，最多能喝八瓶，超过这个量他就醉了。大牛把这个分寸掌握得很好，只要是别人请客，他每次都不多不少，正好喝八瓶，这样既不会过量，又能占到最大便宜，真是算计到家了。不过阿亮不信这个邪，他偏想给铁公鸡拔毛。

机会很快就来了。这天上半晌，大牛开着他的东风车进了收购处，等到给大牛验收时，已经快中午了。阿亮手拿验粮器，爬上大牛的东风车，往一个麻袋里一插，抽出来一看，心里顿时就乐开了花，暗道：大牛啊大牛，今天你总算栽到我手里了！阿亮把验粮器往跟上来的大牛眼前一伸，眉毛一挑，说："大牛，你这次收的大麦沙子多不说，还有芽麦！"说完又拈了几粒大麦放在嘴里咬了咬，"也没晒干！就凭这几点，给你个三等价，水分按百分之五扣！"

金海啤酒公司收购大麦，价分三等，三等就是末等，价钱每斤比一等的低一毛钱，大牛这车大麦有十来吨，若按三等卖，就比一等少卖两千块，这还不算扣除的水分。大牛一听不干了，不过这次他没跟阿亮理论，而是赔着笑脸，递上一支烟，说："通融一下，给个二等吧，总不能让我空跑一趟、还赔上油钱吧？"

"你们是无利不起早，会空跑？"阿亮斜了大牛一眼，推开他的烟，跳下车回办公室了，"要卖就这等级，不想卖就拉走！"阿亮这是故意为难大牛，这样的大麦，虽说评不上一等，但二等还是可以的，他这么说，就是让大牛知道，自己这个位子很重要，跟自己对着干就要吃亏。

其他卖大麦的粮贩子都走了，阿亮进办公室后就不再理会大牛，看起了报纸，附近收购大麦的只有他们啤酒公司，他想难难大牛。中午下班时，阿亮见大牛果然没走，蹲在东风车前抽烟，一副不甘心的样子。阿亮微微一笑，故意说："大牛，你怎么还不走？"

"已经中午了，卖了一时也卸不完。"大牛搓着手，吞吞吐吐地说，"阿亮，要不你中午别回了，跟我一块吃，好早点回来给我过磅。"

阿亮正等着大牛这句话呢，他装模做样推了一下，见大牛还坚持，就跟大牛去了一家餐馆，坐下后也不客气，一口气点了好几个菜，又让服务员拿来他们公司生产的啤酒。阿亮心想：给铁公鸡拔毛，千载难逢，索性一次拔个痛快。

酒菜端上来后，阿亮就大块吃肉、大口喝酒起来，大牛乖乖就范，阿亮心里那个美呀，可是吃着吃着，阿亮觉得有点不对劲，再一看大牛，一下愣住了：大牛眼里分明含着泪珠！

一个大老爷们，不就是请一顿饭吗，至于这么委屈吗？阿亮看了看四周，见没有人注意他们，就用脚踢了踢大牛，小声问："大牛，你怎么了？"

"没怎么，我是可怜牛洼的乡亲们啊！"大牛擦了擦眼泪，仰脖喝了一口啤酒。接着，大牛解释，他老家是牛洼的，前段时间接连下雨，牛洼地势低，待收割的大麦都泡了，等好不容易天晴了，大麦有好多都出芽

了，结果其他粮贩子要么不收，要么价压得贼低，最后乡亲们找到了他。

阿亮还是一头雾水："我又没说不收，只是价低一点而已。"

大牛看了阿亮一眼，没说话，却从口袋里掏出一张纸，上面密密麻麻写满了字。阿亮接过来一看，是张收购单，每个人名后面都记着收购多少大麦。大牛说："你若按三等价收，他们今年就赔了，因为今年人工、化肥、农药都涨了，即使按一等价收，他们也仅仅保本。辛苦了大半年，就是这结果，你说农民可怜不可怜！"

阿亮有在农村生活的经历，至今老爹还在农村，知道农民的疾苦，大牛虽然没责怪他，可他觉得脸上一阵发热。阿亮正要说话，只听大牛继续说："阿亮，我知道别人在背后说我是铁公鸡，我不是不近人情，他们那些人收购大麦时在秤上做手脚，价压得

低，这边又捧着你，你会给个好等级。我是实打实地收购，不忍心对农民动手脚，只挣些辛苦钱，实在是……"

"大牛，你别说了。"想想大牛平时的表现，阿亮知道他说的是实话，自己被别人捧在手心里惯了，养成了坏毛病，今天自己故意刁难大牛，确实有点卑鄙，于是忙打断他说："今天我请你！"

"这不是一顿饭的问题。"大牛抬头看了阿亮一眼，"收购时我跟乡亲们说了，说我跟你关系很好，这大麦你能给一等价，即使你给我二等价，我回去也不好交差，乡亲们会怎么看我？还以为我贪了中间的差价呢。"

阿亮明白了大牛的意思，他是想让自己给他那车大麦一等价啊！从情感上说，阿亮同情牛洼的乡亲，可芽麦是卖不上一等价的，于是正色说："大牛，这我无能为力。"

大牛苦笑了一下，说："其实啊，那些人都蒙你。跟你混久了，他们知道你爱检验车上哪些麻袋，就在那里放上好的大麦，他们的大麦跟我的差不多，可都评上了一等。"

大牛说的情况是存在的，但阿亮当时没查出来，过后就不能再追究了，所以他仍然摇头说："大牛，这不行啊！"

大牛眼巴巴地看着阿亮："一点也不能通融？"

·大千世界 众生百相·

"大牛，你这不是为难我吗？"阿亮猛喝了一口啤酒，说，"每人都有能力范围，就像你吧，你最多能喝八瓶啤酒，要是喝十瓶，你就醉了，因为这超出你的能力范围了。"

大牛看了一眼手中的啤酒瓶，眼睛一亮，说："假如我能喝十瓶呢？"

"你今天若能喝十瓶而不醉，我就破一次例！"阿亮知道大牛最多只能喝八瓶，索性就跟他打起了赌。

大牛眉开眼笑，抓起酒瓶就喝了起来，一瓶、两瓶，他喝一瓶阿亮就给他开一瓶，渐渐地，阿亮的眼睛越睁越大：大牛前后真的喝了十瓶啤酒，而且连一点醉的迹象都没有！

真是活见鬼了！阿亮瞪大眼睛问："你、你以前是在骗我？"

"没有，我以前最多只能喝八瓶。"大牛微微一笑，指着啤酒瓶说，"可是，以前这酒是600毫升一瓶，现在改500毫升一瓶了，十瓶也只比八瓶多一点而已。"

阿亮愣住了，他不相信地看了又看手中的酒瓶，千真万确，这酒正是自己公司生产的，可公司什么时候把啤酒瓶改小了，他还真没注意。

这时，只听大牛意味深长地说："你们公司的酒少了，可价钱没变，这不是变相涨价吗？但你们还坚持以前的收购价，这也太不公平了吧？"

愿赌服输，阿亮给了大牛那车大麦一等价。原本想给铁公鸡拔毛，谁知拔了自己的毛……

（题图、插图：谢　颖）

·本刊信息传真·

故事中国网和你相约2010

时间飞快，新的一年马上就来到了！感谢每一位《故事会》的读者和亲爱的网友，陪伴我们走过了不平凡的2009年。在2010年，故事中国网(www.storychina.cn)又将给你哪些期待呢？

首先，每期的《故事会》介绍评点仍是我们的重头戏，深受欢迎的"编辑手记"栏目今年将摇身变为访谈形式，每期的责任编辑都会接受故事中国网的特别访问，除了谈当期作品，还会道出更多《故事会》的幕后戏，以及编辑们在生活中的另一面。这个栏目大家绝对不要错过哦！每期的有奖点评和咬文嚼字将继续举办，欢迎你读完刊物后来评头论足。

其次，我们的网站功能也将进一步完善，网上书店、长篇故事、故事社区等板块将为你带来更好的网络体验，无论是购书、创作、投稿、阅读还是交友、评论，都会变得更加方便、高效，你和故事有关的活动都可以在故事中国网上一站完成。

另外，2009年度中国最佳故事和故事家的评选即将揭晓答案，而2010年度最佳故事和故事家的评选也将继续进行，无论是你自己创作发表的故事，还是在书刊报纸上读到的好故事，都可以推荐参评，赢取最高3000元的大奖。（更多详情请登录故事中国网了解）

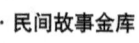

一言之祸

□ 于 强

嘉庆二十一年的一天早上，太医院御医朱四真刚起床，就听大门被人擂得"咚咚"响。家人打开门，两个太监气喘吁吁地奔进来，扯起朱四真就走"皇上病重，传你速速进宫医治。"

朱四真一听，不敢怠慢，背起药箱跟着太监匆匆而去。宫里一片肃穆，皇帝的寝宫外站满了大臣，几个御医窃窃私语，这个说是惊风，那个说是中暑，争论不休。朱四真来到床榻前，只见嘉庆皇帝面色苍白，四肢僵硬，神智不清，紧咬的牙关把嘴唇都咬出了血。

一番把脉后，朱四真打开药箱，取出了十八枚长短不一的银针，指拈针尖，一一刺入嘉庆身上的穴位。不久，嘉庆本来僵直的身体变软，随后全身一抖，竟然睁开眼，张嘴"哇哇"连吐几口污血，终于缓了过来。

众人都松了口气，可朱四真瞅着皇上吐的污秽，却皱起了眉头。他忙问太监，皇上昏厥前都吃过什么，太监想了想，摇头说："没吃什么，只喝了半盏凉茶……对了，因为天热，还吃了几颗'玲珑养心丸'。"

朱四真让太监把吃剩的玲珑养心丸拿来，一看二嗅三尝后，不禁脸色大变："这养心丸是假的！"

什么？皇上吃的药竟然是假的!大臣们面面相觑，都傻了。

说起这玲珑养心丸，其中还有段故事：那年，嘉庆皇帝巡幸江南，不料恰逢大旱之年，瘟疫流行，沿途州县处处萧条，嘉庆心里不快，一路上阴沉着脸。不几日来到一个叫鹿城的地方，却见当地山青水绿，民生安逸，嘉庆很高兴，让人一问才知道，这鹿城背靠连绵深山，树木葱郁，河流常年不涸，既不涝也不旱。城里还有家叫"秋字堂"的百年老药店，特制一种解暑药，能避瘟驱邪，克制瘟疫，因此别处虽然天灾肆虐、瘟疫横行，唯独这鹿城却繁荣依旧。

当下嘉庆便命人取来秋字堂的解暑药，药丸一入口，嘉庆就觉一阵甘爽之气直入胸肺，心中烦闷顿消。嘉庆一高兴，为解暑药赐名"玲珑养心丸"，命当地每年进贡五百粒药丸。只是嘉庆怎么都没想到，就是这玲珑养心丸，今日差点要了他的命。

养息了几天后，嘉庆决定查办这假药案。进贡的药品是从御药房拿来的，御药房的药又是内务府采办的，而内务府的药来自下面的州府……一层层查下去，最后落到了制作药丸的秋字堂。

秋字堂是百年老号，玲珑养心丸由秋家父子传承，绝不外传，如今的传人叫秋大富。这秋大富被押解到京城后，一听自己制作的药丸差点毒死皇帝，吓得一泡热尿淋湿了裤子，爬在地上大喊冤枉。

查案的官员搜罗了药铺内所有的药丸，发现和嘉庆服用的并无两样。嘉庆奇怪，就问朱四真："你不是说这药丸是假的吗？怎么别人吃了没事，却独独害了朕呢？"

朱四真从容答道，当年他随驾到鹿城，也曾吃过玲珑养心丸，那药丸

入口清爽甘冽，如饮甘露，药里带了一丝说不出的甜味。如今的药丸虽然入口清凉，却没有甘露般的甜美回味。嘉庆一想，隐约也觉得这几年进贡的药丸的确与前几年略有不同。

朱四真说，他细细钻研了玲珑养心丸的药性，发现成分大多是些凉性的草药，虽能解暑提神，却有副作用，必须用一味药引子调和药性，才能充分发挥药效。他虽然不知道那味药引子是什么，却发现如今的玲珑养心丸里似乎已经缺了那味药引子的功效。当日嘉庆喝了凉茶后，又服用药丸，这凉茶水取自井水，还加入了冰块，凉井水加上冰块，再服下凉性极强的药丸，嘉庆本来就养尊处优，身体羸弱，一时阴冷之气攻心，才昏厥了过去。

嘉庆恍然大悟，不禁问："你是说，如今的药丸里，没了那味药引子，对于体弱的人，反倒成了毒药？"

朱四真点头。嘉庆大怒"这秋大富真是可恶，你去问他，那味药引子到底是什么，他为何不放入药丸里。"

朱四真领旨，来到大狱，不想一问秋大富，秋大富却指天发誓，说每颗药丸都配有药引子。朱四真见他不像撒谎，就问："药引子到底是什么？"

秋大富此时身陷囹圄，不说也不成了，就道："其实说穿了也没什么，药引子是桂花酒。"他告诉朱四真，玲

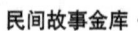珑养心丸的许多成分并不神秘，唯独药引子是独门秘方，只有秋家传人知晓。

每年仲秋时节，秋家就会秘密购买一批上等桂花酒，储存在酒窖里。等制作药丸时再打开酒坛，把酒倒进特制的大铜壶里，用炭火温热后，把壶口封起来，悄悄来到城外的山林里，找棵参天大树，把铜壶放在大树的枝桠上，下树前拍开壶口，等酒香散进树林，就下山等候。三天后再上山取下铜壶，用壶里面的桂花酒做药引子，制作玲珑养心丸。秋大富的父亲去世前，把药引子的秘方交给了他，他就依照惯例，每年购买桂花酒做药引子。

这时，秋大富突然神情沮丧地说："虽然我一直按父亲教的去做，可制作出来的药丸，疗效总是差了些火候，怎么都没有以前的神效。"

嘉庆听了朱四真的回禀，心中纳闷：那玲珑养心丸为何失了神效？是不是秋大富的父亲临终前没交代清楚？于是，他命朱四真亲自前往鹿城，务必查出真相。

这天，朱四真一行人来到了鹿城，发现城里行人稀少，店铺零落，城外山上瘴气弥漫，一副破败景象，哪里还是以前山清水秀的风水宝地？朱四真心里纳闷，短短数年，鹿城怎么变成了这副鬼模样？

在秋字堂里，朱四真日夜翻看秋家所藏的药方，也尝试用桂花酒制作药丸，可做出来的药丸与秋大富做的一样，没什么神效。几个月过去了，药丸失效的真相依旧扑朔迷离。

这天，朱四真拿着那张制作药引的秘方，眉头紧锁，苦思不解。秘方上写的和秋大富所说的丝毫不差：买酒、灌入铜壶、将酒烫热、把铜壶搁在山间大树的枝桠间，三天后取回酒做药引子……这时，朱四真无意中一挥手，碰翻了桌上的油灯，灯油倾出了半盏，有几滴还溅到了秘方上，他赶紧擦拭，刚擦几下，突然，他盯住了那只剩半盏油的油灯，随后他拿起秘方，小声读起上面一段早已看了几百遍的话："……三天后，上山取下枝桠间的半壶桂花酒……"

"半壶？"朱四真蹦了起来，秘方上明明说，在枝桠间要放上满满一壶酒，可取酒时，却说取下半壶，另外半壶哪里去了呢？

朱四真赶紧找来随行的秋大富，秋大富说，他每次上山取酒，壶里的酒还是满满一壶，从没少过。这就奇怪了，难道秘方上写错了字？还是其中另有隐情呢？

第二天，朱四真取出秋家的大铜壶，灌入桂花酒，上山找了株大树，将铜壶放在了枝杈上。这铜壶形状奇特，壶身上半截粗，下半截细，犹如倒悬的葫芦。三天后，朱四真上山查看，果然壶里的酒一滴不少。朱四真有些泄气，转念一想，是否自己放的地方不对呢？于是他又翻过几道山岭，将铜壶放在树上，可几天后来瞧，酒还是不少。朱四真不服气，又重新选了地方。几次三番下来，他放壶的地点已经深入密林，到了渺无人烟之处。

这天，朱四真带人上山查看铜壶，由于放壶的地点太远，一行人走了两天才找到铜壶。就在他们走近放铜壶的大树时，随行的一人突然指着树枝大叫："快瞧，那是什么东西？"朱四真抬头一看，只见一个黑影从铜壶旁跃开，"吱吱"怪叫着窜进了密林深处，但就在那一刹那，朱四真还是看清了，那个黑影竟是一只猴子。

朱四真取下铜壶一瞧，里面的桂花酒只剩半壶，另外半壶看来是被猴子偷喝了。朱四真赶紧回去，用这半壶酒做药引子，做出玲珑养心丸后，

他拈起一颗放入口内一尝，不禁激动得跳起来："这、这才是真正的玲珑养心丸啊！"

朱四真激动不已，莫非制作药丸的关键，就是让猴子偷喝掉半壶酒？朱四真找到当地山民打听，原来，这鹿城外的深山中生活着一种鼻子上长白毛的猕猴，这白鼻猕猴很有灵性，喜欢喝灵芝叶上的露珠，常常把露珠噙在自己口里的嗉袋儿中，所谓的嗉袋儿，就是颊囊。秋后那把铜壶形状古怪，上粗下细，白鼻猕猴偷喝酒时，只能喝上半壶，却喝不到下半壶，壶身又重，猕猴扳不倒，猴子们一急，就把头伸进壶里，伸舌头舔酒。这时猴子脑袋冲下，张嘴伸舌，颊囊里藏的灵芝露珠和唾液，就流进了剩下的半壶酒里。灵芝露珠珍贵无比，猕猴食百花百草，唾液中自然有一股灵气，

这两种东西，才是制作玲珑养心丸真正的药引子。

知道了谜底，朱四真却高兴不起来，因为他随后几十次上山，却再也找不到白鼻猕猴。他询问当地山民，谁知一问之下，他瞠目结舌，呆住了。

不久，朱四真回到京城，把事情一五一十地禀告给了嘉庆。嘉庆奇怪地问："当年朕途经鹿城，白鼻猕猴漫山遍野，如今为何却如此少见？"

朱四真吭吭哧哧半天，突然扑通跪下，叩头说："皇上，其实白鼻猕猴不见踪迹，秋大富制不出正宗药丸，还有鹿城从繁华变得衰败不堪，全都是因为，因为……"

嘉庆见他吞吞吐吐，催道："都因为什么，快说呀！"

朱四真心一横，大着胆子说"全都是因为皇上您的一句话啊！"

"什么？朕的一句话？"

朱四真豁出去了，他告诉嘉庆，当年嘉庆在鹿城尝了玲珑养心丸，龙心大悦，大宴百官，席上有官员偶然说到，鹿城有种白鼻猕猴，很有灵性，看到人耕地，它们就学着扶犁，看到人做饭，它们就帮着扇火。当时嘉庆酒醉，就开玩笑说："朕曾听人说过，白鼻猕猴是齐天大圣孙悟空的后代，猴骨很有灵气，若把猴骨挂在室内，能驱凶辟邪。"

嘉庆当时只不过是一句玩笑，没想到当地官员一听，第二天就派人上山捉了一群猴子，杀死后剥皮剔骨，用猴骨做了几十串佛珠，献给了嘉庆。嘉庆见后，心里暗暗好笑，也没在意。可没想到嘉庆走后，当地的官员士绅纷纷仿效，都以佩戴猴骨佛珠为时尚。于是，白鼻猕猴惨遭灭顶之灾，一只只被屠戮，仅剩的十余只都逃进了深山密林。没了猕猴，那玲珑养心丸就没了药引子，秋家再也制作不出正宗的药丸，那年，一场瘟疫袭来，缺了药引子的药丸根本抵挡不住肆虐的疫情，一时满城的百姓病死大半，能跑的都逃难去了外地，走不动的只能等死，一个富饶的鱼米之乡，眨眼间屋倒墙颓、民生凋零……

嘉庆呆了，他没想到自己的一个玩笑，竟然毁了一方风水宝地，废了一味神奇药剂，还差点害得自己丧命，这一切该怪谁呢？

第二天上朝，嘉庆让人找出当初鹿城官员进贡的几十串猴骨佛珠，当众焚毁，他面色凝重地对百官说："做官的人、手中有权的人，说话做事都要斟酌再三，不经意的一句话、一个玩笑，能引起什么样的后果，真是难以预料啊！"

（题图、插图：黄全昌）

不能违背的诺言

□阿宇

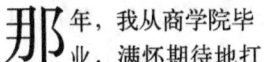

那年，我从商学院毕业，满怀期待地打算进父亲的公司工作，没想到父亲只说了一句"海阔凭鱼跃、天高任鸟飞"，没有给我任何机会。血气方刚的我一气之下摔门而去，下定决心要靠自己闯出一番天地。

我好不容易找到一个很有发展前途的项目，可百般筹措，还是缺少20万元的启动资金，犹豫再三，我决定回一次家，向父亲借钱。

让我意外的是，父亲一口答应了我的请求，他说，钱没有问题，但有个条件，说着父亲递给我一张纸，上面写着一个人的名字及住址，"条件很简单，你每月10日前把500元汇到这个住址，不可延误，更不可间断，如果没有问题，20万就是你的了。"

父亲所提的条件和20万资金相比，根本不值一提，我甚至觉得，一向强硬的父亲是不是想用这个方式，间接化解我和他之间的矛盾？

父亲见我有些兴奋，接着又说："不过，为了防止你违约，你必须将你的公司资产作为抵押，也就是说，你一旦失约，我将随时有权清算你的公司。"

不就是每月汇一回款吗？我毫不犹豫地答应了父亲。

我拿着20万元创办了公司，工作很忙，常常不分昼夜。一年后，在我的苦心经营下，公司渐渐有了起色，

至于汇款的事，我在手机里设置了日程提醒，从未出过差错。就在我踌躇满志地希望有一天也像父亲那样，成为一名优秀企业家的时候，一次意外毁灭了我美丽的梦想。

那天我刚拜访完客户，又谈成了一笔生意，心情好得无与伦比，就在这时，手机响了，电话那端自称是父亲的助理，他说受父亲委托，明天将收回那笔 20 万元的借款。

这让我一下子懵了："为什么？"

"因为你忘了和你父亲之间的约定。"

我这才想起，一个月前我换了新手机，忘记将汇款的事输入日程了，我刚想解释，对方却惋惜地说："别怪你父亲，要怪就怪你自己吧。"然后便挂了电话。

放下手机，我只觉浑身瑟瑟直抖，我当即赶往父亲的公司，直冲父亲的办公室，开口便道："爸爸，你助理的那个电话说的是真的吗？你……"我不愿说出后面的内容，我不相信那是真的。

父亲没有回答，只微微点了点头。

"爸爸，请你再给我一次机会，我这就去将上个月的汇款补上，保证以后再也不会忘记了。"说这话时，我面对着父亲，双膝不由自主地弯了下去，整个身子向前倾斜，近乎乞求般地看着他。这么多年来，这是我第一次如此诚恳地向父亲道歉。

停了片刻，再开口时我的声音有些哽咽："你知道吗，这一年来我付出了多少努力，好不容易才有点起色，不能就这样放弃了！"

可是父亲对我的言行似乎无动于衷，脸上的表情和那年拒绝我进公司时一样冷峻。

"爸爸，求你看在妈妈的面上，原谅我一次好吗？"我无计可施，竟将死去的母亲抬出来作为最后的砝码。母亲在我 10 岁那年因一次车祸离我而去，从此这个家就只剩下父亲的训斥与我的叛逆。

或许是我的话触动了父亲，他坐

到沙发上,点上一支烟,思忖着什么。我以为他会改变主意,但我错了,他看着我说:"儿子,我很想原谅你,可是不能。抱歉,我必须这么做。"

我简直崩溃了!我恨透了父亲,又一次摔门而去。我不明白父亲为什么要这么对我,只不过是一次小小的失约,他竟然如此绝情。

瞬间,我又回到了原点。公司清算后我整天浑浑噩噩,用睡觉、网络游戏填充着每日的生活。两个月后的一天,我打开抽屉想要再找张游戏碟,无意中看到了那沓汇款单的存根,我气愤地把它们揉成一团打算扔掉,忽然脑海中灵光一闪:父亲如此重视这个汇款,收款人和父亲之间到底有什么特别的关系?父亲为什么要用汇款作为借钱给我的条件?带着一连串的疑问,我决定去"拜访"那位收款人。

收款人叫"张秀丽",我曾多次在汇款单上填写过她的名字,让我意外的是,她竟是一位105岁高龄的老太太。老人看起来还算健康,见到我也不戒备,原来她把我当成来采访她如何养生的记者了。我假装问了几个有关保养的问题后,便将话题转到我预先设计的轨道上,这才知道老人无儿无女,多年来孤身一人,她年轻时没有工作,75岁那年丈夫死后全靠人赡养,才活到现在。

我敢肯定,支付张老太太赡养费的正是父亲,正当我想询问老人家赡养者是谁时,她却突然借口说累了,拒绝了我的进一步"采访"。

从张老太太那里回来后,我对父亲的怨恨减弱了许多。不管父亲为什么赡养老太太,三十年如一日的行为令我感到钦佩。我重新振作起来,找了一份工作打算从头做起,不久后,我因表现出色升了职,只是那些疑惑仍时常困扰着我。

谜底是父亲揭开的。

一个周末的夜晚,父亲给我打了个电话,说要给我看一件东西。自从上次和父亲争吵后,我们再没有见过面,这次父亲如此急切地找我,我猜想一定有重要的事。

在父亲宽敞的办公室里,父亲递给我一个棉布包裹,打开一看,里面是一个玉手镯。这是个佩戴过很长时间的手镯,圈口外有明显的碰撞痕迹。父亲说"你不是一直记恨我清算了你的公司吗?孩子,这个手镯就是答案。"

手镯是张秀丽老人的。三十年前,张老太太的丈夫去世后,张老太太既无工作又无子女,便决定将家里唯一值钱的玉手镯卖掉,渡过难关。父亲那时刚开始创业,他看出这个手镯升值潜力很大,决心要把镯子买到手,可他资金有限,出价自然比不过那些有钱人。父亲灵机一动,提议分

期付款，每月支付张老太太一笔赡养费，直到她去世。张老太太一想，这倒是个稳妥的好办法，便同意了。那个时候，张老太太已经75岁了，其实父亲是打过算盘的，哪怕张老太太活到85岁，自己还是赚了。后来，父亲拍卖了这只镯子，得到了第一笔启动资金。只是，父亲没想到张老太太竟又活了三十年，这三十年来不断付出的赡养费早已超过了手镯本身的价值……

"昨天，张老太太过世了……这是我做过的最亏钱的买卖之一！"父亲感慨地说，"可是儿子，你知道吗？这也是我一生做过的最赚钱的买卖！张老太太和我素昧平生，却相信我，在只收到相当于几个月赡养费的订金的情况下，就把镯子交给了我。这个镯子教给我商人最重要的素质——诚信，诚信让我成为一名优秀的商人。发迹后我把镯子买了回来，时刻提醒自己。"

我听完后，心中百感交集，只听父亲接着说："其实，从你策划第一个项目开始，我就一直默默关注着你。你那些项目大多急功近利，有的还想尽办法钻政策的空子，打擦边球。我以每月按时汇款为条件，就是想提醒你从商的基本准则，但你没有醒悟。我知道，如果再不给你一个教训，你只会在危险的道路上越走越远，所以抓住那次你忘记汇款的机会，清算了你的公司……"

原来是这样！我的眼泪一下涌上眼眶，当时我春风得意，胆子也越来越大，在父亲清算我公司的前一刻，我正在策划一个利润丰厚但有多处违规操作的项目……

那夜，父亲和我谈了许多，我听得很认真，最后父亲问我愿不愿去他的公司，我回绝了。我对父亲说："爸爸，儿子长大了，该自由飞翔了。"

（题图、插图：黄全昌）

国王的宝座

□ 原著：〔美〕保尔·布朗

编译：焦松林

凯维尔年纪轻轻就成了举世闻名的雕刻大师，人们公认他是近年来罕见的艺术天才。传言说，他每雕刻好一件作品都要把自己关在房间里和作品交流几天几夜，他刀下的作品都具有独特的生命力，名流巨贾们都以拥有一件凯维尔的作品为荣。

这天傍晚，两个中年男子叩响了凯维尔的家门。凯维尔刚从工作室出来，见到两名不速之客，不由得皱了皱眉，他嗔怒地看了管家一眼，管家立即知趣地向凯维尔悄声说道："这是一个王国派来的使者，他们想请您雕刻一把木质御座。开出的价格，是一斛珠宝。"管家说着，打开了一个小方盒，幽暗的房间立即被珠宝放射出的光芒照亮了。

凯维尔点了点头，脸色也好看多了。石雕、玉雕、牙雕，这些技艺凯维尔都会，可他最偏爱的，还是木雕。他向那两人说道："你们打算让我用什么材料？既然是国王的宝座，普通的木材肯定不能胜任。楠木过脆，杉木易蛀，最好的木材……"

凯维尔还没有说完，其中一个瘦子使者就接上了话"您是大师，我们不会用普通的木料来玷污您的手笔。我们国家为您准备了千年沉香木。"

"千年沉香？"凯维尔眼前一亮，到目前为止，他和沉香木打交道只有屈指可数的几次：一次是为英国女王做床饰，女王那张睡榻用的正是沉香木。还有一次是阿联酋王储选妃，请他雕刻梳妆台，用的也是沉香木。那两位都是世界上数得着的顶尖人士，可他们所用的沉香木也不过数百年之

久，千年沉香，那可是所有木雕家梦寐以求的材料啊！凯维尔不由得激动起来："如果你们说的是真的，这次我哪怕分文不取，也要接下这个活。"

两名使者对望了一眼，一齐微笑起来："大师就是大师啊，千年沉香木是千真万确的。我们这次来，还有一个小小的请求，那就是想请大师您亲自去我们王国一趟。您知道，我们这次来已经很引人注意了，要是再托运沉香木，怕会出什么意外。"

说着，两名使者拿出了一页国书，上面清清楚楚地写着邀请凯维尔为王国雕刻国王的宝座，国书上，还盖着硕大的国玺印章。

凯维尔被两名使者调起了兴致，

他向管家吩咐了几句，简单收拾了行李，就跟着使者登上了专机。可是，等到了王国的首都，凯维尔马上就意识到情况有些不妙，只见首都的街头有数不清的游行队伍，尽管凯维尔看不懂写在长长横幅上的标语，可他看得懂游行者愤怒的神情。

两名使者倒是毫不惊慌，他们领着凯维尔穿过一道道封锁线，最后走进了王宫。瘦个儿使者这时才坦白了自己的身份，原来他竟是国王跟前的内政大臣。

内政大臣解释说，因为国王沉湎酒色，不理国事，导致民不聊生，最近外省的部队发生了哗变，首都的老百姓也和叛军遥相呼应，可是，就在这危急时刻，国王竟然不见了踪影，连他这个内政大臣都不知道国王的去向。

凯维尔很纳闷，在这火烧眉毛的时刻，内政大臣怎会有闲情逸致请自己来雕刻宝座？这未免太离谱了。

然而，内政大臣接下来的话，让凯维尔意识到自己身上所负的重任："凯维尔大师，虽然情况有些复杂，但您的任务是明确的，我们就是想请您雕刻一座国王的宝座。因为据我所知，外省的叛军并不想篡位，他们只想和国王谈判，从中捞取好处。可前段时间，愤怒的百姓冲进王宫，砸碎了宝座。我们听说，您刀下的作品都具有震撼人心的生命力，我们现在找不到国王，就想请您雕刻一个宝座，以此为号召，与叛军谈判。"内政大臣说着，深深地向凯维尔鞠了一躬。

凯维尔本想拒绝，可就在这个时候，内政大臣打开了一扇门，那里面放着的正是珍藏的千年沉香木。凯维尔的眼睛立即瞪大了，他迫不及待地绕着沉香木走了两圈，然后贪婪地蹲了下来，轻轻地抚摸着木料，欣赏着它那完美的脉络和纹路。

内政大臣小心翼翼地问："您能接下我们的任务吗？"

"当然，那当然。"凯维尔呆呆地欣赏着沉香木的纹路，有些不耐烦地向内政大臣挥了挥手。

内政大臣如释重负地走了出去，接着他派人送来了凯维尔所需要的工具，然后派了一支部队守在这里，保护凯维尔。

日子一天天地过去，眼见外省的叛军越来越逼近首都，可凯维尔工作室的那扇门还一直紧紧地关闭着。内政大臣忧心如焚，他请凯维尔来雕刻宝座，也是死马当活马医。国王是在百姓冲进王宫那天失踪的，内政大臣推测，国王肯定是吓得逃出王宫，躲了起来。只要宝座做成了，放在谈判的现场，也许能拖延些时间，这期间说不定国王会突然回来呢。

外省的叛军终于兵临城下了，首都全城都鼓噪起来，老百姓不顾守军一再阻拦，潮水一般涌上了城头，打开了城门，让叛军冲了进来。

内政大臣知道大势已去，他不死心地又一次来到了凯维尔工作的地方，眼巴巴地朝紧闭的大门看了一眼，可是，门丝毫没有打开的迹象。内政大臣低下头，现在，他只能走出去会见叛军，哪怕从此成为阶下囚，也没有办法了。

就在内政大臣心灰意冷地向外走去时，他猛听到身后"吱呀"一声，回头一看，工作室的门打开了！虽然看不到凯维尔的身影，可是内政大臣已经清晰地看到了高大的宝座。

这宝座足有两米多高，椅背上镶嵌着象牙装饰的巨大国徽。内政大臣看着看着，双膝就不由自主地跪了下去，嘴里喃喃道："国王，我的国王啊！"这时，一双有力的手扶起了内政大臣，内政大臣正恍惚间，看到了凯维尔含笑的眼睛："我的任务，算是完成了吧？"

凯维尔的问话让内政大臣清醒过来，他又看了一眼宝座，立刻胸有成竹地下令向叛军传话，他要代表国王和叛军谈判。叛军很快回答，不和内政大臣谈，要谈，必须国王亲自出面。

这话正中内政大臣的下怀，他让人火速安排会谈地点，又如此这般地嘱咐了一番……

到了约定时间，内政大臣神采奕奕地走进会谈大厅，叛军首领一见国王没来，立刻就要轰他出去，内政大臣却不慌不忙地拍了拍手，只见八个士兵抬着宝座走进了会议厅。宝座被放在了会谈的主位上，不知怎的，一股说不出的威严在大厅里弥漫开来。宝座好像有了生命，带给人们前所未有的敬畏感。内政大臣先跪下了，紧接着，几名叛军将领也跪下了，连声高呼"国王万岁"。

接下来的谈判轻轻松松，叛军毫不犹豫地答应了退兵，他们连国王的面也没见着，就被一把椅子给收服了。接下来，内政大臣命令士兵护卫着宝座，在首都的大街小巷游行三天。叛乱的百姓们都被宝座征服了，宝座所到之处，一片"国王万岁"的欢呼声。凯维尔迷恋地看着自己一刀一刀雕刻出来的作品，心里充满喜悦。

这时，一个醉汉光着上身，踉踉跄跄地从人群里走了过来，可能是喝醉了的缘故，他见到宝座后一点也不敬畏，反而毫不犹豫地爬了上去，两脚一收，自自然然地睡下了。

凯维尔怒不可遏地瞪着那人，这宝座连国王都还没坐过，怎么能让一个醉汉睡觉呢! 愤怒中，他感到宝座正散发出强大的魔力，似乎在命令自己: 快，快把这个亵渎王权的流浪汉干掉! 凯维尔像着了魔似的，拿起刻刀，一划拉，锋利的刀口立刻划开了醉汉的脖子。

内政大臣闻声赶来，走到跟前一看，差点晕了过去，因为他看到，失踪已久的国王，竟然死在了宝座上!

"这、这、这是怎么回事？"内政大臣惊叫起来。

凯维尔愣住了: 什么，这个醉汉竟然是国王？ 难怪只有他没被宝座的威严征服……凯维尔傻傻地呆在原地，正要开口，内政大臣突然低声阻止了他: "别声张，只要有宝座在，有没有国王，又有什么区别呢……"

是啊，一个昏庸的国王还不如一把倾注了艺术家心血的椅子有生命力，凯维尔陷入了沉思……

（题图、插图: 佐 夫）

44

酒驾那点事

□雪中铁丐

黄大松在一家公司做业务经理，干业务的，当然要勤跑腿、多磨嘴，脑子会转，口里能吹。不过，这个"吹"可不是指吹牛，而是吹酒瓶。

那天，黄大松在酒店招待完一个重要客户，就开着他那辆帕萨特回公司，刚到路口，就被一个黑脸交警拦下了，检测酒精的仪器棒还没伸到黄大松嘴边，就"滴滴答答"狂叫起来。

好家伙，黑脸交警立即严肃地说："请您下车，接受检查。"黄大松还不服，红着眼、嘴里嚷嚷："我……我又没喝多，你们凭……凭什么拦我？"

"还没喝多？"黑脸交警扬着手里的检测数据说，"你血管里的酒精加在油箱里，车子都能开到海南岛了。"

黄大松心想，不过酒后开车嘛，顶多罚点款了事，不想正赶上严查，

他被拘留了七天！

拘留期满，黄大松耷拉着脑袋刚走出大门，就见那个黑脸交警笑嘻嘻地拦住他："怎么样，面壁思过后有什么心得啊？"

黄大松白了他一眼，钻进车子，突然，他发现自己车里多出了一样东西：一个黑色的盒子端端正正地安装在方向盘下，盒子一头连接着发动机，另一头伸出个软皮管子，管子头上是个呼吸面罩似的东西。

这是什么呀？黄大松一边寻思，一边插进钥匙，想启动车子，不料发动机毫无反应，再试，车子还是没有启动，倒是那个黑色盒子里飘出个甜美的女声："请您按照程序启动车辆。"

黄大松吓了一跳，程序？什么程序？他伸头一瞧，见车窗外黑脸交警眯缝着眼，正一脸坏笑地望着他。黑

脸交警告诉黄大松，由于酒驾屡禁不止，交通状况糟糕，市有关部门突发奇想，决定购买国外的先进技术，在部分酒驾司机的车子里试装一种叫"紧箍咒"的仪器。这种仪器十分精密，司机在发动车子前，必须往那个呼吸面罩似的管子里吹几口气，经仪器化验，证实司机没有饮酒，发动机才能启动；而且，车子上路后，每隔十五分钟，仪器会自动提示司机再次吹气化验，如果不吹，车子会在半分钟内自动熄火。

黄大松气呼呼地问："这个东西要在我车里装多久？"

黑脸交警嘿嘿一笑："没多久，也就一年半年吧。"

什么？黄大松鼻子差点气歪了，想把仪器拆下来丢了，黑脸交警立即制止他，然后警告说："你别冲动，安装'紧箍咒'是对你酒驾的惩罚，这

个仪器价值十几万，你胆敢损坏，或者私自拆卸，一切后果自负。"

见黄大松脸都气绿了，黑脸交警拍拍他的肩膀，说："这也是为你好，你不为自己着想，也多想想家里人和那些无辜路人，酒驾的危害多大啊……"

这几天黄大松在拘留所背驾驶规章，都快背吐了，赶紧摆手："行了，别说了，我不拆还不行吗？"

拿起那个"呼吸面罩"，黄大松觉得既滑稽，又恼火，他试着往管子里吹了几口气，神了！几秒钟后，车子"轰"的一声，竟然真的发动起来了。

从此，黄大松算是真套上紧箍咒了，不往仪器管子里吹气，车子就不走，哪怕嘴巴里有丁点酒味，车子立即罢工。开着车子，十五分钟一到，就要吹气，不吹就熄火，时间一久，黄大松不胜其烦。

那天晚上，公司聚餐，席间，黄大松滴酒不沾，瞧一桌人喝得尽兴，自己只得抱着个可乐瓶子猛灌。有个同事小孙知道内情，嬉笑着端起酒杯说："来，黄哥，大胆地喝，一个大老爷们还能让一个破仪器给治了？"

黄大松苦笑着说："你不知道啊，那个紧箍咒贼灵，别说喝酒，就算身上沾

点酒星子，它也闻得出来。"

不料小孙凑到他耳边，神神秘秘地说："不瞒黄哥，我那车上也装着紧箍咒。"黄大松瞪大眼，不相信地摇头："你回回喝得跟狗熊一样，能通过紧箍咒的检测？"小孙嘿嘿一笑"我自有妙计。"

散席后，小孙把黄大松带到自己车上，然后变魔术似的拿出个吹风机，冲着紧箍咒的管子一阵猛吹。不久奇迹出现了，车子竟然一声轰鸣，发动了起来！

原来如此！黄大松恍然大悟：只要吹的是热气，仪器就能通过啊！自己怎么就没想到呢？黄大松知道诀窍后，赶紧去买了把吹风机，然后试着往管子里吹气，车子果真动了起来。黄大松喜出望外，还把这招传授给了车里同样装着紧箍咒的朋友，不久，朋友们的车里都配备了吹风机。黄大松十分得意：十几万的进口仪器，被几十块钱的小小吹风机就摆平了，看来这外国货就是笨啊！

不料没过几天出了意外，那天黄大松喝得酩酊大醉，钻进车里，刚把吹风机对准检测管子，就听有人在拍车窗，抬头一瞧，只见黑脸交警唬着脸，气呼呼地说："好啊，我说最近酒驾怎么又猖獗起来了，你们真是有绝招啊！"

黑脸交警把发现的情况向上级做了汇报，不久，生产紧箍咒的外国科

研人员改良了仪器，如今仪器能辨别出吹气的是活人还是吹风机了。

黄大松懊恼了好几天，这都怪自己大意啊！

但即使仪器性能提高了，要对付它还是有办法的，黄大松和小孙几个人研究了半天，发现仪器不能分辨吹气的人是谁，于是每次出去喝酒，黄大松就拉上个不喝酒的朋友，让他帮自己吹气，轻松蒙过了紧箍咒。但老找人帮忙吹气很不方便，有时偶尔一个人出去喝酒，找不到人帮着吹，还是个难题。

一次，朋友送了黄大松一只小京巴狗，这只京巴十分聪明，让坐就坐，让站就站，还能学人作揖。黄大松出门时，经常把小京巴带在车上，时间一久，京巴见黄大松老往一根管子里吹气，竟然学会了这个动作。

这天，黄大松刚打开车门，小京巴竟然蹿上车，把狗嘴拱进管子里，"呼哧呼哧"地模仿黄大松吹气。黄大松一愣，不禁哈哈大笑起来，谁知笑声没落，车子的发动机一响，车竟然启动了！

原来这仪器竟然分辨不出人和狗吹出的气！黄大松先是一呆，随即兴奋地抱着小京巴转了好几圈："哈哈，老天爷给了我一只神狗啊！"从此，每次上酒场，黄大松都把狗带上，帮自己吹气发动车子，他还给狗起名叫

"大胆"，他的座右铭就是：只要胆子大，紧箍咒也不怕。

有了"大胆"的帮忙，黄大松横行酒场，大杀四方。为了更好地训练"大胆"，"大胆"每吹完一次气，黄大松就会掏出酒桌上带回的烤鸡肴肉，犒赏"大胆"，吃得膘肥体胖的"大胆"也更尽心，一上车，就主动用小爪子抓着管子那头的面罩，一个劲地吹。黄大松为自己的发明洋洋得意：中国人就是聪明啊，那些发明紧箍咒的老外哪里想得到这么高的招呢？

乐极生悲，一个雨夜，两斤白酒下肚的黄大松摇晃着上了车，"大胆"立即吹响了发动机，车子上了路。不久黄大松酒劲上涌，车子在路上写起了"之"字，在一个转弯处，前方突然出现了一辆大货车，随着一声剧烈的撞击声，黄大松只觉得自己飞到了天上，落下来后，便失去了知觉。

醒来时，黄大松浑身剧痛，发现自己全身缠满绷带，被固定在夹板里，口鼻上戴着氧气面罩。这时，他耳边响起一个声音："大夫，这人没事吧？""伤势不轻啊，幸好你们送得早，不然就……"

那人说"算这小子走运，今晚我值班，正好巡逻到那段……可是奇怪，他喝成这样，车上的紧箍咒怎么会允许他发动车子呢？"

黄大松听出来了，说话的正是那个黑脸交警。他苦笑着想，就算黑脸交警想破脑袋，也想不到自己是用狗发动的车子。

一会儿，黑脸交警和大夫都出去了，黄大松迷迷糊糊地刚要入睡，就感到有个热乎乎的东西在舔自己的脸。他努力睁眼一瞧，发现竟然是"大胆"，在车祸中，"大胆"奇迹般地毫发无损！黄大松全身骨头剧痛，心烦意乱，想张嘴叫"大胆"一边去，受伤的嘴巴却发不出声音。就在这时，"大胆"突然显得急躁起来，用爪子不住地扒着黄大松的脸。黄大松吓坏了，心想这狗是不是疯了？

任凭黄大松挣扎哼哼，可是"大胆"依旧不依不饶，终于，它扒

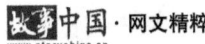

小偷遇上大盗

□ 张东兴

有个小偷王毛，看中了一个作案的好地方，出手前信心不足，就携了一壶酒，一只鸡，去求祖师爷保佑。

小偷的祖师爷是梁山好汉时迁，王毛来到供有梁山好汉的庙宇，找到时迁的泥像，摆上鸡，上了香，慎重考虑后，向祖师爷念了一首打油诗：

夜半三更拜祖神，

但愿人家不闭门。

值钱之物摆当路，

偷罢报警不追寻。

祝罢，倒酒三杯，磕了头，王毛心里踏实多了，他根据计划，来到自己事先踩过点的地方，那是一个单位的招待所，主楼是幢三层小楼，既不

下了黄大松口鼻上的氧气呼吸面罩，然后把自己的狗嘴拱进去，"呼哧呼哧"吹起了气。原来，"大胆"以为那个氧气面罩是发动车子的吹气管哩！向里面吹气是自己的工作，怎么能劳驾主人呢？为了那些烤鸡肴肉，"大胆"奋力地朝管子里吹起气来，而黄大松只觉得自己的呼吸越来越艰难，眼前发花，手脚冰冷……

不久后，市有关部门宣布遏制酒驾的"紧箍咒计划"失败，原因很简单：中国的司机都太大胆、太聪明了，再先进的仪器都对付不了他们。

而黄大松由于氧气面罩脱落，大脑长时间缺氧，造成了半截身子瘫痪，不过唯一的好处是，如今他喝酒后出门，再也不怕交警了，因为他现在的车子没人会查——那是一辆崭新的轮椅。

（题图、插图：张恩卫）

高大，也不辉煌。这种招待所外表越寒酸，里头越是别有洞天，最近"偷盗界"盛传，招待所里刚进了一批好东西，王毛这次来，就是想赶在同行前面，先下手为强。

戴上假发，粘上胡须，王毛就翻墙进去了。他伏在暗中看清哪里有摄像头，然后能躲就躲，低头而过。

看到二楼一个房间灯火通明，王毛就顺着下水管爬了上去，躺在一楼的遮阳板上偷听。听了半个小时，他大体明白了：屋里共有这么几个人：秦局、王处、钱处，还有一个齐总，但听起来不是总经理，应该是管账的总会计之类的，都是这个单位的关键人物。招待方是这个招待所的所长，姓

时。另外还有一些莺莺燕燕，想必是服务员。

这时就听时所长吩咐："兰子，去，把咱新进的那批十五年的五粮液搬一箱上来，让各位领导尝尝。"

王毛一听大喜：十五年的五粮液，能卖到一千多元一瓶，自己只要弄他两箱，那就不虚此行，看来这就是圈子里盛传的"好东西"了。想到这儿，他哧溜下楼，伏在暗处等着，一会儿就听到清脆的高跟鞋走下楼来的声音，那人一边走一边还嘟嘟嚷嚷："都这时候了，还要一箱，喝死你们！"不用说，这就是兰子了，跟着吧。

兰子开了库房，搬了一箱酒，出来拿脚向后一蹬，库房门"咔嗒"锁上，但是钥匙插在锁孔里，忘记拔了。

王毛眼睛一亮，想起自己求祖师爷的第一句："但愿人家不闭门"，应验了！他扫了一眼那串忘在门锁里的钥匙，赶紧打开随身携带的百宝囊，从里面取出几把没用的旧钥匙，几秒钟的工夫，就组装成了一串山寨版的钥匙串，和兰子忘在库房门上的那串钥匙个数、外型完全一样，只是钥匙牙不一样，不过只要不开锁，别人就发现不了。这时，兰子才刚走出十步，王毛施展绝技，将那串山寨版的钥匙无声无息地装进了兰子的口袋，兰子还一无所知，抱着那箱酒继续走。

为什么要用山寨版的钥匙串呢？

一是王毛发现那串真钥匙上有把车钥匙，于是他有了一个更大的计划；二是兰子回去肯定得交还钥匙，发现钥匙忘了肯定得再回来，那不耽误事吗？

王毛来到库房门前，打开库门，进库一看，天啊，里面足有100箱五粮液！他锁上库门出来，镇静地直接走到门岗那儿，拿烟散了一圈，晃了晃手中的钥匙："哥儿几个，时所长请几位搭把手，把库里那批酒装车上去。"

几位保安不认识王毛，可怎么也不会想到他是个小偷，听说是时所长下令，那就搬吧。跟着出来，王毛这才摁了摁车钥匙上的遥控器，一辆客货两用车"嘀"的一声，王毛又摁了一下，车门锁打开了。王毛把车倒进库房，几个保安一起动手，百来箱酒很快搬上了车。这时，有个保安突然问："这酒刚送来，怎么又装车了呢？"

王毛指指二楼，说："秦局、王处、钱处、齐总喝着这酒都说味儿不对，时所长恼了，让我连夜退给他们。这帮兔崽子，眼让钱糊上了，连咱都敢坑！"

保安们听他把楼上的贵宾说得一个不错，本来还有点怀疑这人怎么不认识，现在连这点小疑问也打消了。一个保安一溜小跑过去打开大门，王毛挥挥手，开车出去了。他心里一个劲地感谢祖师爷："值钱之物摆当路"，人家不单把东西摆当路，还提供车，还都给搬车上了，这祖师爷，可真没白敬他呀！

看看车开出了保安的视野，王毛一溜烟把车开出二百公里，在当地租了个房子把酒卸下，又连夜把车开到另一个城市，想找个下家先把车出手。可是刚到郊区，车出了毛病，不走了，王毛只得弃车，搭车回来。

王毛回来后顾不上歇息，赶到招待所附近，找个茶馆坐下来，打听消息。这时他换了衣服发型，就算和那几个保安面对面，他们也认不出来。

茶客中不少是穿拖鞋的，应该就是这附近的居民，可是闲谈中没谁提到招待所招了小偷、来了警车之类的。

这倒不出王毛的意料，一批就进100箱五粮液，每箱4瓶，每瓶就算1000元，还得40万呢，一声张出去，公众难免会问：钱怎么来的？给谁喝？这不要了他们的命吗？所以他们多半不会报警的。

自己只要求"偷罢报警不追寻"，没想到人家连警都没报，这祖师爷可真没说的了！

可是租房时交了2000元押金，王毛那点启动资金快没了，虽然现在处理赃物很危险，但也不能饿着呀！王毛不敢大批量的卖，就用自行车驮了两箱五粮液去礼品回收店，店老板仔细看看包装，一摆手："你这酒是假的。"

王毛好像给兜头浇了一盆凉水，

但他一点没露出来，还骂了一句："他妈的还托老子办事呢，就送这酒？去他妈的！"转身出来，又问了两家，都说是假的。

王毛可就沉不住气了，一阵风跑回来，一箱一箱打开，全是假的！王毛这个气呀，辛辛苦苦一晚上，没挣着钱倒赔了两千多！他越想越不对，一进就是40万的酒，这样的招待所所长，钥匙串上的车钥匙不是豪华小车的，竟然是客货两用车的，打死我也不信！这里头肯定有鬼！

王毛不甘心，晚上又偷偷进了招待所，正好那个叫兰子的服务员下楼

催菜，王毛趁机一把将她拉进早已看好的空房里。

这个兰子可真不简单，一不惊叫二不慌，反倒有种如释重负的样子，说："你可来了。"接着，她变戏法似的从旗袍里拿出一沓钱："一万块时时带身上，特别是我们穿旗袍的，你不知有多难受！"

王毛傻了："什么意思？"

兰子说"我们所长说，这几天一定会有人找来。如果找到我，让我给这个人一万块，还让我转告你一句话：领导喝的是真酒。"

王毛略一思索，全明白了：所长故意事先放出风声，让众多小偷盯上他进的这批假酒，而他给领导喝的却是真正的五粮液。酒失窃后，那些领导深知利害：这种事就跟洗澡被抓一样，都不宜声张，自然是一捂了之。这样，不管失窃的酒是真是假、所长进假酒是有意是无意，都没事了，高！

人家虽然有耍他之嫌，但活儿做得漂亮，还给了王毛一万块辛苦费，也算对得起他。王毛说了声："佩服！"拿钱走人。兰子在后面说："我们所长还让我告诉你：他姓时！"

王毛一愣，祖师爷时迁的后人？赶紧向北作了个揖，这才扬长而去。

（题图、插图：张恩卫）

（本栏目欢迎来稿。来稿可从邮局寄发，也可从网上传递。如为电子邮件，请发以下信箱：lujia411@yahoo.com.cn。）

人们把书本比喻为"精神食粮",没想到有一天,书真的能吃了!而且吃下去后,就能记住书里的内容。可是,想象中的幸福并没有来临,反而一切都乱了套……问题出在哪儿呢?

吃书

□ 郭振宇

鸟枪换炮

郝大顺是出租车司机,他老婆嫌他没出息,很多年前就和他离婚了,把儿子郝小顺也扔给了他,那时郝小顺才八岁。郝大顺把一切希望都寄托在儿子身上,一个人把郝小顺拉扯长大,如今郝小顺已经初三了,虽说学习成绩不是出类拔萃,但也不是很差,中上等,可最近这阵子他的名次不断下滑,摸底考试竟考了全班倒数第一。郝大顺非常愤怒,训斥儿子:"没出息!这成绩怎么考重点高中?"

郝小顺一脸无辜:"我有什么办法,人家都在吃书,我却在读书,怎么能竞争得过人家?"

郝大顺皱皱眉,问:"吃书?吃什么书?书能吃吗?"

郝小顺哼了一声:"这都不懂,真老土。现在学生都不读书,改吃书了,吃完后书上的内容会一字不漏地记在脑袋里,这样就不用学习了。"

最近郝大顺倒也多次听说过吃书的事,不过他一直没明白吃书是什么意思,也没往心里去,现在听儿子这样说,他决定去看个究竟,于是问儿子:"哪里卖吃的书?咱们也去瞧瞧。"

儿子告诉郝大顺，现在搞这个业务的公司很多，一家叫"正道"的公司很有名，他们班好多同学都在那买书。

第二天，郝大顺领着儿子来到了正道公司，公司老板姓林，自称是一所大学的教授，林教授接待了郝大顺父子，他介绍说，吃书是最新的科研成果，书是用特殊材料制成的，吃下去后书的内容便可完完整整地记在脑子里。他一边介绍一边拿出了几本可以吃的书。

郝大顺感到很神奇，他拿过书仔细看了看，这书和普通的书一般大

小，翻开书，书里的纸比普通的纸略厚一些，有点发黄，很像煎饼的颜色。郝大顺问："你说的是真的？吃了就能全记住？"

"当然，你可以试试。"林教授从书上撕下一页，"这是篇古文，你看看会背？"

郝大顺接过纸一看，别说背，念都念不下来，他摇摇头："不会背。"

"那好，你现在把它吃了，吃完后就会背了。"

"怎么吃？"

"就像吃煎饼一样吃。"

郝大顺把纸吃了，纸没什么味道，不好吃，但也不难吃。过了十多分钟，林教授说："现在你把那篇古文默写出来。"

神了，古文好像印在郝大顺脑子里一样，他很轻松就默写了出来，当然，上面有很多字他不认识。郝大顺服了，林教授说："怎么样？不是吹牛吧，现在很多学生都在吃我们的书，我们的目标就是把学生从课本中解放出来。"

郝大顺很兴奋，说："好，我给儿子也买一套，初三的多少钱？"

林教授说："一套初三的教材是四万元。"

"四万！"郝大顺吓了一跳，"这太贵了！"

"这还贵？以前我们卖六万，现在竞争激烈了，我们才降价的，你来

得正是时候，昨天还卖六万呢。"

儿子学习很刻苦，每天都学到深夜，郝大顺也心疼，现在别的孩子都吃书了，如果自己的儿子不吃书根本竞争不过人家，郝大顺咬咬牙："四万就四万，我回去张罗钱，明天过来买。"

第二天，郝大顺交了钱，林教授把初三的教材交给了他。回家后郝大顺让儿子吃书，儿子一口气都吃了，吃完撑得够呛。过了一会，郝大顺一试验，真灵，郝小顺把课本倒背如流。郝大顺很高兴，这回儿子考重点高中没问题了。

军备竞赛

转眼期中考试了，郝小顺并没有取得如愿的成绩，虽说不是倒数第一，但处于中下游。郝大顺很着急，他来到正道公司找到了林教授："我儿子怎么没考出好成绩啊？"

林教授说："你儿子能考这样已经不错了，他只吃了初三的课程，初一和初二的课程没有吃，那些课外辅导书也没有吃。我儿子今年也读初三，他们的情况我很了解，很多同学不仅吃了初一初二的教材，还吃了大量课外辅导书，所以你儿子根本竞争不过人家。"

郝大顺"哦"了一声，问道："你说的那些辅导书和初一初二的教材，一共得多少钱？"

"我把初一初二的教材和整个初中的辅导书打包卖给你，打个折，一共六万。你儿子把这些书都吃了，估计就没问题了。"

郝大顺叹了口气："也只能如此了。"他又四处张罗了一番，凑齐了六万元把书买了回去，书太多了，郝小顺吃了好几天才吃完。

又月考了，郝小顺的成绩还是不理想，郝大顺又找到了林教授"我儿子的成绩还不咋样，你这是骗人呢。"

林教授问："你儿子现在是不是能把整个初中的课程流利地背下来？"

"那倒是。"

"所以啊，我没骗你，没有取得好成绩是多方面的问题，有个成语叫高屋建瓴，你听过吗？"

郝大顺摇摇头："没听过，我没念过多少书。"

"高屋建瓴就是把瓶子里的水从高处倒出来，这样水就会倾泻而下，不可阻遏，意思是说，做事从高处着手就会好办得多，学习也是这样，你想啊，假如你儿子现在把高中和大学的课程都学完了，中考岂不是小菜一碟？你不知道，现在很多学生把高中和大学的课程都吃了，所以你儿子还是考不过人家。"

"他们把高中和大学的课程都吃了？"

"对，都吃了。你儿子的作文怎么

样？"

郝大顺答道："不太好。"

"作文不好是因为书读得少，我这里有很多世界名著，俗话说，读书破万卷，下笔如有神，他要是把这些世界名著都吃了，作文水平肯定有很大提高，说不定将来还能成为一个作家。高中、大学的课程和世界名著加在一起，一共得三十万，我给你优惠一半，十五万，你看怎么样？"

郝大顺摇摇头："这也太贵了。"

"你是老客户，我再优惠点，十二

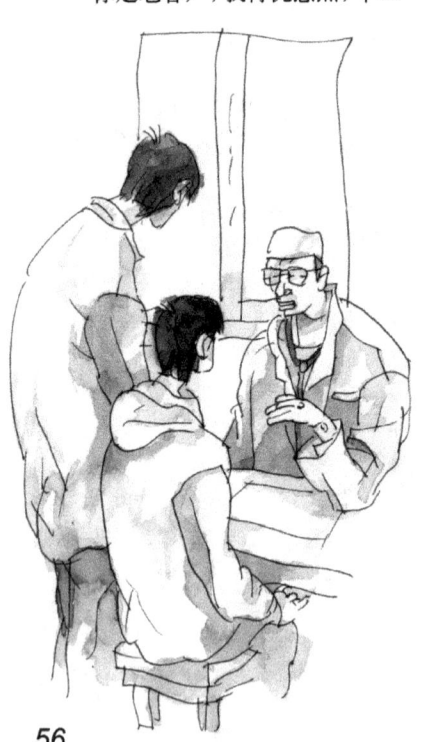

万，你可能觉得贵一点，但你想一想，高中和大学的课程以后也要吃的，与其以后吃不如现在吃，早吃早得利，这钱早晚都要花的，你现在只不过是预支而已。"

郝大顺一想也对，他咬咬牙："好，我买！明天我去把车卖了。"

第二天，郝大顺把出租车连同车标一同卖了，一共卖了二十万，然后买回了高中和大学的书，书很多，郝大顺雇了个小货车把书拉回了家。车卖了二十万元，这次花了十二万，前两次买书欠了八万元外债，还完外债后分文未剩。

从头开始

郝小顺开始吃书，书太多了，他一连吃了一个多月才吃完，郝大顺看着高兴，现在儿子已经有大学的水平了，考重点高中肯定没问题了。他继续开出租，现在是给别人开，每天要交份钱，压力更大了。

一天晚上，郝大顺交完车回家，他一进屋，郝小顺就愣头愣脑地看着他，看了半天，问道："你是谁？怎么跑到我家来了？"

郝大顺以为儿子在开玩笑，但一看儿子的神情，又觉得不对，儿子的眼神有些发直，郝大顺心里发毛"儿子，你怎么了？我是你爸，怎么连我都不认识了？"

郝小顺摇摇头，说"你是我爸？

我怎么不认识你？你出去！"

郝大顺急了，拉着儿子赶紧去医院，到医院一看，医院里人满为患，很多都是家长领孩子来看病的，郝大顺一问，各家孩子的病症都一样——失忆，有的还认识父母，更多的像郝小顺一样，连父母都不认识了。

排到后半夜，郝小顺才看上病，医生问郝大顺："孩子是不是吃书了？吃了多少？"

"吃了很多，大学的都吃完了，足足吃了一个多月。"

"那就对了，你儿子是因为书吃得太多才会这样。"

医生进一步解释说，人体任何器官的承载能力都是有限的，比如眼睛，用眼过度就会近视；脑子也是如此，短时间内吃太多书，大脑承受不了，就会受到损伤，就会失忆。医生叹气道："你们这些家长啊，真是胡闹！一口气让孩子吃这么多书，连大学课程都吃了，他们哪受得了？"

郝大顺急了，问："那怎么办？"

"休息，让脑子彻底休息，这样才能恢复过来。从现在起，你儿子千万不能学习了，这段时间他只有一个任务，那就是玩。"

从此以后，郝小顺不上学了，郝大顺也不开车了，成天领着儿子玩，踢球、游泳、跑步……其间，郝大顺也去过正道公司，想讨个说法，可公司已经人去楼空，林教授也找不到了。

半年后，郝大顺领着儿子来复诊，医生检查了一番，说："孩子恢复得不错，智力已经基本恢复，可以上学了，但不能累着。"

"恢复了？可他现在一个字也不认识啊！"

医生说："他智力恢复了，但以前学过的东西都忘了，一切都得从头来。"

郝大顺傻眼了："从头来？"

"对，从头来，从小学一年级开始。现在很多小学都为像你儿子这样的大龄学生开了一年级，你也快去报名吧。"

郝大顺无奈，领着儿子去小学报名。到了学校，他远远看见了一个熟悉的身影，那不是林教授吗？林教授领着一个和郝小顺差不多大的孩子也来报名，郝大顺上前问："这是你的儿子？他也来这里了？"

"是我儿子，书吃多了，我不让他吃，他就自己偷着吃，哎！"

"好啊，报应啊！让我儿子和你儿子同桌吧。"郝大顺冲林教授笑了笑，林教授也干笑了两声，没说话，匆匆走开了。

郝大顺把儿子送到了教室，然后向教学楼外走去，身后一群十六七的大孩子开始上课了，郝大顺听得真切，就听老师说："来，同学们现在跟我读，大，小，上，下……"

(题图、插图：谭海彦)

偷自己车的
疑犯

□ 顾文显

村民肖大中花一万块钱买回一辆淘汰的面包车，在各村镇之间跑出租。肖大中的车既不上牌又不交税，他有自己的算盘：自己只在乡村间跑动，天皇老子也管不到，办什么手续！

这一天，肖大中驾车送客到镇上，刚进街区，一辆交通执法的车超到前面，把他拦下了。

车上跳下一位冷面孔的老交警，别的不问，一个敬礼后就让肖大中出示营运执照。肖大中傻眼了，他万没想到，今天是全县大检查，交警大队的邢教导员亲自带队到这个小镇抽查，肖大中可算是撞到枪口上了。见肖大中满脸通红答不上话来，邢教导员心知肚明，立即把这辆黑车带到镇政府后院，邢教导员拔掉车钥匙后，对肖大中说："车子暂时扣下，你回去

听候处理吧。"

黑车司机遇上交警，那就是找死了，肖大中垂头丧气回到家后，就遍求有本事有门路的亲戚，想通融一下，要回车子，可回答都是一样的："现在是风头上，谁也不敢顶风而上！"

求不动人，肖大中只好耐心等待。他几乎每天都去镇上，询问镇领导，回答是："车是交警大队扣的，我们无权处理，回去等吧。"眼看自己的

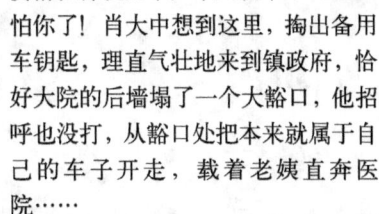

车就停在后院，表面已经蒙上了尘土，肖大中既心疼又无奈。

几天过去了，还没见交警大队的人来镇上，肖大中无奈，就直接去县城交警大队找。门卫听他说找邢教导员，干脆连门也不让进，嘴里说："他出门了。"肖大中急得双脚跳，你们公务员按月发工资，可我一个农民，车轮不转，一家人吃什么？他急着问："那要几天回来？"门卫有点不高兴了："几天？我一个看门的，怎么可能知道？"

肖大中垂头丧气地从县城回来，正躺在炕上怄气，他老姨父慌里慌张地跑进门："大中，你快点开车送你老姨去医院，她突然就不行了！"

肖大中从小没娘，是老姨把他带大的，老姨虽然只比他大10岁，却像妈一样亲。他急忙跑去老姨家，只见老姨嘴角直流涎水，两眼已经翻白！打120急救电话，可车子过了好久还没来，怎么办？肖大中想到自己那辆面包车，火气就蹿上来，自己明明有车，却被扣在镇政府闲着，这不是欺负人吗？肖大中气冲冲地给镇政府王主任打电话要自己的车子，王主任告诉他："你那车子，短期内真没法处理，给你透个实底吧，姓邢的在经济上犯了事，正接受审查呢。"

原来邢教导员那天执行完任务就被"双规"了，这事可真有些复杂了。肖大中看着奄奄一息的老姨，心里暗骂，好一个贪官，你有什么资格扣押我的车！今天我不怕你了！肖大中想到这里，掏出备用车钥匙，理直气壮地来到镇政府，恰好大院的后墙塌了一个大豁口，他招呼也没打，从豁口处把本来就属于自己的车子开走，载着老姨直奔医院……

没想到，没过几天肖大中就被派出所带了去，罪名是……

律师点评：

肖大中因非法营运，车被交警扣留在镇政府后院，后肖大中乘人不备将车开走。从表面上看，肖大中开走自己的车，似乎无可指责，但细细分析，问题就严重了。原因是：不管那名交警后来出了什么事，他当时执法扣车，手续合法，所以，车在扣留期间的保管义务和控制权利的主体已转移，肖大中不经允许，无权再支配这辆车。

肖大中在支配这辆车时，可能出现以下三种情况：一、肖大中若趁人不备而将车开走，那就构成秘密窃取即盗窃罪；二、肖大中若不听他人劝阻，公然将车开走，那就构成了抢夺罪；三、肖大中若在抢夺车辆时公然使用暴力与人动粗，那么就构成了抢劫罪。这三种罪的处罚，刑期都是不同的。

（题图：谭海彦）

阿P "闯关"

□ 何 伟

都说阿P是个倒霉蛋，这话不错，可人活一世，谁没出过几次风头、做过几回英雄？阿P自己特别得意的，是两次"闯关"的经历。

话说"文革"时，阿P还是个小青工，他们厂建在一个江心岛上，到城里很不方便，阿P每月才回一趟家。好容易熬满一个月，十八块工资到手，阿P花了三块钱，买了两串大闸蟹，兴冲冲准备拎了去看老娘，尽尽孝心。回家要过江，要坐渡船，阿P手里提着蟹，哼着小曲儿，刚来到码头，迎面便走来一个戴着红袖章的检查人员，那个时候戴"红袖章"的特别多，都是"执法人员"。"红袖章"一眼看见了那两串肥壮的大闸蟹，突然拦住阿P，沉着脸问"你这蟹哪里来的？"

阿P见那人面色不善，心里有点虚，但再想，我这蟹又不是偷来的、抢来的，怕什么？于是把头一昂，理直气壮地说："买的呀！怎么啦？"那人冷笑一声，说："买的？谁允许你买啦？自由买卖，投机倒把，这是走资本主义道路！走，跟我走一趟！"

说到这里，年轻的读者或许会莫名其妙：花自己的钱买大闸蟹怎么就犯法啦？那个时候就是这样，买东西只能到国营商店、国营菜场，老百姓之间不能自由买卖。那"红袖章"要把阿P带到"打击投机倒把办公室"，要让他去"说说清楚"，这一下阿P不愿意了，他想，大丈夫能屈能伸，龙门能跳，狗洞能钻，于是马上装出一副可怜兮兮的样子，说"我娘身体不好，生着病呢，这两串蟹是孝敬她老人家的，让她增加点营养，您就帮帮忙，放我过去吧！"他口里说着客气话，身子一侧，想挤过去。

这个时候，看热闹的人围了不少，人越多，"红袖章"越来劲，他把手一伸，摆出一副"样板戏"里英雄人物顶天立地的架势，说："人走可以，蟹得留下，没什么商量的！"

阿P见他这副凶神恶煞的嘴脸，心头的火"噌噌"直冒：这不是拦路抢劫吗？自己一个月工资才十八块，买蟹就花了三块，怎么着，便宜你小子？可自己无权无势，手中除了这两串蟹，就是两个拳头，打人要犯法的，老子犯不着！一时间，阿P倒不知怎么办好了，他朝四处看看，码头上看热闹的人越来越多，少说也聚集了上百人，那些人的目光全聚焦在阿P身上，是英雄，是狗熊，江边看我阿P兄！刹那间，阿P浑身一热，心头升腾起万丈豪情，他大步走到江边，蹲下身来，解开绳子，拿起一只蟹，"嗵"，扔到江里；再拿起一只，又"嗵"地一声扔到了江里……没多少时候，两串蟹全扔到了江里，此时此刻，阿P禁不住想起了《三国演义》里的开篇词："滚滚长江东逝水，浪花淘尽英雄……"

那时候物资匮乏，生活贫困，两串蟹可不是闹着玩的，"红袖章"愣住了，围观的群众也愣住了，过了好一会儿，"哗——"码头上忽然爆发出雷鸣般的掌声，阿P两手往裤袋里一插，大声唱着"雄赳赳，气昂昂，跨过鸭绿江"，在两边围观人群"齐刷刷"的注目礼中，走上了渡船……

三十年河东，三十年河西，如今的阿P可不是三十年前的小青工了，他现在是一家公司业务部的小主管。刚升完职，领导就派他去国外谈一笔业务，阿P那个乐啊，当着领导的面，就差没当场蹦起来。

领导交代阿P：为顺利办好这趟差，要给国外客户送个礼，礼品既不能太奢华，又要能表达公司对客户的重视。送什么好呢？阿P人不笨，脑筋一转，有了！他转身去了烟酒专卖店，拎回两盒"茅台"，得意地想：都说"茅台"是国酒，送给外国客户，他们肯定喜欢。两盒酒，总共才花了一千多块，真是又经济又有面子！

出国这天，阿P穿西服，系领带，披风衣，哼小曲，一手甩着机票，一手拖着行李，派头十足地走进机场。一会儿，阿P来到安检口，工作人员要他打开箱子检查，阿P便打开箱子，潇洒地把手一挥："查吧。"安检人员拨开上面的衣物，见箱底整整齐齐地放着两盒"茅台"酒，便说："先生，这酒不能上飞机。"阿P一愣，问"为什么？"

安检人员说："这是我们航空公司的规定，为了保证乘客的人身安全，凡是液体，都不能带上飞机。"

阿P是第一次坐飞机，不知道有这个规定，顿时急出了一身冷汗，他结结巴巴地解释道"同……同志，我这酒是……是要送人的，能不能通融

通融？"

安检人员微笑着说："这是规定，请您配合！"

阿P慌了：上次外国客户来中国洽谈，也是带着礼物来的，这次自己空着两只手出去，不是让别人看笑话吗？这事要是传到领导耳朵里，自己以后还怎么混？安检人员看到阿P手足无措的样子，好心地提醒："先生，要不你赶紧去办个托运吧？"

阿P看了看手表，还有5分钟就不能登机了，办托运肯定来不及了！他顾不上什么风度，连声哀求："同志，帮个忙吧，你抬抬手，就让我把酒带进去吧。"

安检人员语气平静，但绝不退让："对不起，您要上飞机，就得把酒留下；您要酒，那就请回吧。"

阿P一下子恼了，他正要"老子"、"儿子"地骂将起来，忽然想到三十年前的那次"闯关"，想当年自己也是一条好汉，平白无故憋屈了那么多年，没想到啊没想到，今天，当英雄的机会又来了！

说时迟那时快，只见阿P拆开酒盒，拧开瓶盖，众目睽睽之下，举起酒瓶，仰起脖子，"咕嘟咕嘟"，把一瓶"茅台"全灌了下去，安检人员和在场的乘客全都大惊失色，一时间竟有点不知所措……

一瓶酒下去，阿P已经头重脚轻，站立不稳，他扫视全场，"嘿嘿嘿"傻笑几声，又打开第二瓶酒，"咕嘟咕嘟"，又灌了下去。这时，安检人员终于反应过来了，对几个同事叫道"快拦住他，别让他喝了！"没想到酒壮胆，胆增气，阿P喝了酒后力气大得惊人，三个工作人员上来想扯住他的手脚，愣是被他左一拳，右一脚，甩开两米多远，唬得边上一个外国游客用生硬的汉语直叫好："成龙，功夫，纯爷们！"

阿P听见有人夸他，好像飞上了南天门，一口气把酒喝得一滴不剩，喝完酒，他歪歪斜斜，打着酒嗝就往关口闯。这一下安检人员可不像刚才那样客气了，毫不留情地伸手把阿P拦住了。

阿P含含糊糊地嚷着"干……干什么？老子……要进关去！"

安检人员口气严厉地说："你喝醉了酒，更不能上飞机了。"

"什么？"阿P还想说什么，身子却不由自主地打了个转，"啪嗒"倒在地上。他迷迷糊糊中觉得自己被人抬了起来，心想：这次"闯关"没有成功，又是横着出去的，脸真是丢大了，可又一想，古人常说"大丈夫马革裹尸"、"壮志未酬身先死"，自己不正是光荣负伤的英雄吗？一想到这，阿P又"叽里咕噜"地唱了起来"雄赳赳，气昂昂……喂，喂，你们怎么把我抬到派出所去呀？"

（题图：顾子易）

一段离奇的案发现场录像，牢牢地吸引了警方的视线：打开两把高科技锁起码需要三分钟，凶手如何在半分钟内完成不可能完成的任务？

两分半钟的时间空白，是否会成为警方无法逾越的障碍？

离奇事件

□ 沈一译

1.设局

2009年5月20日夜里9点左右，一辆押运车缓缓驶向银行的后门口，押运车刚刚停稳，一个蒙面人突然从路边的小车内蹿出来，用手枪迅速射击，击毙了在车外执勤的两名保安，随后掏出一把外形奇特的钥匙，一下就打开了车后门门把上的环形锁，这环形锁是另外加上去的，车后门还有智能锁，蒙面人正要继续开锁，突然看见了银行后门口的监控摄像，于是，蒙面人回手就是两枪，打落了摄像头……现场的监控录像到这里就结束了。

周道警官接手了这起重大案件，连续几天，他都在放映室里，反复观看着劫案发生时的监控录像。周道从警二十多年来，大大小小的案件侦破了一大堆，但从未碰到过如此蹊跷的案子！

这个劫案的蹊跷之处在于：案发后半分钟，银行执勤人员赶到，他们看到的却是这样的场景：除了倒在地上遇害的两名保安，现场已空无一人；押运车上除了那把环形锁被打开，后车门的智能锁却依旧锁着，等到警方开锁专家赶来，打开智能锁，才看到车里的一名押运员已被匕首刺破胸膛，蜷缩着倒在车里气绝而亡，车厢里满是鲜血，染红了押运员的制服和手套。车内的保险箱也被打开，里面那颗价值300万元的钻石不翼而飞……

周道和同事们一起进行了分析，觉得十分蹊跷：在打坏摄像头后，从解开智能锁、杀死押运员、打开保险箱取走钻石、重新关上后车门的智能锁，到最后驾车逃走，蒙面人完成这一系列的动作竟然只花了半分钟时间，动作的敏捷简直是匪夷所思！

那一天，周道去银行调查，银行工作人员告诉周道：押运车后车门的智能锁和车内的保险箱都配有最先进

的设备，智能锁内含10把子锁，1把子锁对应1把特定的钥匙。关上车门后，智能锁会随机锁上其中的1把子锁，除了车内的押运员，其他人根本不知道上的是哪把子锁，即使蒙面人有10把子锁的所有钥匙，尝试着一把一把开锁的话，平均也需要2分钟才能找到正确的那把。

周道听了，沉思了很久，又问道："那么，要想打开押运车里的保险箱，需要多少时间呢？"

工作人员十分肯定地说："即便输入正确的密码，保险箱自动确认、解锁，这些程序也必定会超过1分钟。"

这就是说，要打开智能锁和保险箱，最起码也得3分钟以上，蒙面人根本不可能在半分钟的时间里完成这些事情，可现实的情况却是蒙面人只花了半分钟的时间，就轻而易举地盗走了那颗价值300万元的钻石，犯罪嫌疑人设的局使周道陷入了深深的迷惑之中……

2. 迷局

案发后的第三天，周道找到了银行安保的负责人尹仁。尹仁是个体型略显矮小的中年男子，当银行安保负责人有十多个年头了。案发时，尹仁正好轮休在家，等他闻讯后赶到现场，正碰上警方的开锁专家庞思佰解开智能锁，看到倒在血泊里的押运员

顾兴，尹仁一下就扑到顾兴身边大哭起来。周道知道尹仁和顾兴是多年的同事，显然，顾兴的遇难使他悲伤不已。

三天后，周道来到银行，看到尹仁的神色仍然十分悲伤，心中有点不忍，但案情十万火急，调查还得进行，于是便问道："尹队长，要打开智能锁，有没有其他方法？比如说，顾兴锁上车门后，无意中透露出锁上的是哪把子锁，然后，蒙面人就拿着相应的钥匙……"

尹仁不等周道话完，就连连摇头："这绝不可能，老顾只有在智能锁锁上后，才知道是哪把子锁，但那时他就等于与世隔绝了，押运车的车身是完全密封的，内部是特制的回音壁，老顾在车内不管叫多大声，外面的人都不会听见；另外，手机信号在车里会自动屏蔽，所以除了老顾，没人知道是哪把子锁。"

周道听了，心有不甘，接着问道："是不是还有一种可能——案发时，老顾自己从车内打开了智能锁？"

"周警官！"尹仁有点恼怒了，"你是在怀疑老顾吗？你没有根据呀！为了确保安全，智能锁只能从外面用钥匙打开……我希望你能尊重我的朋友。"

周道喃喃自语道："对不起……看来要打开智能锁，只能是蒙面人用手上的钥匙了，或许那是一把特制的万能钥匙。"

这时，一个年轻保安正巧走进门来，他无意中听到了两人的对话，忍不住插嘴道："大家都看到录像里的蒙面人，使用的是一把外形奇特的钥匙，这肯定就是万能钥匙，那把环形锁，是尹大哥担心这次押运的安全，在出发前特地加的，结果还是被打开了。"

周道闻听后内心不免有点沮丧，心想，除了万能钥匙可以立即打开智能锁，其余的开锁方法都要花去不少时间，可是犯罪嫌疑人怎么可能会拥有如此高科技的万能钥匙呢？

周道皱皱眉，接着问道："对不起，能不能告诉我老顾押运时具体负

责哪些事？"

那个保安抢着回答："老顾在我们银行工作这么多年来，专门负责贵重物品的在外提取、路上押运和银行入库，所以，他知道保险箱的密码。这次押运，老顾也按照以前的流程，从委托方那里提取了钻石，一路押运回来，想不到在银行门口出了事……"

一旁的尹仁接过了保安的话头，补充说道："周警官，老顾的确知道保险箱的密码，但是他如果想打开保险箱，也要一分钟的时间，还有，我再强调一次，老顾在这里工作三十多年了，人品是大家公认的。"

周道没有做声，他心里清楚，智能锁的线索暂时不会有什么眉目了，或许那个被打开的保险箱，会成为破解这个迷局的关键所在。

3. 死局

周道从银行回到了局里，他希望通过开锁专家庞思佰的调查得到一些线索。在技术鉴别部门，周道找到了胖乎乎的庞思佰，他正半蹲在地，摆弄着从现场搬回来的保险箱。周道俯下身去，问道："思佰，看出点眉目吗？"庞思佰擦了擦额头上的汗珠，摇了摇头："暂时没有，我检查了半天，可以确定这个保险箱的设置，与银行工作人员的描述是相符的，它只能靠输入密码开启，开锁过程至少需

要1分钟。这个密码程序是做死的，要想对它动手改制、减少开锁时间，那是不可能的。"

周道沉吟了一会儿，接着说道："那么，我们是不是能够判定——即使蒙面人威逼押运员说出密码，也必须要1分钟的开锁时间？"庞思佰转了转眼珠，肯定地点了一下头。

怎么会这样呢？周道一屁股坐了下去，盘着腿暗暗沉思着：万能钥匙是哪里弄来的尚无线索，又新冒出一个保险箱如何打开的难题。原本周道猜测，智能锁和保险箱都经过改制，缩短了开锁的时间，但现在的情况却并非如此，这样的话，打开押运车后车门上的智能锁最起码要2分钟，打

开保险箱最起码要 1 分钟，而蒙面人从解开智能锁到最后驾车逃走，完成所有的环节竟然只花了半分钟时间，这怎么可能？

这时，周道的手机接连响了起来，检查科、侦讯科、影印科的同事分别告诉周道：经过对现场的进一步勘查，在现场痕迹和遗留物中，没有任何对案情有帮助的发现。

所有的线索都中断了，周道默默地点了支烟，他心中还有两个疑惑：为什么蒙面人拿走钻石后，还要关上车门？为什么蒙面人不用手枪，而要换用匕首杀死押运员？但是，在首要的开锁问题解决前，这两个疑惑就显得不重要了。

墙上的指针此时正好指向了午夜12点，周道带着一身的疲惫，回到了家中，妻子早已熟睡，刚念初中的儿子趴在书桌上，头枕着书进入了梦乡。周道把儿子抱到床上，轻轻盖上被子。周道平时习惯了早出晚归，此刻他还没心思睡觉，便随手拿起了儿子桌上的《新编三十六计》，坐到沙发上看了起来。看着看着，周道看到书中的"瞒天过海计"和"苦肉计"，突然，心中隐隐察觉到什么，仿佛感觉案件有了转机，可是转念间这种感觉又消逝了，周道苦笑了一下，心想，或许是因为这起离奇的案件让自己变得敏感了。翻了半个多小时的书，疲惫不堪的周道蜷在沙发里，打起鼾来，渐渐

地进入了梦境。

睡梦中，周道置身于白天的案件里，一幕幕场景不断地闪现：打落的摄像头，被害的押运员，打开的保险箱，染血的白手套，还有蒙面人那咄咄逼人的骇人目光……

周道突然惊醒，满头大汗地喘着粗气坐了起来，他看了一眼手中的书，默默低下头，在脑海里又重新把案情梳理了一遍，他顿时好像明白了什么似的，拿起警服，又冲出了家门……

4. 破局

银行所有人都惊呆了：银行安保的负责人尹仁被拘留了！

一天之后，在审讯室里，尹仁一脸坏笑地看着周道，以十分轻松的语气不紧不慢地说："周警官，我在这里已经超过了23个小时，你们要是再找不到证据，就得放我走了。"

周道缓缓地点了支烟："这个你无需提醒我，我倒是纳闷，凭你的头脑怎么竟然在银行里屈才当一个小小的安保负责人？"

尹仁"嘿嘿"一笑，坦然地说道："周警官，不用拐弯抹角，我知道作为安保负责人，我确有监守自盗的可能，但是如果没有证据，你们也不能抓我吧？"

"这个自然不会。"周道拿起了笔，吐了口烟圈，"我还真佩服你，竟

然设得比好莱坞电影里的还精彩。"

尹仁把二郎腿一跷，目光幽深地看着周道："什么设计？不妨说来让我听听。"

周道用笔在纸上边写边分析："首先是车后门的智能锁，你成功地运用了瞒天过海的计谋，其实智能锁在开锁专家到达前根本就没打开过，你故意在车后门的门把上加了一把环形锁，然后在监控镜头前，用那把外形奇特的钥匙轻易地打开了环形锁，并随后装出要接着去打开智能锁的样子，看现场录像的人受到打开环形锁的影响，被你误导，感觉你拿着的是万能钥匙之类的工具，并且认为你下一步将要打开智能锁，而实际上，你打坏监视器后，就马上驾车离开了，

所以，在执勤人员赶来时你已没了踪影。"

周道顿了顿，喝了口水，说："别急，我知道你要问什么——既然智能锁没有打开，车里的保险箱是怎么被打开的？顾兴又是如何在封闭的车内被杀死的？事实是，你和顾兴一起用了苦肉计，保险箱是顾兴在路上打开的，他知道密码，打开自然很容易；顾兴也不是被蒙面人杀死的，他是在押运车抵达目的地时用匕首自杀的。作为押运员，他本来就戴着手套，因而也不会在匕首上留下指纹。我原先一直感到困惑：为什么两名保安是被枪杀的，而顾兴却是被匕首刺杀的？顾兴的自杀也就解释了这个疑问。他这么做，是为了帮你造成杀人抢劫的假象，至于顾兴为什么要用自杀的方式来帮助你，经过我们昨天的调查，已经获悉，顾兴在上月的银行体检中，得知自己患了严重的肺癌，他可能是想在死前为自己的家人骗取巨额的保险金，于是他就找到并说服你，一起精心策划了这起抢劫案。"

"精彩，精彩！"尹仁的眼睛直直地看着周道，"推理和分

析得太漂亮了！不过，周警官似乎忘了件事，钻石呢？现场的人都能作证，车门打开时，钻石已经不在了，如果我在打坏监视器后离开的话，钻石怎么会被我拿走？老顾就算是自杀，保险箱就算是路上打开的，可钻石始终是在密封的车厢里，我是用什么办法拿走的呢？"

周道的手慢慢转着笔，悠闲地玩弄着，他的眼睛却直视着尹仁，说："自杀前，顾兴打开保险箱，把钻石藏在身上的某处，而你乘警察打开车门时，抢先扑到顾兴身边，表面上你是在关心顾兴的状况，实际上，你是利用现场混乱之际，将他身上的钻石转移到自己身上。由于你是银行的安保负责人，又是顾兴的老朋友，没人会对你扑向他的举动产生怀疑。"

尹仁喘着粗气问道："那钻石呢，是不是在我家里找到了？"

周道耸了耸肩，说："没有，我们在你家里还没搜查到钻石，也没有找到其他相关的物品。"

尹仁叹口气站了起来："谢谢你告诉我这样精彩的故事，不过现在离24小时最长询问查证时限还有5分钟，没什么别的事我要告辞了。"

周道摆了摆手："你是不会再留在审讯室了，你马上要去我们的拘留室，当然，必须把你鞋子里的钻石先留下。"面对突然僵住的尹仁，周道接着说："我上次询问你时，就发现你穿

的增高鞋是崭新的，但偏偏鞋跟处有不协调的刮痕，而且鞋跟部分的大小，正好可以放下钻石。如果在你家里找不到钻石，钻石肯定是藏在你认为最安全的地方，那就是你的鞋底！"

尹仁此时不自觉地瘫倒在椅子里，喃喃问道："你是什么时候开始怀疑我的？"

周道摇了摇头："我是从一开始就怀疑你的，一是车门一打开你就抱着顾兴号啕大哭，给我感觉你事先知道他已经死了；二是犯罪嫌疑人肯定是银行内部人员，唯有他们，才能精确拿捏抢劫和逃走的时间点，并利用这时间点来制造现场的假象，但是我苦于没有其他的证据，当然也不能排除他人作案的可能；更重要的是，在整个案件最关键的开锁和杀人问题上，你分别用了瞒天过海计和苦肉计，成功地误导了我们开始断案时的思维和判断，对破案造成了很大的阻力。我只是偶然得到灵感，才回到了正确的推理方向。"

周道示意旁边的警察取出尹仁增高鞋里嵌藏的钻石，然后披上外套，回头对尹仁说道："接下来的事就转交给其他科室了，我得马上回家去睡个好觉，噢，不，我打算多看看儿子的书，或许我还能从那里挖掘很多有益的东西。"

（题图、插图：杨宏富）

同样一门手艺，境界却有不同：低等的卖苦力气，混口饭吃；中等的兴家立业，名震一方；而最高境界的绝活奇技，那里面包含的从容、大气、智慧、力量，却可以安抚人心、温暖这个世界……

我们都是一家人

□ 王乃飞

1.闯关东要有点手艺

民国年间，时局动荡不定，很多山东人为了混口饱饭，纷纷流入东北闯荡。"闯关东"可不是容易的事，你得有两下子，有点过人之处，光凭着傻力气，是很难在那里站住脚的。

话说有一个叫关秀的人，因为家里穷，又赶上大旱，日子实在没法过了，也跟着一群同伴到了东北。

关秀人如其名，长得很秀气，一向不言不语，没事就爱摆弄自己背包里的东西，大家都觉得带着他是个累赘，这么瘦瘦弱弱的一个人，到了东北能干什么呢？

到了东北，大家都去找活干，同伴们都长得五大三粗，找的都是些在码头上扛麻袋、下炭井挖煤、到林场

里扛木头的力气活儿，而那个面目清秀的关秀呢，却亮出了一招不曾向人显露的绝活，那就是锔大缸。

干锔工这一行的，说得好听一点叫锔匠，说得土一点，就叫"箍漏子"，那可是门精细的手艺活儿，破碎的瓷器到他们手里，只需几个铁锔子，就能让它恢复如初，关秀背包里装着的，就是些锔大缸的工具。关秀能在几分钟内把一个破碗锔起来，看着美观不说，还滴水不漏。谁家没个破盆子破碗？有了这门手艺，还愁没饭吃

吗？大家都对关秀羡慕得不得了。

关秀凭着锔活的手艺，在异地他乡的东北混了下来。他走乡串户，每到一处，老百姓都会把他围起来。这一日，关秀到了一个小镇上，在那里又摆开了锔大缸的摊子，不长时间，关秀面前就摆满了活，忙得他不可开交。关秀很高兴，打算多呆两天，不行就在这里落个户得了。

关秀紧巴巴地干了三天，这天，他干着干着，突然觉着面前有个身影挡住了光线，抬起头来一看，就见眼前多了个彪形大汉，那大汉昂着头，直挺挺地站在他面前，手里两个铁珠子不停地滚动着，眼睛半睁半闭。关秀一看这人，就知不是个善茬子，再看那些主顾，早就躲得远远的了。

关秀忙停下手里的活，站起来向大汉抱拳拱手，说："这位大哥，我光顾着干活了，不知你驾到。看样子，你是找小弟有事吧？"

大汉从鼻子里冷哼了一声，说："找你当然有事了，是好事，给你找活来了！"

彪形大汉另一只手里拿着一块手帕，打开来，里面包着几片小茶壶的碎瓷片。

这瓷是难得一见的好瓷，而这瓷碎得也是难得一见，瓷片都弯弯曲曲的，九曲回肠一般。要想把这个茶壶准确地拼凑起来都很难，更别说是锔起来再用了。明眼人一看就知道，是

有人故意把茶壶摆弄成这样的。

2. 碎壶绝锔

关秀这时想起件事来，他听姥姥说过，江湖上有一种"撑壶法"，就是用小锤子轻轻地敲打茶壶，既不能敲坏，又不能留下痕迹。被敲打后的茶壶，表面还是完好的，其实已经有了暗璺，已是一把残壶了。然后再在壶里面装满高粱粒子，用热水一泡，闷在茶壶里。等不长时间，那高粱粒一膨胀，就听到茶壶在"咔咔"地响，过不了半天，茶壶就碎成这样了。

能懂得用这个办法把茶壶撑坏的，一定不是泛泛之辈，应该是锔工方面的能手。关秀心里明镜似的，这个彪形大汉来锔东西是假，实际上就是故意出难题，来为难他的。自己一个"锢漏子"，刚到这里，又能惹着谁呢？关秀向那个大汉双手一拱，说："大哥，小弟初到贵地，不懂这里的规矩，有冒犯处还请放小弟一马。"

彪形大汉却大手一摆，说"我就是来找你干活的，咱远日无冤近日无仇，咋谈得上'冒犯'二字？怎么，你还嫌钱咬手呀！"

看来这彪形大汉不是个一般找茬的，关秀想了想，客客气气地又对那大汉说"这位大哥，你这茶壶锔起来有些麻烦。这是景德镇细瓷，要用金刚钻、金锔子才行，寻常的铁锔子见

水生锈，泡不了几年茶就会锈断。这茶壶如要铜好了，只怕要花几十个大洋，那样太不划算了。"说完，从兜里拿出几块大洋，"小弟这里有几个钱，不成敬意，你就拿去买一把新壶吧。"

彪形大汉闻听此言，两眼一瞪，说："你什么意思？看不起我呀，难道我连把茶壶都买不起？就铜这把壶了！我家老爷子用这茶壶几十年了，离不开了，他说过，不管多少钱，只要能铜好就行。"说着，拿出几十块大洋来，在手里一掂，发出"哗哗"的响声，摆在关秀面前。那些在一旁看热闹的，都发出啧啧声，这声音里既有稀奇，又有担心。稀奇是为那个大

汉稀奇：为了一个破茶壶，竟肯出几十个大洋来铜；担心是为关秀担心：这钱虽多，关秀能拿得起来拿不起来，那还得两说着。

此时关秀心里也有了数，看来这个大汉真是存心来找茬的，如果自己铜好了，那还好说；如果铜不好，大汉接下来就会砸自己的摊子，把自己轰出镇子。他又扫了一眼碎壶，心里有了底，于是胸有成竹地对大汉说："大哥，这活我接了，但你要先等一会儿。我们祖上有规矩，这不是寻常活儿，做之前先得拜过祖宗，有祖宗保佑，这活才能干得顺利。"

彪形大汉没吱声，看来他真没想到关秀能接这活。

关秀不慌不忙地从行李里拿出个红色包裹，也不知里面装的什么，但看形状，绝不是祖宗牌位。关秀上了一炷香，跪在地上，朝那东西拜了三拜，嘴里不知说些什么。

大汉有些不耐烦了，催促说："怎么这么麻烦呀？要拜快拜，家里老爷子还等着喝茶呢。"

关秀拜完后，才起来说："大哥，你看好了，在烧完这炷香之前，我一定能把活干好，如果香燃完后活还没干好，砸摊子砸人，随你的便。"说着，关秀坐下来，拿出了金刚钻和金铜子，围观的众人都想：看来人家这才要露绝活了，以前铜个盆子铜个碗，就跟闹着玩儿似的。

只见关秀把那些茶壶的碎片放在手里，另一只手快速地晃了几晃，碎片就拼成了一个完整的茶壶，还原得丝毫不差。等把茶壶固定好后，关秀就施展开了绝技，那动作，快得让人眼花缭乱，大家眼睛都看花了，也没看清他的手法，只听得一些细碎清脆的声音，不多时，一个完整的茶壶就捧在关秀手里了。锔好的壶身完美光滑，茬口之间合得一丝不差，一点也找不出破碎过的痕迹。金锔子摆得也工整，从外面看金光闪闪，煞是好看。彪形大汉在一旁看得嘴都合不上了。整个过程也就半盏茶工夫，再看那炷香，才袅袅地烧了一半。

关秀将锔好的茶壶交到彪形大汉手里，说："大哥，不是我卖弄，锔这样的碎瓷，讲究的就是一个'快'字。现在正是喝午茶的时候，沏壶上好的龙井，可消暑提神，开通六窍，请快拿回去让老爷子使用，莫要耽误。"大汉早就涨红了脸，接过茶壶，二话没说，钻进人群里消失了。

3. 破碗刘家

那个大汉一走，关秀也松了一口气，这时才有人对关秀说，他是惹着"破碗刘家"了，刚才那个彪形大汉就是"破碗刘家"的打手——展标。

关秀问，"破碗刘家"是怎么回事，大家对他说，其实在关秀没来之前，镇上已有了锔大缸的，那就是"破碗刘家"。

"破碗刘家"的神龛里不供神仙不供祖宗，只供着半拉破碗，所以就得了个"破碗刘家"的称号。"破碗刘家"的锔活绝技是祖传的，方圆几百里独一份，他们靠这手艺发了财，买房子置地，成了当地数得着的富户。"破碗刘家"虽然从此不在外面干锔活的营生了，却把手艺传给了别人，不过这手艺可不白传，学手艺的人每月要向"破碗刘家"交拜师费，"破碗刘家"坐收其成。这样，那些用"破碗刘家"手艺挣钱的，锔东西的价钱自然就提高了。老百姓一文钱都拿着当命看，不是坏了太贵重的东西，都舍不得拿出去锔。关秀一来，价格明显比他们便宜，买卖自然就多，可这也堵了镇上手艺人的活路，他们能不急吗？这当然也牵扯到"破碗刘家"的利益，所以那个大汉展标就来砸关秀的摊子……

关秀这才明白，自己无意中竟得罪了这么多人，他决定明天就走人，离开这里，有手艺什么地方混不了一碗饭呀？俗话说，"强龙压不过地头蛇"，何况他关秀也不是什么强龙，那个展标只是一条"菜花蛇"，更凶狠的"五步蛇"还没出现呢。

关秀干完了手里的活，匆匆收了摊，在客栈里住了一宿，第二天一早就收拾行李，准备走人，可他一开门就发现，想走也走不了了。

关秀的房门口站着一个人，把整个门挡了个严实，就是昨天那个彪形大汉展标。

展标这回见了关秀，却客气多了，先施了一礼，才说："关先生，昨天小人多有得罪，还望见谅。我是奉主人之命，来请先生去刘府一趟的。"

关秀心里一寒，难道我昨天那活没做好，"破碗刘家"又要来找茬？最后他心一横，去就去，是福不是祸，是祸躲不过，大不了把这条命扔在关东。

"破碗刘家"果然是大富之家，那阔气的院落，在这个小镇很难找到几处。展标默不做声地在前头带路，穿过庭院时，院子里趴着一条狗，那狗体形奇大，关秀进来时，它正伸着舌头喘气，关秀从它身边走过，它就从鼻子里发出不友好的呜呜声，差点把关秀吓没了魂。展标也没喝止那狗，只是默默地往前走着，好在那狗也没敢扑上来。

等关秀进了正堂，刚才看见那条狗的惊悸还未过去，却又被屋里的一件东西吓了一跳，脊梁骨嗖嗖地直往外冒凉气。

"破碗刘家"的正堂里静得吓人，关秀一进去就看到他昨天锔的那把茶壶，那茶壶正在房梁上用一根细丝悬着，而在茶壶的正下方，悬空摆着一张宣纸。大家都知道，宣纸是纸中最薄的，只要有一滴水从壶里漏下来，打在纸上，就会把那张宣纸打个窟窿。

关秀看后吸了口凉气，如果那壶有一丝缝隙，自己的手艺就砸了！好在那张宣纸现在还完好无损，关秀这才稍稍把心放下了。

主人并不在屋里，关秀就先四处留神看了一下，只见正堂高高的桌案上，香烟缭绕，神龛里面果然放着半拉破碗。关秀见这半拉破碗也没什么特别之处，为什么"破碗刘家"拿它当宝供着？正想着，就听到外面传来脚步声，有人来了，关秀忙抬眼去看……

4.隔空锔物

在关秀的想象中，"破碗刘家"的主人，应该是个既沉稳又老谋深算的老人，而关秀见到的，竟是个英俊潇洒的年轻男子。那男子一见到关秀，就赞赏地拍了两下掌，说："关先生的手艺鬼斧神工，让在下大开眼界。这把茶壶都在房梁上悬了一夜了，竟没漏一滴水，就是我们'破碗刘家'来做，也未必能如此呀！"

关秀谨慎地说："先生抬举我了，我只是个小小的'锔漏子'，凭着祖传的一点手艺混口饭吃。敢问先生怎么称呼？"

对方一笑，自我介绍，说他叫刘义重，是"破碗刘家"的少主人，接着又问关秀："不知关先生来自哪里？"

关秀说："我是从山东章丘来的，到宝地来讨口饭吃。"

刘义重摆了下手，说"先生可别这么说，你的锔活手艺，天下罕见，莫说是混口饭吃，就是混份家业也行呀！"他一转话题，接着说，"我这里有个活干不了，还要烦劳先生再显一下身手。"

关秀心里有数，他就知道"破碗刘家"不会轻易放过他，看来"同行是冤家"这句话不假呀，"破碗刘家"不把他逼出个好歹来怎肯甘休？

正想着，刚才院子里那条狗被牵了进来，关秀本来就怕狗，见狗到屋里来了，顿时吓得倒退了几步。

刘义重安慰关秀："关先生不要惊慌，这是我的爱犬，你别看它外表凶狠，其实十分听话，没主人的命令，你就是骑在它身上，它也不会动一下。这次麻烦关先生，就是为了这条狗。"说着，刘义重拿出一小块东西来，竟是半颗狗牙："这条不知好歹的狗，竟把石头当成了骨头，一颗牙嘣成了两半，先生能不能把它给锔起来，让这狗有颗完整的牙？"

什么，给狗锔牙？这真是闻所未闻。干"箍漏子"这行锔的都是死

物，盆子碗啥的，到手里就任由自己摆弄了，现在却要锔活物，别说是条狗，就是只兔子，也不会任由你在它嘴上打眼子呀！

刘义重不顾关秀面有难色，还是说："本来我们'破碗刘家'也是干锔工这一行的，但实在惭愧，从先生锔的茶壶里，我已看出，唯有先生能胜任此事……"

关秀知道，这时候自己要走是不可能了，他只好硬着头皮答应，但他有个条件，他要刘义重用个小铁架子把狗的嘴支开，再把狗的四肢捆起来，让它不能动弹。那条狗比绵羊还老实，任由人把铁架子塞进嘴里，把缺了牙的地方显露出来。

狗嘴支起来后，关秀却不急着下手，反而跟刘义重聊了些无关紧要的事，等屋里的人都不把注意力放在狗嘴上时，他突然大叫一声，谁也没看

见关秀做了什么动作，只见金光一闪，狗"嗷"的叫了一声……

大家再一看，关秀还纹丝不动地坐在原地，那半颗狗牙却已经牢牢地安在了狗嘴里，在那颗牙上还有一个细如蚕丝般的铟子。

谁也没看清那半颗牙是怎么铟到狗嘴里的，刘义重却拍手大喊了一声："隔空铟物！果然是绝活！"

5. 刘义重嘴里的故事

刚才那一下子，其实关秀也是走了一步险棋，使出了江湖上失传多年的"隔空铟物"。这门绝技的奇妙之处

在于，与所铟之物隔着一段距离，也能把东西铟上。这手绝活现在几乎没有人知道了。

听到刘义重那声喝彩，关秀心里却是一紧：对方竟然知道自己祖传的"隔空铟物"，看来这刘义重在铟工方面不在自己之下。

不管怎样，关秀已经完成了刘义重的难题，他不敢有片刻停留，起身说："刘先生，现在狗牙已经铟上了，我可以走了吧？"

关秀刚走出几步，刘义重却说："先生慢走，我还没向先生表示谢意呢！"关秀冷笑了一下，客气了一句："举手之劳，要说谢意，我哪敢呀？"

可刘义重还是自顾自地说："要是给你什么东西，那就显得太不尊重你了，我奉送你一个故事吧——你知道我们为什么叫'破碗刘家'吗？那神龛上供的半拉破碗，是大有来头的。这件事我们刘家从未对外人说过，难道你不想听听吗？"

听了这话，关秀不由得停下了脚步，他的好奇心被勾起来了。

刘义重停顿了一下，给关秀说了这半拉碗的故事：

几百年前，河北有一户姓刘的人家，家里有一套从祖上传下来的铟工绝艺，在当地首屈一指。手艺传到那代，剩下了一对兄妹，哥哥叫刘振生，是个二十多岁的大小伙子，妹妹是个待字闺中的大姑娘。兄妹俩靠着这铟

工手艺，生活得很好。

每天刘振生挑着担子到外面给人锔家什，妹妹就在家里守着。可这段时间，哥哥的活突然少了，腰包也越来越轻。后来哥哥才知道，最近来了个外乡人，很多活都叫他争去了。

刘振生知道后很气愤，决定要会一会那个外乡人，而更让他生气的是：妹妹已经有了意中人，不是别人，正是跟他争生意的那个外乡人。刘振生还没去找那个外乡人的晦气，外乡人却提着东西上门来了，他是来提亲的。

刘振生冷笑了两下，对外乡人说："谁知你的手艺养得了养不了我妹妹？你如果真想娶我妹妹，三天后我考考你，过了关你就是我妹夫；过不了关，哪里来的，你给我滚回哪里去！"

刘振生早就想好了这一石二鸟之计，既叫妹妹死了心，自己以后也少了个竞争对手。

三天后，那个外乡人还真的来了，乡亲们也都知道了这事，围了一院子，大家从戏里见过比武招亲，今天却要见见刘家"试锔嫁妹"了。

刘振生出的第一道考题，是让外乡人锔一个破碗。这看起来没什么难度，可当外乡人坐在小凳子上把破碗固定好后，刘振生却又端来个碗，把碗放在凳子的另一端，那碗里盛满了水，满得都快要溢出来了。刘振生这才说出了考题：要把破碗锔起来，却不能动着凳子另一头上的碗，如果有一滴水流出来，都算是输。

这题出得刁钻：锔碗连打眼子带上锔子，动静都不小，就是再小心，屁股难免会摇动凳子，凳子一晃动，怎么会动不着凳子那头的那碗水呢？

不料，那个外乡人没说什么，拿起工具就锔起了碗。刘振生只用眼角扫了一下，就吓了一跳：外乡人的手法太巧了，屁股就像定在凳子上似的，稳稳当当。别说是流出水来，那碗里连一丝水波都没起。

第一关没难着外乡人，刘振生一阵脸红，紧接着他又出了第二道难题：还是一个碗。

刘振生让外乡人把碗锔起来，碗外却不能见半点锔子。锔东西不能见锔子，这不是难为人吗？大家都为外乡人捏一把汗，看他怎么办。

外乡人接了活，满有把握地干了起来。乡亲们都看直了眼：外乡人竟然是从里面锔的，并且也没打透眼子，一个个锔子只钉在碗里面，碗外面一点也看不见锔子。这真叫绝活呀！

刘振生看了一会，明白了，他瞪着眼指着妹妹说："你把咱家的手艺传给他了？"

妹妹说："哥，别再难为他了，我们在一起了，不都是一家人吗？"

第三道难题，刘振生拿出来的还是一个碗。

这却是个完整的碗，刘振生的题目是：把碗敲破。把碗敲破谁不会呀，关键是看怎么敲。刘振生要求要把碗敲成两半，碗从中间分开，两边一样大小，差一点都不行。这难度就可想而知了，谁能把碗敲成一模一样的两半呀？

那个外乡人从容地把碗拿起来，端详了半天，对刘振生说："大哥，你说话可要算话呀！"

刘振生说："男子汉大丈夫，一言既出，驷马难追。"

外乡人就举起了锤子，只是轻轻地一敲，只听"当"的一下子，那个碗就成了两半，一模一样的两半，丝毫都不带差的！乡亲们禁不住为外乡人叫起了好，刘振生两个眼珠都要瞪出来了，拿起那两个半拉的碗来比了又比，心想：不可能呀！

外乡人放下工具就给刘振生跪下了："大舅哥，先受小弟一拜吧！"

刘振生看着眼前这个外乡人妹夫，又看到乡亲们嘲笑的神情，不由又气又羞，他对外乡人说："好，我刘振生说话算数，我妹妹是你的人了，但我们刘家手艺不能败在你手里。以后我还会找你，这半拉碗就是战书。"说罢，把半拉碗揣到怀里，抬腿就走。

妹妹在门口拦住刘振生，怎奈刘振生正在气头上，一把甩开妹妹，说

"要想让我们兄妹再相见，除非这个碗合在一起！"说罢扭头就走了。

刘振生揣着半拉破碗，离开了家乡，在外面一边当"箍漏子"，一边向各地的锔匠学习手艺，后来他就到了东北，安了家。

一晃十几年过去了，刘振生终于想明白了，那个外乡人是怎么一锤子把碗敲成两半的，但这对他来说已经不重要了。这么多年过去了，现在他最盼望的，是和妹妹团聚！

刘振生又回到了河北家乡找妹妹，可他到了村里就傻眼了，村里早就变了样，一打听才知道，他走后几年正赶上大旱，村民们都逃荒去了外地，现在的人是几年前才从外地迁过来的。茫茫人海，到哪里去找妹妹呀？他只有怅然而归了。

又过了多少年，刘振生老了，他要把碗合在一起的愿望却更强烈了，他在临死前立下了个规矩，要把那半拉破碗供在神龛里，一年四时烧香供奉，直到找到另半拉碗，合成一个完整的碗为止，所以他们刘家多少年来，一直供奉着那半拉破碗。

在外人看来，刘家总拿着那个破碗敝帚自珍，十分蹊跷，因此，"破碗刘家"的名号这就这样传开了。

6. 破碗重合

听了"破碗刘家"的故事，关秀反而不急着走了，他坐了下来，从从

容容地说："既然刘先生给我讲了你家破碗的故事，我也有个故事要奉送给刘先生。"

接着关秀也给刘义重讲了个故事，奇怪的是，那故事里也有半拉破碗：

几百年前，有个叫刘翠云的少女，看中了一个外地来的"箍漏子"，她的婚事遭到了哥哥的反对，哥哥以考外乡人的手艺为由，想把他们拆散。

刘翠云明白，没有她的帮助，外乡人很难过哥哥那一关。

刘翠云先摸清了哥哥的考题，她知道，第二道难题外乡人绝对过不去，就把家里祖传的手艺——"阴锔"传给了外乡人。"阴锔"是把锔子锔在东西里面的一种手艺，这种手艺专门为了锔那些观赏性的东西，锔好了谁也看不出东西是破损过的。祖上有训，手艺不能传给外人，但现在她也顾不了这么多了。

而第三道难题呢，刘翠云把哥哥要考外乡人的那个碗给偷出来了，让外乡人用"惊瓷儿"的手法把那碗给"惊"了。这"惊瓷儿"也是锔匠门里的绝活，就是用一种巧妙的手法把瓷器给敲一遍，让瓷器有了暗璺，表面却看不

出来，而制造暗璺的那个人，到时候只要用同样的劲道和手法敲下去，瓷器就会按着预定的样子裂开。这在锔匠行里算是旁门左道，但既然哥哥出了难题，也只有这么办了。

这些哥哥怎么会知道？所以哥哥考外乡人的时候，外乡人很轻易地就过了关。可刘翠云没想到，这让哥哥丢尽了面子，致使他愤而出走。

哥哥走后，刘翠云一直留在家里，盼着哥哥回心转意，可等了几年也没见哥哥回来，村里却发生了旱灾，丈夫对刘翠云说，这里没法过了，还是回他老家去吧。刘翠云只好跟着丈夫，揣着那半拉破碗离开家乡，到章丘安了家，生下了一男一女两个孩子。

许多年后，刘翠云也老得快要入土了，她给后代定下了一个奇怪的规

矩：手艺传女不传男。她的手艺让女儿带走，然后再传给外孙女……直到她手里的半拉破碗找到另一半为止。这规矩世世代代传了下来，凡是女的抛头露面在外面做"箍漏子"的，她们的手艺都是从母亲或姥姥手里接过来的。

刘义重听了这个故事，沉思了半晌，才说："我明白了，我们都是一家人呀，怪不得你有这么多绝技呢！"接着，他又看了关秀几眼，脸上露出了惊讶的神色，说："难道，你是……"

关秀摘下头上的棉帽，打开发束，果然是个女儿身。她说，自己一个女孩家闯关东多有不便，只好女扮男装了。

关秀说罢，又拿出那个红色包袱来，就是昨天她拜祖宗的那个。她打开包袱，里面没别的，只有半拉破碗。

刘义重呆了半晌，突然倒身便向关秀磕头，关秀忙把刘义重扶起来，问："你这是为何呀？"

刘义重说："我们祖上有一条规矩，凡是拿着另外半个破碗来的，都要拜她三拜，因为她是代表我祖奶奶来的呀！"

接下来，就要把刘义重和关秀手里的两个半拉碗合在一起，成为一个完整的碗，这可是他们祖宗几百年来的心愿呀！

刘义重无比虔诚地向神龛里那半拉碗拜了三拜，然后小心翼翼地将碗取了下来，两个半拉的碗合在一起，竟是严丝合缝！

碗固定下来后，关秀和刘义重就各自展开绝技，一人负责锔一边的碗，只几下工夫，就把碗锔起来了，最后一个锔钉，是两人一起钉上的。

在经历了数百年的分离后，碗终于合在了一起！锔后的碗，拿在手里金光闪闪，完整如新。

把碗锔好，刘义重对关秀的语气就亲热了些："妹子，我们本是一家人，你就是我的亲妹子，以后你可不要到处跑了，这里就是你的家了。"

关秀脸一红，说："我才不是你亲妹子呢，你差点没把我逼死，在你家里，还不知你又出什么招来难为我呢……"

刘义重嘿嘿一笑，说："我这也是在考验你的手艺呀，就算认亲礼吧。我向你保证，以后我绝不难为外地人了。现在想来，哪有外乡人本乡人一说呀，真要从祖辈上说起，说不定大家都是一家人呢。"

关秀真的就在"破碗刘家"住了下来。

后来，听从关东回来的人说，关秀和刘义重结了婚，还生了个大胖小子，而那些学了"破碗刘家"手艺的人，也都不再向"破碗刘家"进贡了。以后从山东到关东的，东北人对他们都很热情，说："我们都是一家人呀！"

（题图、插图：杨宏富）

·传闻逸事·

第二剂药方

□王彦民

民国年间,京畿之地的平谷县,上任了一个叫吴元庆的县长。这吴元庆军旅出身,原是"布衣将军"冯玉祥手下的一个团长,他当上县长之后,结束了四处漂泊打仗的生活,整天胡吃海喝,好不自在。可吴县长才过了半年官瘾,突然得了一种怪病,这病发作起来,浑身长满针尖样的红点儿,痒得钻心。为了治这个病,吴县长没少吃汤药,可几个月下来,一点儿起色都没有。

吴县长有个贴身秘书,叫张德柱,张秘书很会来事儿,四处打听治这类怪病的大夫,别说,就在他们当

地,还真让张秘书找到了一个,那是个老中医,专治这类疑难杂症,口碑很不错。

这天,张秘书开车带吴县长来到老中医那儿,老中医戴上花镜,仔细看了看吴县长身上的红点儿,又用手按了按,给吴县长把完脉,捋了捋胡子,说:"你小时候家里穷吧?"

吴县长很惊讶,这老中医简直成算命先生了,自己小时候兄弟多,家里时常揭不开锅,可不是穷嘛。见吴县长不住点头,老中医接着说"这种病相当罕见,俗称'虱疮'。你小时候吃住艰辛,没少生虱子,被虱子咬的次数多了,虱毒蓄积在体内。现在你日子好过了,鱼肉荤腥日日累积,体内血液运行不畅,潜伏体内的虱毒由此发作,发作时如千虫蚕食,痒痛钻心,苦不堪言。"

吴县长一听,症状正如老中医所

说，俗话说"穷生虱子富生疮"，果然在理，忙问老中医该用何方治疗。

老中医摘下花镜，说："药材不难找，但这药方有点复杂……找一个青核桃，把它一劈两半，掏去核桃肉，然后，用吸过人血的虱子，沾上香油，将里面的空处填满。再把核桃壳对齐，用红泥裹上，拿文火慢慢烤上一个时辰。去泥，掰开核桃壳，把里面的虱子用水冲服，只需一剂药，包你药到病除。"

听完老中医的话，吴县长把心搁肚子里了，原来是这么回事，以毒攻毒嘛。老中医接着说："青核桃好办，正在季节，至于虱子，往北走二十里，

有个村子叫林南仓，那里的人穷，肯定能找到。"

吴县长听完，对老中医露出了感激的笑容。见吴县长如此高兴，张秘书拿出几块大洋，放到老中医的诊桌上，兴奋地说："如果能治好我们县长的病，定再重金相谢。"

老中医听了张秘书的话，皱了皱眉头，慌忙站了起来，恭恭敬敬地说："原来是县长大人，老夫失礼了！"

吴县长乐呵呵地拉住老中医的手，不住地道谢。老中医迟疑了一下，说："真不知道您是县长，实不相瞒，刚才告诉您的，仅仅是第一剂药方。"

吴县长纳闷了，问："难道还有第二剂？"

老中医点头说："第二剂药方其实和第一剂一模一样，服下第一剂药后，症状消除，但要想去根儿，必须在七七四十九天之后，服用同一人身上生的虱子，否则，此病会很快复发。"

原来是一样的药方啊！张秘书听明白了，便告别老中医，拉着吴县长直接往林南仓赶。刚进林南仓，吴县长就呆了，想不到自己管辖的地方还有这么穷的村子，那一间间破土坯房子，连个窗纸都没有。

进了村口，见一个傻子正靠在墙根底下摆弄着什么，两人凑近一看，乐了，那傻子用两个大拇指甲，正美滋滋地挤虱子玩呢。张秘书立刻上

前，提出要傻子的虱子，没想到傻子白了他一眼，说："俺还自己玩呢。"张秘书狠狠心，从口袋里掏出一把大洋，提出要拿钱换傻子身上的虱子。没想到，这傻小子还真"识货"，一把将大洋抢了过去，不一会儿，便完成了这笔交易。

接着，傻子一蹦老高，转身跑进身后的破屋子，大着舌头嚷道："娘，俺也挣钱了！"

吴县长和张秘书走进这只有一个土炕、两个饭碗、连张桌子都没有的家，一个老太婆正在炕上坐着呢。

张秘书又从身上掏出了一把大洋，放到老太婆跟前，说："这是先付的定钱，四十九天后，我们还得再来一次，取你儿子身上的虱子。"

药材找到了，吴县长赶忙回到家，按老中医的药方，将这剂药服了下去。可真神了，才两天，身上的红点就淡了，又过了几天，红点就渐渐地消失了。

吴县长高兴啊！高兴之余，没忘了去取第二次虱子。

四十九天一晃就过去了，这天，吴县长和张秘书来到傻子家，可一看那傻小子，两人心都凉了：只见傻子小脸洗得白白净净，穿了一身新衣服，那打扮，活像一个新姑爷。

张秘书见吴县长失魂落魄的样子，冲老太婆嚷道："虱子呢？我们大洋都先给你了！"老太婆从炕席下拿出一把大洋，还给了张秘书，说："后来的大洋退给你，我不想要了！"

"为啥？"张秘书不解地问道，"他傻，你也傻啊？"

"你们第一次给的大洋，就让我们吃饱穿暖了。"老太婆含泪说，"他再傻，也是我儿子，家里有了钱，哪个当父母的还忍心看着孩子遭罪啊？"

听完老太太最后那句话，吴县长的脸"刷"一下红了，心头猛的一颤：自己小时候家里穷，但娘总是教育自己堂堂正正做人，还从牙缝里挤钱让自己读书。后来跟着冯将军从军打仗，也曾满怀雄心壮志，可现在安逸惯了，身为百姓的"父母官"，看着"子女们"吃苦受穷，自己怎么就没想到让他们过好一点呢……

张秘书刚想说什么，吴县长挥手拦住了他，说："通知县里所有官员，明天一早开会，一个都不许迟到。"

张秘书疑惑地看着吴县长，问："第二剂药怎么办？"

"咱们还好意思找第二剂药吗？"吴县长吼道，"我知道自己应该做什么了。"

就这样，吴县长把精力用在老百姓身上，没两年工夫，当地百姓的生活好起来了，包括傻子娘俩在内的贫困户都能吃饱饭了。

吴县长有时会想起自己以前的怪病，没吃第二剂药，怎么两年来都没复发啊？这天，谜底终于揭开了，张秘书给吴县长送来了一封信。

吴县长疑惑地把信打开，原来是那老中医写的，上书："吴县长：你还能在县长的位子上看到这封信，我很欣慰。你那病症，其实只需一剂药就可消除，但当我得知你是一县之长后，因为平生痛恨贪官，我开了行医生涯中唯一的一个错方。第一剂药，是治你身；第二剂药，是验你心。一个好官，在得到第一剂药的药材后，绝不会忍心看着那人再穷到生虱子的地步；如果你得到第一剂药材后，没有一颗关心百姓疾苦的心，而任其贫困，那么一旦服下第二剂药，病情将会加重发作，让你全身溃烂，虽不危及生命，也是痛苦难忍，病发后相信你是无法再当官的……"

吴县长放下信，陷入了沉思……

（题图、插图：安玉民　梁　丽）

中国式问候

□ 佘远香

叶峰是一名机械工程学博士，家住在青岛。这年春节过后，叶峰漂洋过海来到了美国洛杉矶，在去一家公司面试的路上，不慎把学历证遗失了，叶峰不想就此回国，一边等着家里把补办的证件寄来，一边想先找份不要求学历的工作。可此时正逢经济萧条，叶峰找了半个月，始终不见希望，随身带的积蓄却快用完了。

这天，叶峰又试着走进了一家咖啡厅，老板听了叶峰的来意，把头摇得像拨浪鼓，连说不要人。叶峰正要退出时，店里一个客人用汉语叫住了他，他乡遇同胞，叶峰精神一振，以为对方要给自己介绍工作，但对方却只让他留下电话号码，说看哪里要人再打给他，并称自己姓杨。叶峰虽有些失望，但还是谢了这位杨先生的好意。

第二天中午，又白跑了半天的叶峰拖着疲惫的身子在马路上徘徊，路过昨天那家咖啡厅，正巧杨先生从咖啡厅里走了出来，他见了叶峰点头一笑，并随口问："吃过了吗？"

叶峰一怔，其实从早上到现在他滴水未进，工作无望，口袋里的钱又越来越少，这段日子他总是勒紧皮带，到了饥肠辘辘时才吃片面包充饥，但他不想让一个萍水相逢的人知道自己的窘境，就忙说："刚吃饱了。"

杨先生上下打量着叶峰，沉吟了一会，问："刚从国内来吧？看你的样子像个知识分子，为什么不去试试好点的工作呢？"

叶峰告诉杨先生，自己的证件丢了，正在补办。杨先生若有所思地点点头，然后开车离去。

下午，叶峰的手机突然响了，一看，是杨先生打来的。原来杨先生是个珠宝商人，在洛杉矶开了几家店，刚才有家分店的店员向他请了长假，他问叶峰想不想去他店里上班。叶峰一阵欣喜，赶忙答应下来。他赶到了杨先生店里，只见店铺不大，店里主营的是翡翠，各式各样的翡翠闪烁着晶莹的光泽。

就这样，叶峰在杨先生的店里安顿下来，可是过了几天，叶峰开始担心了：店里顾客寥寥无几，大多数人只是看看，并不出手购买，几天来他连一笔生意也没做成。叶峰还打听

到，现在是淡季，附近几家玉石店因生意惨淡入不敷出，都暂时关了门，要等到旺季再开业。叶峰猜想，杨先生是因为自己在这里，才没有关门的。

这天，杨先生来到店里，发觉叶峰闷闷不乐，就问他有什么心事，叶峰把心中的疑惑说了，杨先生听后笑着说："你多虑了，我这店比他们开得早，熟人比较多，淡季也会有生意上门的。"

叶峰听杨先生这么说，放下了一半心，但他还是暗暗打定主意，如果三天之内还做不成生意，一定向杨先生告辞。

第二天，店里来了一个中年女人，乌黑的头发，白皙的皮肤，看衣着服饰，应该家境不俗。女人扫视了店里一眼，对叶峰说道："我想看看这个。"

叶峰一看暗喜，女人指着的是一件翡翠龙摆件，它重约两百克，标价八千美元，叶峰小心翼翼地把翡翠龙搬到女人面前，女人似乎对玉石很在行，她边看边点头："嗯，不错，这条龙用整块缅甸满绿翡翠雕成，雕工也非常精细。"女人品鉴了一会，就爽快地掏钱买了。

叶峰喜出望外，中午杨先生来了，叶峰忙兴奋地把卖出翡翠龙的告诉他，杨先生也很高兴，问了女人的模样，微微一笑，说："那是我的一

靠了杨先生的帮助，想邀请他全家到餐厅吃顿饭，以示谢意。杨先生却说："还是你到我家里来吧，我叫我太太炒几个中国菜。"

这天，叶峰根据地址来到杨先生的家，那是近郊的住宅区，一栋栋木质别墅整齐而漂亮，杨先生的家布置得典雅别致。当杨太太笑吟吟地从厨房里出来时，叶峰一下子呆住了：杨太太就是那个买走翡翠龙的女人！刹那间，叶峰恍然大悟，眼睛不禁湿润起来，他想说几句感谢的话，却觉得喉头哽咽，难以出声。

杨先生感慨地拍拍他，风趣地说："哭什么，现在又不用饿肚子了。"

叶峰闻言，愕然道："你、你怎么知道我那时的窘况？"

杨先生点点头，感叹道："一开始我并不知道，可我们第二次邂逅，我随口问你吃了没有，一般人都会回答'吃了'，而你却回答说'吃饱了'。一个生活安稳的人，只会在意吃得好不好，不会在意吃得饱不饱，你强调吃得饱，正是因为你饥饿的缘故啊！我再看看你的脸色，便不难证实自己的猜想了。"

杨太太也接口道："其实我们刚来时，也常常三餐不济，那段日子真叫人刻骨铭心……所以，现在我们生活中许多东西都洋化了，唯有这句问候，始终没改变过。"

（题图、插图：安玉民　梁　丽）

个熟客，一向对店里很信任。"接着杨先生核算了一下，说："卖了这尊翡翠，足可以抵上店里半个月的开销了。"

听了杨先生的话，叶峰的心情才轻松起来。接下来的日子里，叶峰又卖了几件小型的翡翠，他觉得店里无论如何也不会亏了，才彻底安心。不知不觉，叶峰来店里快一个月了，这时，他的学历证书也收到了。一天，杨先生对叶峰说："我打听到有家机械厂要招工程师，待遇很好，你快去试试吧。这里我会叫其他分店的店员先来顶一顶。"叶峰心里很感激。

不久后，叶峰顺利地进入了一家大型机械厂，如愿当上了工程师。找到工作后，叶峰的第一个电话就打给了杨先生，他说自己能渡过难关，全

最后一次机会

□ 皮皮鲁

小芳从护士学校毕业后，到一家私立医院干临时工，可她的手艺实在太差了，上班快一个月了，连一个点滴都没扎上过。这天，院长把小芳叫到办公室，训斥道："今天给你最后一次机会，如果还不能给患者扎上液，你就卷铺盖走人！"

小芳羞得满脸通红，走出院长

室，她攥紧拳头给自己打气："小芳，加油！"接着便斗志昂扬地给患者扎液去了。

患者们都领教过小芳的手艺，看到她来扎液，纷纷不留情面地让她出去，就在小芳倍感绝望时，突然，她发现需要扎液的病人名单上有一个新名字，这病人是新转来的，小芳到病房一看，这老哥也许夜间没休息好，现在正睡得香甜。小芳蹑手蹑脚地走到那人跟前，绑上止血带、消毒、小心翼翼地一扎……天啊！失败了。

小芳见那人没醒，迅速地换了一条血管，扎！又没成功，小芳冒汗了，这可是自己最后的机会啊！

于是，小芳扎完左手扎右手，扎完左脚扎右脚………她越扎越紧张，越紧张越扎不上。半小时过去了，那老哥手脚上的血管都被小芳"破坏"掉了，幸运的是，那人睡得很沉，还没醒来。无奈，小芳一边祈祷，一边在那人的脑袋上扎头皮针，这一针下去，那人"哎呀"一声疼醒了，怒骂道："啥破水平啊！你纳鞋底哪！"

见病人发火了，小芳再也忍不住，一边哭一边跑回了宿舍。哭了一会儿，忽听有人敲门，小芳打开门，只见院长领着一个男人站在门口。

那男人一见小芳，"扑通"一声跪在地上，感激地说："大妹子，谢谢啦！没想到俺哥这躺了十年的植物人，让你给扎醒啦！"

赞美的魔力

□ 韩春玲

杰克救了一只克隆绵羊，那绵羊感激涕零，临别时，它神秘地说："试着去赞美什么吧，你会有收获的。记住，你只有三次机会。"

杰克几乎从不赞美，对待家人、朋友，他所做的只是挖苦、讽刺。现在突然要他去赞美，他很不习惯，但既然绵羊这么说了，莫非有什么玄机？

回到家，杰克随口对鱼缸里游来游去的金鱼说："金鱼，你真漂亮！"

话刚说完，奇迹出现了：原本只有一条金鱼的鱼缸，一下子多出了不计其数的金鱼，杰克突然意识到：哦，那是一只克隆绵羊，最大的魔力当然是快速复制了。想到这里，他欣喜若狂地取出一张百元大钞，对着钞票说："钞票啊，你太神奇了！"

话一出口，杰克面前一下子出现了一大堆百元大钞，他抓起钱，激动得结结巴巴地说："啊，太、太……太好了，我要好好地计划一下！"

计划什么呢？杰克首先想换掉老婆，有了这么多钱，他当然不愿意和一个黄脸婆度过下半辈子，他恶毒地想："能不能把老婆变没有呢？"正想着，绵羊出现了，说："我可以让你拥有这种魔力，可你已经没机会了。"

"不对！"杰克当即反驳道，"我只用了两次，还有一次机会呢！"可绵羊却说杰克已经用过三次了，机会全用完了，说完，绵羊就消失了。

杰克十分恼火，怎么可以这样不讲信用呢？就在这时，楼道里传来一阵嘈杂的嚷嚷声，紧接着有人敲门，杰克开门一看，只见外面站满了许许多多女人，全和老婆长得一模一样，杰克顿时吓得七窍生烟、面如死灰，他哆哆嗦嗦地说："老婆，我、我什么时候赞美过你了？"

站在最前面的女人一把扭住杰克的耳朵，骂道："你这蠢货，这么快就忘了？刚才你不是赞美了？你说——'啊，太太、太好了……'"

要做男子汉

□ 木子伟

周末，小美一个人在家带儿子东东，突然接到老公的电话，说中午要请朋友来家里吃饭，小美只好把儿子留在家里，自己出门买菜。

买完菜，小美急匆匆往家赶，刚走到小区门口就看见有几辆消防车停着，小美正纳闷，一名消防队员走过来说："小姐，二楼发生了火灾，很危

险，现在不能上去。"小美顿时慌了："二楼？我家就住在二楼，我儿子还在家里，怎么办？快救救我儿子，快救救我儿子啊！"

小美哭成了泪人，她恨老公要她去买菜，她恨自己为什么不带儿子一起出去……这时，一名消防队员向二楼阳台一指："大伙看，那儿有个孩子！"大家往上一看，果然，一个五六岁模样的小男孩已经被火逼到了阳台的角落，那正是东东！

消防队员迅速在东东的正下方拉起一面救援帐，下面堆了从邻居家借来的枕头、被褥，就等东东跳下来后好接着他，正所谓万事俱备，只欠东风。

小美担心东东不敢往下跳，没想到，东东像受过特殊训练似的，一点也不慌张，他两只小手往阳台上用力一撑，纵身就跳了下来。在大家的一片惊呼声中，消防队员已经牢牢接住了小东东。

小美冲上去抱住东东，亲了又亲，哭着说："东东真勇敢，这么高都敢往下跳，真是个小男子汉！都怪你爸爸，等他回来我一定骂死他。"

东东摸着妈妈的脸，说："妈妈，不要骂爸爸，是爸爸教东东做个顶天立地的男子汉的！上次妈妈去出差，半夜回家的时候，爸爸叫那个阿姨从东东刚才跳的阳台上跳了下去。阿姨是女孩子，下面还没有人接，女孩子都敢跳，东东也敢跳……"

455
2010 SEMIMONTHLY 下半月刊
1月
STORIES

欢迎登录本刊主办"故事中国网"（www.storychina.cn）

故事会
STORIES

2010 年 1 月
下半月刊·绿版

社 长、主 编：何承伟
常务副主编：吴 伦
副主编：姚自豪（上半月·红版）
副主编：夏一鸣（下半月·绿版）
本期责任编辑：朱 虹 颜轶超（见习）
电子邮箱：yanyichao1004@sina.com
绿版发稿编辑：
夏一鸣 邢 悦 杭 帆 刘迎曦（见习）
美术编辑：李宝强
电脑制作：郭瑾玮
通 联：归依玲
本社办公室电话：021-64375030
上半月刊编辑部电话：021-64332325
下半月刊编辑部电话：021-64336469
（上海市绍兴路74号 邮编：200020）
主管、主办 上海文艺出版（集团）有限公司
出版单位：《故事会》杂志社

制作、发行总监：张 凯
电话：021-64313938
广告业务：上海故事会文化传媒有限公司
广告总监：张 准
广告业务：021-34010383
广告投诉：021-64333738
广告经营许可证
沪工商广字3100320050022号
发行：中国图书进出口上海公司

·笑话·

汽车配件

有个大学生刚拿到驾照,兴冲冲地借了朋友的旧车去过车瘾。

开着开着,他突然听见车底"哐当"一声异响,下车一看,只见一个又大又圆的东西躺在马路当中,心想:坏了,把人家汽车的配件搞掉了。可他一时又不知该怎么办,只能先把那个东西搬上车。

还车时,朋友看到那个"配件",神色一下子变得严肃起来。

大学生赶忙上前赔不是。

朋友指着那个"配件"说道:"真看不出,你一个大学生竟然还做这种事情,我觉得你应该把这个窨井盖给人家还回去。"　　　（朱小青）

（本栏插图：李 加）

亲 一 下

晚饭后,女儿缠着爸爸说:"爸爸,让我亲一下。"

爸爸听了很高兴,忙把脸凑过去,问道:"是不是觉得爸爸对你特别好啊?"

女儿在爸爸脸上来回亲了好几下,然后说道:"嗯,这下嘴巴擦干净了。家里餐巾纸没了,下次去超市别忘了买。"　　　（李 亮）

不同的话题

一天半夜,妻子摇醒身边的丈夫,说道"我睡不着,你找个话题,咱们聊聊天吧。"

丈夫想了想,说道:"那好吧,要不咱们聊点沉重的话题吧,比如——你的体重?"

妻子摇摇头:"不好,这个话题让我更睡不着了,不如聊点肤浅的?"

"那聊啥?"

"你的智商!"　　　（赵远文）

社会价值

妻子写了一篇关于安徒生童话的博士论文。完稿后，她得意洋洋地把自己的大作给丈夫看，还问道："你说，我的博士论文有没有社会价值啊？"

丈夫翻了翻那篇论文，点头说道："有啊，肯定有！至少在两个领域，你是很有贡献的。"

妻子听了很高兴，追问道"哪两个领域？是不是儿童文学研究和北欧文学研究啊？"

丈夫摇摇头，说："不是，你论文的贡献主要在造纸业和废品回收业上。"

（津　津）

老婆的称呼

小朱到同事老李家做客，一进门，他就注意到老李一直称老婆为"亲爱的"，不禁感慨道："老李，你真是不容易啊，结婚这么多年，叫老婆的时候还这么甜蜜。"

谁知，老李却无奈地笑了笑，说："哎呀，这不是实在没办法嘛！"

小朱开玩笑道："难道，是被老婆强迫的？"

"那倒没有，"老李偷偷瞄了瞄厨房里的老婆，凑到小朱身边，低声说道，"其实，我早就忘记她叫什么名字了……"

（利　华）

好老婆的标准

这天，妻子伤心地对丈夫说："亲爱的，我发现我不是一个好老婆。"

丈夫一听，不由得心中暗喜，假装安慰道："不要紧，老婆，其实你做得挺不错的。不过，你能不能告诉我，你究竟哪里做得不好？我来帮你改进。"

妻子面带沮丧地说："因为人家都说，一个好老婆通常会造就一个好老公。"

（小　雅）

美女与唱诗班

有个教堂经常为当地的士兵做礼拜。

这天，牧师正在动员教徒们参加唱诗班，他注意到人群中有个金发美女，便走过去问道："小姐，愿意来参加我们的唱诗班吗？"

"可是，我根本不会唱歌啊！"

"不要紧，"牧师摆摆手，"士兵们做礼拜时，你只要站在台上就行了。"

"不用唱歌吗？"

牧师补充道："不用，你的任务，就是让那些喜欢东张西望的士兵一直向前看。"

（赵　树）

贴笑话

有个人费了好大的劲儿写了个笑话，把它贴在公告栏上，然后躲在一边看路人的反应。

第一个路人走过来，瞟了一眼，嘟囔了一句："哈哈，路过。"然后匆匆走了。

第二个路人走过来，瞟了一眼，嘟囔了一句："嘿嘿，已阅。"然后匆匆走了。

第三个路人过来了，瞟了一眼，又看了一下，然后走到近前，又仔细打量了一番。

笑话的作者看到这情景激动不已，总算有人欣赏自己了，正想上去打招呼，没想到那个人开口道："唉，这人真粗心，怎么贴反了呢？"

（恨　天）

问　好

有个人见邻居家养了只鹦鹉，打算教它说话，于是每天早上出门时，他都会对那只鹦鹉说一句："早上好！"

但是好几个月过去了，鹦鹉都不开口。

一天，这人心情不好，出门时也没心思教鹦鹉问好了。

突然，只听那只鹦鹉大叫道："你小子今天牛了啊？连好也不问了！"

（贾晓红）

靠你了

有个大学男生从来不上公共课。考试这天，他特意提前赶到考场，挑了最后一排的座位坐下来。

这时，男生发现旁边一个人比自己还早到，便问道："兄弟，你也是参加考试的？"

对方点点头。

这下，男生找到了知己，兴奋地说："那等会儿我可就靠你了，我这门课几乎没怎么上，考试的时候就只能靠附近的兄弟们帮忙了。先谢谢了啊……"

对方淡淡地看了他一眼，没说话。

过了一会儿，考试铃响了，旁边那人从容地站了起来，从课桌里取出一沓考卷，说道："同学们，现在开始发卷……"

（小 吴）

许 愿

夜里，母亲站在阳台上，突然看到一颗流星划过。母亲连忙许下一个愿望："流星啊，让我的女儿变得漂亮一些吧。"

刚许完愿，就听见"嗖"的一声，那颗流星又飞了回来，对她说道："大姐，你成心为难我是不是？"

（冯 海）

海盗的故事

幼儿园老师刚给孩子们讲完一个海盗的故事，就接着问道："最近，我们国家的轮船被海盗抢走了，大家知道那些海盗叫什么吗？"

孩子们茫然地摇摇头。

于是，老师提醒道："叫索什么啊？"

孩子们恍然大悟，异口同声地说："叫——'索盗（道）'。" （杰 克）

（本栏目欢迎原创作品、翻译作品。来稿可从邮局寄发，也可从网上传递。如为电子邮件，请发以下信箱：yanyichao1004@sina.com）

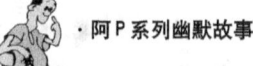

·阿P系列幽默故事·

阿P 修路

□ 马凤文

阿P这两天"后院起火"！妻子小兰和她的初恋情人王建国又有了新动向，他们煲电话粥、发短信、通E-mail、聊QQ、喝茶吃饭，旧情大有"死灰复燃"之势。阿P心里那个火啊，又不好明说，毕竟王建国是乡政府办公室的主任，是小兰的顶头上司，两人最近为准备迎接上级领导的检查而忙得焦头烂额呢。

于是，每当小兰提起"建国主任"，阿P就立马冷冷一笑，用不屑的口气说："王建国何德何能，他能当上主任还不是靠我阿P？"

这事阿P的确不是吹牛。当年，也是为应付上级领导的检查，小兰和王建国接到一个紧急任务——三天内，必须在乡文化站前弄出一片绿地。光秃秃的烂泥地，三天内要变成一片绿地，难啊！看着小兰焦虑得像热锅上的蚂蚁一般，阿P心疼不已，他看看

天，看看地，一拍脑袋，对小兰说"老婆啊，哈哈，星星明，来日晴，我阿P能看天，三天后，我要让文化站门前一片绿意盎然！"

小兰不屑一顾，阿P有几斤几两她还不知道？当时就没睬阿P。阿P顾不得计较，当晚他就弄了好些麦种，先放在温水里浸湿，第二天叫人把文化站门前的空地翻松，自己又将那些快发芽的麦种撒在泥土上，上面再用保鲜膜盖好。那些天果真都是艳阳天，充足的日晒加上保鲜膜带来的升温效果，到检查团来时，麦苗已争先恐后地破土而出……这件事，阿P是为老婆排忧解难，但无形中帮了王建国，由此王建国当上了办公室主任！

阿P咽不下这口气，可又无可奈何，就在这时王建国又登门向阿P求救了。原来，县质检小组明天要来乡里检查公路质量，而乡政府对面的一

8

条大路偏偏有一米路段，工程队修到这里，因为没了经费，居然拍拍屁股走人了。眼下天寒地冻，这一米断头路，可真难死人了。

阿P了解了事情的原委，嘿嘿直乐："哟，王主任你本事不是大得很吗，怎么也没辙了？"

王建国脸上堆满了笑容："阿P兄，拉兄弟一把吧，这一米路，您无论如何要帮忙填平。"阿P一听帮忙，心里就窝火，手一摆："你算了吧，上次那批麦种钱还是我垫的呢！"

王建国显然是真的遇到了难题，他马上掏出一叠现金"是是是，我早就想给您的，这不，一忙就晚了嘛。"

钱放到了桌上，阿P不禁喜上眉梢，但他还得端上架子，"啪！"阿P拍案而起，"你把我阿P当什么人了？我是那种为了钱出卖自己良知的人吗？我是那种会弄虚作假的人吗？你快走，别再让我看到！"

话虽这么说，但看着阿P用手死死捂住钞票，王建国知道此事有回转余地，他朝小兰使了个眼色，就告辞了。

王建国刚走，小兰就说："阿P，都火烧眉毛了，你就帮帮我们吧！"

小兰这一说可触到阿P的神经了，他一下子就跳了起来："我们？你和他是什么关系？两个人眉来眼去的，你当我是瞎子啊。"

平时小兰就忌讳阿P无端地吃醋，她脸色一变，说道："怎么啦，我

们俩在一个办公室，不说我们说你们啊？"

阿P见老婆发火了，不敢再跳了，嘴里嘟哝道："这次我肯定不会出手的，他不是很能干吗？让他自己解决去！"

小兰冷冷一笑："哼，你阿P也就这点本事，他不能干，你也不见得比他强，半斤对八两！"

阿P当然不会服气，梗着脖子："我怎么不比他强？上次的事情还不是我摆平的？"

小兰似乎根本就没把那事放在眼里："那算啥，赢了一次人家会说靠运气，能赢第二次那才体现真正的实力！"

老婆一番话，犹如一声惊雷，在阿P头顶炸响。顿时，阿P就觉一股豪气直冲胸口，他说："好，好，我阿P决定给你们露一手，你们就看好吧！"

阿 P 决定帮忙,可只有一天时间,如此寒冷的冬天,他就是请泥水匠也来不及呀。王建国和小兰不放心,可也没法子,只能死马当活马医。他们密切注意着阿 P 的动向。阿 P 倒好,一直在给气象局打电话。小兰着急万分:"喂,修路找错人了。"阿 P 哈哈一笑:"明早刮西北风,天助我也!"

小兰马上去向王建国汇报,王建国怀疑阿 P 精神出了毛病,连夜赶过来。不料,只见阿 P 手舞足蹈:"当年诸葛亮草船借东风,今天我阿 P 修路要借西北风啊。"

看着阿 P 疯疯癫癫的模样,王建国和小兰更加忧虑起来。

第二天天还未亮,小兰就发现阿 P 不见了,她赶紧给王建国打电话。两人匆匆赶到那段未修完的路面,这一看差点要了他们的命,原来阿 P 正让人把大块的豆腐铺在路上,只是那豆腐不知何故竟变成黑的了。王建国赶紧阻拦,说:"阿 P,这玩笑可开不得,纸里包不住火,哪个眼瞎看不出是豆腐?"

阿 P 并不理会,继续把旁边的水泥挑过来,用铁锹向豆腐上撒了几锹,然后又用扫帚扫开,看上去竟和真正的水泥路面差不多,最后一道工序就是不断向路面洒水。王建国看得两眼发直,心说这可是真正的豆腐渣工程,到时检查组一来,可就要闯大

祸了。但现在再想改,也来不及了,罢了,就听天由命吧。

县质检小组来了,从乡长到一般的干部,每个人的心都是悬着的,他们都已知道有一米豆腐路面,伸头缩头就这一刀了。质检组的技术人员从公路的另一头开始检查,他们每走一段距离,就用凿子测试路面,可只凿一下,便把路面凿个孔洞。技术人员直摇头,上车又往前走,走了一段距离,下车又凿路面,可和前面一样,没用多大的力气,便把路面凿开了。质检小组的领导连连摇头:"太不像话了,简直是豆腐渣工程嘛。"王建国和小兰急得汗都出来了,老天爷呀,真正的豆腐渣路面还在后面呢。

大家担心归担心,质检小组最终还是来到这一米豆腐路面。一位技术人员一脚就踏到了豆腐上,乡里的干部们吓得都闭上了眼睛,心说:完了,穿帮了。这时候,技术员对旁边的领导说:"好几十里的路,就这段路平整结实,质量合格。"听完这话,乡干部们都差点晕了。

事后,阿 P 颇为得意,他高声嚷嚷着:"西北风一刮,冰冻住的豆腐路面还真是比那些偷工减料的豆腐渣工程结实……"见小兰在边上,阿 P 更是摇头晃脑地唱山歌,"嘿嘿,你老公还是有实力的,王建国他算什么呀!"

(题图、插图:顾子易)

点石成金

□ 文　赫

约翰是小镇上一家公司的职员，平时好吃懒做，嗜酒如命，家里好几年都没添过一件新电器，可他一点也不在乎。

一天，约翰下班后又到酒吧喝了个烂醉如泥。将近凌晨时，他才跌跌撞撞地朝家走去。忽然，只听"啪"的一声，他被一个东西绊了个"狗啃泥"。借着微弱的月光，他发现绊他的竟然是一把黑色的手枪！

约翰一惊，酒醒了大半。他爬起来把枪拿到路边的灯光下，细细打量起来：这把枪比店里卖的要大得多，而且摸上去十分光滑。在扳机处挂着一个标牌，他揉揉眼睛，只见正面写道："枪击旧货，可将该物兑换成现金，价值等同于在旧货上的所有花费！"

哈哈，"点石成金"的传说是真的？标牌反面好像也有字，他赶紧又翻了过去，上面写道："注意：当你使用该枪处理物品时，此物品给你带来的作用、效果、感受和记忆等等，将一并消失！"

这时，背后传来一阵脚步声，约翰忙把这把枪塞进公文包，匆匆向家里走去。回到家中，一阵酒劲涌上来，约翰倒头便睡……

一直睡到第二天中午，约翰才慢悠悠地醒过来，他忽然想起昨晚似梦非梦的遭遇，一激灵从床上爬起来，打开公文包。"啊？！"他发现那把枪仍在那里，但是记忆中扳机上的标牌似乎不见了。他的手开始发抖了，他把枪小心地取出来，心想试试看吧，就把枪对准床头的旧台灯，扣动了扳机，只见一道蓝光从枪口射出，"啪"地击中了台灯。一眨眼，台灯消失了，床边出现了几张钞票！

约翰兴奋极了，笑道："哈哈，是真的！"他把钱塞进口袋，接着又把枪对准了那台又老又旧的电视机。又一道蓝光从枪口射出，电视机不见了，电视柜上垒了一层钞票。约翰高兴坏了，数了数，和当初买电视所花的钱一分不差！也就在这时，约翰隐约感到，脑子"嗡"了一下，似乎少了点什么。他想起了标牌反面提醒的话。

"管他呢！"约翰把枪藏好，拿起那把钱就冲向了酒吧……

一连好几天，约翰连班也不上了，整天都泡在酒吧里优哉游哉。有道是坐吃山空，没多久，约翰的口袋瘪了下去。酒吧呆不下去了，约翰回到家中，找出那把枪，对着家里的一些旧物，"啪啪"一一射击，又换了一大笔钱！要知道，当初电器的价格可比现在高多了。他匆匆地拿着钱，再次泡在了酒吧里。

品着美酒，约翰动起了歪脑筋，他想：这样一件一件折换家中废品，总有一天会弄完的，得想个长久之计，他脑瓜一转，突然想到了一个好主意。

第二天，约翰在家门口竖了一块牌子："高价回收废旧用品。"由于他出价比较高，很快，家中就堆满了废

旧用品。约翰白天怕别人看见，就在晚上用枪把那些收购来的旧物一一换成钞票。

很快，约翰成了小镇上数一数二的富人，他进出的酒馆、喝的酒，也都跟着上了档次，钱进得快，出得也快。

渐渐地，小镇上的居民开始对约翰起了疑心。这家伙怎么富起来的？卖废品吗？可他把收来的废品藏到哪儿了？难道这家伙另有生财之道……终于有一天，有两个小伙子偷偷溜进了约翰的家里，正好看到约翰"点石成金"的把戏。第二天，这个秘密就传开了，而且传得越来越神，不管约翰走到哪里，人们都在他背后指指点点，说三道四。这钱来路不正啊！从此，到约翰这里来卖旧东西的人越来越少。更不幸的是，小偷也开始盯上他了。

约翰知道在小镇上呆不下去了，他只好趁着天黑，抱着他那把神奇的枪，躲进了乡下父母家中，想避一避风头，然后再到大城市发展。

在乡下，约翰对父母说出了枪的秘密。父母听了不但不高兴，反而有点忧心忡忡，他们劝诫约翰，不要轻易使用这把来历不明的枪，可约翰哪里听得进去。他在父母家中藏了好几天，把父母家中的一些用品变成了钞票。可父母家值钱的东西实在太少了，约翰只得到一点钱，还不够他上

子，别……"

"你们多大年纪了？"

母亲连忙说："儿子，你父亲今年80岁，我76岁……"

约翰笑道："都活这么一把年纪了，你儿子我还不到45岁呢！"

"可我们是你的亲人啊！"

约翰歇斯底里地叫了起来："哼，老东西，别废话了，你们也没什么用了！嘿嘿，你们再为儿子做点贡献吧……"

年老的父母被约翰逼到墙角，像窗外的小树苗一样，瑟瑟发抖："别，别……儿子，我们这两把老骨头，不值什么……"父亲很吃力地从嘴里挤出这句话。

"嘿嘿，你们一生衣食住行，花的钱可不少，嘿嘿……"约翰边说边举起了枪。

"不，不——"约翰的父母乞求着，冷汗直往下淌。

约翰丝毫不为所动，重重扣动了扳机，两道蓝光一闪而过，屋里突然一片寂静，两个老人消失了。紧接着，约翰也开始一点点消失，他这才猛然想起：自己是父母的"杰作"，父母消失后，自己也将按枪标牌上所写的那样一起消失。不一会儿，地上铺满了一层厚厚的钞票……

数天后，那把神奇的枪，又出现在另一个黑暗的路灯下……

（题图、插图：安玉民　梁　丽）

大城市的路费。

一天，约翰喝多了酒，拖着枪，面带凶光冲进了父母的屋子。父亲愣住了，说："约翰，你想干什么？"

约翰大着舌头，说"你们快告诉我，家里还藏了什么旧货？"

母亲说"没有什么了，旧东西都给你花光了。"说着从口袋里掏出一沓钱。

"真的没有吗？"约翰"啪"地把母亲手里的钱打掉，瞪着父母，忽然狞笑起来，笑得十分可怕。父母俩似乎明白约翰接下来要干什么，心里掠过一阵凉意。母亲连忙劝说："不，儿

这个雇主有点怪

□ 郭东晓

李国清是个有实权的干部。这天，他来到劳务市场，要雇几个人去替他吵架！好吧，这林子大了，什么鸟都有。

李国清特地对自己要雇的人作了说明：这吵架一要胆子够大，二要脸皮够厚，三要嘴巴够滑，而且还要身体好，能打持久战。围在旁边的农民工一听，纷纷过来报名："我去！保证不给您丢脸，吵得对方举手投降。""您带我去，先吵架，满意了您再付钱……"

大家正嚷嚷着，打东面来了一个人，这人走得急，一下子把李国清给撞倒了。李国清拍了拍摔疼的屁股，大声呵斥道"你这人没长眼睛呀？"那人冲过来，手指着李国清吼道"好狗不挡道！你堵道上了，吓我一大跳。我没怪你，你倒先发飙了。"

李国清鼻子都气歪了，这都什么人啊？好像他还有理似的。于是，两人就吵了起来，等李国清吵得脸红脖子粗的时候，那人突然呵呵一笑，说"行家一出手，就知有没有。怎么样，我这吵架的功夫行不？"

这下，李国清也乐了。好家伙，竟拿自己练上了！不过他还真是个人才，脑子好使，嘴巴灵巧。好，就他了，先任命他为小组长，然后又一二三四点了四个组员，酬劳嘛，是一小时三十块，外加一瓶矿泉水。

李国清把几个人带到了自己的小区，指着小区门口的保安，告诉他们"看见没，你们的任务就是和保安吵架。"其中一人问："这吵架您总得给个由头吧。"李国清一瞪眼睛："哼，刚才在劳务市场，一个个都把自己夸得跟花儿似的，怎么这会儿还没吵起蔫了？这由头还不简单，你们只要进小区，保安就会问这问那，你们就故意不告诉他，这不就吵起来了？"

按照李国清的安排，小组长将几个人分成两班，轮番作战，保安两班倒，他们也跟两班倒。这几个人也真敬业，一连几天下来，把几个保安都吵得没了脾气。

再说，这李国清为什么要雇人和保安吵架，是他吃饱了没事干吗？其实，李国清是有目的。他是个实权派，平时来来往往的，有不少人来送礼。可这小区的保安管得特别严，凡是要进去的，一律要问清找谁呀？干什么的？还得让人把姓名、地址留下来。这样一来，送礼的觉得受不了，李国清更是火大了。要知道门卫的来客登记簿上，老是出现自己的名字，总归不太安全。于是，他就想了这个办法。

这天，为了验证这几天吵架的效果，李国清特意找了几个陌生人进小区。果然，保安都学乖了，不再像从前那样拦着问这问那的。遇到脾气好的访客，保安就多问两句；遇到走路横过来的，他们索性装聋作哑。当然，保安也并不是什么都不管，只是他们转变了做法，你进来我可以不问，但你要是拿着东西出去，那可就要问个明白了。这样一来，既履行了职责，又

不得罪人。

李国清见目的达到了，很是高兴，每天就等着人上门送礼。不料，送礼的没来，小区里麻烦倒来了。不久，有个叫陈军的业主，在地下车库被人杀了。

陈军的家属一气之下状告物业公司，以保安未尽治安之责为由，要求物业公司承担相应法律责任和经济补偿。物业公司经理觉得非常窝火，不但把保安们狠狠地训了一顿，还要把他们全部解雇掉。这下，保安们纷纷向经理倒苦水，说事情太蹊跷，前段时间老有人跟他们吵架，而且还是一

拨一拨的没完没了……

经理是个精细人，听着听着就觉得不对劲，找人一查，这些吵架的居然都是李国清出钱雇的，于是就去派出所报了案，怀疑地下车库杀人案与李国清有关。警察经过调查，最后发现：那起刑事案件虽然不是李国清干的，但是他的行为导致了物业公司不能正常履行职责。所以李国清也被物业公司告上了法庭。

这场诉讼风波尚未结束，更大的麻烦来了。不久，李国清涉嫌"扰乱秩序"，被治安处罚拘留，继而又被纪委"双规"，问题越查越多，这真是赔了"夫人"又折了"兵"。

律师点评：

这个故事涉及的法律问题有三个：第一，小区内发生打架、偷盗、杀人等治安问题，如物业公司管理上确有失误，应当承担相应的法律责任；第二，如果物业公司的失误，在一定程度上是由于他人故意采取不正当行为所致，那么，物业公司可在承担相应的法律责任以后，再向他人追偿；第三，为了个人不正当利益，指使他人实施某种不正当行为而给他人造成损害的，由此产生的一切法律后果由指使者承担，情节恶劣或造成严重后果的，可依法追究其刑事责任。

（题图、插图：刘斌昆）

让笑话给你的生活增添色彩

"故事会精品笑话丛书"是《故事会》几十年来精品幽默笑话的再度精选，是一套极具特色的作品集，是当之无愧的幽默精品。此套丛书以笑话为载体，讲述了人生百态，幽默诙谐，令你忍俊不禁，让你在轻松幽默的氛围中品味人生、领悟真理。

● 《小笑话 大健康：**身体笑话**》 —— 开口一笑，全身的细胞都会跟着快乐
● 《小笑话 大道理：**另类笑话**》 —— 在笑声中享受经典
● 《小笑话 大情感：**男女笑话**》 —— 让笑声吹暖你爱人的心
● 《小笑话 大财富：**家庭笑话**》 —— 管家的秘诀，在于把握笑的魅力
● 《小笑话 大趣味：**荒诞笑话**》 —— 快乐不需要理由
● 《小笑话 大时尚：**休闲笑话**》 —— 是它让平淡的生活多一种味道
● 《小笑话 大创意：**餐桌笑话**》 —— 笑话，才是餐桌上的主宾
● 《小笑话 大人生：**金色笑话**》 —— 笑声伴你跨进金色的年代
● 《小笑话 大成功：**职场笑话**》 —— 上班就要偷着乐
● 《小笑话 大自然：**动物笑话**》 —— 动物一思考，人类就笑了
● 《小笑话 大视野：**课间笑话**》 —— 孔子说，上课不亦乐乎；我们说，下课不亦乐乎！
● 《小笑话 大智慧：**机智笑话**》 —— 智者，让人笑得更久，想得更多

别动我的

驴

□ 刘江波

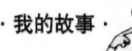

·我的故事·

表弟在城里开了一家驴肉馆，生意做得红红火火。前些日子，表弟来电话，让我牵着老黑去他的驴肉馆帮忙。

老黑是我养了多年的一头驴，表弟不会是在打它的主意吧，我心里七上八下地来到了城里。到了那儿才知道，表弟又有了新点子，他在驴肉馆后院的一间小屋里摆上了石磨，他让我牵着驴磨豆腐。要说这个点子太有创意了，驴肉馆的客人更多了，有的专门来品尝纯天然绿色豆腐，还有的就是为了瞧瞧驴是怎么拉磨的，图个新鲜。

在常来常往的客人中，有一个陈老板挺让人讨厌，经常喝多了耍酒疯。听表弟说陈老板是本地最牛的大款，有钱有势的谁也不敢惹，只能忍气吞声。

这天中午，我正想把老黑的套子卸下来，让它歇歇。表弟领着几个醉醺醺的人进来了，领头的腆着个大肚子，我认出他就是陈老板。他喝得走路都直打晃，借着酒劲上前一拍老黑，老黑一叫唤，差点拿蹄子踢他。我连忙把老黑喝住，陈老板高兴了："我看这驴不错，叫得多响，你给它两鞭子，我掐着表，看它一分钟能拉几圈！"

我给老黑蒙上眼罩，轻轻拍了它几下，老黑立刻转起圈来，一圈、两圈……陈老板喊了一声"停"，他兴奋

地叫起来："六圈半，这驴可真有劲，你把它卸下来，你去拉磨，我看你一分钟能拉几圈！"

这话可把我惹火了，有拿人和驴比着玩的吗？表弟怕我得罪客人，一个劲地咳嗽，陈老板一看我没动，他用嘴角"嘘"了一声"又不让你白拉，给你五十块。"

五十块钱！我这一天也挣不来呀，拉一分钟就挣五十，合算。我马上卸下老黑，推着磨杆子就转了起来，旁边有几个人喊着加油让我使劲，一分钟过去了，陈老板看着表说："才不到四圈，怎么样，我说人再有劲也拉不过驴吧，你们非要打赌，这顿饭你们请了吧。"说着，他把五十块钱甩给我。

我接过这钱的时候有点烫手，原来这些有钱人是在拿我和驴打赌。那几个人嘻嘻哈哈地笑了，有说我笨的，有说驴结实的，还有个小子说这头驴要是吃起来，肯定有味道。我吓了一跳，却见陈老板立刻问我："那个谁，你这驴值多少钱？"

我没好气地说："多少钱也不卖，给金山银山也不卖。"

陈老板没了面子，他"哼"了一声"这年头老子只要有钱，想买啥就买啥！一头破驴还谈什么金山银山，市场上好驴也就两千块钱，我们几个出三千，你卖不卖？"

我说什么也不答应，差点和他吵起来，多亏表弟好说歹说，把他劝走了，临走的时候陈老板还回头扫了老黑一眼，很不甘心的样子。

我以为这件事就算过去了，没想到表弟又匆匆走进来报信，说陈老板又喝了不少酒，非要吃现杀的驴宝不可。我知道他们说的驴宝是饭馆的一道菜，其实就是驴鞭。我刚说了一句这怎么可能呢，表弟已经把驴缰绳塞在我手里，不由分说推我出去，让我牵着驴先躲躲。就在这时，陈老板一伙人已经踉踉跄跄走过来，堵住老黑说什么也不让走，还要给我加钱。

我再也忍不住了，嗓门也高了起来："别动我的驴！你加一百万，我也不卖！"

陈老板冷笑一声："你出去打听打听我是谁，你再打听打听有没有我买不来的东西。"说着，抓住老黑就要骑上去，我连忙推开他，他有点急了，回头质问表弟："你这当老板的怎么教育员工的，这驴不让吃，我骑一下也不行？"

表弟赔着笑脸，不敢说什么，旁边那几个醉鬼叫起好来，都说骑驴好玩。一看我不同意，陈老板又掏出一张百元大钞，说如果让他骑一下，这钱就归我，驴他也不吃了。

我犹豫着，不想让他碰老黑，可是又怕他纠缠不清。表弟还是把钱接过来，笑着说："骑一下没关系的，陈老板您小心点。"

几个人把陈老板扶上了驴背，虽然他体重不轻，但老黑还是站得挺稳。我刚想请他下来，谁知道他用力拍打着老黑的屁股，嘴里还"得"了一声，老黑受了惊吓，两条前腿立了起来，把陈老板一下子甩了下来。

大家全乱了，表弟去扶陈老板，我连忙去拉住老黑，想把它牵进去，却听陈老板在后面吼起来："别走！你看看我这西服，你得给我赔！"

我回头一看，陈老板的西服果然撕破了一条长口子，但这事可不怪我，明明是他非骑驴，又打驴屁股才摔下来的。

我和他争论着，表弟在旁边赶紧打圆场，我也怕表弟为难，就问陈老板这衣服值多少钱，我想办法给他补上。

"补上？"陈老板打了个酒嗝，"香港金利来听说过吗？市场价一万二千块，我看你怎么补？"

啊！这太离谱了，这不是欺负人吗？我就算一年不吃不喝，也赔不起这么贵的衣服呀。表弟也傻眼了，他干张着嘴都不知道说什么好了。

陈老板干脆把衣服甩给表弟，说是在饭店出的事，这事就交给表弟处理了，要是不赔他衣服，他就到消协去

投诉，关了表弟的店。

看表弟急得都要哭了，我也不得不低下头，恳求着陈老板高抬贵手。这时候旁边有个客人帮着说了几句好话，说陈老板是见过大世面的人，这件衣服在他眼里不过就是两把麻将的事，就大事化小、小事化了吧，也算大人有大量了。

陈老板的面色缓了缓："让你赔吧，我也不忍心；不让你赔吧，我这亏也吃得太大。这样吧，我就要一样东西，这头驴的驴宝，拿它来顶这件衣服，你不亏吧？"

旁边的人都说陈老板有气量，一万多块钱的衣服，就这么换了一盘菜。我看着老黑，怎么也不忍心去杀它。表弟脸上的表情也很难过，终于

他对我说："表哥，这一万多块钱我出了，老黑跟了你十来年，你把它牵回去吧。"

一听表弟这么说，我再也忍不住了，一把拉住了他："别说了，我给他做驴宝……"

陈老板得意地笑了："这就对了，这头驴就是长得高大点，它再值钱还能值一万二？你们手脚麻利点，我先去睡一觉，只要你把驴宝做好了，我再给你一千块钱，今天我是非吃它不可了。"

几个小时后，我把一盘烧好的驴宝端到陈老板面前，他喷着酒气睡得正香甜。表弟叫了好几声，陈老板才把眼睛睁开，一看菜好了，来了精神，吃了几筷子，连声赞好。

我说"这就是你要的驴宝，说好了用它赔你的西服。"

陈老板"啊"了一声："那衣服是挺贵的，花了六百多呢。"看样子他酒劲上来了，实话都说出来了。表弟感觉我们上了当，急忙给陈老板提个醒："刚才您可说了，这盘驴宝做好了，您给他一千块钱。""什么？"陈老板叫了起来，"什么驴宝这么值钱，一头驴才值几个钱，你们别趁我喝醉了，乱敲我竹杠。"

一听他这么能耍赖，旁边几个客人看不过去，纷纷出来作证，指责陈老板说话不算数，这不是拿穷人寻开心吗？陈老板一看犯了众怒，极不情愿地掏出钱来，驴宝也不吃了，一步三晃离开了酒馆。

表弟把钱递给我，很不好意思地说这人他是得罪不起的，还害得我吃了大亏，只好再给我买头驴，算是赔我的老黑。

我看客人们走光了，这才小声说："赔什么赔呀，老黑还在后面草堆里藏着呢，我根本没杀，这盘驴宝是我从冰箱里翻出点驴肠子炒的，多放点酱油一红烧，样子都差不多。"

表弟愣了："你可真胆大，都这时候了还敢糊弄人，这要让陈老板发现了，这祸可就闯大了。"我笑了："表弟呀，这不怪我呀！这几个醉鬼喝得迷迷糊糊的没看出来，难道你也糊涂了，你好好想想……"

表弟一拍脑袋："嘿！我让陈老板给吓破胆了，都忘了咱家老黑是头母驴，哪来的驴宝？"

（题图、插图：张恩卫）

您手中有没有得意之作？本刊辟有二十多个原创性栏目，如中国新传说、我的故事、情感故事、16岁故事、海外故事和中篇故事等；您读到或听到什么有趣事可以和大家一起分享吗？3分钟典藏故事、开卷故事、财富故事、第一推荐、外国文学故事鉴赏和快乐辞典等都是本刊推荐性栏目。热忱欢迎来稿，可从邮局寄发，也可从网上传递。邮寄地址：上海绍兴路74号《故事会》杂志社，邮编：200020；如为电子邮件，本期责任编辑信箱：yanyichao1004@sina.com。

谢谢你的
中转站

□夏续乾

收 信

老林是个退休工人，妻子去世多年，儿子五年前远走他乡，他就一直一个人过日子。时间长了，他越来越感到孤独，就动了找个老伴的心思。他偷偷花钱在一本杂志上登了个征婚启事。还真管用，不久后，老林就陆陆续续收到一些信件。

这天，老林又收到了几封信。他打开一封，看了起来。不过，只看了几句，他就骂了声"骗子"，将信扔进了废纸篓。因为这信跟前几日收到的那几封，在内容上大同小异，写信人都说看到征婚启事后，对他非常倾慕，很想前来跟他当面交流，最后点明主题：请寄一笔路费。

第二封信，老林刚撕开口，就掉出一张照片，是一个女人的半身照，看年纪也就三十多岁，挺漂亮的。老林接着看信，只有寥寥几句：本人三十三岁，温柔贤惠，理想的爱人就是你这样成熟稳重的，岁数大点也没关系，因现在征婚的骗子多，我一良家妇女怕被骗，所以不敢贸然前往，如果你真有诚意，就请先寄五百块诚意金过来，我会立即坐飞机过去见你。

老林摇头苦笑：呵，这位不要路费，改诚意金了。这骗子也太不专业了，一共就百来字，错别字竟有一半还多。他再仔细看了一眼那张相片，乐了：我说眼熟呢，这不是巩俐吗？这封信，自然也进了废纸篓。

最后一封信，老林都没信心了，"嘶啦"撕开，一共两页，打开一看，不由心惊：第一页赫然竟是血书！只写了一句话：妈妈，对不起！我错了！

妈妈？肯定不是写给自己的。老

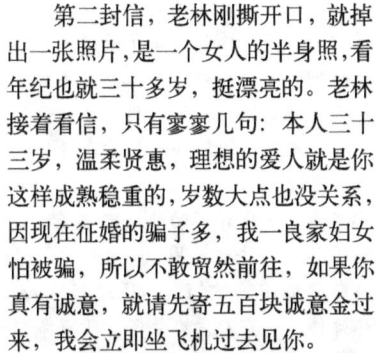

林狐疑地拿起信封看了看发信人地址：新疆南城大昆山监狱。监狱里寄来的？是谁呢？再看第二页，是用圆珠笔写的一封信

林师傅：您好！在杂志上偶然看到您的地址，很冒昧给您写这封信，希望能得到您的帮助，这里先感谢了！好人会有好报！

我是一名重刑犯，犯了不可饶恕的罪行，父母为我伤透了心，绝望地跟我断绝了关系。入狱以来，每当我想到父母对我的养育之恩，为我付出的心血，我就感到这辈子最对不起的是他们。今生我别无所求，也不奢望他们会原谅我，我只是想对他们说一声对不起，让他们知道儿子在忏悔就行。可是，我给他们写的信，他们看都不看，就原封不动地退回来了。我想了各种办法也没用，因为只要是来自新疆的信，他们就知道是我写的。林师傅，我实在没办法了，所以希望您能帮我把上面这页信寄给我父母，我在启事里看到您的地址是济南的，我家在济南有亲戚，来自济南的信我父母一定会看的。拜托了！罪人刘耀明跪求！

信的后面是详细的通讯地址。

转　信

老林反复将信看了三遍，心里五味杂陈，从字里行间，他能体会到写信人的悔恨之意、内疚之情。他仿佛看到了一个泪流满面、苦苦哀求的浪子形象。

老林不由想到了自己的儿子，五年前，儿子不顾自己反对，为了一个大他十二岁并有两个孩子的女人，不惜与自己断绝父子关系，跟那个女人远走他乡。这几年，老林在孤单寂寞的时候常常想：只要儿子浪子回头，跟自己道个歉，并离开那个女人，他是可以原谅儿子的。可是，令他恼火的是，儿子至今仍执迷不悟，说只要老林不接受他的妻儿，他绝不会再回来。

老林胡思乱想着，不知不觉，眼里竟有泪水流出。呆坐了一会儿后，他决定帮这人一把，就起身找了两个信封，其中一个装进了那封血书，寄给刘耀明的父母。而后，他又给刘耀明回了一封信，告诉他信已转寄，勿念。另外，让他好好改造，用实际行动表达自己的悔悟之意，争取早日出狱当面向父母认错，获得他们的原谅。他还写道：天下没有父母不爱自己的孩子，只要你浪子回头，一定会得到他们的谅解的。

半个月后，老林接到了刘耀明的回信，他说：谢谢大叔，您是一个好人，不管那封信我的父母会不会看到，我都会永远感激您的！另外，我还想麻烦您一件事，我在牢里积攒了四百元钱，这钱干干净净，是政府发给我的劳动补助，过几天我寄给您，麻烦您转寄给我的父母。

老林心想，这孩子也够实诚的，我给他回一封信，他就相信我了，难道就不怕我把钱给昧了？

两天后，老林果然接到了一张汇款单。他马上去邮局，把钱转寄给了刘耀明的父母。

但是，过了没几天，这钱又被寄了回来，附言里只有一句话：请你退给那个逆子。

虽然钱被退回了，老林心里却有些高兴，因为寄钱时他并没有在附言里表明自己的身份，对方让他把钱退给"逆子"，说明刘耀明的父母一定看过先前那封信，知道他是受他们的"逆子"所托。

老林立刻给刘耀明写了一封信，告诉他：你的父母已经看过信，知道你在真心悔悟，还有，钱我已经寄给他们，相信他们接到后会非常欣慰，你好好表现，争取减刑，早日出狱去见父母。

至于那四百元钱，老林反复思量，怕退回去会影响刘耀明的情绪，就专门到银行开了一个户头，将钱放在存折里。

过了两个月，刘耀明又来信了，在感谢之后，说他以为父母收下钱会搭理自己，不料他刚给家里寄的一封信又被原封没动地退了回来，所以，还是麻烦老林给转寄一下。

老林回信说：可能你父母的气还没有消，他们不会这么快就原谅你的，以后你有信就直接寄到我这里好了，我会为你转寄的。

但是，除了第一封信，随后老林转寄的信都被原封未动地退了回来。为了不让刘耀明伤心，老林决定，把这事也隐瞒下来。

从那以后，每年，老林都会为刘耀明转寄几次信。中秋、春节前，刘耀明还会把在狱中辛辛苦苦攒的一点钱寄给他，烦他转寄给父母。老林也经常写信跟刘耀明交流，鼓励他好好改造，多向父母说说自己的改造情况。他告诉刘耀明：水滴石穿，你早晚一定会得到父母的谅解的，他们即使是一块冰，也会被你的执著给融化的。

送 信

如此一晃十余年，坚冰始终没有融化。老林为刘耀明转寄的信、钱，毫无例外，每次都完整无缺地退了回来。看来，刘耀明的父母，是彻底对自己的孩子死心绝望了。

老林没有再婚，那次征婚无果，他以后也没再动心思，因为自从他为刘耀明转寄信件后，生活就好像有了寄托，不再觉得那么寂寞了。可是，面对刘耀明父母一封又一封的退信，老林打心底为这个真心悔过的犯人着急，他的父母怎么就那么铁石心肠呢？

这天，老林又接到刘耀明父母退回来的信。他再也坐不住了，登上北上的列车，来到了他父母所在的县城，找到了刘耀明的家。

刘家冷冷清清，只有刘母一个人。刘母听说老林就是给儿子中转信件的人后，马上就明白了他的来意，断然说："你什么也不必说了，我和老刘发过誓，今生不会再认这个儿子了！"

老林说："可你儿子已经真心悔改了啊。"

刘母冷笑道："狗改不了吃屎，我对他已彻底死心了。你请回吧，不值得为这个畜生奔忙。对了，你跟那畜生是什么关系，为啥这么帮他？"

老林摇摇头："我跟他没有任何关系，我只是觉得，咱们要给孩子一个重新做人的机会。孩子既然悔悟觉醒了，咱们就要让孩子在监狱里看到希望啊。"

"什么希望？他这样的人，这辈子注定要死在监狱里。"

老林看她态度坚决，心想也许刘父好说话一些，就问："耀明妈，你家老刘呢？"

这不问还好，一问就问出了刘母大颗大颗的眼泪。她一边抹泪，一边捧出了一张黑白照片重重放在老林面前："我们家老刘在这儿呢！就是被这个逆子气走的。你有什么话就统统对老刘说吧！"

老林心中一沉，半天也接不上话。

刘母站起来打破沉默："你没有别的事，我就不送了！"

这个家庭所承受的痛苦和折磨原来远远超出自己的想象，老林心中隐隐作痛。想到刘耀明的追悔莫及、老刘的郁郁而终、刘母的孤独无依，老林怎肯就此放弃？他打开提包，取出一张存折，说："这上面一共有九千八百一十块钱，是孩子这些年寄给你的，被你退回来后我都存在这里面，我算了一下，这些钱几乎是孩子这些年在监狱里获得的所有劳动补助。他是在尽最大的努力赎罪啊。"

刘母神色微微一变，目光扫了一下存折，道："我不稀罕，多少钱也弥补不了他对我们的伤害，洗刷不掉他带给我们的耻辱。"

老林看出刘母有点心动了，就把存折放到桌子上，又弯腰从提包里拿出厚厚的一扎信，抽出一封，说："这些信都是你儿子写给你的。"

刘母摆着手："拿走，我不要看。"

老林心一横，"嘶啦"撕开信，说"你不愿意看不要紧，我一封封读给你听。"说着，大声读了起来，"亲爱的爸爸、妈妈，你们好……

刘母伸手想要阻止，老林闪身躲开，嘴里读个不停，刘母无奈，赌气道："好，你愿意读就读吧，我不会听的。"

老林也不管刘母听不听，从头到尾，一封接一封地读信。读到第八封的时候，他发现，刘母的目光渐渐软化了，眼窝发红。读到第十封的时候，刘母端过来一杯水："林师傅，你先喝口水。"

到了傍晚，老林把最后一封信读完，长舒了一口气，转眼再看刘母，却见她已经泪流满脸，神情激动。

老林把信重新扎好，试探地说："好了，信也读完了，我就不打搅了。耀明妈，这些信如果你还不想要，那我就带回去。"

刘母慌忙说："不……你把信留下吧，我再……看看。"她似乎不太相信信上说的是真的，"林师傅……耀明他真的改成有期徒刑了？"

老林拍拍信，说"信里说得清清楚楚，他已经减过好几次刑，早从无期改成有期了，要是他表现好的话，我相信，再过五六年，他就能获得假释出狱了。"

刘母伸手擦了把眼泪，喃喃道："这孩子，看来是真的悔改了……"此时，她眼神迷离，悲喜交加。

老林见目的已经达到，不忍打扰她，就转身悄悄走出门去。刘母追了出来："林……大哥，谢谢你，不过，我不明白，你刚才说你跟耀明没有任何关系，那他怎么认识你的？"

老林怎么也没料到刘母会问这么一句，顿时涨红了脸，说话也结结巴

巴："这个——其实——"

刘母见他难以启齿，便安慰他："其实我只是好奇，你不要放在心上。我儿子能够改好，你也一定可以！只要改正了，从里面出来了，你们就能重新再活一次！"

哎呀，看来刘母是把老林当成了自己儿子的狱友，这可如何是好？老林赶忙连连摆手说道："这个……嘿嘿，他是从杂志上的征婚启事里看到我的地址的……"

来 信

老林回到家后不久，就接到刘耀明的一封信。刘耀明兴奋地告诉他：林叔，我妈来监狱看我了！林叔，谢谢您，我妈把一切都告诉我了。您是我的再生父母，没有您做的这一切，我看不到希望，肯定会破罐子破摔，一辈子都呆在监狱里了。林叔，以后我不再麻烦您了，我妈妈重新接纳了我，我可以把信直接寄给她了，但我会经常给您去信。等我出狱后，我一定会去看望您。

老林看完信，心里百感交集。一方面，他为刘耀明感到高兴；另一方面，却又有些怅然若失：刘耀明已经得到了母亲的原谅，那自己这个中转站的使命也要结束了。只怕以后，自己的日子又将恢复以往的单调寂寞了，要是儿子在身边就好了。老林不由想到了自己的儿子，刘耀明犯了那

么大的罪行，他的母亲都可以原谅他，自己的儿子不过是为了追求自己的生活，为什么自己就不能原谅他呢？

老林犹豫了很久，终于打开抽屉，从最里面取出一封信。这是儿子十年前写来的一封信，里面有儿子的电话号码，不过，老林从没有打过。十年了，希望这个号码还能够打通。

老林定了定神，深吸一口气，手哆嗦着，一个一个地按下了号码。

电话通了，里面传来儿子的声音："你好，是哪位？"

刹那间，老林眼窝滚烫，喉头一塞，竟哽住了，说不出话来。

"你是……"似乎心有灵犀，儿子在那边沉默了一下，呼吸突然加重了，"……爸，是您吗？"

老林的眼泪哗地流了下来："是我，儿子，爸希望你能回一趟家……记着，带着媳妇，还有孩子，你们一起回来……"

一周后，老林一家团聚。喜事成双，这天下午，他接到一封信，一看，竟是刘母寄来的：林大哥，你最近好吗？很冒昧给你写这封信，谢谢你为我们做的一切，谢谢你的中转站……信的最后，有这么一段：我已经去看过耀明了，他给了我一本老杂志，上面有你的征婚启事，杂志已经过期了，不知道这则启事有没有过期？

(题图、插图：魏忠善)

·中国新传说·

储存的
财富

□ 刘自忠

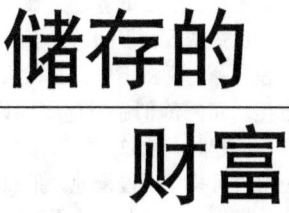

最近，网络上有个很红的段子，把如今的剩男剩女按年龄划分成剩斗士、必剩客、齐天大剩等等。有个大龄男青年叫张照风，在一家理发店当发型师，眼看就要跨入"齐天大剩"的行列了，心里不由得暗暗着急。

一天，一个叫阿静的女孩来到张照风的店里弄头发，张照风觉得她温柔大方，知书达理，聪慧过人。后来阿静又来了几次，渐渐地，张照风喜欢上了她，可暗示了几次，对方都没任何表示，这让他颇为苦恼。

这天，张照风去找阿静，见她正在看一本杂志。阿静笑着问："你看，这男的是不是很时尚？"

张照风一看，杂志上的一个男人一脸的胡子，这样的人说时尚，倒有几分像土匪。他不禁乐了，笑道："这就叫做时尚？"阿静摇摇头，说："你啊，还是看仔细些吧！"

张照风仔细一看，这才发现这个男人的小指留着数十厘米长的指甲，他不禁问："你说，男人留这么长的指甲叫时尚？"

阿静笑道："是啊，如果我有男朋友，我一定让他也留这样的指甲，真是帅极了。"说罢还做出一副陶醉的样子，对张照风笑道，"不如你也留这样的指甲吧，这样就可以做我的男朋友了。"

张照风吃了一惊，没想到阿静会这样提出来："你，你说的是真的？"

阿静笑道："当然是真的啦，如果你不愿意，我也不勉强。"

张照风大喜过望："只要你愿意，

就是留一辈子指甲我也愿意。"

就这样,这层纸算是捅破了,两人开始正式恋爱。但问题来了,张照风是理发师,真将指甲留长,总有些不方便,可阿静似乎对这事很认真,两人在一起时,她总是检查张照风的指甲留得怎么样了。慢慢地,张照风小指上的指甲越来越长,为了不让顾客对他的指甲反感,他不得不时时注意保持指甲的干净。

这天傍晚,两人正一起散步,突

然一名男子迎面走了过来。那人走到近前,看了阿静一眼,然后转身跟着他们走。

张照风一惊,转过身来问道"你想做什么?"

那人"嘿嘿"一笑,说"没什么,只不过看到美女,想多看几眼罢了!"嘴里说着,眼睛直往阿静身上扫。

这人也太过分了,竟敢如此当面挑衅,张照风大怒,刚想冲过去教训这人一番,阿静说:"别理他,我们走吧!"拉过他就走。

那人又是一笑,说:"是啊,你们走你们的,我看我的,大家互不相干。美女本来就是让大家欣赏的嘛。"说着,笑嘻嘻地跟着他们走。

这下,张照风真火了,怒吼一声,甩开阿静的手就扑上去。阿静急忙冲过去拦在两人之间,可张照风的手已经打在阿静身上了,幸好反应及时收了力道,不过阿静也挨得不轻。阿静抓着他的手叫道:"你看,指甲断了,你根本就没记住我的话。"

张照风一看,果然留着的指甲被碰断了,他不禁叫道:"这小子也太可恨了,今天不教训他一下,我就不姓张!"说罢又要冲过去。

这下倒让那名男子傻眼了,急忙叫道:"阿静,也怪我说话过分了点,他这反应也是正常的啊,你们到底玩什么花样?"

张照风一惊，迷惑地看着两人："你们认识？"

阿静叫道："他是我的同事，是我专门请来有意激怒你的，就是想看看，这个时候，你会不会想到保护指甲。现在看来，你根本就不在意。既然没心，以后你就别再找我了，咱们还是分手吧！"说罢也不理会他，转身跑了。

张照风更是糊涂，想不到阿静对指甲这么在意，他忙问男子是怎么一回事。男子苦笑着说："今天阿静求我当着你的面骚扰她，说想看看你的反应。我也不知道为什么，现在才知道，是为你的指甲啊，真弄不懂你们。"

没办法，张照风只得追上阿静，好话都说遍了，她的情绪才好了些，说："你知道吗，你的指甲这一断，你损失的可是自己的财富啊！"

这话让张照风颇感奇怪，忙问是怎么一回事，阿静这才说出原因来，原来，她曾看过一篇报道，有个男人蓄了几年的指甲，留了几十厘米长，后来有人花高价来收藏这片指甲。

阿静说："我们两人都是打工的，收入并不高，将来成家后日子肯定过得不轻松，如果有一天多出几万块钱来，对我们的作用一定很大。这下好了，你刚才这一怒，一切就得从头再来了。"

张照风一听，恍然大悟，原来阿静让他蓄指甲竟然是为了他们今后的生活所考虑，他还一直认为阿静心理怪异呢！他当即握着阿静的手说："放心吧，以后我一定更小心。"

从此以后，张照风更注意保护自己的指甲了。两年后他们结了婚，张照风借了些本钱，自己开了一间发廊。他一直好好保养着自己的小指指甲，几年过去了，指甲已经长到十多厘米了。

这天，张照风正走在上班的路上，突然听到一声惊叫。他回头一看，只见一个女子正跟着一辆摩托车跑，她的手紧紧拉着一只袋子，而袋子的另一端握在摩托车后座男子的手上。女子一面扯着袋子，一面叫道："快来啊，有人抢包了。"

敢情碰上飞车夺包的匪徒了，张照风大叫一声："快住手！"快步跑到路中来。抢包男子一看有人出头，又是猛力一拉，女子再也拉不住，跌倒在地。开车的男子突然一加油门，车子向前冲了过来。

张照风大惊，眼看车子快冲过来了，他急忙往旁边一闪，就在车子从身边擦过时，突然伸手抓住仍在男子手中飞舞着的袋子，大声叫道："放下！"这一抢，车子顿时一歪，"砰"一下倒在路上。

车上的两名男子狠狠摔了一跤，张照风也被扯倒在地。他们很快爬起来，一人大声骂道："找死啊！"挥拳

向他打来。张照风伸手架开，但另一人拔出刀子也冲了过来。三人顿时扭打在一起。但双拳难敌四手，他被打翻在地，幸好这时路人围了过来，两名歹徒被愤怒的路人给抓住了。

张照风从地上爬了起来，身上被划伤了两处，这时他的眼光落在了小指上，不由惊叫一声，那片保存了几年的指甲在激战中又弄断了。

来到医院包扎时，阿静也赶到了，张照风遗憾地说："没想到这几年的心血又白费了，不过看到歹徒凶恶的样子，我实在不能不出手啊！"

阿静笑道"你做得对，真正的男人，在这种时候就应该出手。至于指甲，还可以再留的。"

张照风扬起手，叹息一声说："看来我们真没有赚这笔钱的运气，再留

这么长，又要好几年了。"

阿静笑了，说："其实丢了也没什么可惜的，我也不知道，这指甲是不是真的能挣钱呢。"

这话让张照风大吃一惊，他惊问道："你也不知道，那你为什么要骗我，让我留了这么多年？"

阿静笑道："还不是为了你这脾气？从认识你开始，我对你还是挺满意的，就是这脾气有些火暴，做事又容易冲动。正好我看到杂志上留着指甲的人，我想，蓄指甲需要很好的耐心，平时如果不小心碰断，就前功尽弃了。于是我才以蓄指甲为条件与你相处的，就是想让你的脾气能收敛些。现在我已经做到了，你再也不是当初那个容易冲动的人了。"

张照风一愣，突然发觉自己确实改变了不少。以前遇事爱冲动，有时甚至会动手，自从蓄上了指甲，因为担心会弄断而前功尽弃，很多时候他只能耐着性子。同时，每天他还不得不花心思去保养指甲，这些年来，他的性格真的改变了。

张照风拉着阿静的手说："谢谢你改变了我，这的确是个修身养性的好法子，以后我还会留的。当然，遇到该出手时，我还是会出手。"

（题图、插图：谢 颖）

捡漏

□王应良

吃出个古玩意儿

郝端是丽拱县政府办公室的一名秘书，算是官场上行走的人，可一干十几年，还是原地不动。心灰意冷之下，他就添了一个业余爱好，玩起了花钱不多的古钱币收藏。

这天，县里为了搞新农村建设试点，就派郝端到驼背柳村搞调研。这个驼背柳村地处大山深处，交通闭塞，因此依然保留着一片古村落的风貌。

郝端兴致勃勃地忙了一上午，就回到村长家赶写报告。村长为人豪爽好客，准备了一大桌山珍野味，还拍着桌子划起拳来，一张古旧的八仙桌经他一拍，就摇晃起来，汤汤水水洒得满桌都是。村长见了，大吼道："你个懒婆娘！咋不把桌子塞稳？"

村长老婆红着脸，忙不迭地跑过来，从墙角的杂物中拨拉出三块瓦片，就往桌子腿下塞。郝端不经意地

扫了一眼，微微一愣，便说："嫂子，先别忙，这东西借我瞧瞧。"

村长老婆不好意思道："脏兮兮的，可别弄脏了你的手！"郝端接过一看，这三块黑乎乎的瓦片，一个是圆形，一个是椭圆形，一个是方形，上面都隐隐有纹饰和字迹，看上去有好些年头了。郝端抬起头来，疑惑地问："这是从哪里来的？"

"大前年我拆后面的老房子，从墙缝里掉出来的，"村长说着，又指了指桌子下面，"这个瓦疙瘩没啥用，拿来塞桌子倒是正好。"

郝端把瓦片在手中把玩了一会儿，试探着说："这可能是个古玩意儿，不如卖给我，您开个价！"

村长豪爽地一挥手，道"开个啥价！塞桌子脚的破玩意儿，你要是看得上，就拿去！"

郝端正色道："这可不行！要不这样……"说着，他从口袋里掏出钱

包，数出六百块钱，拍在桌子上，"给你六百块定金，我先把东西带走，请人鉴定一下。如果不值钱，算我看走眼了；如果值大价钱，我回头再给补偿。"

村长一听，愣了一下，随即一拍郝端的肩膀，说："兄弟，你是个实在人！这钱我收下，如果是不值钱的货色，我原数退给你；如果值点钱，我也不多要。我知道你今天来干啥，如果能帮忙把村里的路修通，就当是我的一点心意！"

捡漏捡了无价宝

郝端一回到县城，就直奔家里。

他取出专门的药水，将瓦片上的泥土和杂物清洗干净，三块瓦片便露出了真容。只见这块圆形的，正面是蟠龙纹饰，背面周围有一圈不知什么文字的字符；方形的正面是一匹三蹄着地、一蹄扬起的飞马；椭圆形的正面布满了龟背纹路。三块瓦片上都有一个"少"字的戳记铭文。

郝端凭经验断定，这是古钱币。他搬出一本钱币收藏纲目，一一对应查找，可书上没有这种钱币的记录。突然，他灵光一闪，记起了古币收藏界的一个传说，连忙从书架上抽出《汉书》一翻，果然上面记载说：元狩四年，汉武帝为了抗击匈奴，鉴于国库空虚，就铸造了一批银锡合金的货币，这套货币分龙币、马币、龟币三种形制，史称"白金三品"，但迄今为止，在收藏界从没人见过，难道自己捡漏捡到宝了？

这时，正好老婆姜虹下班回来了。她一看丈夫又在捣鼓那些破玩意，脸就往下一沉，没好气地说："你说你成天不求上进，正事儿不干，只晓得玩这些不值钱的破烂，这日子没法过了！"

此时，郝端正美着呢，便揶揄了一句："我玩一下古董有什么不好？总比人家找花姑娘强多了吧！"姜虹一听，忍不住"扑哧"一声，笑骂道："就凭你？要钱没钱，要权没权，还想找花姑娘！谁跟你呀？"

"你可别把我当成门缝里的扁担，看扁了！告诉你，你老公发财了！"郝端压着嗓子，附在老婆的耳边如此这般地一说。姜虹听完，一双眼睛变得贼亮贼亮的，喘着气问："是真的？能值多少钱？"

郝端骄傲地回答说："往高了说，是无价之宝；往低了说，最少也能值个几十万！"姜虹听了，高兴地在他脸上亲了一口，赶紧找出一个精美的盒子装了起来，并反复叮嘱郝端千万不要声张，免得让贼惦记上。

老婆拿去行贿了

第二天一上班，郝端就全力起草关于驼背柳村新农村建设试点的报告。此时，正逢丽拱县三年一度的科级领导换届，办公室里人心惶惶，一个个上蹿下跳。

这天，县长突然把郝端叫到办公室，对他的报告中，把驼背柳村新农村建设与旅游开发结合起来的创意大加赞赏，当面表态，县委县政府将重点考虑。同时还暗示说，像郝端这样有能力的人，就是这次重点提拔的对象。

郝端一听受宠若惊，没想到好事一桩接一桩，自己刚捡了宝贝，又遇上好事儿。中午回到家里，郝端喜不自禁地把县长的话告诉了老婆。姜虹笑逐颜开，神秘兮兮地附在他耳边一说，郝端顿时傻眼了。

原来，姜虹每天晚饭后，都到县城广场跳舞健身，与县长夫人结识上了。这段时间，她见别人都在跑官，而丈夫却安之若素，情急之下，就瞒着郝端把那"白金三品"送给了县长夫人，好让她给吹吹枕头风，看来这招还真管用！

郝端一听，怒不可遏地把姜虹往边上一推，虎着脸说"你这不是行贿吗？你知道那个值多少钱？""舍不得孩子，套不着狼！再说，不管值多少钱，反正你只花了六百块钱，用六百块钱换一个好位子，这样的便宜上哪儿去找啊？"姜虹轻描淡写地说道。

郝端一向恪守自己的做人原则，不跑不送，清白为人。他听老婆这么说，上前就是一巴掌，吼道："你就那么稀罕当官的，世上当官的人多得是，你嫌我没用，就给我滚！"

姜虹没想到丈夫会动手，她捂着脸，过了半天才回过神来，像一头被激怒的母狮扑过来，一边打，一边哭喊着数落："你这个没良心的！我还不是为你好吗？你看你那些同事屁本事没有，哪个不是削尖了脑袋往上爬，看着他们骑在你头上吆五喝六的，你不难受我难受！"

郝端一听，心就软了下来，连忙上前抱住妻子，连声向她道歉，涎着脸又哄又劝的，才好不容易让她消停下来。他心想，反正送也送出去了，只

好认了。

"白金三品"是赝品

半个月后的一天，郝端正在办公室里写材料，突然接到通知说，组织部找他谈话。他在同事们艳羡的眼光中，走出了办公室。可到组织部一听，郝端心里一下子拔凉拔凉的，原来是让他到县博物院任馆长，今天就去报到。这博物院是出了名的穷单位，老馆长退休三年了，还一直留任着，虽然也算副科级，可县里的干部根本没人愿意去接任。

郝端失魂落魄地回到办公室，又被县长叫了去。一进门，县长就笑容可掬地对他说："小郝啊，组织部已经找你谈过了吧？我早就听说你对文物颇有研究，让你过去当馆长，这就叫人尽其才！"说着，他从抽屉里掏出一个盒子，面色一凛，有点嘲讽地说，

"小郝，我今天要批评你，我们提拔干部，是唯才是举，想不到你也来这一套！不过，我还要提醒你，你的专业水平还有待提高，这一套'白金三品'可是赝品啊！你没发现那上面一圈字符是希腊文？汉代的钱币上面，怎么可能有希腊文字呢？你到博物馆后，可得加强学习，不要辜负了组织的厚望！"

郝端一听，马上明白过来了，原来问题出在这儿，这县长的门槛太精了，他一定把古钱币拿去请专家鉴定了，发现是套赝品，就拿一个赝品职位打发自己。他一言不发地接了过来，转身就走。这时，县长又喊住他，从桌子上拿起一个报告递给他，说："你起草的驼背柳村的报告好是好，可就是那里太偏僻，搞新农村试点，就是为了参观推广，还是建在交通便利的地方好……"

郝端信步走在街上，被冷风一吹，一下子惊醒过来，发现自己竟然不知不觉地来到了博物院。老馆长把他迎进办公室，倒了一杯热水，关切地问："小郝，你得罪人了吧？"

看来，任命的事情老馆长已经得到消息。郝端苦笑一下，掏出盒子打开，把瓦片递给老馆长，然后把前因后果说了一遍。老馆长接过一看，大吃一惊，说"谁说是赝品？上

面是有一圈希腊文，这是真的！"老馆长说，汉武帝铸造"白金三品"时，正是张骞第一次出使西域回来的时候，它是仿照张骞带回的西方货币制造的。

郝端一听，喜出望外，连忙打听说："老馆长，您说能值多少钱？"

"前些年，在英国曾经拍卖过一枚，那还是个残品，当时拍出的价格是五十万美元。像这样一整套，品相又好，估计得在一千万人民币以上！"老馆长说着，皱起了眉头，"怎么，难道你想卖掉？你很缺钱吗？"

郝端只好把驼背柳村那档子事儿说了。他急切地拉着老馆长的手，说："驼背柳村的村民太苦了，出山连一条路也没有，那么美的风景就藏在大山里，太可惜了！老馆长，你跟上面的文物部门熟，这本来就是老祖宗留下来的东西，我想捐给国家，国家能不能奖一笔钱，给驼背柳村修条路？"

老馆长一听，愣愣地看了郝端好一会儿，才翘起大拇指，激动地说："好样的，不贪不占，视钱财为身外之物，适合搞文物工作！哈哈，县里这回是歪打正着，慧眼识才，你捡漏捡了好宝贝，我们博物馆捡漏碰上了好人才，我总算可以放心地交班了。好！这事儿就交给我，我马上与省博物馆联系。"

(题图、插图：张恩卫)

· 本刊信息传真 ·

故事中国网和你相约2010

时间飞快，新的一年马上就来到了！感谢每一位《故事会》的读者和亲爱的网友，陪伴我们走过了不平凡的2009年。在2010年，故事中国网(www.storychina.cn)又将给你哪些期待呢？

首先，每期的《故事会》介绍评点仍是我们的重头戏，深受欢迎的"编辑手记"栏目今年将摇身变为访谈形式，每期的责任编辑都会接受故事中国网的特别访问，除了谈当期作品，还会道出更多《故事会》的幕后戏，以及编辑们在生活中的另一面。这个栏目大家绝对不要错过哦！每期的有奖点评和咬文嚼字将继续举办，欢迎你读完刊物后来评头论足。

其次，我们的网站功能也将进一步完善，网上书店、长篇故事、故事社区等板块将为你带来更好的网络体验，无论是购书、创作、投稿、阅读还是交友、评论，都会变得更加方便、高效，你和故事有关的活动都可以在故事中国网上一站完成。

另外，2009年度中国最佳故事和故事家的评选即将揭晓答案，而2010年度最佳故事和故事家的评选也将继续进行，无论是你自己创作发表的故事，还是在书刊报纸上读到的好故事，都可以推荐参评，赢取最高3000元的大奖。(更多详情请登录故事中国网了解)

不值钱的隐私

□ 赵翠红

"一夜暴富"的发财梦人人都会做，在超市当售货员的张莹也不例外。张莹今年二十七岁，她的丈夫是工厂的工人，小两口收入都不多。每当看到别人穿金戴银的时候，张莹的心里总是愤愤不平：同样是人，为什么自己就要过这种平淡的日子？

不过最近，张莹在看电视时发现了一个快速致富的好机会。原来，电视台播出了一档叫"诚实就是金钱"的节目，参与者只要诚实回答主持人提出的五轮问题，并且通过测谎仪的测试，五十万奖金就可以轻松到手。不过是动动嘴皮子，就可以发一笔横财，这种好事到哪里去找？很多人都跃跃欲试，张莹也迫不及待地报了名。

这天，张莹正津津有味地观看新一期的"诚实就是金钱"。电视里，一个小伙子戴着测谎仪坐在台上，只听主持人问道："你曾经背叛过你的女友吗？"小伙子脸色变得不自然，犹豫了片刻，回答说："没有。"测谎仪显示小伙子说了谎话，主持人微笑着说："真遗憾，你没有说实话，看来只能淘汰出局了。"

哎，又是一个失败者！张莹恋恋不舍地关掉电视，心想：这已经是连续第十个了，自从节目开播以来，还没有人拿到过五十万的大奖。为什么会这样？节目规则看似很简单，但主持人的提问却涉及到个人隐私，要得到那五十万，就必须把最不光彩的一面赤裸裸地暴露于公众。通常，参与者都无法承受这种巨大压力，而选择中途退出。

正想着，张莹的手机突然响了，电话接通后，一个男人说："张小姐吗？我是'诚实就是金钱'的制片人刘忠生，我们收到了你的报名资料，请你明天来谈谈。"张莹一迭声地答应着，放下电话，她高兴得跳了起来。

第二天一大早，张莹便赶到电视台，刘忠生开门见山地说："我们看了你的资料，也进行了简单的调查，觉得你很适合我们的节目，如果你同意的话，我们现在就可以签协议了。"张莹没料到电视台的办事效率这样高，她想了想说："谢谢你们选中了我，但是我想再有两天的考虑时间，可以吗？"

刘忠生像是看穿了她的心思，笑着说："当然可以，有些准备工作能提前做掉，还是有必要的，但是千万记得早点给我们答复，报名的人可是很多啊！"张莹脸一红，这话说到她心里去了，她是想赚那五十万，但并不想为了钱而失去亲人和朋友，没人分享，有再多的钱又有什么意义？

当天晚上，张莹把事情跟丈夫韩勇说了，韩勇吃了一惊，极力反对说："老婆，你怎么能参加这种节目啊？你没看见主持人都问些什么问题？简直能把人心中最隐秘、阴暗的东西都挖出来，就算你是问心无愧的人，他们都有办法让你无地自容。你当钱那么好赚啊？"

"正因为这样，我才需要你的支持，"张莹坚决地说，"老公，我知道自己做过一些糊涂事，不过只要事先

能获得对方的谅解，那就算我在大庭广众面前承认了，又有什么关系呢？毕竟那可是五十万啊！"

五十万的诱惑实在太大了，韩勇也不禁犹豫起来，张莹趁热打铁，一番劝说后，韩勇终于动心了。张莹胸有成竹地分析说："主持人的提问无非是涉及到家人、朋友、道德等几个方面，说起来，我……我还真做过对不起朋友的事情……"

原来，张莹有个叫晓茹的闺中密友，几年前张莹找不到工作，晓茹便把自家超市的一个远亲辞了，让她去那里上班。可以说，晓茹不但对张莹有情，而且于她有恩。

不过，张莹却做过一件对不起人家的事情，韩勇听完，也不由得长叹一声："老婆，这事儿你不应该啊！"张莹小声说："所以，我想事先跟晓茹说明白，免得到时候伤了感情。你陪我走一趟吧，有你在，她想翻脸也不好意思。"这事实在令人难堪，不过想想那五十万，韩勇只好硬着头皮答应下来。

第二天，两人来到了晓茹家。当晓茹得知张莹曾经偷过超市里的三百块钱时，脸上的表情就如同见了鬼一般。她又伤心又愤怒，指着张莹骂道："张莹啊张莹，你的良心让狗吃了？我那么信任你，为了你，我连亲戚都

赶走了，你竟然偷我家的钱？"

张莹涨红了脸，一个劲地道歉，说自己当时鬼迷心窍，事后后悔得要命，希望晓茹看在多年友情的分上，能够原谅她。晓茹冷下脸来："对不起，我不能原谅你，正因为我们是好朋友，我才更不能容忍你这么做！"

韩勇见事情闹僵了，急忙上前打圆场："晓茹，谁没有糊涂的时候？犯了错不能一棒子打死，得给她改正的机会啊。""你是她老公，当然帮她说话！"晓茹恨恨地说，"要是她背着你在外面乱搞，你会原谅她？"

韩勇脸色一变，心说：这晓茹气昏了头吧，怎么连这种话都说出来了？就在这时，只听张莹小声说"那也得看是怎么回事，我相信我老公是讲道理的人，如果事出有因，就算真发生那种情况，他也能原谅我。"

晓茹一听来劲了，指着韩勇追问："张莹跟你结婚前有过男朋友，你知道吧？如果……如果她跟你结婚后，还跟那个男人上过床，你说你原不原谅她？"如果说不原谅，事情就要搞砸了，韩勇只好自嘲道："感情这东西最难说了，有时候身不由己……就算真发生了……我相信我老婆也不是故意的。"

这时，张莹突然"哇"的一声大哭起来，死死抱住韩勇连声说："老公，谢谢你，谢谢你理解我！那一次他失恋了，喝醉了酒来找我说，要和

我重归于好。我不想理他，可看他实在太可怜，抱着我不肯撒手……我对不起你啊，我发誓以后再也不会有这种事了……"

韩勇一下子惊呆了，本来是向晓茹道歉的，怎么会突然扯到这种事情上？晓茹也吓坏了，吃吃地说："还真有这事啊……韩勇，你可真得原谅她，她当时也是身不由己啊！"

韩勇充耳不闻，一把推开张莹，大吼道："到底是怎么回事？你给我说清楚。"事情很简单，就是韩勇出差时，张莹跟前男友稀里糊涂地上过一次床。韩勇听完，差点气疯了：原来自己戴了那么多年的绿帽子，是可忍孰不可忍！

这时，只听晓茹冷冷地说："你老婆不是故意背叛你，你应该原谅她，这话可是你自己说的。再说了，张莹今天跟你坦白这事，还不是为了你们这个家？如果她真能赢得那五十万的大奖，你们就不用这么辛苦了。"

韩勇的脸色忽红忽白，很是难看，好半天他才咬牙切齿道："张莹，你偷晓茹的钱是假的，你想让晓茹帮你说服我才是真的吧？"

张莹低着头不敢回答，晓茹接过话来，苦口婆心地说："你说对了。张莹是个好人，这辈子只做过这么一件亏心事，所以才有勇气去参加'诚实就是金钱'。韩勇，你不是一直想买辆车吗？只要你原谅她，就可以得到自

己梦寐以求的车，这还有什么可考虑的啊？"

韩勇狠狠地甩了自己一巴掌，竭力让自己镇定下来："如果在发生了那件事情之后，你主动跟我说明情况，或许我会相信你不是有意背叛我；但现在，你想用钱来迫使我原谅你，你把我想得太无耻了！请你们记住，这世上不只有你们这样的财迷，还有把尊严看得高于一切的人！"

韩勇说完，转身冲出屋子，留下张莹和晓茹面面相觑。过了半晌，晓茹苦笑着说："精心策划了半天，没想到是这个结果。张莹，你打算怎么办？"

张莹的泪水滚滚而下："已经是这样了，我还能怎么办？我一定得参加节目，一定要拿下那五十万的大奖，然后不管怎么样，我也要求得他的原谅，用我的下半生来好好待他……"

张莹拿出手机拨通了电视台刘忠生的号码："我已经决定了，什么时候可以签协议？"

"对不起，张小姐。"手机里传来刘忠生无奈的声音，"很抱歉地通知你，由于社会各界的反对，有关部门已经勒令我们停办这个节目，只好有机会再合作了，再见。"

放下电话，张莹一屁股坐在了地上……

（题图、插图：谢　颖）

每个人
都有故事

□ 杜 辉

小伟的故事

老孙是一位业务经理。这天，他要去外地出差，当他走进火车站的候车大厅时，发现大厅里人满为患，他转悠了好半天，才找到一张长椅上的一个座位。

长椅上还坐着三个人，老孙这人热情豪爽，属于那种"自来熟"的性格，他很快和大家攀谈起来，并问出了这三人的称呼方式。挨着他坐的那个五十岁左右的男人是老何，再过去那个皮肤黑黑的小伙子叫小伟，边上戴眼镜的年轻人是大学生大明。

老孙和老何年纪相近，两人聊得非常热络，边上的大明也不时插言，只有小伟神思不定地坐着，似乎有很重的心事。

老孙冷不丁说道："小伙子，一个人在那儿想啥呢？说出来大家听听，

要有什么为难事，说不定大家还能帮你拿个主意。"

小伟沉默片刻，轻轻吐出一口气，看了一眼旁边的老何，说："我先讲个故事吧。"接下来，小伟开始讲述自己的经历：

高中毕业后，我结识了一帮不三不四的朋友，学会了偷鸡摸狗、坑蒙拐骗，我的堕落让父亲痛心疾首。有一回，经过"踩点"后，我很快便找到了下手的目标：附近小区里有一户新婚夫妻，去外地度蜜月了。

接下来就是准备作案工具了，因为是第一次单干，我把工具准备了个一应俱全，还特地找了半截蜡烛，用于在黑暗中照明。我把所有东西都塞进一个工具包，藏在我的床底下。就在我行动前夕，父亲把我叫进房间，神情严肃地盯着我，说："你已经是成年人了，应当为自己的行为负责，人活在这世上，头顶有青天，脚下有红线，有些路是不能走的，有些错是不能犯的……"

这样的话我听了不知多少遍了，早就有了免疫力，我脑子里只在想一件事：父亲为什么一大早跟我说这些？难道他发现了我那个工具包？

但父亲并没有问我什么，他转身背对着我，声音中透出疲惫："对你，我是骂也骂过了、求也求过了，我已经竭尽所能，但还是无能为力，我只能希望你好自为之……"

父亲的态度让我多少有些不安，犹豫了两天才决定按原计划行动，天黑前我潜进那个小区，一直等到凌晨两点，绕着楼转了两圈，确定四下无人后，才开始顺着防盗网往上爬，一直爬到四楼那户人家窗外。我从背在身上的工具包里取出液压钳，没费多大力气便剪断了防盗网，从窗户爬进房内。

我靠着墙稳了会儿心神，才开始四下打量，房间里黑乎乎的，只能勉强看到家具摆设的轮廓，这种条件下当然不可能翻找东西，房间里的灯我是不敢开的，那样未免太过扎眼了，好在我早有准备，手伸进工具包，翻出那半截蜡烛，掏出打火机点着烛芯……

意想不到的情况发生了，蜡烛冒出的不是火苗，而是"哧哧"迸溅的火星，我呆住了。当我猛地意识到这支"蜡烛"的真面目时，触电般拼命把它朝远处扔去，在一声惊天动地的巨响中，那支"蜡烛"爆炸了，连房间都似乎被震得摇了摇……

我的耳朵嗡嗡作响，大脑一片空白，意识到大事不妙，打开房门就往外跑，从楼道里钻出来的时候，看到原本漆黑一片的楼群里，已经亮起了很多灯，住户们纷纷探出头来察看究竟，还没等逃出小区，我便被闻声赶来的保安擒获了。

被押上警车的那一刻，我对父亲充满了怨恨，不用说，是父亲用那枚可恶的爆竹，换掉了我放在工具包里的蜡烛。他的目的就是把我送进去，天下竟然有这样狠心的父亲！

在看守所的日子，我度日如年，镣铐加身让我体会到法律的威严，囹圄深锁让我感受到自由的可贵。无论是飞动的苍蝇，还是窗外的阳光，抑或是远处的车声，都会让我泪流满面、追悔莫及。

所幸我属于盗窃未遂，且认罪态度良好，并有检举揭发他人违法犯罪行为的表现，被羁押一段时间后，我走出了看守所的大门。回望那森严的高墙、厚重的铁门、交错的铁网，我暗自在心底发誓，以后一定要规规矩矩做人，决不再重蹈覆辙、重回此地。

其实出狱后，我不是不明白父亲的用心，但我无法原谅他的绝情，我连家都没回，连父亲的面都没见，找朋友借了点钱，直接去南方打工了。

老孙的故事

听完了小伟的故事，三人反应各不相同：大明忍俊不禁，连声说那个爆竹换蜡烛的点子很绝；老何神情凝重，似乎在思索着什么；而老孙则以一个过来人的身份，劝小伟体谅父亲的苦心，不要再跟父亲赌气。

老孙的话匣子打开便收不住了："母爱如海，父爱如山，父母之爱是这世上最真挚的情感，不过你们相信吗，在这个假货泛滥的年头，连父爱也有假冒的，接下来我也讲一个故事，那还是在十几年前，当时也是在一列火车上……"

坐在我对面的是一个中年男人和一个七八岁的男孩。男人一直在和颜悦色地跟孩子说话，孩子却横眉冷对，一声不吭。我看着好笑，心想，不用说这是一对父子，孩子明显是在跟父亲闹别扭。

可我又观察了一会儿，觉得有点不对劲：这位父亲对儿子似乎过于迁就了，殷勤得近乎讨好，温和得近乎客气，一副小心翼翼的模样，生怕会冒犯了孩子似的。

而男孩则尽量离他远地坐在座位一角，表情里是一种很深的厌恶和冷漠，不像是孩子在跟父亲赌气，倒像是和对方有什么深仇大恨。

这时车厢里突然一片黑暗，四周一切都变得影影绰绰，男孩显然感到恐惧，身子拼命往角落里缩，男人急忙凑过去，伸手把孩子揽进怀里，不料男孩不知哪来的力气，猛地把男人推倒在座位上。

列车驶出了隧道，车厢里恢复了光明，男孩正用憎恶的眼神，狠狠地瞪着那个男人，男人则神情尴尬，一脸的无奈。

我的眉头不由拧在一起。孩子对男人那种非常强烈的敌意，决不是一个稚龄孩子对父亲会有的感情，而那男人做父亲也做得太心虚太没底气了，给人的感觉倒像是个冒牌货。那男人注意到我在观察他们，他的表情看上去很不自然，似乎有什么秘密不愿被人看穿，这种做贼心虚的样子更让我怀疑：没做亏心事怎么会有这种反应？

我的脑海中忽然闪过一个念头，全身的神经一下子绷紧了，越看他们越能肯定自己的判断。我决定试探一下，便装作很随意地问那男人："这是你的孩子啊？看上去挺倔的。"

男人迟疑了一下，心虚地看了男孩一眼，勉强点了点头。不料男孩立刻梗着脖子，朝着我大声嚷道："你不知道别乱说好不好？谁是他的孩子？"

在列车发出的长鸣声中，我的拳头不觉握紧了：自己的判断得到了证实，这个男人果然是个人贩子！

我对丧尽天良的人贩子一向深恶痛绝，而眼前这家伙肯定是个老手，

他为了掩人耳目，居然扮作孩子的父亲，而且装得简直能以假乱真，如果不是孩子对他那种强烈的排斥，恐怕没有人会怀疑他是一位称职的好父亲。

可惜男孩毕竟年纪太小了，虽然他本能地抗拒这个将他掳走的陌生人，但只怕并不能真正明白自己的处境，更不会想到向人求救，幸亏这次遇上了我。

下一站我就得下车，不能再浪费时间了，我站起身，说来也巧，一个乘警恰好走进这节车厢，我赶紧上前拦住他，用手一指那男人，说道："警察同志，这家伙是个人贩子，千万别让他跑了！"我三言两语把情况简要地说了。

我这人嗓门大，让我这么一嚷嚷，全车厢的人都在看着那男人，每张脸上都是鄙夷之色，男人手足无措地站起来，脸涨得通红，吭哧了好半天，也说不出一句完整的话："别听他瞎说，什么人贩子啊，我不是……我……"

关键时刻那男孩出声了，他看看那男人，又瞅瞅乘警，突然开了窍般大叫道："警察叔叔，他就是人贩子，我是被他抢来的，你快把他抓起来啊！"

乘警表情严肃地对那个人贩子说："有什么话到乘警室再说，现在你就带着孩子跟我过去。"

男人不情愿地跟着乘警往前走去，他身后的男孩突然回过头，对我吐着舌头扮了个鬼脸，这一刻他终于恢复了一个孩子的天性。

列车很快停靠在下一个站点，我拖着行李，走入暮色中，边走边得意地哼唱："这孙大圣好一双火眼金睛，且看那妖魔鬼怪难遁形……"

大明的故事

老孙讲得绘声绘色，故事本身又有悬念，老何和小伟听得不住咂舌，大明更是神情专注，故事早就讲完了，他还若有所思，扶扶眼镜说道："本来我只想当个听众的，现在看来我也得讲讲自己的故事了，这个故事也要涉及到父亲这个角色……"

十七岁这年，我遭遇了有生以来最可怕的变故，一场车祸夺去了我母亲的生命，那些日子，我哭干了眼泪，哭哑了嗓子：我的命太苦了，在我很小的时候，父亲就抛妻弃子，跟一个女人远走他乡了，现在我又失去了母亲，以后的日子我该依靠谁呀？摆在面前的路似乎只有一条：退学打工，养活自己。

可还没等我付诸实施，一个男人便找到了我，他的声音中透着焦灼："大明，刚才你们班主任打电话给我，说你提出要退学，是不是真的？"

我低着头不看他，没好气地说

道："是又怎么样？轮得到你管吗？"他急得双手按住我的肩膀，叫道："不行！明年就要高考了，现在应该加倍用功，争取考上个好大学，怎么能有退学的想法呢？大明，你不要想太多，虽然你妈不在了，但这个家还在，我就是砸锅卖铁，也会供你上大学！"

我甩掉肩膀上的手，冷冷地看着他，眼神里没有丝毫感动，只有持续多年的敌意。

这男人是我的继父，其实早在我七岁那年，他便走入了我的生活，但也许是因为在单亲家庭中养成的孤僻性格，也许是因为对传说中继父母形象的恐惧，也许是认为他分走了母亲对我的爱，总之从一开始我便把他当作了敌人。

这些年来，尽管他想方设法接近我，千方百计讨好我，但并没能改变我们之间的关系，我对他的排斥早已根深蒂固。虽然随着年纪渐长，从内心来说，我也明白他是个好人，但我就是无法从情感上接纳他，甚至消除不了对他的抵触情绪。

现在要我接受他的施舍，老实说比杀了我还难受，我可以不上大学，但我不能不要自尊！

我掉头往相反的方向走，他在我身后扯着嗓子叫道："大明，你别急着走啊，你到底什么意思？"

我停住脚步，冷冷说道"我妈已

44

经死了，我和你不再有任何关系，我的事不用你操心，我也不会要你一分钱！"说完迈步便走。

"等一等，我还有话说！"片刻的沉默后，一语石破天惊，"事到如今，我不得不说实话了，大明，其实我是你的亲生父亲！"

我浑身剧震，缓缓转过身。他低着头站在那里，似乎不敢正视我，慢慢说出了事情的原委。

原来，他真是我的亲生父亲，在我两岁时，他有了婚外情，鬼迷心窍之下，竟然抛妻弃子，和那个女人私奔去了南方，没想到几年后那女人另攀高枝，把他一脚踹开，追悔莫及的他硬着头皮踏上了回家的路……

他的头更低了，满脸的愧色，呐呐道："你母亲是个善良宽容的女人，她最终原谅和接纳了我，当然她这么做也是为了给你一个完整的家，只是我一直不同意她告诉你真相，我觉得自己不配就这样做你的父亲，我只想从头做起，让你从内心接受我，可惜连这一点我都没能做到，也许这就是命运对我的惩罚吧！"

短短的几天时间里，母亲离我而去，继父变成生父，这一切都让我难以面对。我对他的感情并没有由此改变，反而平添了几分憎恨，但我最终还是放弃了退学的想法。因为他为我所做的一切，不再有施舍的味道，那是他的责任，是他的义务，是他欠我

的!

大学四年，我没回去看过他一次，唯一的联系方式就是写信，写信的唯一目的就是要钱。我不是不知道，作为一名井下矿工，他挣点钱不容易，但我就是要用这种方式去折腾他，每次大手大脚花钱时，我都会有种报复的快意。

毕业前夕我接到电话，竟然是他病重的消息，我当时就蒙了，火速赶回去。病床上的他形销骨立，看到我推门进来，他面露惊喜之色，强撑着坐了起来，那一刻我的眼泪喷涌而出，对他的恨意顷刻间烟消云散。

陪侍的是父亲的弟弟，从他口中我才知道：父亲这半年来一直感觉胸痛，但为了供我上大学，他既不愿停下工作，也舍不得花钱去检查，就那样硬撑着，以致耽搁了病情，酿成了恶果……

叔叔瞪着我，愤愤不平地说"天底下还有我哥这样的傻瓜！为了一个毫无血缘关系的人这么付出，如果你知道好歹也就罢了，可你自己想想这些年你是怎么对待他的？"

我木雕泥塑般呆立半晌，突然发疯般一头冲进病房。父亲枯槁的脸上，露出一丝笑意，他吃力地说："不错，那次我的确骗了你，因为只有那样，你才能接受我的帮助。不管怎么说，我的目的达到了，就算你现在怨我骂我，也晚了，哈哈……"他竟然发出一阵爽朗的笑声，但很快被剧烈的咳嗽声打断了。

我双腿一软，"扑通"跪在病床前，撕心裂肺地叫出一声："爸！"

故事里的事

那三个人听得眼眶都湿了，迫不及待地问大明他继父现在的情况，大明含泪微笑道："好人有好报，他已经康复了，在他有生之年，我一定会好好孝顺他！"

大明突然转头面对着老孙，说道："刚才我说过，我必须讲这个故事，您知道是为什么吗？因为我必须为您口中的人贩子，我心中可敬的继父，洗刷这场不白之冤！"

老孙一下子站起身，吃惊地张大嘴巴："你是说……"

"不错，我就是当年那个小男孩，刚才我在听您的经历时，差点就要发出一声惊呼：天啊，这世界实在太小了！隔了十几年的时光，我对只见过一面的您当然不会再有什么印象，不过那件事在我的记忆里并没有完全淡去。当时的误会只能说是阴差阳错，但我借机诬赖他却完全是有心的，在我稚嫩的思想里，只有一个念头：就是让警察抓走他，让我永远不用再看见他。"

说到这里，大明脸上露出笑容："这次回到家后，我要把今天的经历告诉继父，他肯定也会觉得很有意思……"

外面传来火车进站的汽笛声，小伟站起身对老孙和大明说道："我还有最重要的话要说，请两位为我作个见证！"

小伟转头面对着老何，声音开始微微颤抖："这一年多的打工生涯，让

2010年"相约世博，欢聚上海"故事征文大赛启事

为鼓励作者写出更多的优秀作品，《故事会》杂志社决定举办2010年"相约世博，欢聚上海"故事征文大赛，征文活动即日起至10月31日止。届时我们将从来稿中选出50名作者，邀请他们来上海，亲临世博园区，浏览迷人的世博景观，领略绮丽的浦江风情。

被邀请来沪的作者差旅食宿等费用均由杂志社承担。

征稿范围：具有现实感、新鲜感且可读性强的中短篇及超短篇（包括笑话）原创作品。

来稿方法：1. 从邮局寄发，请在信封上注明"征文大赛"字样，本刊地址：上海市绍兴路74号《故事会》杂志社，邮编：200020。2.从网上传递，可寄各责任编辑信箱，请在主题上注明"征文大赛"字样，本期责任编辑的信箱是：yanyichao1004@sina.com。

2010年《故事会》杂志社还将在各地举办小型笔会，邀请当地的作者参加。有基础的地区请及时与杂志社红、绿版编辑部联系。

我懂得了做人的道理，靠双手养活自己，让我活得踏实！如果不是您用那种决绝的方式，一把拉回了悬崖边的我，也许我终将坠入万劫不复的深渊……"

小伟说得动情，老何听得动容，说道："你能这么想，我太高兴了！你去外面打工后，我在家一直不放心，怕你再重蹈覆辙，所以才不远千里来找你，虽然你还怨我，但你的改变我看在眼里，我现在可以安心地回去了！"

"不，"小伟拼命摇头，颤声说道，"我早就想通了，早就不怨您了，只是我脾气太犟，明明想向您认错，却始终低不下头，今天要送您上火车了，我一直在心里告诫自己：要把

该说的话说出来，别让您带着遗憾回去！"

说到这里，小伟退后一步，郑重其事地向父亲鞠了一躬："爸，谢谢您为我所做的一切，原谅儿子当初的不懂事！"

在老孙和大明感动的目光中，父子两人的手紧紧握在了一起。

（题图、插图：谭海彦）

绿版编辑部各编辑邮箱：

夏一鸣：gshxym@163.com
邢　悦：simyyue@126.com
朱　虹：zhong98305@sina.com
杭　帆：hangfan1102@126.com
刘迎曦：liuyingxi1203@163.com
颜轶超：yanyichao1004@sina.com

偷点时间给妻子

小王是新分进公司的大学生。最近，他发现同事老李有个秘密，公司一般加班加到晚上10点就能结束，可老李却经常对妻子说要到11点。有一次，老李明明已经准备下班了，却在手机里对妻子说还在加班。这不明显是在讲假话吗？莫非他们的婚姻亮起了红灯？

然而，看着也不像。那次老李过生日，邀请同事们去家里做客。夫妻俩看上去感情极好，老李看妻子时，眼神充满了爱意，而老李的妻子则笑得很温婉。小王都有点搞糊涂了。

小王下决心要弄个水落石出。这天，他和老李加完班从公司出来，已是繁星点点。突然，老李的手机响了起来，他走到边上接电话，声音压得极低，可小王还是听得真真切切的："还有一会儿才能回去，别等我啊！"小王心中一动，今晚有戏！于是，他与老李分手后，就暗中盯老李的梢。没想到老李什么地方也没去，只是在路边一个小摊上买了两个烤红薯揣在怀里，然后就径直回家去了。

第二天，小王终于忍不住了，就问老李其中的缘故。老李笑了笑，说"告诉你吧，小伙子！我每天早出晚归的，一天就那24小时，要上班，要应酬，要休息，对老婆又不能怠慢，只好偷一点儿时间给她喽。"

老李还告诉小王，隔三岔五的，他会故意把回家的时间说得迟一点儿。下班后，顺路买点妻子喜欢的东西回去，然后告诉她，自己是提前从酒席上离开的，或者是为了早点回家而加快了工作速度。妻子听了，心中自然高兴，对丈夫也就有了更多的体谅。

其实，大多数妻子都是容易满足的，她并不要丈夫赚多少钱、做多少家务，只要被人牵挂着，就会感到很幸福。

（作者：陈　刚；推荐者：杜建设）

目标崩塌

一个中年男人被确诊患了晚期癌症，治愈率为零，医生摇摇头，对他的妻子说："活不过三个月了，他想吃啥干啥，就尽量满足吧！"

于是，一家人决定陪着男人走完最后这段人生路。妻子办理了内退，儿子将大好前程搁置一边，两人全心全意地陪护垂死的男人。男人也把每一天都当作最后一天来珍惜，过去看不惯、放不下的，如今统统抛诸脑后。

也许是他们的爱感动了上苍，原本被判了"死刑"的男人竟然活过了第四个年头。一次，另一家医院的医生听说了这事，半信半疑地重新做了检查，结果让所有人都震惊不已——四年前是误诊，根本没有什么癌。

男人愤怒了，他把误诊的医院告上法庭，要求高额的精神赔偿费。钱到手后，他决定纵情享受生活，终日吃喝玩乐。渐渐地，他的身体出现了各种不适，两年后，由于多种器官衰竭，男人离开了人世。

为什么男人被判了"死刑"都能挺过去，而"死刑"警报解除后却迅速地丧了命？其实，在与病魔抗争的日日夜夜，男人的坚持与承受都来自一个目标，忽然间他发现，这个目标是建立在错误的基础之上，于是目标崩塌，信心崩塌，随之生命崩塌。

（作者：莫小米；推荐者：晋华云）

爱的伤疤

这天，一个小男孩正在水潭边嬉戏，丝毫没有察觉到有只鳄鱼朝他游了过来。突然，男孩的母亲发现了险情，她一边声嘶力竭地呼喊着，一边迅速去拉孩子的胳膊。可是已经晚了，鳄鱼一口死死地咬住了孩子的腿。这时，母亲也拼命搂紧儿子的胳膊，无论如何绝不放手，双方展开了一场令人难以置信的拔河较量。

就在这危急关头，一个农夫举枪射杀了鳄鱼，小男孩获救了。不过，他的身上却伤痕累累，手臂上留下了深深的抓痕，那是在生死关头，母亲用手指甲掐入儿子肉中所留下的。

事后，这位死里逃生的小男孩接受了记者的采访。小男孩挽起了袖子，满脸自豪地告诉记者："这都是妈妈在救我的时候留下的。"

其实，我们每个人身上都有伤疤，而有些伤疤是爱你的人造成的。在你挣扎的过程中，那些人为了拉住你，才在你身上留下了爱的伤疤。

（作者：刘 苏）

（本栏插图：安玉民 梁 丽）

学写作文，从读故事开始

致命的
酒曲

□麦　子

死　缸

朱子期出身酿酒世家，他酿出的烧锅酒绵软醇厚，远近闻名。可这年，苏北连年灾害，他只好舍弃祖业，带着女儿阿朱辗转来到东北卢家镇落了脚，还盘下了一家败落的酒作坊，用来营生。

朱子期和女儿紧锣密鼓地忙了三个月，第一批烧锅酒酿成了。女儿阿朱迫不及待地舀出一勺酒品尝，却"哇"的一声吐了出来，喊道："这哪是酒啊，简直是辣椒水嘛！"朱子期闻听连忙尝了一口，也吐掉了，心里大感疑惑：水是甘冽的井水，粮食是当年最饱满的高粱米外加纯正山里红薯干，技术是祖传的，怎么会酿不出好酒？

这天，朱子期独自在家里喝闷酒，突然听到有人敲门，开门一看，竟是镇长拿着挂腊肉来拜访。朱子期忙把镇长让进屋，倒了杯自酿的烧酒奉上。镇长尝了一口，不觉皱起了眉："知道老弟今日启缸，却没见把酒分出去，想着就是没酿好。不过，不瞒老弟说啊，几十年前这作坊主是一对刘家父子。他们的第一缸酒好像味道也不好，后来却是越酿越好，方圆百里都来打酒喝，刘家可是赚了个盆满钵溢呢。"

"那刘家父子后来去哪里了？"朱子期好奇道。镇长叹了口气，轻声说："听说，是揣着大锭银子去城里享清福了。不过也有人说，老刘头突然得了魔症，去当了和尚。哎，自从他们走后，这作坊就没了主。可惜了啊！"

　　送走镇长，朱子期已经有了几分醉意，他独自来到仓房，望着几只空缸，暗自失望：本指望这头茬酒能一炮打响，想不到竟是这个结果！朱子期边想，边将空缸一一排放到墙角，突然，他发现墙上有一片潮湿，心说真奇怪，酒仓的温度差不多是维持不变的，怎么会出现返潮的现象？

　　朱子期蹲下身，伸手抠了抠墙面，一块墙皮状的东西被揭了起来。他的心一沉，这后面莫非封着什么东西？再用力，整片的泥巴全被扯了下来，往里一探头，竟然看到一只被泥糊得严严实实的酒缸。朱子期好生奇怪，他小心翼翼地取出酒缸，揭掉上面的泥巴，又举起火把一照，只见缸身通体漆黑，上面描着两个歪歪扭扭的字：死缸。

　　死缸是什么意思？朱子期用手一刮，上面的字迹有些掉下来，轻轻一捻，有淡淡的腥味儿，像是血。朱子期不解，小心地将泥封打开，这一开不要紧，只闻到一股扑鼻的异香，那感觉，真如醍醐灌顶一般。朱子期的心颤了几颤：这可是上等的陈年酒曲啊！有了这样的酒曲，何愁酿不出美酒来？

　　朱子期大喜过望，当下取些酒曲分别放进几只大缸。他有了信心，明天开始再酿烧锅酒！这时，屋梁上突然传来一阵窸窣声，朱子期仰头看时，只

见一个黑影迅速爬到窗边，逃走了。原来是个小偷！

烧　血

　　虽然朱子期预感到自己的好运气来了，可他万万没料到，因为加了特殊的酒曲，他的烧锅酒竟提前一个月出锅了。酒缸开封，全镇都像倾倒了美酒一般，满街的扑鼻香气。那味道就像令人格外舒服的小虫子，不停地往人们鼻孔里钻。所以，没等朱子期相请，镇上的百姓都来道贺了。

　　第一缸酒，照例是要答谢众乡邻的帮衬。这第二缸酒，就要收钱了。朱子期一连酿了五缸，短短三天，全都被抢购一空。不仅如此，这酒香还飘到了外镇，附近的人都拿着酒壶赶来打烧酒。朱子期心花怒放，一边收着碎银子，一边对阿朱说："女儿，你的嫁妆有了。呵呵，这回阿爹可不用发愁了！"

　　阿朱当即羞红了脸。原来，她和家乡的一个秀才订了婚，本打算今年完婚的，可是，秀才父亲不幸病故，他要守孝三年，所以就推到了明年。

　　回到仓房后，朱子期小心地将那缸酒曲好好封存。突然，他看到酒缸边上有什么东西，伸手一摸，黏乎乎一片，举起火把一照，竟然是一摊鲜血！朱子期的心一下子提到了喉咙口，这是哪儿流出来的血？

　　就在这时，街上突然传来一阵撕

心裂肺的号哭声。那是一个老妇人的哭声，他的儿子是个贼，一直有小偷小摸的毛病。这次，竟然从人家屋梁上掉了下来，摔死了……

朱子期突然想起不久前看到的那个黑影，会不会是他？朱子期脑中一闪念，再次揭开死缸，取出了酒曲。令人惊愕的是，里面的酒曲不仅没见少，反而更多了。这酒曲，莫非能自己生长不成？朱子期震惊不已。

三个月后，朱子期酿出的酒越发甜美清香，那香味像天上的云彩，把十里八乡都罩住了。来买酒的人蜂拥而至，以致朱子期不得不限量出售，每个人仅限购两斤。尝过酒的老人说，这样的美酒只在几十年前喝过，那是老刘头酿造的。想不到，老刘头没了，他们还能尝到这样的美酒！

不过两天工夫，朱子期的酒销售一空。看着箩筐里白花花的银子，朱子期高兴地哼起了小曲儿，心说：这下，女儿阿朱可以衣食无忧了。不过……有了那么丰厚的嫁妆，阿朱完全可以找个更好的人家……何必委身于穷秀才呢？

这天，天色渐晚，外出的阿朱还不见回来，朱子期有点不放心，起身出了门。就在街角，他看到一个男人正在调戏阿朱。阿朱被逼到了墙角，吓得脸色惨白，而那人明显喝了酒，目光异常淫邪。朱子期一看这情形，马上血气翻涌，上去一拳打在了男人的脸上，拉起女儿就回家。

夜里，朱子期躺在床上，翻来覆去睡不着觉，心里盘算着要给女儿另找一门好亲家。正想着，突然听到街上一阵大呼小叫，朱子期急忙披上衣服，出了门。大老远，他就看到众人围着一株大柳树，走近一看，原来是刚才调戏阿朱的男人吊死在了树上。镇上的人议论纷纷，说这男人是个赌徒，将家业输净，前阵子索性连老婆都输了，现在走上这条绝路，似乎并不难理解。

朱子期的心像被砸了一拳。他匆匆回到仓房，移开死缸，只见一摊鲜血就在缸边，极为醒目。朱子期后退了两步，差点儿一屁股坐到地上。

酒 鬼

自从死了两个人，朱子期的心里没底了。老刘头之所以把这死缸封起来，会不会和死人有关呢？无论如何，这件事透着一股子诡异。但死的毕竟只是两个混账小子，朱子期望着酒缸，想到那扑鼻的美酒，还有白花花的银子，当即把死人的事丢到了脑后。

朱子期开始酿今年的第三批酒。这次，要酿十五缸。等这些酒启了封，至少能赚几百两银子，再加上从前的积蓄，少说也有个一千两。朱子期越想越高兴，心说：等卖完了这些酒，就把作坊关了，先给女儿挑个好人家。听说，镇长的儿子学问不错，相貌堂堂，不如到时候撮合一下……

日子一天天过去，十五缸酒终于到了启封的日子。朱子期还没开坛，早有两里长的队伍在等着了。卖完酒，将散碎银子全部兑成整的，竟有上千两，朱子期笑得嘴都合不拢了。他将银子放进匣子，准备把作坊封起来。可是，当他在摆放死缸的时候，却一眼看到有鲜血正从死缸里丝丝缕缕地渗出来……

就在这时，女儿房间里传来阿朱痛苦的尖叫声。朱子期大惊，他三步并作两步冲到女儿的房间，只见阿朱披头散发，鲜血正顺着她的嘴角流出来。一见到朱子期，女儿突然坐起身，嘴里却是一个陌生男人的声音："没有人能阻止你酿酒，你要一直酿下去，永远都不能停下来……"

朱子期的额头沁出冷汗，他厉声说："你放开我女儿！我可以酿酒，一直酿酒，只要你放开她！"那个声音冷笑道："晚了，说什么都晚了。"

朱子期看着女儿痛苦的神情，突然想到了死缸前的鲜血，他猛地转身出门，抄起一根铁棍朝着死缸砸去。可是，那缸却如铜铁一般，根本砸不烂。听着女儿的声音越来越微弱，他觉得自己的心都要撕裂了。没有了女儿，自己还要这酒坊做什么？朱子期万念俱灰，突然，他像是发了疯一样，狠命地往死缸上撞去……

第二天，人们发现酒作坊的老板朱子期不见了。女儿阿朱也不知道父亲去了哪里，更不知道，几十年前，那作坊的主人老刘头酿酒成痴，因为酿不出美酒，他竟和酒鬼订下了协议，每出一批美酒，他就要祭献一个人做酒曲。可是，老刘头怎么都没想到，最后自己的儿子竟也成了酒曲。他愤怒至极，毁不掉死缸，便把它封存深埋起来，而自己一个人远走他乡，最终客死异地。

（题图、插图：黄全昌）

刀 客

□毛汉珍

翠屏山庄的庄主杨震天，人称"天下第一刀客"。他有个儿子，叫杨季生。按说"将门出虎子"，杨季生也该有一身好功夫，不料他小时候还玩玩刀，反倒长到八九岁的时候，不要说玩刀了，就是看到他爹手里那把刀也吓得浑身发抖。

杨震天身为一庄之主，手下弟子都出自他手，却就是调教不好自己的儿子。他无法忍受儿子的这种懦弱样子，这天，不顾大弟子朱东的苦苦哀求，硬是把杨季生赶下了翠屏山。

杨季生到底还是个孩子，天大地大哪里能找到安身之地呢？他不禁伤心得直抹眼泪，哭啊哭，一直哭到天黑，最后昏昏沉沉倒在路边一块大石头上睡了过去。

一觉醒来，杨季生发现自己躺在草屋里，身边坐着一个年约七旬的老人。老人见杨季生醒来，三言两语问明了他的身世，得知竟是翠屏山上"天下第一刀客"的弃子，当即表示要收他做养子。于是，老人连夜带杨季生离开翠屏山，一路奔波三天三夜，最后在一个不知名的山坳里落了脚。

冬去春来，一晃八年过去，杨季生十七岁了，虽说长得身材魁伟，可是依旧不敢拿刀。不过，杨季生也不是一点功夫都没有，他在山坳里练就了一身登山攀援的本领。眼看养父一年比一年体弱多病，杨季生总是攀岩走壁去采摘草药，身子如灵猴一般。

日子每天就这么过着，不知道在杨季生的心里，还有没有自己亲生爹娘的影子，养父从来不问，他也从不提起。可是这天吃过晚饭，养父突然对他开口道："你回翠屏山吧，长这么大，该回去看看你爹娘了。"杨季生脸上的表情显得异常平静，他没说话，只是默默地点头。依养父之言，第二天杨季生就晓行夜宿，三天之后到了翠屏山下。

谁知一打听才知道，杨震天和夫人早在七年前就已经亡故。杨季生大惊失色：七年前，不就是爹把自己赶下山的第二年吗？再问爹娘因何而死，有人忍不住叹息说："杨震天病故，他夫人自尽。可恨现在翠屏山由杨震天大弟子朱东坐镇。那家伙夺了'天下第一刀客'的名号，可行径却与盗匪无异，带着一帮家伙到处偷盗抢掠，为非作歹，哪样坏事少得了他们？"

杨季生万万没有想到，自己回来听到的竟然是如此消息。爹亲手建立的山庄，岂容这般家伙称主？他气得忍不住拔腿就向山上跑，要去找那朱东算账。可是半路上，就被一个暗哨拦住了，对方看他这副气势汹汹的样子，又说要去找朱东，立刻把他五花大绑押上山去。山上的几名弟子认定杨季生是奸细，上来对着他就是一阵拳打脚踢。

庄主朱东闻讯过来，他一眼就认出眼前这个小伙子是杨季生，不由吃了一惊，喝住那班弟子，随后"啪"抽出一把刀，扔到杨季生面前，说："给，你自己把这几个有眼无珠的人剁了！"

杨季生气呼呼地把刀从地上拿起来，可刀一到手上，他的手立刻一阵阵地颤抖，跟着身子也抖起来。没办法，他又羞又恨，只得满面羞愧地扔了手里的刀，跪倒在朱东面前。朱东

扶起他，似乎也不计较，令弟子们摆酒，为杨季生接风。

席间，朱东对杨季生解释道："当年师父一怒之下弃了你，可回到山上，师母对他不依不饶，于是师父只好连夜遣人下山寻找，可你已经不知去向。从此，师父便终日酗酒，终于有一次在醉梦中归了西。师母见此痛不欲生，当夜便服毒自尽。翠屏山不可一日无主啊，我也是不得已，才掌了旗。"

吃完饭，朱东领着杨季生到杨震天夫妇坟上祭拜。杨季生在爹娘坟前枯坐半日，不吭一声，随后他坚决谢绝了朱东的挽留，执意下了山。

一晃两年过去了，朱东依旧在翠屏山上做他的庄主，而杨季生却没了半点踪影，朱东曾派他的心腹弟子去找过杨季生，却没有任何消息。

话说这一年，翠屏山脚不知什么时候多了一座宅院。朱东在山上闻听非常吃惊，一打听，宅主姓孙，是外地一个经营丝绸的富商，因为看中翠屏山宝地，特来此修宅隐居。为了结识当地乡绅，这孙宅主还遍邀乡邻连唱三天三夜大戏，一时名声大噪。

这天晚上，月黑风高，孙家宅院里好不容易才安静下来。可就在这时，宅院附近悄悄出现了数十个蒙面大汉，一个个纵身上墙跃入了院内。不过，当他们中最后一个双脚刚落地，半空中突然就罩下一张网来，这些蒙面大汉未及喊叫，就成了瓮中之鳖。那网绳也不知是什么做的，刀砍不断，斧剁不折，任这班蒙面汉子在网中拼命挣扎，那网就是"固若金汤"。不一会儿，宅院里骤然灯火通明，几十个家丁打着火把从内府冲出来，麻利地将网里的汉子一个个绑了。

原来，这些蒙面汉子都是翠屏山上朱东手下的精干弟子。孙宅主名声在外，朱东便动了抢劫的念头，他白天遣人悄悄打听到孙家宅院内藏有金银无数，不禁大喜过望，当夜便迫不及待喝令弟子动手，没想到孙家会有提防。

再说这个时候，朱东派精兵强将下山劫财，他自己则倚红偎翠，喝得酩酊大醉。正在酣睡之中，突然听得屋外一阵骚乱，不由惊醒，起身一看，庄子里火光冲天，一片鬼哭狼嚎。朱东赶紧冲出门，未及站稳，突然一道绊马锁从天而降，他一时躲避不及，一头栽倒在地，抬头看时，发现站在自己面前的竟是杨季生。

杨季生冷笑道："嘿嘿，今晚的酒很好喝吗？不过，你那两个粉头早就被我收买了，你现在还有什么话说？"

朱东这回是栽在杨季生手里了。那孙家宅院其实是杨季生所建，宅主正是他的养父。杨季生故意设下圈套引朱东派出手下"精锐",然后他自己则带人攀崖上山,焚烧山庄,活捉朱东。

朱东不得不招认,十年前杨震天就是他谋害的。其实,朱东很早就有取代师父的野心,师父心性淡泊,守着易守难攻的翠屏山,只是教习武艺,别无所求,朱东心有不甘,便起了蛇蝎之心。他开始每天在师父的酒食中下毒,因为剂量微小,并不为人所察觉。但就在师父赶走杨季生的第二年,朱东一气下了猛药,致使师父一夜毙命,师母不想苟活于世,也服毒自尽了。

得知爹娘离世的实情,杨季生怒目圆睁。当初爹遗弃他,自己一直认定是爹不想要他,可随着渐渐长大,得知养父竟是爹的乡野好友,受爹之托特地护他躲进深山,还赠黄金千两以作抚养,他才知其中隐情。现在想来,一定是当年爹察觉了大弟子朱东的狼子野心,可已经无力回天,而众弟子慑于朱东淫威,不敢不从。爹知道,自己在世朱东还有所忌惮,一旦中毒身亡,妻儿必定性命不保,所以才用弃儿之计来麻痹朱东,保下儿子。

此时,朱东突然抬起头,问杨季生:"你不敢拿刀,到底是真是假?"

杨季生眼含热泪,只是摇头。他的确不敢拿刀,过去不敢,现在仍然不敢。记得小时候,有一次爹看到他在内室偷偷练刀,大喜过望,认定儿子是习武的料,遂送他一柄短刀,悉心教导。可不想有一天,杨季生正在后院习练之时,猛听得身后有细碎脚步,他以为是有人要暗算自己,情急之下鲁莽出刀,想不到伤及的却是自己的娘,娘的一只手臂被生生砍断了。看到娘浑身鲜血淋漓,杨季生顿时呆若木鸡,从此再不敢拿刀。

编读往来：你的问题我来答

江西读者赵安：马上就要过年了，通常我们走亲访友时都会说一些吉祥话，比如"大吉大利"、"五福临门"等等，我女儿问我"五福"究竟是指哪五种东西？我一时也回答不上来，在此，盼望尽快得到你们的解答！

绿版编辑部：你好！首先，我们绿版全体编辑在此向一直关心和支持我们的读者朋友拜个早年，祝大家新年快乐，心想事成！接下来就要回答你的问题了，翻查一些资料后，我们发现"五福"的说法源出于《尚书》："五福，一曰寿，二曰富，三曰康宁，四曰攸好德，五曰考终命。"由此可知，我们通常所说的"五福"并不是指五种具体的物件，而是指：一、福寿绵长；二、钱财富足；三、体健心安；四、品德高尚；五、善始善终。我们还可以看出，"五福"的说法寄托了人们对于幸福生活的美好希望和无限憧憬。最后，再次祝各位五福临门，万事如意！

甘肃读者浪花：我是一个大学生，从小就喜欢看《故事会》，家附近书报亭的老板都认识我了，每期都帮我留好。即便过期的《故事会》，我也不会扔掉。因为每次看，每次都会有新的感想。

绿版编辑部：首先感谢你对我们的厚爱。《故事会》的定位很明确——做"大众文化出版基地"。为了让读者看到更多可读性强、可传性强、生命力强、生活气息浓郁的作品，很多代的作者和编辑都默默耕耘着。《故事会》自1963年7月创刊以来，目前已累计发行了3亿余册，阅读人数15亿以上，这些数据胜于一切雄辩。再和你说一个真实的小故事，一个富商曾告诉我们：《故事会》他每期必买，因为哪怕他只从中记住了一个小笑话，便会在社交场合有所谈资、不失面子。大学生是未来社会的中流砥柱，我们期待并需要你们更多的关注和支持！

（本栏目欢迎读者提供新鲜活泼、有代表性的问题，一经采用，即致薄酬。）

朱东听罢，摇头长叹："莫非……这也是师母的苦肉计？"

杨季生闻言，心里一阵绞痛：娘为什么要故意被自己砍断手臂呢？猛地，他心里一个激灵：娘也精通武功，她那一手"蝴蝶双刀"的绝活也曾经威震武林。按理说，她完全可以躲开自己那一刀的，莫非真是娘故意使的计谋？让爹有足够的理由赶自己下山，而不使朱东心中起疑？为了保住自己这条命根，爹娘付出了多么沉重的代价……

想到这里，杨季生从怀里掏出一卷已经发黄的旧书来，这是爹在弃他之时放在他内衣里的一本《三十六计》。这些年来，只要有时间，杨季生就把书捧在手里反复研读。此刻，他心里不住地感慨："计谋无刃，可一样能杀死人啊！"

（题图、插图：黄全昌）

· 哲理故事 ·

接连派出的
间谍

□ 风 云

怀特是一家公司的总裁，公司初建时生意红红火火，可近一年的经营状况却急转直下。为了将公司带出困境，怀特想尽了办法，可都不见明显成效。

眼看公司陷入危机，怀特心急如焚，他找来信息部门的经理戴维问道："公司现在运转失灵，你能不能想出什么办法来应对？"

戴维思忖片刻，说："商业机密对一个公司来说至关重要，现在的公司对商业机密都很重视。我感觉，我们就是缺少这种商业机密意识，如果我们派些间谍，打入竞争对手内部，肯定能将对方击败，我们自然也就胜出了。"

一句话惊醒梦中人，怀特十分赞

同这个提议，可是派谁去当这个间谍呢？戴维提醒他说："这个任务事关重大，必须派对公司绝对忠诚的人去执行。"怀特思前想后，说："这样吧，就让人事部经理去吧，他是我的舅舅，相信不会出差错。"

很快，怀特把自己的舅舅派了出去，让他打入竞争对手的内部，伺机窃取商业机密。

原以为，派出去的间谍会马到成功，让公司很快起死回生，可令怀特痛心的是，不到一个月的时间，间谍就向对方缴械投降了，不但没能窃来机密，还把自己的机密泄露了出去。

怀特只好再次找到戴维，戴维也十分吃惊，他想了想，说："一个一个地派出间谍确实存在风险，也浪费时间，不如多派几个打入不同的公司，他们总不至于都背叛我们吧，这样即使有一两个叛徒，也不会影响大局。"

怀特又采纳了戴维的建议。这次，他精挑细选了多名担任高级主管

故事会2010年1月下半月刊·绿版 **59**

的亲戚，派遣他们去刺探商业机密。

接下来的日子，怀特安心地坐在办公室里静候佳音。可万万没想到，不到一个月的时间，这些间谍都因获得了更高的利益而背叛了怀特。

现在，公司里几乎无人可用了。怀特顿时警觉起来，他开始怀疑戴维是不是商业间谍，否则怎么会把自己的公司搞得死气沉沉呢？

怀特冲进戴维的办公室大发雷霆，让他给出合理的解释。戴维微笑着说："您不觉得现在公司的运营状况很好吗？"说着，戴维把近两个月的业绩报告递给怀特，怀特看罢暗自吃惊，因为

公司的业绩竟然起死回生了!

怀特简直不敢相信，他惊愕地望着戴维。

戴维笑了笑，说："其实，我们公司在经营上毫无问题，只是在管理环节上有点麻烦。您是一位关系导向型总裁，把自己的亲戚朋友都安排进了公司，造成管理层臃肿，严重影响了公司的正常运营，可您并没有注意到这些。"

怀特听了，若有所思。这时，戴维又接着说："当然，如果让您大刀阔斧地精简人员也勉为其难。于是，我便想到了用间谍的方式来考验他们，事实证明他们是见利忘义的。虽然公司的机密会被泄露出去一些，可从长远来讲，我们却甩掉了一个个危险的包袱。"

听到这里，怀特顿时恍然大悟。

哲学先生评曰：

这个故事形象地说明了整体和部分之间的辩证关系。打个比方，如果说公司是个生命体，而公司中的员工就是一个个细胞，只有当每个细胞健康、有机地组合在一起，那么企业才能茁壮地成长；反之，如果某个细胞出现了癌变，不仅不能发挥作用，甚至还可能危害到企业的生死存亡。所以有的时候，为了走得更远，忍痛削足适履也未尝不可!

（题图、插图：佐　夫）

古董沙发

□夏 雨

本故事根据[美]唐纳德·奥尔森的同名小说改编

这天下午，乔治跟自己的夫人在家里发生激烈的争执，夫人连气带急，竟用一把尖刀刺死了丈夫。

乔治死了，静静地躺在地上，乔治夫人脑子却一片空白。自古以来，杀人者偿命，可她不想偿命，怎么办？她目光游移不定，最后落到那张正在拆卸的古董沙发上，突然灵机一动，她想：如果掏空里面的弹簧，这个沙发不就是具棺材？而且，明天，就有搬运工过来把沙发搬到约克镇她所经营的一家古董店里。

想到此，乔治夫人好像一下来了力气，连拖带拉地把乔治弄进沙发，接着，又对沙发作了一番装饰工作。从外面看，看不出一点蛛丝马迹……

第二天，门铃响了，乔治夫人打开门，是约好的两个搬运工过来了。

正说话间，乔治夫人的好朋友明尼也来了，她是过来帮忙的。

乔治夫人指挥工人搬沙发，他们把沙发搬到了门口，但无论如何就是抬不出去，因为门太小了。

明尼也感到奇怪，嘀咕道："怎么会呢？按理说，这个沙发能搬进来就应该能被搬出去！"

然而，各种各样的方法都试过了，但都无功而返。两个搬运工瞪着眼睛望着乔治夫人，问："夫人，你们是怎么把这个怪物弄进来的？乔治先生呢，他知道吗？"

明尼很恼火"乔治先生不住在这里，他此刻跟他的姘头住在一起呢。"

乔治夫人听了，朝明尼摆摆手，解释道："我搬进来的时候，这个沙发就已经在这儿了。我想起来了，以前

住这儿的，叫巴斯雷先生，曾说过把两扇小门给拆掉了，后来换上了一扇大门。你们是不是也可以把门给卸掉？"

"夫人，恐怕得把整个门框都卸掉才行呢！可我们不是木匠！"

乔治夫人急了："那我们现在怎么办？"

搬运工耸耸肩，抬腕看了看表："这是你的问题，夫人，我们服务的时间到了！"说完拿了钱后就离开了。

明尼有点失望，她抱怨乔治夫人早就该把门的尺寸事先量好，她出了个主意："你还是把沙发拆掉吧！"

乔治夫人阻止道："那太麻烦了，让我再想想办法吧。"想来想去，最后她从报纸上找到了一个木工登的广

告，马上拨通电话，请他立马过来把门框给拆掉了。接着又趁热打铁，联系好一家搬运公司搬沙发。

明尼在一旁乐了，嘻嘻一笑说："看样子，亲爱的，你太想离开这个家了！"说着话，她皱了皱鼻子，"你闻到吗，怎么有股发霉的味道？"

"没有啊，"乔治夫人说，"你说得对，我很急，最好今天就搬到约克镇，享受那里自由、清新的空气。"

说笑间，一高一矮两个搬运工过来了，看上去膀大腰圆的，胳膊伸出来块块都是腱子肉，想不到的是，他们对沙发居然也表现出浓厚的兴趣。

高个子说"夫人，你们刚才提到开了个古董家具店？"矮个子也说："这门生意我有关系。我可以帮你联系一个经纪人收购这张沙发，肯定给你出个好价钱。我知道，每隔一周他就把这类家具拉到德克萨斯州去，像这种沙发在那边卖得特火。"

明尼似乎给吸引住了，问："像这个沙发能卖多少钱？"

乔治夫人胸有成竹地说："至少要卖三万块，少一分我都不出手！"

明尼惊讶起来："真的？乔治夫人，你真觉得它值那么多钱？"

乔治夫人说："我还没往上说呢，我敢打赌，他们在德克萨斯一转手就能卖出五万块。"

乔治夫人近来遭受了种种挫折，所以她觉得明尼对她的帮助和情感上

的支持特别珍贵。两个女人紧张地看着工人将沙发抬起来，喘着粗气慢慢将其搬出了房间，然后朝楼下走去。乔治夫人一步不离地跟在他们身后，紧咬着嘴唇看着他们把沙发抬到了卡车上。她真希望自己能跟着工人往约克镇跑一趟，但她觉得明尼靠得住，可以帮着她监督工人们卸货。未来的事情她都计划好了，把乔治从那个沙发棺材里拖出来，再在新开小店后面的花园里找个地方挖个坑，将他埋起来。对她来说，最难熬的时候已经过去，她突然有一种被解放的感觉，准备全身心地迎接充满美好希望的未来。

乔治夫人把店铺的钥匙交给明尼，笑着说："都交给你了！什么时候加盟我的小店吧，说不定我们还可以成为合伙人呢。"

明尼接过钥匙，笑道："亲爱的，如果是那样就再好不过了！你知道我老是觉得闲得没事干。"明尼说完，就跟搬运工一起坐车走了。

过了几小时，明尼回来了。回来的时候她显得特别疲劳，失去了欢快的样子，而且还忧心忡忡的，仿佛去了一趟约克镇就把她累垮了。

乔治夫人一下子就注意到了她的变化，关切地问："一切都顺利吗？"

明尼的神态有点闪烁不定，目光朝公寓四处打量着，支支吾吾道："哦，没什么，一切都顺利，只是……我怕说出来你生我的气。"

"我为什么要生你的气？你帮了我一个大忙。"

"亲爱的，是这样，是那个沙发。那两个热情的小伙子卸完货走了还不到一刻钟，一辆大卡车就停在了小店前，车的一侧印着'美国回收'的字样。你还记得吗？那搬运工说认识一个收古董的，弄到维克多利亚的家具就往南方拉？肯定他们跟那个收古董的说了。我简直不敢相信，他只粗粗看了看沙发，就出了价钱，最后六万块成交！比你说的出手价还多了一万块。不过，我知道我应该事先跟你打个招呼，但我觉得你要是在场，也会立刻成交的。他给我的发票就在我的包里……乔治夫人，你不会不高兴吧？"

乔治夫人的嗓子像是被卡住了，一时喘不过气来，好一会她才发出声音："你是说把沙发卖了？"

"没错，收古董的和他的助手把它装上了他们的卡车。当时车上已经装满了货。这会儿沙发已经上路了，不久就会在德拉斯的一家拍卖行里拍卖。乔治夫人，这事我没有做错吧？你的脸色怎么这么难看？"

乔治夫人挣扎着苦笑了一下："没事，亲爱的，你做得对……沙发到了德拉斯，你说逗不逗？乔治一直就想去那个地方看一看。"

（题图、插图：佐 夫）

幽默的出租车司机

我平时经常会坐出租车,常常遇到一些十分逗趣的司机师傅,他们每天接触到各类人,察言观色,眼光独到,语言幽默,令人忍俊不禁。

◇ 一次,我和一个女同事坐车,她说刚花四百多块买了瓶面霜。司机师傅在旁边感慨道:"那您抹一手指头,可就好几十块啊!"女同事说:"可不。师傅,要不我给您抹一下,代替车费得了。"司机说:"哟,那我还得找您点儿呢!"

◇ 一次,我刚坐上出租车,手机"滴滴滴"地响了,是朋友的短信,我们就开始互发短信。 车开到半路上,司机师傅再也忍不住了:"吵架了吧?干吗不接电话啊?他怎么得罪你了?回去好好治治他。"我被问得哭

笑不得,这时短信提示音又响了,司机大喊:"你倒是接啊!"

◇ 我和几个姐妹去唱歌。在出租车上,我们兴致勃勃地讨论等会儿点些什么歌来唱:"大家要一起唱《姐姐妹妹站起来》哦。""你来一首王菲的歌如何?"司机师傅一直默不作声地开车,到了目的地,他嘟囔了一句:"说了那么多,你们倒是先唱啊!"

◇ 一次,我把头伸出车窗外,司机看了一眼,说:"赶紧把脑袋拿回来,这车厢还放不下你的脑袋啊!"

(推荐者:Anan)

动物世相

◇ 老鹰做了蓝天通信公司的总裁,下令向各种鸟儿收取漫游费。
◇ 乌贼当了乡长,大虾、小鱼等水族朋友都吃上了低保。
◇ 黄莺当了评委,与它齐名的百灵鸟在歌唱大赛中名落孙山。
◇ 狐狸当了法官,因偷窃而被拘押的一批犯人都被释放了,其中包括它的亲家黄鼠狼。
◇ 青蛙当了校长,发表了题为《论坐井观天的现实性和前瞻性》的论文。
◇ 乌龟当了教练,让短跑运动员兔子改练游泳。
◇ 鳄鱼消化不良,登报声明自己要做个素食主义者。
◇ 梅花鹿征婚,蜗牛凭一套房子击败了其他对手。
◇ 蛤蟆成了房产大亨,他在记者招待会上说:"什么肉都不好吃,包括天鹅肉!"
◇ 孔雀声称自己是孔子第八十代子孙,被聘为好几部大型丛书的总编。
◇ 毛驴花钱发表了数篇论文,评上了"千里马"职称。
◇ 螃蟹向某地进行商业投资,被特许开车可以横行,并且可以闯红灯。
◇ 乌鸦学会了用屁股写字,原本只会"涂鸦"的它被誉为著名书法家。

(作者:王 东;推荐者:钱哲雄)

一个是瘸腿辍学的无名小卒，一个是独孤求败的桌球好手，在斯诺克这片舞台上，他们之间将碰撞出怎样的火花……

□ 黄 胜

斯诺克风云

1. 强龙过江

在登州市最热闹的地段，有家全市最大的东方红台球厅，每天十几张球台都没闲着，可谓顾客盈门。

这天下午，大厅内来了一位不速之客。此人四十多岁，衣着、长相很一般，就是他那眼神让人捉摸不透。他在每张台球桌前都驻足观看片刻，边看边摇头，露出一丝不屑的神情。转了一圈后，他走到服务台前，操着南方口音问服务员："小姐，今天没有高手来打球吗？还是登州没有高手？"

听他那狂妄的口气，服务员立刻明白：这又是一个专门来叫阵的。这几年，时常有外地的台球高手前来挑战。服务员已是见怪不怪，淡淡地说"高手有的是，不过，人家不轻易出手，今天都没来。"

中年男人说："那你能不能给我约一位？"

服务员拿起电话，拨了个号码。

不一会儿，一个年轻人来到服务台，他是台球厅陆经理。中年男人自我介绍说："我姓战，听说你们这里藏龙卧虎，专程来切磋一下。"

陆经理想先试探一下对方的球技，于是说："欢迎欢迎呀，战先生您要是不嫌弃，咱俩先进去打一局如何？"战先生点头说："好。"

于是两人穿过大厅，走进一间贵

宾室。一踏进门，战先生忍不住叫了一声好。这间贵宾室约有一百多平方米，装潢豪华，设施齐全，正中间摆了一张崭新豪华的台球桌。

这时候，一个瘦小的穿着制服的年轻人一瘸一拐地送来茶水饮料，他走到台球桌边取过几支球杆送到战先生面前，恭敬地说："请先生挑支球杆。"

战先生看了他一眼，心想这么高级的地方，怎么让个小跛子来煞风景？他扫了一眼球杆，随便拿了一支握在手里。

陆经理对跛腿年轻人说："好，虎子，开始吧。"

只见这个虎子戴上白手套，站直身躯，朗声道："远来是客，请客人先开球。比赛开始。"

战先生见了心中好笑：看这小跛子的架势，倒像个国际大赛的裁判。他大步上前，俯身很快击出了第一杆。

行家一出手，就知有没有。旁边的陆经理见了心里说：果然不是强龙不过江。他觉得自己肯定不是战先生的对手。事实也如他所料，不到一刻钟，他就败下阵来。

战先生问："还要再打一局吗？"

陆经理把球杆交给虎子，说"不必了，我跟您根本不是一个档次的。战先生，我马上给您约高手。不过……"陆经理沉吟着，露出了很为难的样子。

战先生说："有话不妨直说。"

"是这样的，虽说有几个台球好手经常来这里玩，不过，他们打球一般都要带点彩头。当然，大家只是小耍耍，输赢很小，就是图个热闹。"

战先生略一沉吟后说："添点彩头也无伤大雅。陆经理，一局输赢是多少？"

陆经理说："可高可低，一般二百块钱一局，另外，输者要付贵宾室租金。"

战先生痛快地说："好，就二百。

我输了照付，赢了分文不收。"

陆经理听了一愣，迟疑着说："这……不太好吧？"

战先生哈哈一笑道"没事。我打球不是为了钱，只是爱好。像我这种半吊子水平，人家职业球手不屑跟我打，一般爱好者又不是我的对手，所以，我这才到处找业余高手切磋交流，不图别的，就是求一乐趣。"

接下来，登州城数得着的几个台球好手接到陆经理的电话，都在最短的时间内赶到了。

2. 初显身手

登州台球圈内公认的第一高手张东方，是在晚上九时匆匆驾车赶回登州的。

等他来到台球厅时，比赛已近尾声。一名本地球手灰头土脸地呆坐在休息椅上，看着那位战先生神情轻松，正绕球桌，弹无虚发地一杆接一杆击球。而观众席上，坐着登州其他几个所谓的台球好手，也是个个垂头丧气，显然已经败下阵来。

大伙看到张东方进来，个个面露喜色，纷纷上前招呼："张老板，您可回来了，就等您教训这个家伙了。""这家伙也太狂妄了，您一定要给点颜色看看，别让他以为我们登州没人。"

张东方抬手示意大家肃静，随后，他找了一个空位坐下，凝神观察场上比赛。

他越看越是心惊：只见这位战先生沉着冷静，击球挥洒自如，无论是角度，还是力度，都恰到好处。他想就是自己，只怕也是难以企及。上世纪八十年代，张东方曾做过职业球手，退役后，他在登州开办了这家台球厅，开门授徒。今天傍晚，身在外地的他接到经理电话，说来了一位高手，无人能敌，他便赶回来见识一下对方到底是何方神圣。此时他边看边想：看此人身手，像是职业球手出身，看年纪，跟自己差不多，会不会是自己那一代的球手呢？

此时，场上形势已很明朗，台面上只剩一颗红球，位置又极佳，战先生只要打进红球，分数就可领先，剩下的彩球也很有希望一杆清台。只见他略一沉吟，观察了台面上各球位置后，俯身击出了一杆。但是，意外发生了，红球竟然不进，众人哗然，刚想欢呼，但随即又鸦雀无声。

原来，战先生竟然匪夷所思地做出了一个难度极高的斯诺克：红球停在了蓝球跟黑球之后，而且紧贴底库库边。而母球则落在对侧顶袋入口处，前方被一颗黄球挡住了去路。要解此斯诺克，唯一的线路就是将母球避开黄球横向击球，经边库的两次反弹后，从蓝球和黑球之间穿过，再经边库反弹，才能击中红球。这一杆要求力度、角度必须拿捏得丝毫不差，

母球才能从黑、蓝两球的狭小缝隙中穿过。

张东方见此局势，不由叹了口气，心说：别说在座各位了，就是顶尖职业球手来，要想解开此局，也非易事。

场上那位老兄差点挠破了头皮，拿着球杆，横竖比划了半天，才试探着一杆击出，但角度差得很远。观众席上不由传来哄笑声，他见此情景，不愿意再丢人现眼，干脆丢杆认输。不过，他为挽回面子，不服气地对战先生道："我解不开，你解给我看看呀，你解开了我们大家才服气。"

战先生笑道"你不成，我恐怕也不成。"说罢，他俯下身子，瞄了瞄，一杆击出，角度差了一点，母球碰到了蓝球。

那个叫虎子的服务生马上将各球

摆回了原来位置。

战先生重新看了一下线路，又一杆击出。这次，母球却又碰到了黑球。他摇摇头，自嘲道："我也是瞎子点灯白费蜡，解不开。"

那位本地球手顿时面露得意之色，像是自己解开了似的。

两杆没有解开，战先生也不再试了，问张东方："张老板，还有没有来跟我比的？"

听他说出此话，所有人的目光都看向张东方。

张东方站起身来，喜形于色地大声问道："你是战风云战大哥，对不对？"原来战先生刚才打出的那一球让他心头一亮，终于想起当年自己参加的那届全国大赛中，正是此人设置了一个相当难解的斯诺克，令对手直接认输。

"你是……"战先生一怔，仔细看着张东方，猛地一拍脑门，笑道，"想起来了，张……张东方，对不对？"

两个故人相见，热情地握手寒暄。

旁边有个吃了败仗的球手低声嘟囔道"张老板，你跟他客气啥？上场教训一下他，不然今天我们登州球手的面子可就丢大了。"

张东方哈哈大笑道："我上场？哈哈，我上场也是孔夫子搬家——除了输（书）还是输（书）。"

大伙听了仍半信半疑。张东方大声道："你们知道这位是谁？他可是当年全国锦标赛的前四强，我当初就是他的手下败将。哈哈……你们输给他，不丢人啊。"

大家一听，沮丧之气顿消，敌意烟消云散，继而便对战风云一番吹捧："果然是高手！""战老师这个局绝了，我看丁俊晖来了也没辙。"……

接着张东方亲热地同战风云交谈起来。其实这个战风云和张东方一样，在南城也搞了个风云台球俱乐部，教了几个学生。他叹气道：俗话说，师傅引进门，修行在个人，台球这项目，虽说勤学苦练很重要，但还是要靠天分的。没有天分，再努力也是白搭，比如他自己，打了这么多年球，不能说不努力，可就是始终进入不了高手的行列。他告诉张东方，在南城，台球非常普及，各台球俱乐部都有自己的台柱子，民间也是藏龙卧虎，水平在他之上的数不胜数。他觉得自己出不了头，这才下决心出来走一走，看能不能找到天分好的苗子。

就在两人聊得热乎时，忽听有人大声说："虎子，你干什么？你也想解这个斯诺克吗？"

大伙听了，马上转头去看，只见虎子正站在球台旁，俯身持杆，瞄准母球，作出要击球的姿势。虎子见众人目光都集中到自己身上，脸一红，不好意思地收起球杆。

战风云心中突然一动，回想起刚才比赛过程中，每次击球之前，这个当裁判的小伙子的目光，总是准确无误地落在自己要选择的球上，而当自己做出斯诺克，对手还在抓耳挠腮苦思破解方法时，他的视线已经在正确走球线路上扫视一遍。看来，这个小伙子的台球天分绝对不会低，只是不知道他手下功夫如何。于是他忙鼓励说："小伙子，你打一杆试试。"

虎子用试探的目光看着张东方，见张东方点头，他便拿起球杆，瞄了瞄母球，运劲击出。只见母球稳稳前行，经两库反弹，准确地在黑、蓝两球狭小的缝隙中穿过，又经边库再次反弹，"啪"一声轻响，撞在了红球上。

所有人见了都目瞪口呆，沉寂片刻之后，又轰然叫好。

3. 名师高徒

战风云双目放光，惊喜万分。张东方也是喜出望外，他怀疑虎子是瞎猫逮了个死耗子，吩咐道："虎子，你把球摆回原位，你再打一杆试试。"

战风云却说："不必了，老张，咱

们打了这么些年台球了，行家一出手就知有没有，你觉得他刚才这一杆，可能是蒙的吗？呵呵，恭喜啊，你教了这么一个厉害的学生。"

张东方心中非常奇怪，虎子平常木讷少语，也没见他跟人打过台球，他这一手是什么时候练出来的？他心中一动，道："虎子，想不想跟战老师学习一局？"他这么说，一来想看看虎子的水平到底如何，二呢，反正无人是战风云的对手，虎子一个服务生，即便输了也不丢人，要是侥幸赢了一局，嘿嘿，就把众人丢的面子找回来了。

战风云却不肯应战，摆手道"现在太晚了，我有点累了，明天再打吧。"

张东方看他模样，好像是不敢小觑虎子这个对手，不由心中暗乐，也不再坚持，对大家说："好，今天就到这里，大家散了吧。"

大伙陆续散去，张东方陪战风云一起走出贵宾室，要送他回酒店休息。战风云却不急着走，说道："这个虎子不简单，好像深藏不露啊。"

张东方说："我也是很惊讶，我从来没教过他打球。他来台球厅有四五年了，我还真没见过他跟人比过球。"

战风云吃惊道："四五年了？那他岂不是十四五岁就来了？他没上

学？"

"好像是初中毕业就辍学了。是我的一个朋友介绍他来的，说他从小喜欢打台球，因为残疾，做不了重活，让我给他个饭碗。我见他虽然腿有点残疾，但人老实听话，就留下他当了服务员，晚上在台球厅守夜。"

两人聊了一会儿，战风云见众人都走了，说："咱们回去，我想跟虎子打几杆，看看他的水平。"

张东方不解地问，"你刚才不是说太累了，今晚不比了吗？"

战风云一笑说："我是不想让太多人知道他的真实水平。老弟，如果他水平确实很高，我想把他带到南城去，南城台球市场很大，绝对有他的用武之地。你放心，老哥不会白白带他走的，将来有什么好处，我保证有你的一份。"

张东方当然同意。随后，两人回到贵宾室，邀虎子打球。

前三局，战风云胜，但胜得费劲。而虎子则越打越好，在消除了刚开始时的紧张后，连赢两局，特别是第五局，竟然打出一杆过百，令战、张二人惊讶不已。

这时战风云摆手道"不打了，不打了，再打下去，只怕我就要丢人了。"

张东方看呆了：虎子的表现太神奇了，他击球技术娴熟，思路开阔，大局观强，即便和职业球手相比，也毫不逊色。这小子，简直是个台球天才。他忍不住问道："虎子，你到底是怎么练出这一身本事的？"

虎子怯怯地说："老板，您别生气，晚上我在店里守夜，闲着没事，经常一个人打球玩。"

张东方半信半疑："这也不可能呀，没人指点，你自己能练出来？"

虎子道"其实，我以前就打过台球。我是从台球桌边长大的，小时候，我娘在街上摆了两张台球桌，赚点钱补贴家用，所以我从会走路起，就开始打球了。来到这里工作后，白天伺候别人打球的时候，我就跟着学，晚上再自个儿练一练。"

"原来你是打野球打出来的。"张东方又问，"我怎么从没看见你跟别人打球？"

虎子说"这里面都是打'彩'球，我不愿意跟别人赌钱，别人也就不愿意跟我打。"他顿了顿，接着说，"还有，我爹坚决反对我打台球，说再看到我跟人打球就把我的腿打断，我不想再惹他生气，所以也不想跟别人打。"

张东方奇怪地问："你爹为什么反对？"

虎子张了张嘴，似有难言之隐，沉默了半晌，才说"我就是因为打台球才荒废了学业，高中都没考上。我爹说，打台球是不务正业，是混子、二流子干的营生。"

听到这里，战风云插话说"台球打好了一样可以有出息啊。虎子，你想不想跟我去南城发展？凭你这身本领，绝对可以闯出一片天地。"

虎子犹豫了。战风云又说："虎子，我年纪比你大，在这个圈子也算老人了，如果你不嫌弃，咱俩以后就是师徒关系，到南城后，你的一切都包在我身上，什么也不需要你操心，你只要专心打球就行了。"

张东方催促道："虎子，快答应吧，这可是千载难逢的好事。战老师是名师，你们这对名师高徒配合，一

定前途无量。"

虎子迟疑着："这……我爹反对我打球，他……"

战风云打断他的话，说"我向你保证，只要你听我的，按照我给你的规划去做，你将来挣到的钱会是现在的十倍、二十倍，到时候，你爹不但不会怪你，还会为你骄傲。你在电视上看到丁俊晖没有？你很有可能就是下一个他。"

虎子的眼睛亮了。他被战风云勾画出的前景打动了，终于开口叫了声："师父。"

4. 初赛扬名

虎子随战风云来到南城一个月后，每年一届的南城台球锦标赛就开始了。

战风云向虎子详细介绍了这项赛事。这项锦标赛是南城台球界的传统赛事，已接连举办了八届，主要参赛选手来自南城的几十家台球俱乐部、台球厅，以及民间的台球爱好者，有的俱乐部甚至还花钱请职业球手代表自己出战。获得第一名的选手可以得到五万元奖金。战风云在前几届比赛中都铩羽而归，去年更是在小组赛就被淘汰，所以今年他对虎子期望很高，期望他能在今年的锦标赛中为自己的俱乐部争得荣誉。

虎子听了，不禁有些胆怯："要是有职业选手参赛，我肯定不是人家的对手。"

战风云说："你放心，职业球手顾及自己的面子，一般不屑于参加这种比赛去跟非职业选手争冠。即便遇到职业选手，你也不必害怕。斯诺克这项运动，实力固然重要，但比赛的时候还要靠临场发挥和运气。而且，你的实力并不差，我对你有信心。"

虎子在电视屏幕上看到过职业选手，个个衣冠楚楚，优雅潇洒，技术超群。他想了想，说："师父，你先去找个职业选手来跟我打一局，我就能试出自己水平的高低了。"

"不行。"战风云连连摇头道，"虎子，我不想让你现在就曝光。你可是我的秘密武器。你记不记得，在登州的时候，我跟你比赛就故意躲开其他人，那是怕别人知道你的真实水平。"

虎子奇怪道："为什么？"

战风云神秘兮兮地说道："我要把你作为黑马推出，到时候你就可以一鸣惊人。你什么都不要管，一切由我来安排。"

这一个月中，战风云对虎子进行了特训，尽自己所能帮虎子提高球技。虎子以前并没有经过专业训练，球技虽然精湛，但只是野路子，现在只需细加雕琢，即可大幅提高。另外，虎子欠缺最多的就是比赛经验，战风云就竭尽师责，将自己的比赛经验与教训一股脑地全传授给了虎子。

比赛的日子很快来临了。

参加本次锦标赛的选手众多，比赛分为小组赛和淘汰赛，小组赛决出16强，然后进入淘汰赛阶段。为制造悬念，不让选手预先知道自己的对手是谁，在淘汰赛阶段每轮比赛之前，都要进行抽签决定下一个对手是谁。

代表风云台球俱乐部出战的是战风云和新人赵虎子。

没有人知道赵虎子是谁，水平如何，即使问俱乐部的工作人员，也是茫然无知。第一场比赛，当观众看到虎子出场时，甚至爆发出一阵哄笑。大伙想，这么一项优雅的绅士运动，他那一瘸一拐的形象何来优雅！

但小组赛过后，赵虎子开始引人注目。他三战全胜，虽然胜得比较艰难，但总算是突围成功，而且将一位在南城颇有名气的台球好手挤在淘汰赛门槛之外。

这天晚上，最后一场小组比赛打完，战风云从另一张球台过来，问虎子："怎么样？"

"赢了。"

"我知道你赢了，我是问过程。"

"按照你吩咐的，只赢了他两杆。"

战风云满意地点点头，他不想过早暴露虎子的实力。每次比赛之前，他都提醒虎子注意保存实力，领先很多时就要有所保留，这么做，是为了让接下来的对手轻敌。

师徒两人边说话边往外走。这时一位观众兴奋地跑过来跟虎子握手："小伙子，真不错，让我捞了一大笔，下一场我还押你身上。"

虎子一愣，不明所以，战风云忙伸手一拉他，"咱们走，不要理这种人。"

虎子站着不动"师父，是不是有人在赌球？"

战风云叹口气道"没办法，南城距离香港、澳门很近，民间赌风很盛，不少人喜欢赌球，听说这次比赛每场都有人在押输赢。不过，大家下注的彩金并不多，只是图个乐趣。本地风气使然，你也不必在意。"

虎子面色顿时惨白："师父，这么说，我岂不是成了别人赌钱的工具？"

"你也不要这样想，此事不是咱们能够左右的，你只要专心打好球就行了。再说了，你自己又没参与赌球，问心无愧。"

虎子愣了半晌，也只能顺其自然了。不过，他又有些好奇地问"师父，我的赢球赔率是多少？"

战风云听了，情不自禁地眉开眼笑道"因为你名不见经传，你第一场比赛的赢球赔率很低，是一比五，第二场就提高到一比三点五，刚才这一场，庄家又把赔率提高为一比三。哈哈，那些把赌注压在你身上的人都赢钱了。虎子，从你的赢球赔率可以看出，你越来越受人们瞩目了。"

虎子不由多看了师父一眼，心中诧异：师父怎么对这些如数家珍呢？

5.复赛立威

接下来，比赛进入复赛阶段。复赛是淘汰赛，选手捉对厮杀。第一轮抽签，很巧，虎子抽到了在另一组出线的战风云，师徒对决。

此时，虎子已被称为这次锦标赛的黑马，他的情况已为人熟知，大家都知道他是战风云的弟子，师徒对决成了本轮最引人注目的比赛。有庄家开出赔率：一比三点五，大多数人押

战风云胜。人们认为，师父终究是师父，肯定技高一筹。

上场之前，虎子有些为难，师父对自己关怀备至，要不要赢自己的师父呢？战风云看出他的顾虑，忙说："虎子，这是比赛，你一定要放开来打，使出全部本领，千万别手下留情。"

虎子仍然难下决心："师父，我……我不想跟你打。"

战风云脸一沉，痛心地说："虎子，你这是瞧不起师父，你就是拿出全部本事，也未必赢得了我。还有，这么多眼睛盯着，你若是放水，大家就会怀疑你参与赌球，你不想沾上这个污点吧？咱们必须真打，才能问心无愧！"

师父的话如警钟鸣响，虎子悚然心惊，心中对师父的尊敬不由又增加了几分，他感激地说："师父，我听你的。"

师徒俩一番较量后，虎子爆冷五比二击败战风云，进入八强。

八进四，虎子遇上了上届冠军"快球手"李杰。李杰球技出众，进攻凌厉，许多人断定虎子这匹黑马将到此止步。但虎子却越战越勇，他按照师父指点，以慢制快，用紧密的防守应对崇尚进攻的对手，最终以五比三战胜对手，再次爆冷。

半决赛，虎子遇到了他一直渴望碰到的对手——职业球手肖红军。肖

红军是一家台球俱乐部重金请来的"外援"，在职业比赛中曾杀入八强，此次参赛，志在夺冠，他一路过关斩将，横扫对手，进入四强。

随着比赛的进行，虎子的自信心越来越强，但对于职业球手，还是情不自禁地心存怯意。但是，他想不到的是，此时他已威震赛场，对手对他同样是越来越重视。

其实，肖红军不想半决赛就跟虎子对阵。他看过这位跛脚选手的比赛，评价只一个字：高。比赛开始前，有记者问他："你有没有信心战胜这匹黑马？"肖红军自信一笑，反问记者："我是职业选手，有可能继续让他'黑'下去吗？"

虎子在旁听到，心中不由更是紧张。一旁的战风云已看出端倪，告诉虎子："肖红军不过是色厉内荏，他也很紧张。"

虎子半信半疑道："不可能吧？"

战风云肯定地说："绝对是。虎子，这场比赛他的压力绝对比你大，他作为职业选手，如果输了，他面子可就丢大了。而你，却没有什么可怕的，即便输了，输给职业选手也虽败犹荣。一旦你赢了，我敢保证，你下一个对手的水平绝对不如肖红军，那你就是冠军。"

虎子心想：是啊，自己怕什么呢？

这时候，战风云接了个电话，很快便喜形于色地对虎子说："虎子，你知道这场比赛的最新赔率是多少？一比二点五啊，你虽然略处劣势，但越来越多的人看好你。加油吧！"

虎子听了心中狐疑：师父怎么对赔率这么关心啊？

选手开始进场。虎子站起来，战风云拍了拍他的肩："虎子，师父以你为荣。"

虎子说了一句："我不会让你失望的。"然后深吸一口气，迈步进场。

比赛刚开始，虎子略显紧张，上手就连输两局，信心顿时大挫。但第三局，肖红军竟然犯了个低级错误，

打红球未进，虎子抓住机会，一杆清台，扳回一局。

看台上，战风云向他竖起了大拇指，虎子顿时信心倍增：原来，职业球手也是人不是神，只要是人，就总会犯错误的，我有机会。下一局，虎子再接再厉，又拿一局。

接下来，比赛进入胶着状态，两人你赢一局我赢一局，至第十局，五比五平，进入决胜局。

虎子越打越自信，而肖红军见拿不下虎子，心情越来越焦躁，满头满脸都是汗，最后，连持杆的手都不由自主地颤抖了。

决胜局，虎子没有再给肖红军机会，干净利落地拿下。

6.决赛风云

决赛分为十五局，先赢八局者夺冠。

此时，连克强敌的虎子已经成为南城台球爱好者的新偶像，尤其是他打败职业球手肖红军一战，更让人津津乐道。几乎所有人都相信，他会在决赛中轻松战胜对手，一黑到底。

与此对应，这一次，大多数赌客都把赌注押在了虎子身上。

决赛前，战风云显得有些心不在焉，等比赛开始后，他的表情更是异常紧张。

决赛开始，虎子气势如虹，很快便轻松拿下第一局。第二局，虎子率先开球，一杆击出后，身子突然一晃，脑子一阵眩晕，接着，腹中一阵翻江倒海，伴随着针扎一般的剧疼。虎子头上冷汗直冒，暗暗叫苦，看来是午饭吃了不洁的食物。但比赛不能终止，他只得竭力忍住，咬牙坚持到此局结束，才冲向卫生间。此局当然是输了。

接下来，虎子饱受腹疼之苦，精力难以集中，失误连连，又连丢两局，大比分一比三落后。

随后是十五分钟的休息时间，虎子扔下球杆，就往卫生间跑。观众们见虎子发挥失常，都议论纷纷。

在卫生间里，虎子甚至听到有人偷偷议论自己是在打假球。他闷闷不乐地回到自己的休息室。战风云见徒弟神色有异，关切地问道："虎子，你怎么了？"

"师父，不知怎么搞的，我突然腹泻。午饭咱俩一起吃的，你没事吧？"

战风云摇摇头，担忧地问虎子："你能坚持吗？实在不行就放弃比赛去医院吧。"

虎子咬牙说："坚持倒没问题，只是……我怕输掉比赛。"

战风云说："输了也没关系，你能走到这一步师父已经很满意了。"他叹口气，"哎，这也是天意。虎子，这样吧，身体要紧，你速战速决，输赢就不要管了，尽快把比赛打完，咱们抓紧时间去医院治疗。"

虎子见师父一切都是在为自己着想，连冠军都看得不重要了。他心中感激，暗下狠心，一定要为师父为俱乐部争气，拿下比赛。

幸好，从第五局开始后，虎子的腹疼渐轻，他咬紧牙关，强令自己集中精神，专心打球。这一局，他一记漂亮的单杆过百，将总比分扳成二比三。

虎子看了一眼观众席上的师父，发现他双眉紧皱，脸色依然沉重，显然还在为自己担心。他冲师父挥了挥手，示意自己已经没事了。

随后的三局，虎子再胜两局，战至中场休息时，已经追成了四比四平。

虎子回到休息室，发现师父已经等在那儿。虎子忙说："师父，您不用担心了，我肚子已经好多了，下半场绝对能拿下比赛。"

可是师父却警惕地看看四周，突然压低声音说："虎子，这场比赛你不能赢！"

虎子一听，大吃一惊，失声问："为什么？"

战风云道："你别管那么多，照我的话做就行了，师父不会害你，下半场你一定要输给他。"

虎子不敢相信地看着师父："你……是想让我放水？"

战风云点点头："咱们这次比赛的目的已经达到，你已经一战成名，

那点冠军奖金根本不算什么，只要你按照我说的做……"他左右看了看，拿出一张银行卡，放到虎子的手里，"这里面我已经存入二十万，只要你照办，就是你的了。"

虎子心中一动，明白了："师父，你……你是不是赌球了？"

战风云神色迟疑，却没有摇头否认。

虎子的心都凉了，没想到师父真的在赌球，他问："可是……你怎么不买我赢？一样可以赢钱啊。"

战风云诡异一笑说："这场比赛大家都买你赢，我要是也买你赢能赚几个钱？只有买你输才能大赚特赚啊，哈哈，师父精明吧？"

虎子像是掉进了冰窖里，从头到脚一片冰凉。他这才明白，原来，从一开始，自己就是战风云手里的一颗棋子。战风云用心良苦，精心设计了这一盘棋，让自己一步步按他的棋路走，为的就是将赌注压在自己身上，赢取大量不义之财。他这么照顾自己，自己还以为他真是爱才呢，原来是爱"财"。

虎子沉默了好一会儿，终于恢复了平静："师父，你一定赢了不少钱吧？"

战风云抑制不住心里的得意："当然，从第一场比赛开始，我就押你胜……"他发现虎子脸色不好，忙道，"其实，不止我，还有你以前的老板张

东方，他也把赌注押在你身上，有财大家发嘛。"

虎子心中又是一疼，他忽然想起了什么，问道："对了，我腹泻也是你搞的鬼吧？如果成功的话，就可以省了这二十万是不是？"

战风云讪讪一笑，面露尴尬之色："虎子，你要是嫌钱少，我会再加钱。"

虎子心中恨极，强压怒火道"当然，你赢了那么多钱，区区二十万就想打发我啊？"

战风云心里暗骂：没想到你这个跛子胃口还不小呢。但脸上神色不

变，道："你想要多少？"

"一百万，少一分也不干。"

战风云倒吸一口凉气，心说你小子也不怕撑死啊，但此时输赢都在对方手中，他也不敢拒绝，决定先答应再说："行，咱们一言为定。"说着他伸出手，要与虎子击掌。

虎子没有伸手，而是目光冰冷如刀，道："战先生，我恐怕会让你失望了。"说罢，他伸出自己的右腿，问，"我没跟你说过我这条腿是怎么断的吧？"

战风云摇了摇头。

虎子眼中露出痛苦之色，道"我这条腿就是因为跟人赌球被人家打断的。我从十岁开始就在街头跟人赌球了，刚开始是一元两元，后来是十元二十元，没钱我就偷家里的钱。十五岁那年，我不但把家里辛辛苦苦攒的为我妈做手术的钱偷了输光，还倒欠一个街头混混三百块钱，就因为这三百块钱没及时还上，他找人把我这条腿打断了。伤好后，我无脸回家，这才去东方红台球厅打工。从那时起，我就发誓：永不再赌！"

战风云脸上骤然变色："虎子，你别跟钱过不去，这些钱，你这辈子怕也赚不到啊。"

虎子说："可我不想赚这种钱！"说罢，他站起身，不再理战风云，大步走进了比赛场。

战风云气急败坏盯着虎子的背

影，眼中渐渐露出凶光，低声骂道："臭跛子，你是敬酒不吃吃罚酒啊！"

他拿出手机，打了一个电话。

接下来四局，虎子毫不手软，以三比一拿下，总比分七比五。只要再胜一局，即可拿下比赛。

又到了休息时间。虎子来到卫生间，刚推开门，迎面走出一个年轻人，热情地向他伸着手："啊，我的偶像！"

原来是位热情观众，虎子不好拒绝，忙伸手跟他相握，哪知手心突然一阵剧疼，他暗叫不好，只见手心被刀片横划了一道长口子，已是血肉模糊。等他反应过来，年轻人早已夺路而逃了。

虎子回到比赛场内，观众见他脸色惨白，右手鲜血淋漓，顿时一片惊叫。

裁判问明情况，征得对手同意后，暂停比赛，让虎子前去医院包扎伤口。

虎子退场时，一眼瞥见观众席上得意洋洋的战风云，心里明白这一定是他为阻止自己比赛而出的阴招。

半个小时后，虎子重新回到了赛场。他的右手伤口缝了八针，缠上了绷带，很明显已经不能握球杆了。

裁判们紧急商议后，根据比赛规则，在一方因故不能比赛的情况下，就要宣布判对方获胜。

观众们一片哗然，眼看虎子胜利在望，却横生枝节，让煮熟的鸭子飞了，但比赛规则如此，谁也无可奈何。大家只有捶胸顿足，痛骂凶手，才能发泄心中怨气。

裁判走到虎子身边，问他是否放弃比赛。

虎子却摇摇头，说："开始最后一局吧。"在众人惊异的目光中，他左手握着球杆，神色冷峻、一瘸一拐地走到球台前，他从容地将右手平放在球台上做支架，稳稳地一杆击出，母球精确地击中红球，又返回开球端——一个完美的开球。

观众席上掌声雷动，一片欢呼，没想到，这匹黑马左手持杆击球跟右手一样娴熟灵活。

战风云不敢相信自己的眼睛，他千算万算，却没有算到虎子还有这手左右开弓的绝招，他暗暗盼望这一杆只是蒙的，但等虎子再次上场，击出同样完美的一杆后，他的心立马坠入了冰窖，脱口而出："我完了！"

比赛结束，冠军属于虎子。

观众们都退场了，空荡荡的观众席上，只剩下战风云一个人。这个输得精光的赌徒狼狈不堪地瘫坐在那儿，打死他都无法相信，自己精心策划、完美无缺的发财大计竟然功败垂成，并且输得这么彻底。

虎子好不容易才从簇拥着他的记者和球迷当中挤出来，来到战风云跟前，轻蔑地看着他："战先生，你应该

2009年"《故事会》最有影响力的故事"征文大赛评选揭晓

2009年"《故事会》最有影响力的故事"征文大赛评选工作已结束，经评委会审定，下列作品荣获**优秀作品奖**（按发表先后排列）：

《拉斯维加斯的爱情》（一冰）、《爱情抄底》（红英）、《良心作证》（黄胜）、《嫁个好老公》（吴治江）、《九百九十九个草蚱蜢》（张春风）、《再救你一回》（郭来人）、《牧牛》（敬迎涛）、《就是让你宰》（曹景建）、《爱睡觉的保镖》（张春雨）、《追包》（方冠晴）、《这个保姆真牛》（韩春玲）、《偷来羊肉包饺子》（刘江波）、《阿P办公司》（钱岩）、《食痴》（庞善考）、《幸福的妈妈花》（张华）。

以上所有得奖作品除稿酬外，另追加千字千元的奖金。

下列作品荣获**入围作品奖**（按发表先后排列）：

《救命之恩》（刘自忠）、《借钱啊，借钱》（王兴菜）、《昂贵的花瓶》（唐雪嫣）、《绝对宝贝》（安昌河）、《带着馒头去讨债》（王应良）、《烦心的狗事》（范国清）、《狙击手的誓言》（邢东）、《猜猜他开什么车》（翟德军）、《少爷英豪》（赵守玉）、《意外横生的晚上》（梅永远）、《寻儿启事》（任黎明）、《没事别装哑》（王劲）、《完美宠物》（白鞋）。

以上所有得奖作品除稿酬外，另追加每千字四百元的奖金。

把我的两只手都毁掉呀。"

战风云都要哭出来了，哀声问："你左手的技术怎么也这么好？"

虎子微微一笑："练出来的啊。在东方红台球厅的那几年，我不肯跟人打'彩球'，就没人愿意跟我打球，我只好自己跟自己打。你知道自己跟自己怎么打吗？就是左手跟右手比……"

虎子丢下战风云，昂首走出了赛场。

大门口，本届大赛的裁判长陪同一个人正在等他，那人递给虎子一张名片，微笑着对他说："如果你有兴趣成为职业选手的话，就给我打电话吧。"

虎子接过名片，看了一眼名片上面的名字，这是台球界一个令人敬畏和神往的名字，他的心顿时狂跳起来……

（题图、插图：杨宏富）

"中篇故事"是本刊的重要栏目，我们热忱欢迎广大作者来稿。来稿要求：1.题材需有新鲜感、时代感；2.情节性强，并且能把新鲜、奇巧的情节的演绎和人物的塑造较好地结合起来；3.篇幅：15000字以内。本栏目稿酬从优。来稿可从邮局寄发，也可发电子邮件，本期责任编辑E-mail地址：yanyichao1004@sina.com。

巧用绿豆

宋朝末年，上海已成为一个贸易港口。这天，负责检验进出口物资的市舶官又在伤脑筋了。

原来，洋商们很狡猾，他们向中国出口大量的印花洋布，又欺负中国没有检验仪器，每逢船舱进水，就在到达上海前，雇人将受潮的洋布晒干后再进上海。这种布，如果浸过海水，还能尝出它的咸味；要是受江水浸蚀，则没有咸味，很难验出。另外，我国从上海出口的瓷器，一路颠簸难免破碎，对此，洋商则要求加倍罚款。

这天，市舶官偶然在地上捡到了一粒绿豆，他灵机一动，回衙后召来洋商们，宣布道："今后，凡上海进口的洋布，你们装船时必须装上绿豆。"

接着，他又订了条规定：出口瓷器在装船前，也必须在空隙处填放绿豆。

不久，洋商的货靠上上海港。市舶官亲临船舱验货，当他询问布匹是否进过水，洋商矢口否认。市舶官淡淡一笑，令衙役从船里抬出一麻袋绿豆，请洋商验明封口印证后，他下令当众倒出。只见不少绿豆早已发芽，洋商傻了眼，不得不乖乖接受罚款。

后来，洋商将一船瓷器运到大洋彼岸，货到后，也邀来各国商人一起检验。谁知，竟没验出一个碎瓷器。原来，在运输途中，绿豆遇水慢慢发芽，几乎将空隙全部填满，瓷器因此被保护得完好无损。

俗话说"眉头一皱，计上心来。"凡事应该多动脑筋想一想，多想也就多出智慧。

（推荐者：吴恩超）

关键词：绿　豆

在货车上度蜜月

在美国，有一家货运公司为了扩大知名度，在媒体上大做广告，但是效果都不佳。对于娱乐第一、消费第一的美国人来说，这种货运广告简直就是枯燥乏味，令人生厌。

无奈之下，公司老板找到了新闻界的一位朋友，请他出谋划策。这位

关键词：创意广告

新闻人士说，广告的内容最好能与美国人的日常生活相关。老板灵机一动，突然想到了"结婚"，这应该是普通人最感兴趣的事情了。

于是，公司与当地著名报纸协商，在一篇关于本地夫妇旅游结婚的报道顶栏处，做了这样一个广告："他们在货车上度蜜月，相爱4.5万公里。"

广告登出的第二天，立刻就在读者中传开了："谁想出来的傻主意？新婚夫妇在货车上度蜜月！""还有谁，就是那个宾客桑斯货运公司！"

从此，这家公司闻名遐迩，效益斐然。

（作者：周剑勤；推荐者：蓝昌科）

那一天，园艺师约瑟夫辛辛苦苦用水泥修建的花坛，不知被哪个冒失鬼碰碎了。他伤心地摇了摇头，端起花坛上的一盆花，准备重修。

就在这时，约瑟夫不小心脚下一滑，摔了个跟头，花盆脱手而出，落在地上摔碎了。他十分沮丧地爬起来，开始清理地上的碎瓦片。这时，约瑟夫注意到一个奇怪的现象：花盆虽然摔碎了，可花盆里的泥土仍保持着原状，泥土里面隐约可见花根纵横交错。

晚上，约瑟夫躺在床上，眼前又浮现出纵横交错的花根。他猛然想到：如果仿照花的根系，用铁丝织成网状放入水泥中，这样修建的花坛会不会更牢固呢？

第二天，约瑟夫按照这个想法修好了花坛。过了几天，他用脚上去踢踢，发现花坛毫无损伤，又大胆地拿榔头敲了几下，整个花坛还是牢不可破。

就这样，园艺师约瑟夫从花根中汲取了灵感，从而发明了钢筋混凝土，为建筑业做出了卓越的贡献。

（推荐者：木　木）

花坛之匠

关键词：钢筋混凝土

一分钱一分货

□唐 军

张三家里刚装修了新房，老婆让他去买一张可以旋转的餐桌，可是临出门的时候，老婆只给了他一百块钱。

张三拿着钱到家具城一看，发现只要是能转的桌子，都远远超过了老婆给的预算。

张三在里面兜了老半天，好不容易在一个角落里发现了一张旋转餐桌，价位合适。张三用手一试，不错，能转，就是样式老了点。

不过张三想，只要能转，样式老点就老点了，谁让老婆不舍得花钱呢。于是他和店主讨价还价了好久，终于用八十块钱买下了这张旋转餐桌。

过了一个星期，张三又来到了这家店，嚷嚷着要求退货。

张三气呼呼地对店主说："这张旋转餐桌的质量太差了，只用了不到一个星期，就怎么弄都不转了。"

店主很客气地问道："先生，您确定您这张桌子是在我们店里买的吗？"

"怎么不是？你看这是发票。"张三说着，从兜里掏出了买桌子的发票。

店主接过发票，扫了一眼，自言自语道："原来是八十块的。"

张三急了，嚷道："八十块怎么了？"

店主冷笑道："八十块还想买会转的餐桌啊？"

张三听了，气不打一处来"八十块怎么了？八十块不是钱啊？"

店主"哼"了一声，说道："先生，如果您想买一张永远旋转的餐桌的话，就应该买三百块以上的。八十块的桌子，您买回去一星期以后，吃饭的时候必须围着餐桌转才行。"

你有证据吗

□ 文 华 改编

有位老妇人到杂货店买狗食。店员此时正与女朋友"煲"电话呢。那老妇人问了好几回,店员才如梦初醒地关了手机,接着不耐烦地问老妇人:"买什么?"

老妇人只好重复道:"先生,我要买点狗食。"

"狗食?"那店员想了想,好半天才说,"你有证据吗?"

老妇人一听愣住了:"证据?买狗食难道也要证据?"

"是的,夫人,"店员笑了笑,言之凿凿地说,"你要买狗食,得把那条狗带来。狗就是证据。只有把狗带来,才能证明你是给狗买的。"看老妇人还在犯愣,店员又补充道:"知道吗?现在有些老年人也爱吃狗食。"

老妇人一听肺都气炸了,很想找律师去告他,但转念一想,算了,犯不着跟他一般见识!于是,转过身回到家中牵来狗,买到了狗食。

第二天,老妇人又来了,这次是来买猫食的。那店员似乎认识她,又说需要证据。不得已,老妇人只好再次回到家,抱来一只猫作为证据,买到了猫食。

又过了一天,那位老妇人带了只盒子来到店里。店员似笑非笑地问盒子里装的是什么。老妇人没回答,而是让他伸手摸一下,店员拒绝了,说:"我才不傻呢,你要是放一条蛇,咬我一口,我不惨了?"

"不会的,"老妇人保证道,"咬了你,我还不吃官司?"

店员这才把手伸进去摸了摸,可马上就抽了出来,闻了闻尖叫道:"哇,好臭啊!你放的是大便吗?"

"是的,"老妇人笑着说,"现在,我可以买卫生纸了吧……"

聪明的赌徒

□ 澹 波

杰克是个赌徒。这天，他在赌场里输光了钱，便去找放高利贷的约翰借。可约翰却不肯借给他："你上次借的钱，到现在都没还，我怎么还能把钱借给你。"

杰克忙讨好说："你放心，我保证还钱。我知道你们为了逼人还钱，伤人、烧房，什么事都做得出来。你看，我名下还有套房子，你就放心吧。"他说着，从兜里掏出一张房产证明，当着约翰的面，飞快地写下了自己的地址：第五区三大街166号，然后说道，"我要不还钱，你就去烧我的房子，这房子价格可比我欠的钱高多了。"

约翰这才把钱借给了杰克。不过，杰克今天实在倒霉，一转眼，这笔钱又进了别人的口袋。这一次，约翰一分钱都不肯再借了，还威胁杰克

道："你赶快滚回去筹钱吧，过期不还，别怪我不客气。"

可杰克哪有钱还啊？他早已把家当都输空了，不过，他倒并不着急："没问题，我要不还钱的话，我认罚，你尽管去烧我的房子。"

杰克为什么不着急呢？原来，刚才写地址的时候，他灵机一动，趁约翰没注意，故意把门牌号码的最后一位写错了，他家住在168号，却写成了隔壁邻居的166号。这样一来，即使有麻烦，也找不到自己头上。约翰刚才也一时疏忽，竟然没有发现杰克的花招。杰克跟邻居一向有矛盾，正巴不得邻居家出点什么事呢，别说他没钱，就是有钱他也不想还。

这就叫借刀杀人。

还款日期很快就到了，约翰打来电话，催杰克还钱。

杰克应道："我实在没钱，要不，

你来我家把值钱的东西搬走得了。"

约翰气势汹汹地说："我又不是收破烂的，我只要现金。我限你两天之内把钱送来，否则……嘿嘿，别怪我不客气，一把火把你跟你的房子一起烧了！"

杰克装出一副害怕的语气："千万别这么做，你烧掉我的房子，我损失严重，你也没好处啊，按照行规，把房子烧掉了，这债可就一笔勾销了。"

"那你赶快还钱！"

"可我真没钱啊。"

约翰愤怒了："你是不是以为我不敢烧你的房子？"

"钱没有，命一条。"杰克耍起了

无赖，"你也别客气，我住在三大街166号，有本事你就来烧。对了，我提醒你看准门牌号，千万别烧错了。"

约翰冷笑道："好，你就等着瞧吧。"

很快，两天就过去了。杰克为了躲债，白天一直呆在外面，半夜才敢回家。这天半夜，他刚走到路口，远远就看见自家门前警灯闪烁，停着一辆消防车，还围着一大群人。看来，约翰真的来烧房子了。当然，杰克心里并不担心，甚至暗暗得意：哈哈，烧的肯定是邻居的房子，希望他损失惨重，这叫什么来着，对，一石二鸟！

不料，等他幸灾乐祸地走到近前，看到火灾现场后，眼前一黑，差点没一头栽进灰烬里——着火的竟然是他家，168号！

幸亏火势不大，只把房门和走廊烧了，看来，对方只是给自己一个警告，逼自己还钱。杰克暗叫侥幸，不过，他心里纳闷：约翰是怎么知道我住在168号的？

正在这时，电话响了，是约翰打来的。约翰问道："杰克，怎么样，你还不还钱？"

"还，我还还不行吗？求你千万别烧我的房子。"杰克忍不住问，"可是，你怎么知道我住168号的？"

"什么？你家不是166号？"电话那头，约翰显然吃了一惊，咆哮道，

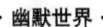

欺人太甚

□ 曹景建

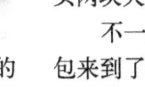

枚硬币，算了算有80美分，嗯，足够买两块大面包的了。

不一会儿，汤姆就拿着买来的面包来到了乞丐面前，蹲下身，问道："先生，你真的很饿吗？"

乞丐头也不抬，"嗯"了一声"是啊，请好心人施舍我一美元，让我买面包吃吧。"

汤姆热情地把面包塞到乞丐手里："这是我买来的面包，快点吃吧。"

这时，旁边等车的人都围了上来，纷纷夸汤姆有爱心，直夸得汤姆脸都红了。

乞丐慢慢抬起头来，可他一看见汤姆的样子，立马愣住了，脸上露出

姆的父亲是个牧师，在父亲的教育下，汤姆和他的兄弟姐妹一样，都有一颗善良的心，遇到需要帮助的人，总是竭尽全力。

这天傍晚，汤姆正走在回家的路上，突然发现在车站边蜷缩着一个乞丐。乞丐穿着破破烂烂的棉袍，头埋在胸前，前面放着一张纸，上面写着："我已经两天没吃饭了，有哪位好心人赏我一美元，让我买块面包。"

汤姆觉得眼前这个乞丐实在太可怜了，于是他从口袋里掏出仅有的几

"你小子竟敢跟我玩花样！"

杰克奇怪道："难道你是故意烧错的？"

"当然，我以为你住166号，这才安排人在168号门前放一把火，就是想警告你一下，让你还钱。"

原来是聪明反被聪明误，杰克恼火地叫起来："你们怎么这样啊，怎么可以连累无辜的邻居呢？"

"废话，我如果真烧你家的话，把你烧死了谁来还我的钱？还有，房子烧掉的话，你拿什么还我钱？"

了惊恐的神色。

"不用怕,快点吃啊,刚烤好的,还热着呢!"汤姆双手捧着面包,笑着说。

谁知,眼前的乞丐大叫一声,蹿了起来,拔腿就跑。

汤姆赶紧拎着面包追了上去,边追边喊:"别跑,别跑,快点吃面包啊!"可乞丐却跑得更快了。

不一会儿,汤姆就跟着乞丐拐进一个偏僻的死胡同里,乞丐无路可逃,只好停下了脚步。

汤姆生气问道:"你跑什么啊?"

谁知,那乞丐猛一下转过身,从身上抽出一把刀,气喘吁吁地吼道:"小家伙,大家都不容易,你不要欺人太甚,否则,逼急了,我可是什么事都做得出来的!"

汤姆被吓傻了,颤抖着说:"您,

您冷静点,我,我只是让您吃点面包而已。"说着,举起面包,在乞丐面前晃了晃。

没想到,那个乞丐看到面包,像疯了一样,拼命地挥着手中的刀,大叫着:"滚,你快滚。"汤姆吓得丢下面包,慌慌张张地跑了。

回到家后,汤姆心有余悸地向爸爸讲述了事情的经过。爸爸想了半天,也没有想明白。

这时,汤姆的孪生兄弟吉姆从楼上走下来,对爸爸说:"爸爸,你能不能再给我点钱,我去给全家买面包。"

爸爸奇怪的问:"下午不是给你钱,让你去买了吗?"

吉姆得意地说:"因为我做了一件好事。"

"哦,亲爱的小宝贝,什么事,给爸爸说说好吗?"

吉姆绘声绘色地讲道:"下午,我买面包回来,在广场上看到一个穿棉袍的乞丐很可怜,他求大家给他一美元,让他买面包。当时我正好拎着给全家人吃的面包,看到他那么可怜,便把所有的面包都给了他,还让他赶紧趁热吃掉,我怕他不好意思,便一直劝他把面包全吃掉,在我和周围人的劝说下,他把我给的面包都吃掉了。"说完,吉姆仰起头,比划着说道,"我走的时候,他还在扶着肚子不停地打饱嗝呢! 爸爸,你说,他心里是不是会很高兴呢?"

□东关

新型防盗设备

最近，大山小区闹盗车贼，停在楼下的汽车一辆接一辆地丢。车主个个提心吊胆，用尽了各种防盗手段，可道高一尺魔高一丈，就算把小车挂满了车轮锁、方向盘锁、排挡锁，车子照丢不误。这下，大家傻眼了，总不能一天24小时都守在车上，人不离车、车不离人吧？不少车主只能把车停到附近停车场，花钱雇人看守。

可大山一点都不慌，把那辆新买的小车大模大样地停在楼下。邻居们都提醒他要小心，大山却满不在乎，说："没事，我的车配有先进防盗报警系统。"别人听了都很纳闷，再高科技的防盗系统都没防住贼，你大山还能玩出什么新花样？

周六晚上，大山和几个牌友在家里玩麻将，打到12点多，突然听到楼下汽车报警器哇啦哇啦乱响。朋友见大山依然不动声色，便提醒他："大山，是不是有人在偷车？快去看看吧。"

大山没搭理，伸手摸了一张牌，眯着眼睛摸了摸，"啪"一下敲在桌子上，这才说道："二饼。那车没事，可能是谁不小心碰了一下，我的车可没那么容易偷。"

报警器响了一阵不响了，一个朋友不放心，起身跑到窗前往下瞅了瞅，果然，车子还好端端地停在那儿呢。

又过了半个小时，报警器又响了一声，很快就停下了，随即，传来了"汪汪汪"的狗叫声，大山把牌一丢，一跃而起："快，来人啊，有人偷我车！"

大家拥到窗前，往下看去。果然有贼！只见一条人影，正玩命般地在小区里逃窜，后面紧紧跟着一条大狗。再看大山的汽车，车门都已经被打开了。

大山打开窗户，吆喝一声："黑子，回来！"那狗便停下了步子，掉头跑回车前，一纵身，跃进了驾驶室。

大山得意洋洋："我这防盗设备咋样？够先进吧。"

众人不由叹服，用狗看车，这招管用啊！不久，这条经验在小区内迅速推广开来，不少车主又把车停回了小区，只是这次车里都多了一条狗。那些没狗的，也都在车子的醒目位置贴上了车贴"恶狗出没，请注意"。相当有威慑力。

孰料，道高了一尺，魔又高了一丈。半个月后，小区内又一辆汽车失窃，看车的大狼狗横尸当场，嘴边还有两块没吃完的肉骨头。旁边一条值完夜班的狗，趁主人不备，跑过去叼了一块骨头就跑，跑出去不到十米，哐当，也摔倒在地。显然小偷已经找到了对付狗的方法，看来，这一招也不行了。

大家怕赔了汽车又折狗，赶紧又把车停回了安全的地方，唯有大山，依然稳如泰山，照样把车停在楼下。朋友们禁不住替他担心"大山，上次小偷就盯上你的车，听说干他们这一行，从来不走空，没得手绝不会罢休的，你要小心点。"

大山撇撇嘴，满不在乎道："不怕，我又配备了更高级的防盗设备，就等着他们来偷呢。"

说曹操，曹操到，这天晚上，小偷果然上门了。半夜12点，大山几个人在麻将桌边激战正酣，忽听楼下传来一声号叫，众人正在疑惑：这深更半夜的，谁在叫唤？大山早已一跃而起："有人偷车！"

大家跑到窗前一看，果然有贼！大山的汽车门又被打开了，一条人影埋头狂奔，边跑还边甩着手，姿势非常古怪。

大家惊讶不已，"大山，刚才那声是谁叫的？你该不会雇了人躲在驾驶室里吧？"

大山笑了笑："哪呀，那是小偷上车后自动给我报的警。"

众人更加摸不着头脑了："小偷怎么会平白无故自己报警呢？"

"嘿嘿，我有新型防盗设备，"大山得意洋洋地说，"走，跟我下去看看，保证换你们也得叫。"

大家跟着大山来到车前，拿着手电筒往车里一照，顿时，惊叫声一片。

只见方向盘上，一条手臂粗的蟒蛇缠绕在上面，昂着头，张着嘴，呼呼吐着信子。

大山一指那条大蟒蛇，得意地对众人说："别怕，这是我一个朋友借给我的，是他养的宠物。我这次保证，那些偷车贼再也不敢随便开车门了。"

456

2010
SEMIMONTHLY
上半月刊

2月

STORIES

欢迎登录本刊主办的"故事中国网"（www.storychina.cn）

故事会
STORIES

2010 年 2 月
上半月·红版

社 长、主 编: 何承伟
常务副主编: 吴 伦
副主编: 姚自豪 (上半月·红版)
副主编: 夏一鸣 (下半月·绿版)
本期责任编辑: 叶小萌
电子邮箱: xiaomeng.ye@gmail.com
红版发稿编辑:
姚自豪 郑继文 吕 佳 李天然(见习)
美术编辑: 李宝强
电脑制作: 郭瑾玮
通 联: 归依玲
本社办公室电话: 021-64375030
上半月刊编辑部电话: 021-64332325
下半月刊编辑部电话: 021-64336469
(上海市绍兴路 74 号 邮编: 200020)
主管、主办: 上海文艺出版 (集团) 有限公司
出版单位: 《故事会》杂志社

制作、发行总监: 张 凯
电话: 021-64313938
广告业务: 上海故事会文化传媒有限公司
广告总监: 张 淮
广告业务: 021-34010383
广告投诉: 021-64333738
广告经营许可证
沪工商广字 3100320050022 号
发行: 中国图书进出口上海公司

忘记了什么

一对好忘事的夫妻要在家举办结婚周年庆，两人为了保证这次不再丢三落四，提前了许多天做准备，买酒、菜、鲜花、餐具，布置房间……

这天，一切都安排妥当，就等着客人们到来，可妻子老是觉得心里不踏实，就对丈夫说："亲爱的，我总觉得还有一件重要的事情忘记做了。"

"没有，这次没有，我们想得非常齐全、周到……"

"可是，为什么这么晚了一个客人都没有来呢？"

"你请帖发了没有？"

（覃春香）

（本栏插图：李 加）

像太阳

有一个妻子，十分在乎自己在丈夫心中的地位，她每天都要问丈夫同一个问题："你到底有多爱我？"丈夫总是回答："爱你比海深。"

一天晚上，妻子又问丈夫同样的问题，并要求丈夫的回答必须和以前不一样。丈夫想了想，说："你是我心中的太阳。"

妻子听了很高兴，笑着走开了，可过了一会儿，她又凶巴巴地回来问丈夫"你给我说清楚，我这个太阳会不会下山？"　　　　（梁 斌）

距 离

毕业典礼之前，校长和一些女生闲谈，校长得知一位漂亮的女生即将到航空公司当空姐，便对女生们说："你们看，她将每天都在空中工作，离上帝最近，所以她犹如天使般的美丽。"话音未落，另一位女生忽然哭了起来，校长觉得奇怪，忙问何故，那女生哽咽着说："我马上要去当地铁管理员了……"　（聂赛飞）

经理的锦囊

新任经理在办公室和即将离任的经理处理交接事宜。老经理对新经理说:"我在抽屉里放了三个编了号的信封,如果你碰到不能解决的问题,可以依次打开看看。"

三个月后,新任经理碰到一个大麻烦,他想起前任经理的话,于是打开第一个信封,里面有一张纸条,上面写着:"将责任归咎于你的前任。"他照做了,最终脱离了困境。

半年后,公司的销售出现问题。新任经理打开第二个信封,字条上写道:"重组!"他立刻着手重组,公司很快复苏了。

又过了三个月,新任经理遇到危机,他打开最后一个信封,字条上的话是这样写的:"准备三个信封!"

(罗焕祺)

星 期 几

有个年轻人很粗心,经常把日期记错,就连当天是星期几都分不清。

为了改正自己的这个坏毛病,他买了七种颜色的内裤,七个颜色分别代表星期一至星期日,每天按着颜色顺序穿。

一天,他在街上遇到一个同事,那个同事故意问他:"今天是星期几?"

年轻人环顾四周,悄悄地对同事说:"这里人太多,不好说。"

(刘 立)

两瓶啤酒

——位病人去脑外科复查,医生不满地对他说:"你一定又喝了不少酒!老实交代,你每天到底喝多少?"

病人回答:"两瓶啤酒。"

医生生气地说:"我不是告诫过你,每天只允许你喝一瓶啤酒吗?"

病人回答:"是的,但是内科医生也允许我每天喝一瓶呀!"

(况立洁)

辅导班

暑假,父亲给儿子报了个故事班,辅导老师介绍说,她的辅导班形式独特,着重培养孩子讲故事的能力,逐渐改变学生作文空洞的缺点。

这天,儿子从辅导班回来,嘟着嘴说以后再也不去了,父亲问为什么,儿子说:"辅导老师天天让我们讲故事,太头疼了。"

父亲忙劝儿子"你一定要去,要不然爸那几百块钱的辅导费岂不白花了?"

儿子说:"可是咱花了钱却每天给辅导老师讲故事,太亏了。"

(韩雨卿)

丢人的VIP卡

表弟的钱包里装着一大叠卡,表姐很好奇,问:"你怎么有这么多卡啊,能让我看看吗?"表弟把一大叠的卡递给表姐,却把其中一张卡抽走了。

表姐觉得很奇怪,问:"干吗把卡抽了?那张是什么卡?快点给我看看。"表弟敷衍着说:"就是一张VIP贵宾卡。"

表姐问:"VIP卡是贵宾的象征,那你有什么好藏的?"

表弟不好意思起来,说:"不行,不能给你看,太丢人了!"

表姐一把抢过那张卡,仔细一看,原来是一张婚介所的VIP卡,上面写道:凡是相亲十次以上者,凭此卡终身免费。 (子 规)

只说两个字

一位编辑要联系作者老王,但是手机里没存他的号码,于是就给另外一个同事发短信:"你有老王的电话号码吗?"五分钟后,编辑收到回复,于是迫不及待地打开短信,上面赫然写着:"有啊!"

无奈之下,编辑只能再发短信:"那么,请告诉我好吗?"

五分钟后,编辑又收到回复了,他再次迫不及待地打开短信,上面赫然写着:"好啊!" (梁 斌)

男朋友

一个女孩因为相貌一般，一直没有男朋友，可她虚荣心很强，每当有人问她时，她总否认自己没有男朋友。

一天，外地的一个女友顺路来看那女孩，逛街时，经过一家瑜伽健身馆，健身馆门前有一张很大的海报，上面是个俊美的男教练的画像，女孩为了炫耀，便指着画像说："告诉你一个秘密，这是我男朋友，当初还是他先追我呢！"

女友听了，惊异地瞪大了眼睛："你有没有搞错啊，这是我的男朋友！这次我是专程来看他的！"（舒一耕）

鸟毛

新镇长上任了，好多人为他接风。宴席上，镇长让大家称呼自己"老兄老弟"，亲切一点，果然，气氛融洽了许多，大家开怀畅饮起来，不长时间一个个都喝得东倒西歪的。

这时，一个胖子忽然醉醺醺地站起来，指着镇长的鼻子说道："你镇长算个鸟，每天还不是吃俺这厨师做的饭！"大家一听都愣了，气氛顿时尴尬起来，只见镇长眼睛一瞪，恼怒地说："镇长算鸟，那你算啥？"胖厨师见镇长发怒，知道失言了，赶紧赔着笑脸说道："嘿嘿，俺是鸟身上一根小小的鸟毛呗！"

（舒一耕）

健忘症

老刘最近患上健忘症，每次叫他买什么东西，他都会忘记。刘嫂为此想出了一个办法：做了一个牌子挂在老刘脖子上，让别人提醒他要买的东西。

一天，刘嫂让老刘去买一瓶酱油，怕他又忘记，就在他脖子上挂了牌子，上面写道："请路人提醒我买酱油。"过了一会，老刘回来了，高兴地说："老伴，我今天终于记得买酱油了，因为路上有10个人提醒了我。"刘嫂为自己能想出这么好的点子而得意洋洋，可她拎过袋子一看，差点没气晕，里面居然有10瓶酱油！

（陈　源）

你会识宝吗?

　　董事长平时喜欢收藏,可他眼力不行,买什么东西,全靠周围几个"智囊"帮他掌眼,在这种情况下,为他掌眼的人就显得特别重要了,如果谁起意设局蒙骗,简直就是易如反掌。席先生最近刚刚得知,董事长去年花了高价买的几幅画竟然全是赝品,而当初信誓旦旦地担保说是真迹的那个"专家",早就不知跑哪里去了。

　　"识宝先要识人",席先生给董事长讲了这么一个故事——

　　这故事发生在香港,有个年轻人叫"黄土包",一看就像个没见过世面的土包子,他经人介绍,投奔到一个大珠宝商手下做事,刚去不久,就闹了个笑话。

　　给珠宝商做事的年轻人不少,黄土包第一次随他们外出,被安排坐在车子的副驾驶位子上,还要他系上安全带。看样子黄土包不是经常坐车,他把安全带拉出来,不晓得要拉过胸前往下扣住,而是拉过来后绕在脖子上,惹得其他人都暗暗发笑。

　　大家都没说破,存心要看黄土包的笑话。开车的外号叫"张飙车",一向爱开快车,今天他存心要逗逗这个土包子,故意不停地刹车,这车子不断地一颠一颠,黄土包的脖子就不停地被一勒一勒,勒得黄土包浑身不自在,大家乐得"哈哈"大笑。

　　办完事后,珠宝商很快知道了这个笑话。珠宝商有个独生女儿叫珍珍,是他的掌上明珠,珍珍听了也笑个不停,说这人真是个土包子,太傻了! 可出人意料的是,下午几个人又要外出,出行之前,要进行例行的安全检查,这一查,张飙车大吃一惊,刹车系统上竟然多了一个不知名的小东西，他觉得奇怪，就报告珠宝商，珠宝商一看不由得倒吸一口凉气：这是个暗算人的新发明，在黑社会很流行，把它装在车子的刹车系统上，只要时速超过100迈，刹车就会失灵！

珠宝商立即明白了是怎么回事，因为他除了经营珠宝，还做着黑道上的生意，有不少仇家，他们一直想找个机会除掉珠宝商手下的一批得力干将，他们知道张飙车常开快车，好不容易逮着个机会，暗中做了手脚，没想到今天车上坐了个黄土包，一路上张飙车不断地刹车，这样一来，时速就一直没有超过100迈，无意之中救了一车人的命。

过了没多久，黄土包又闹了第二次笑话。那正是雪莲果上市的时节，珠宝商让人买了一篮子，分给手下人尝尝新。雪莲果送到了大家住的地方，可只有黄土包一人在，其他人都出门了。这个黄土包，真是又土又傻，他竟然把雪莲果全放在烘箱里烤，显然他是把雪莲果当成了红薯，心地倒是蛮好的，想让大家回来后吃上香喷喷的烤红薯。烤了半天，这玩意儿还是硬邦邦的，大伙儿回来了，一看，全乐坏了，他们告诉黄土包，这是雪莲果，长得像红薯，一般只是生吃，或者炒菜做汤，还没听说过烤了吃的。

这个笑话很快又传到了珠宝商耳里，其实，雪莲果虽然和红薯相像，但细看还是可以分辨的，做珠宝生意，就应该眼尖心细，善于观察日常生活中的细节，所以，珍珍对父亲说："这个土包子粗心大意，不适合干珠宝这一行，把他辞了吧。"

珠宝商并不这么看，他想起了上次车上那事，心中一动，立即派人把那篮雪莲果拿回来，仔细一检查，竟然发现这些雪莲果全被注射了一种失能性毒剂，可以让人丧失部分躯体功能，只是这种毒剂一遇高温后就会失效，显然，这是仇家第二次下的毒手！

黄土包是误打误撞避开了灾祸，还是在不动声色地暗中救人？珠宝商多

次试探黄土包，终究没有探出真相。

这之后又过了好几年，黄土包没有再闹笑话，他很快显示出踏实、能干的另一面，为珠宝商做成了几单大生意，立下了汗马功劳。珠宝商对他越来越器重，到最后，连珍珍都改变了对他的态度，有点欣赏他了。

珠宝商年纪大了，有了收山的念头，这一天，他把亲信们都召集起来，看着这一班年轻有为的精干后生，珠宝商很高兴，他拿出了一份从来不给别人看的清单。大家一看清单，立刻惊得张大了嘴巴说不出一句话来：这单子上全是珠宝首饰，从钻石戒指到珍珠项链，从猫眼胸针到翡翠手镯，还有缅甸红宝石、克什米尔蓝宝石、哥伦比亚祖母绿，等等，无论从中挑选哪一件，都是价值连城！

珠宝商说，大家跟了他这么多年，出了不少力，为了犒劳大家，今天他拿出自己收藏的顶级珠宝，大家可以随个人喜好，从中任选一样。他还说："过一会儿你们拈个阄，确定挑选的先后次序。我这批珠宝虽然都是极品，但极品当中又有极品，选得好还是不好，差别很大，就看你们各人的眼力了。"说完，珠宝商暂时离开一会儿，让他们抓阄。

于是大家开始抓阄，张飙车运气好，第一个获得了选择权，他拿起清单反复看了又看，用笔一勾，选了一个"水胆灵珀镶金腰佩件"。

大家按抓阄得出的次序一个个选完后，珠宝商从里间走了出来，问大家都选了什么，大家一一报出名称，珠宝商连连点头，夸赞大家眼力不错，随后立即兑现诺言，拿出一个个精致的首饰盒，亲手交给众人。

珠宝商问张飙车："你是第一个选的，为什么要选这一样'水胆灵珀镶金腰佩件'？琥珀不能说比钻石、翡翠更贵吧？"

张飙车说："单从材质上看，琥珀确实不如钻石、翡翠贵，但这腰佩件是古董，价值又更高了。"

珠宝商问："清单上并没有写明是古董，你怎么就敢这样断定？"

张飙车笑着反问："现代人有几个腰上挂佩件的？"

珠宝商满意地点头："其他人虽然都会选，还是不如你眼光独到，你选的这琥珀佩件，确实是明代的古董，是他们选的所有珠宝中最值钱的。"大家都羡慕地看着张飙车，而后，珠宝商的眼光落到黄土包身上，说："让我来看看你选了什么。"

有人忍不住暗笑起来，估摸着黄土包又要开始闹笑话了，一看，果然，他选的是清单上最后一项："可移动式支架一个"，后面还特地注明"托送珠宝用"。珠宝商惊讶地看了看黄土包，问："你确定选这一件？"

黄土包回答说："我确定。"

这时有人笑出了声，不是吗？如果选的是"托送"的珠宝，倒也罢了，多多少少总会值些钱，可他偏偏选的是"托送珠宝用"的"支架"，这值什么钱呀？

众人正这么想着，不料珠宝商微微一笑，说："所有的珠宝都是给人佩戴的，仅是物而已，而你选到了这份清单上真正的无价之宝。"

众人一听，全都惊了、呆了、傻了！

其实，这清单上最后一项"托送珠宝用"的"可移动式支架"，就是珠宝商如花似玉的独生女儿珍珍！这帮年轻人经常和她相处，都暗中恋着

她，可谁都没有想到这看起来最不值钱的"可移动式支架"，竟然会是珍珍！你想呀，珠宝商的珠宝将全部留给他女儿，他女儿不就是一个专门托送珠宝用的"可移动式支架"？

就这样，黄土包和珍珍在三个月后结婚了。

婚礼那天，大家都怀着一种复杂的心情祝贺这一对新人，张飙车更是恨不得把自己选的那个水胆灵珀镶金腰佩件砸烂，终于，他忍不住悄悄问黄土包："你怎么能有这种眼光？断定这个可移动式支架也是宝贝、而且是最贵重的宝贝？"

黄土包说出了答案："老板已经说过这清单上全是他收藏的心爱的宝贝，如果真是普通的托送珠宝用的可移动式支架，他有必要写在清单上吗？其他的全是珠宝，单单这一样不同，难道不应该怀疑这有可能是更贵重的东西吗？"张飙车听了，恍然大悟，其实，他哪里知道，黄土包并非等闲之人，他原先是一名警察，接受过特殊训练，因为犯了纪律，经人介绍，才投奔到珠宝商门下。新来乍到，他不愿引人注目，才故意装傻，救人不居功，有才不外露，最后竟然把珠宝商的女儿追到了手，说到底，他才是真正的"宝"呢。

（本期作者：李兴春）

（题图、插图：安玉民 梁 丽）

□ 无字仓颉

更上一层楼

人一退休，就想图个清静，可老天总是不遂人愿，经常"人在家中坐，祸从天上来"，这不，老王最近就是这样。不过，他不是"祸从天上来"，而是"烦从楼上来"。

怎么回事呢？事情得从房子说起。

老王和老张退休前在一个厂里，还住着上下楼，老王住一楼，老张住二楼。最近，楼上的老张两口子应儿子之邀，发挥余热——照看孙子，住到儿子那里去了。

这样一来，二楼这套房子就空出来了，老张没让它闲着，搞起了出租。没料想到老张这一出租，却三天两头接到楼下老王的"投诉电话"，什么原因呢？

原来，租房户毕竟不像住自己家里那样本分，行为举止上比较粗放，锅碗瓢盆，桌椅板凳，"丁零当啷"，动静不小，最近更好，租给了一伙刚走出校门找工作的学生，足足八个人，全是二十出头的小伙子，这下可要了命啦！

他们一来，还把这里当作学生宿舍，不，比学生宿舍更好，没人管，简直放羊了：老王的天花板就像得了疟疾一样，每天抖个不停，走动声、椅子拖地声、喝酒行令声、高谈阔论声，不说惊天动地，也是声声不断，老王耳朵里就像做起了道场！

老王先是给老张打电话告状，对

这种事，老张没多放在心上，所以老王电话一个接一个打去，老张总是打哈哈，应付过去完事。

老王见找老张白搭，就上楼去跟小伙子们交涉，小伙子们听是听了，可管不住自己的腿脚，还是闹腾依旧。

有一次，老王实在挨不过去了，一冲动就报了警，110"呜拉呜拉"地开进了小区，一问是这事，把双方各训了一通，走了。

这以后，楼上似乎清静了一阵，老王也慢慢能睡着觉了。

谁知好景不长，又一天晚上，楼上重新炸开了锅，震得楼板地动山摇——好像在跳舞！

老王怒气冲冲地到了上面，门开了，果然里面在狂欢！

没有等老王开口，开门的一个小伙子说话了："大叔，我们明天就要搬走了，今夜就让我们好好放松一晚吧！"

老王二话没说，扭头下楼了，这一晚，他心里特别安逸。

楼上这帮"讨债鬼"走后，老王去找老张商量：能不能不再向外出租房子？

老张听了不屑地说："我的房子我做主，放着这么好的地理位置不出租挣点外快，傻啊我？"

老王被噎得说不出话来，怏怏地回到家里，一看，家里来客人啦，原来老家的亲戚从乡下来了，说要在城里找工作，正愁没地方住。

老王眼睛一亮，说："我可以帮你们租套房子！"

亲戚连忙道谢。

老王屁股还没挨座就返回去找老张，说是有人要租房子，并且这一租就是两年。

老张奇怪地看着老王，百思不得其解：刚才还阻止我出租房子呢，现在又赶着找上门来了，真有点搞不懂！

这回房子租出去后一年多，老张

再没接到过老王的"投诉电话"了。有时候在小区里碰着，见老王红光满面，反比过去更有精神了。

两年后，租期满了，老王竟又乐滋滋地跑来找老张，帮房客签续租协议。

这下老张可纳闷了：看老王鞍前马后的热心劲儿，好像在帮他亲儿子租房子一样，前后这么大的变化，到底怎么一回事呢？老张心里揣着谜团，这天，闲来无事，他决定回家一看究竟。

老张进了单元楼，经过老王家时，犹豫了一下没敲门，他想先到自己家看看。

敲了敲门，开门的却是老王，看来经常串门啊，怪不得老王没怨言了，原来是和房客搞好关系呢。

老王看见老张，一愣，赶紧把他往屋里让，老张一进屋，眼睛顿时瞪圆了：这屋里的摆设，怎么跟原来老王家的一模一样啊？老张狐疑地回头看着老王，老王脸上有几分不自在。坐下后，老王递上一杯茶，才慢慢将原委一一道来：

原来，老王的亲戚租了两年的房子，因工作不好找，只住了半年就离开了，去另一个城市谋生。临走前，经过协商，老王自己掏钱，退了剩下的房租给他们，亲戚千恩万谢地走了。老王心想，可以把房子继续租给别

人，挣回这一年半的租金。要租房子的人还不少，他挑了一个看上去不会闹腾的租房人。那天，租房人看房子时不经意说了一句："房子不错，可惜不是一楼。"老王一听，灵感来了，他突然想到把自己的房子腾出来出租，自己老两口住老张的二楼房子，这样一来，一楼出租，很多做生意的可以用来当仓库储物，租金要高出好几倍，而自己又可免遭二楼的"骚扰"，一箭双雕的好事，何乐不为？

就这样，老王搬到了二楼，一楼房子出租。老王对老张说："如果你同意，我想长期租你的房子住！"

老张听完，张大嘴巴呆坐在沙发上，半晌说不出话来……

（**题图、插图**：安玉民　梁　丽）

14

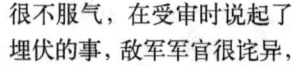

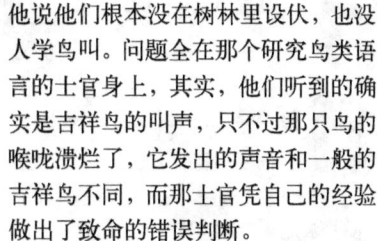

经验也会造成误判

支部队奉命开赴前线援救友军，在穿越树林的时候，他们听到了一声声鸟叫，这时，一个士官十分紧张地告诉带队的军官：这声音听起来像是吉祥鸟的叫声，但绝对不是，他从小研究鸟类的语言，可以肯定这是有人模仿的，这树林里有埋伏的敌人！

带队的军官意识到问题的严重，立即做出决定撤退，于是部队不得不绕路前进，因此延误了战机，等部队赶到战场时，友军已被敌军消灭，他们的部队也被敌人围歼而全军覆没。带队的军官被俘虏后很不服气，在受审时说起了埋伏的事，敌军军官很诧异，他说他们根本没在树林里设伏，也没人学鸟叫。问题全在那个研究鸟类语言的士官身上，其实，他们听到的确实是吉祥鸟的叫声，只不过那只鸟的喉咙溃烂了，它发出的声音和一般的吉祥鸟不同，而那士官凭自己的经验做出了致命的错误判断。

（作者：李景香）

讨　债

一家公司有一笔30万元的货款久未进账，老板数次派人追讨都毫无结果，于是老板宣布：谁能讨回货款，将给予10万元的奖金。员工纷纷请缨出马，结果都无功而返。

一个来公司不久的大学生愿意去讨债，老板先是将信将疑，可三天后，大学生果然将20万元交到老板手里，众人都问他是怎么将钱讨来的。

大学生的方法其实极其简单：他对欠债人说，所欠30万元货款，只需交21万元，就算全部结清，并立下字据，保证日后不再追讨。对方一听，便欣然把钱交了出来。于是，大学生把20万元交给老板，自己留下1万元作为奖金。众人一听，无不顿足懊悔，当初，他们都想要足10万元奖金，而最终却是一分也得不到。

（作者：佚　名；推荐者：赵景亮）

夏日最后的玫瑰

有一对情侣，恋爱五年，小伙子每次向姑娘求婚，她总是对他说，再等等。

一天，这对情侣在街头漫步，街头有个卖花的男孩在向行人兜售鲜花。男孩的衣服有点脏兮兮的，正在央求一个穿西装的男人买一朵玫瑰，却被那男子辱骂了。

就在男孩被突如其来的辱骂吓得神色慌乱时，小伙子走到男孩面前，俯下身来，用手爱怜地拍了拍男孩的肩膀，说："孩子，别灰心，虽说现在早过了情人节，但玫瑰一样是纯洁高贵的，像这样高贵的玫瑰也不是所有的人都配买的！"小伙子掏出十元钱，买了两朵玫瑰，一朵送给女友，一朵送给了男孩。

那一刻，姑娘被感动了……

是的，爱一个人很难，但有时也很简单，甚至简单到只需为她买上这样一朵夏日最后的玫瑰。

（作者：钱永广 推荐者：罗幕轻寒）

上帝手里只有稻草

三个水手遭遇海难，在海里漂了很久，他们浑身冰冷，精疲力竭，向上帝哀声祈祷。上帝听到他们的呼救，送去几根稻草解救。

稻草缓缓漂来时，第一个人马上看出它很轻薄，知道它根本不能托起一个人的重量，便在瞬间生了绝望之心，很快被海浪吞没了。上帝说："你洞察了一切，也就抛弃了一切，你是一个明眼盲人，我无法救你了！"

第二个人将几根稻草看成了一根圆木，他立时感到了生还的希望，于是向它奋力游去，很快到了"圆木"跟前，却发现到手的只是几根稻草，于是他心灰意冷，立即沉入了海水之中。上帝说："幸运也是不幸，一心求成的人，我也无法救你了！"

第三个人也把漂来的稻草看成了圆木，可他不慌不忙地向它游去，但在海流的作用下，他向前游动几米，"圆木"便向前漂动几米，希望一直在他眼前，不知不觉中，竟游上了岸。上帝说："你的拙眼把稻草看成了圆木，你的静心又最终保全了谜底。愚笨的聪明人，你逼迫我不得不救你了！"

天使对上帝的玄妙说教感到疑惑，问道："既然打算解救他们，您为何不干脆送去圆木或者舢板呢？"

上帝说："我手里只有稻草。"

（作者：寇士奇 推荐者：罗幕轻寒）

（本栏插图：安玉民 梁 丽）

学写作文，从读故事开始

·我的故事·

请你帮我答道题

□ 陈登岭

我大四实习那年，正巧国家号召大学生下乡支教，作为师大学子，我更是热血沸腾，于是主动请缨，来到大山深处的门头小学，做了一名支教老师。起初，我还觉得自己蛮了不起的，甚至有点伟大，那些光秃秃的山、硬邦邦的石头，在我眼里，无不充满诗情画意。本以为三个月的支教生涯，会成为我一生中最浪漫的回忆，谁知还剩最后一个月时，学生的一个问题，深深震撼了我的心灵，由此改变了我的人生轨迹。

那天早上，我正在上课，忽然传来一阵叫喊声，那声音由远而近，十分急促："陈老师，陈老师——"我回

头一看，只见一个半大的孩子，满头大汗地跑到教室门口。这孩子叫二娃，本来是我班上的学生，他有点儿弱智，加上家里又穷，已经辍学好长时间了，今天怎么突然来了？

二娃站在门口兴奋地说："陈老师，俺……俺有学费了，又……又能上学啦！"他一高兴，说话就结巴起来，我听了半天才弄明白是怎么回事：原来他姐姐大丫进城打工，寄回了学费，要他来复读。我一听，很替他高兴，就让他坐到最后一排听课。

那一节课，我发现二娃总是一副心不在焉的样子，好不容易挨到下课铃响，我收拾好课本，准备宣布下课，就在这时候，二娃突然高高地举起了手，我点点头，让他有问题快问，谁知那小子一抹鼻涕，居然开口问道："老师，啥叫坐台呀？"我一听，脑袋立马大了，沉着脸训斥道："小毛孩

家，问这干什么？"二娃见我发火，便耷拉下脑袋不吱声了。

这时，班长山杏站起来，说："老师，二娃的姐姐大丫在城里坐台，挣钱给他上学，大家都说她不学好，是这样的吗？"我愣了片刻，一时想不出答案，只好勉强答道："坐台嘛……就是坐在讲台上，给学生上课，这没什么不好的呀！"话刚说完，又有学生问我："那老师你上课不是站着吗？大丫为什么坐着？"

"当然是因为城里条件好，老师也有凳子坐，这样上课就不累了。"我怕他们没完没了地问下去，便胡乱搪塞两句，赶紧走出了教室，还没走几步，只听身后二娃在兴奋地叫嚷着："哦，我姐姐是好人，我姐姐在城里坐台当老师了！"

那声音，清亮得像早晨树林子里的一声鸟叫，而在我听来，心头却是沉沉的，我没来得及多想，刚出教室门，迎面遇见了老校长，他告诉我说，一个月后的期中考试，乡里要抽考，成绩最好的学校，能得到一笔不小的补助，这笔钱对学校来说太重要了。言下之意，是要我在这一个月的支教期内，一门心思，教出成绩来，帮他争取到这笔补助。我当即一拍胸脯，信誓旦旦地作了保证："你放心，这事包在我身上，拿不到全乡第一，一个月后我就爬着回城！"其实，我

说这话并不是毫无根据的，据我所知，这个乡太偏僻，除了我，再也没有别的大学生来支教，况且两个月来，我教的学生，成绩明显有了进步。我堂堂一个师大高材生，把他们那些乡下教师比下去，那还不是张飞吃豆芽——小菜一碟？

吃了我给的定心丸，老校长把上课铃摇得更欢了。上第二课时，我回到教室，孩子们起立向我问好，我照例点一下头，示意大家坐下，话音刚落，却听后面"骨碌碌"一声响，那二娃竟然一屁股坐倒在地上，惹得全班同学哄堂大笑。这个调皮鬼，一来就不安分！我走过去，正要朝他发火，却见他坐的不是凳子，竟是一个圆咕隆咚的树墩儿，难怪坐不稳呢。我问他的凳子哪去了，他"嘿嘿"一笑，说："老师，我们说好了，从今天起，大家轮流坐树墩儿，腾一张凳子给你坐——你也应该像城里的老师那样坐台！"二娃刚说完，班长山杏接着说："我们山里虽穷，也不能让陈老师累着！"我一回头，果然看见讲台旁有一张凳子，看着孩子们一双双天真无邪的眼睛，我哭笑不得，只好坐着讲起了课，成了"坐台先生"。

这一个月里，我使出浑身解数教学生，孩子们也很用功，成绩"嗖嗖"地往上蹿，特别是二娃，他自身条件差，缺课又太多，学得很吃力，我便在课后给他开小灶，渐渐地他也算

是开了点窍。当那个圆树墩儿由最后一排转到第一排时,抽考结果终于出来了,我一瞧名次,顿时傻了眼:我们居然排在第二名,离第一名就欠那么一口气! 我仔细查找原因,原来问题出在二娃身上,他的应用题全军覆没,考了个倒数第一,这一下就把平均分给拖了下来。没能兑现对老校长的承诺,我是既懊恼又羞愧,公布成绩时,我从高分开始报,当最后报到二娃时,我终于控制不住自己,叹了一口气,说:"二娃,你要是能做对一题,老师走得也安心了。"二娃一听,深深地埋下了脑袋。我不忍心责备他,随手罚了他一道作业题,便宣布放学。

当晚,老校长把我喊到他家里,他整了一瓶廉价白酒和几样小菜,安慰我说,虽然补助的事黄了,不过我已经尽了力,三个月的支教期已满,明天上完最后一天课,我就要走了,他代表门头小学的孩子们为我饯行。我张了张嘴,却不知如何开口。老校长好像猜中了我的心思,指了指酒碗,我端起来,一扬脖子,"咕嘟咕嘟"喝了个底朝天,顿时觉得脸上火辣辣的,两行泪水不争气地淌了下来。

那晚,我醉得一塌糊涂,一觉就睡过了头。

第二天早上,我还躺在被窝里,突然,传来一阵敲门声,老校长扯着嗓门在外面喊。我一下惊醒了,发现

太阳早就爬上了山头,肯定是老校长看到教室里没人,来催我上课了。谁知开门一看,他后面还跟着二娃他娘,她一双眼睛哭得又红又肿,像个桃子似的,说是二娃不见了,一夜都没回家。我一听慌了,连忙到教室问其他学生,可大家都说不知道。

我和老校长商量了一下,决定把学生分成两组,我带一组去前山,老校长带一组到后山,无论如何都要找到二娃,可是一直折腾到傍晚,一点

线索也没有，这二娃就像人间蒸发了一样，活不见人，死不见尸。

第二天，我们还是不甘心，这么大的孩子了，就是遇上野狼、野猪什么的，也该留点儿痕迹呀！这次我们扩大了搜索范围，却仍是一无所获，大家的心开始沉了下来。我一边找，一边在心里拼命地骂：二娃呀二娃，你这个害人精！怎么早不出事，晚不出事，偏偏我要走了你却来事了？

一连找了三天，大家都绝望了。我看着打点好的行李，再看看肝肠寸断的二娃娘，走也不是，留也不是。老校长一看时间，进山的班车快到了，他安慰我说："陈老师，你先走吧，这事我担着。"

我默默地背起行李，在老校长的陪同下，踏上了回城的山路，在我身后，像尾巴一样，拖着一大帮山里的孩子。

我不敢回头，也不忍回头，我是一个败兵之将，根本没有勇气再看他们一眼。前面那道山壁，就是"门头"了，它就像一户人家的大门，这村子也因此而得名。我紧咬嘴唇，快走几步，想早点绕过去，好脱离他们的视线，就在这时候，突然，从门头那边转出了一个熟悉的身影……天！那不是二娃吗？我简直不敢相信自己的眼睛，扶了扶眼镜细细一看，果然是二娃。二娃也看见了我们，飞快地跑了过来。

我压在心里的那块石头重重落了地，一把搂住他，不由失声痛哭："你这个臭小子，死哪去了？让大家多担心呀！"

二娃嘴巴一咧，也哭了："老师，你……你走了，就没人来上课了，俺……俺想把大丫姐找回来，好换你坐台……"

这个傻小子，因为我随口的一句话，居然冒出了这么个想法，还以为把在城里"坐台"的姐姐找回来，真能替代我上课，我呆若木鸡，半天说不出话来。

说话间，二娃的小伙伴们全都一拥而上，哭成了一片。二娃一抹眼泪，又说："老师，你放心走吧，俺知道答案了，俺能做出一道题来了。"

我疑惑地接过他的作业本，翻开一看，不由傻了眼 这是那天放学时，我罚他的那道数学题——"从门头村到县城一共120公里，班车每小时开40公里，多长时间到县城？"二娃的答案居然是6小时，"老师，俺坐车进城，总共花了6小时，我做得对吗？"

看着二娃焦急的样子，他那双眼睛如山泉般纯净，我的心不由莫名地颤动起来，我不知道他这6小时是怎么走的，我哆嗦着手，从兜里掏出红笔，在那答案上打了一个大大的红勾。二娃一看，咧开嘴，甜甜地笑了……

（题图、插图：谭海彦）

20

城里的

□ 王兴莱

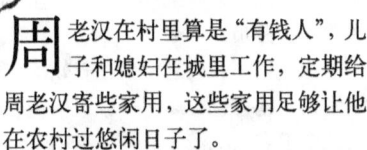

周老汉在村里算是"有钱人"，儿子和媳妇在城里工作，定期给周老汉寄些家用，这些家用足够让他在农村过悠闲日子了。

明天周老汉的孙子毛毛6岁了，他打算去城里给孙子过生日，为此临走前，他把手头的钱凑凑，又卖了两口袋豆子，凑了八百多块。

周老汉觉得很体面，怀揣着八百多块，喜滋滋地出了院子。

刚出院子，家里的大黄狗就追了出来，周老汉见大黄狗来送他，心中一喜，扬起一张票子，说："走，给你买块肉去！"村里人纷纷投来羡慕的眼光，周老汉更是得意洋洋。安顿好大黄狗，周老汉出了村口，坐了快四个小时的长途车，到了儿子周成所在的城市，当天晚上，周成一家三口开着车，带着周老汉出去吃饭，路上，周老汉说："一会吃饭我结钱，我要请毛毛吃饭。"没等周成说话，儿媳妇开了口："爸，瞧您说的，怎么能让您掏钱，您这么久才来一趟，就是吃上十顿八顿的，也都该我们请。"

一番话说得周老汉心里美滋滋的，他虽然没再开口，却已经打定主意："吃完饭，钱还得我出。"想到这，他又摸了摸心口窝，钱疙瘩还在！

一进饭店，周老汉就被唬住了：头顶的四方灯得有一丈宽，亮得吓人，到处都是亮晶晶的。四人刚坐下来，孙子毛毛早把菜单抢了过去，点了一对乳鸽，一盘基围虾，周成补了四个菜，要了一瓶白酒和两瓶苹果

汁。这顿饭周老汉吃得很开心，到底是城里，菜好吃，一瓶酒也被爷俩给喝光了。

酒足饭饱后，周成把服务员叫过来结账，这时，周老汉一挥手："说好了，我来结。"周成笑笑："爸，你的钱还是留着吧。"周老汉一听，急了："咋？你老子的钱不是钱吗？我是请我孙子吃饭，又不是请你！"

眼见父亲急眼了，周成只好让周老汉结账，看到自己斗败了儿子，周老汉得意地伸手去解中山装的纽扣，

这时，服务员笑眯眯地站到了周老汉身边："大伯，您好，一共消费七百八十元。"一听到钱数，周老汉彻底傻了，他没想到一顿饭会这么贵，可自己是争着要付的，现在骑虎难下，只能硬着头皮往外掏钱了，不过解扣子的手顿时慢了下来。

周老汉"窸窸窣窣"从里面的兜里摸出一团旧手帕，这当儿，连服务员在内的其他四个人全都瞪大了眼，盯着那一团旧手帕看，周老汉一层一层剥开，布团越来越小，手帕全部剥开后，里面还有一层旧报纸，再剥开旧报纸，才是一卷卷得紧紧的人民币，展开后一数，不多不少八百块，四个人都有些失望，大家都以为老头子的布包里裹着不少钱呢，而周老汉呢，则依依不舍地把那八张票子全部递给了服务员。

回到家里，周老汉坐在软软的床上发呆，越想越心疼，一顿饭就把自己的全部家当吃没了，当爷爷的来给孙子过生日，一块糖没买，八百块钱就剩下二十了，这明天还咋再在这儿过呢。

这时，门开了，周成走了进来，他和周老汉聊了几句后，若无其事地掏出一叠钱："爸，这是八百块，您拿着吧，那顿饭无论如何也不能让您掏钱啊！"知父莫如子，其实周成早瞧出来了，老头子太心疼那八百块钱了，就连周成媳妇也看出来了，所以一回

家，周成媳妇就催促周成拿八百块钱给老头子。周老汉一贯死要面子活受罪，本想接过那叠钱，可嘴里反倒推辞起来："花都花了，还给我干吗，又不是外人！"周成笑笑，把钱掖到枕头底下，出去了，周老汉连忙说："大成，我收下这八百块也行，明天你替我问问毛毛，想要什么，现在过生日都时兴买礼物，我这个当爷爷的更得送他一样。"

第二天正好是星期六，一大早，毛毛就闹着要去商场买生日礼物，休息了一夜，周老汉的兴致大为高涨，也催促周成带着他去送礼物。爷仨匆匆吃完早饭，就开车去商场了。

到了商场，毛毛很快看上一款外国进口的机器狗，会叫、会踢球、会变形，毛毛喜欢极了，抱着不松手。不等周成发话，周老汉就拍板决定买下来，他拿着单据去收银台交钱，周成赶紧跟了过去："爸，我来付钱吧？"

周老汉脸一沉："那哪行，说好我付的。"周成笑笑不再说话，可还是跟着周老汉来到收银台，收银员接过小票，敲了两下电脑："您好，一共一千四百五。"周老汉捏着八百块钱的手顿时停在了半空中："多少？"

收银员重复了一遍："一千四百五。"周老汉本以为也就百十来块钱，一个玩具能有多贵？这下丢人丢大了，自己有心结账，可只有八百块钱，就在周老汉进退两难的时候，周成从后面递上了信用卡："你好，刷卡吧。"

结完账，爷俩回到卖玩具的地方，周成见老爷子闷闷不乐的样子，便抢着说："毛毛，赶紧谢谢爷爷，这是爷爷送你的生日礼物啊！"

毛毛开心极了："爷爷真好，爷爷一点都不小气，给我买这么好的生日礼物。"周老汉尴尬地笑笑："毛毛喜欢就好。"

回到家里，周老汉更加闷闷不乐，装在裤兜里的八百块钱捏出了汗，越捏越心虚，八百块钱自己还以为挺多，可连买个玩具都不够，这城里就是城里啊，这哪像过日子，简直就是烧钱嘛！

吃过午饭，一家四口正在看电视，周老汉心里还惦记着怎么把这八百块钱花出去，就在这时，周成家养的那只松狮狗突然病了，趴在地上一动不动，嘴角不停地往外吐唾沫，周成夫妇吓了一跳，毛毛更是吓得"哇哇"大哭，周成一家赶紧开车带着松狮狗去看宠物医生，临出门前，周老汉赶紧说："我跟你们一起去吧。"周老汉想跟他们出去，是有目的的，他想找个机会把钱花掉！

到了宠物医院，医生很快诊断出松狮狗的病症，打一针就好，给狗打完针后，宠物医生说："你们家的狗品种这么好，给它做个养护套餐吧？"

周成问："多少钱？"

宠物医生拿着计算器算了算："连刚才的针药诊断费一共七百二。"

周成看了妻子一眼，妻子点点头，可站在一旁的周老汉傻了，天哪，给狗看病就要花这么多钱，一条狗才值多少钱啊？怪不得儿子打电话回家，总说压力大，哼，压力大？这么活法，人挣钱狗享受，压力能不大吗？

接下来的一幕，周老汉更感到不可思议：那个医生居然打了满满一盆水，给狗洗起了澡，然后拿起剃头刀，给狗理起了发；接着，拿着牙刷给狗刷了牙，剪刀、剃刀、镊子、牙刷、大刷子、电吹风全用上了，如此折腾了将近两个小时，松狮狗开心地"汪汪"叫了两声，喜得周成一家三口全笑了。周老汉呆呆地看着儿子一家三口乐陶陶的样子，张了张嘴，又把话咽到了肚子里。到了结账的时候，周成的妻子发现钱包落在家里了，宠物店里又不能刷卡，周成只好想着"征用"老爷子的八百块钱。

周老汉把攥出水的八百块钱从裤兜里掏出来，递给周成的一瞬间，周老汉难过死了，两口袋豆子，省吃俭用存下的钱，居然用在了狗身上，一辈子刚强的老头，泪都涌到眼圈边上了！

宠物医生刚想找钱，周成的妻子接着说了一句："不用找了，干脆再来一袋狗粮，家里没多少了。"

那医生递给周成一袋狗粮，另外又塞过一张小卡片，说是这个牌子的狗粮在搞有奖促销，中奖率挺高的，周成顺手把卡片递给周老汉："爹，你来刮吧，看看能不能中奖。"周老汉连忙摆手，儿媳妇却开口说："爸，您就刮吧，我听人家说，挣得少的人才能得大奖，我们收入比爸多，让爸刮吧。"

周老汉只好刮开那张奖券，然后递给了周成，周成接过去一看，立刻叫道："天哪，爸手气真好，居然中了一等奖。"周成的妻子一把抢过去，也跟着叫了起来。宠物医生说"这位老伯手气真好，中一等奖可不容易，一万袋狗粮才有三个中奖机会，这可是要奖励现金八百八的啊，算来算去你们还挣了八十块！"说着，宠物医生从收银柜里拿出刚才那八百块钱，又数了八十，递给了周成，周成赶紧把钱还给了周老汉。

周老汉在一旁站着，看着，琢磨着，还没明白过来怎么回事，刚才那八百就回到了自己手里，而且还莫名其妙地多了八十，这城里的钱一来一去咋就这么容易？周老汉这下无论如何也忍不住了，眼泪像山泉水一样，"滴滴答答"地涌了出来。

周成夫妇见周老汉哭了，愣了一下，周成笑着说："爸，瞧瞧你，中个小奖咋把你高兴成这样……"

（题图、插图：魏忠善）

谁拯救了驴友

□ 梅永远

赵小戈是个狂热的户外运动爱好者，按照时尚的说法，他是骨灰级的"驴友"。"驴友"们并不喜欢简单的旅行，他们热衷于自发组织登山、攀岩、漂流和穿越等探险活动，充满了刺激和挑战。

赵小戈结婚后，就渐渐退出了"驴友"的行列，现在他的女儿已经十岁了，家里的事他也管得少了，空闲多了，这一天，驴友老蔡来找他，以前，老蔡和赵小戈常常结伴而行，这次，他找到赵小戈，说起了近期组织的一次齐云山支脉的探险活动，这条线路几乎没有人涉足过，让赵小戈很是动心，他思忖再三，心痒难搔，便答应了老蔡的邀请。

好久没有出去了，赵小戈又重新找出了他尘封的装备：帐篷、睡袋、指南针、瑞士军刀、照明灯、医药箱等，他当年这套东西可是相当专业的。

虽然赵小戈做通了老婆的工作，但女儿得知爸爸要出远门，立刻不干了，哭着不让爸爸走，赵小戈哄了好久，女儿终于同意放行，不过，女儿把一个袋子塞给了赵小戈。袋子里装着一个彩色回形针、一根带卡通头像的长吸管、一叠小卡片、一个红色的飞盘，还有别的一些小玩意儿，女儿对赵小戈说："爸爸，我把我的宝贝给你，如果那里不好玩，我的宝贝可以陪陪你。"

赵小戈知道这些东西并无用处，但这是女儿的心意，于是将这袋子小心地装进了自己的大背包。

这一趟走出来，赵小戈觉得真是

不虚此行，这条支脉的山势虽不险峻，但沿途的景色全是原生态的，几乎没有任何人类活动的痕迹，不时还能够看到各种野生动物出没，他们采集到各种标本，也拍摄了许多珍贵的照片。

每前进一段路，赵小戈就觉得自己更加亲近大自然一些，聆听大自然的呼吸，这才是"驴友"们的真谛。

这已经是他们进山的第四天了，

这次出行一共有七个人，大部分都是赵小戈曾经的"驴友"，只有一个叫老丁的不认识。

这当儿，他们在一处清澈的溪流旁歇脚，溪流旁都是巨大的山岩，成为他们天然的桌椅。面对满眼的苍翠，大家无比欢悦，七个人一边吃着干粮，一边讨论着接下来的行程。老丁斜斜地靠在一块大石头上，懒洋洋地咬着一块饼干，突然，他大叫一声，扔掉手中的食物，捂住了自己的胸口。大家赶紧围拢过来，只见老丁呼吸急促，脸上满是痛苦的表情。

老蔡见此情景，脸都青了，他大声喊着："老丁，你怎么了？"

老丁咬着牙说："我的冠心病犯了……"

老蔡一听，眼都瞪直了，他顾不上斥责，忙问有没有药，老丁说背包里有药，于是赵小戈手忙脚乱地打开老丁的背包，找到了一盒速效救心丸，一看，盒里只剩下没几粒了，赵小戈赶紧将药丸倒到掌心里，老丁接过药丸，脖子一仰就要往口中倒，忽然，他一阵疼痛，全身剧烈地一抖，这一抖可坏事了，竟把手中的药丸全部撒落，纷纷滚入脚下两块巨石间的缝隙中！

这一下，众人惊得目瞪口呆，老丁更是面色苍白，大家赶紧找来各种工具，想办法掏那些药丸，可是，石缝间隙很小，药丸落进去，都卡在很深的地方，看得到，手却伸不进去，镊子也不够长，有人找来树枝拨那些药丸，可拨了两下，药丸反而陷得更深了，眼看老丁越来越难受，在场的人全都心急如焚。

赵小戈拿着两根树枝，去夹那些药丸，但是石缝弯弯曲曲的，很难下手，赵小戈夹得满头大汗，费了好大劲儿，才夹出了一粒，可一粒药根本解决不了老丁的问题，大家又手忙脚乱地寻找其他办法，众人带着那么多装备，面对着这样的状况，却束手无策。

大家都在找合适的工具，赵小戈也在翻包里的东西，忽然，他看到了女儿给的袋子，他兴奋地叫了一声："吸管！"

吸管很长，而且是软的，可以伸缩自如地进入石缝。赵小戈跑到石缝边，将吸管对准药丸，使劲地吸气，终于将药丸吸了出来，一粒，又是一粒，将掉在石缝里的药丸全都顺利地取了出来。

老丁服下药，慢慢地平静下来。

老蔡是这次活动的组织者，他厉声批评了老丁，患着冠心病，怎么能参加这种户外活动，这不是开玩笑吗？

老丁叹了口气说："唉，我也是大意了，好长时间都没有犯过了，我以为没事了，所以，连药都没多备，这些还是以前剩下的。"

出了老丁这样的情况，大家放弃了继续深入大山的打算，决定就此返回，也就是在这个时候，一场大暴雨不期而至，紧接着低洼的山谷都被山洪淹没，更要命的是，进山时做的标记都找不到了。

来的时候很顺利，回去的时候麻烦来了，他们走了好久，都只是在这大山深处转圈圈。

队伍中有两个人的手机都是带GPS导航的，可是在这深山里手机没有信号，仅仅能够进行卫星定位，这对他们的帮助并不大。

这一行人都有丰富的野外生存经验，还带着指南针，但此刻好像都失去了作用，七个人居然迷失在这名不见经传的山窝子里！

眼下已是进入群山的第七天了，他们还是没有找到出路，老蔡曾经带着大家爬上过山顶，可四处望去全都是茫茫的森林。

老丁虽然没再犯病，但继续耽搁下去，食物供给很快就会出问题，不仅是食物，因为迟迟找不到出路，队伍内部还发生了分歧，老蔡要带领大家沿着森林里的一条溪流走下去，他挥着拳头，试图鼓起大家的勇气"这里的溪流必定会流出森林，汇聚到山外的河流，沿着溪流走，一定有出路！"可是老丁不同意，他的声音有些虚弱："山间的溪流都是七弯八绕的，这样走下去，也许还没到头，我们已

经饿死了。"

于是，队伍分成了两派，两派之间发生了激烈的争执……赵小戈没有参与争吵，他开始想念自己的女儿了，独自一个人倚靠在一块大岩石上，翻弄着女儿给的那些宝贝。

这时候，队伍中的分歧已经有了结果：老蔡要带着两个人顺着溪流走下去，而老丁和剩下的人则寻找其他的出路，见此情景，赵小戈立刻大声反对，可是大家并不理会他，眼看就

要分道扬镳了，情急之下，赵小戈大喊一声："请大家听我说几句话!"

大家一听，立刻停住了脚步，赵小戈继续说道："刚才大家在争吵的时候我一直没参与，我在想家，想家人，想女儿。这次出来，我女儿把她平时喜欢的东西装在一个袋子里，给了我。这袋子里放着一根长吸管，正是这吸管，救了老丁的命! 刚才我又看了女儿给的东西，其中有一张卡片，卡片上写了一个小故事，说是天堂和地狱其实没有区别，都是每个人手上拿着一把长汤勺，汤勺很长，无法用它吃东西，但是天堂里的人团结互助，他们用这长汤勺给别人喂，这样每个人就都能吃到东西，而地狱里的人各人管各人，只能饿肚子。我们现在如果不团结，就这么几个人还要兵分两路，势单力薄，遇上情况就很难应付，说不定就会坠入地狱……"

这一番话打动了每个人，七个人又重新站到了一起，可是，等他们历尽千辛万苦，走了三天找到溪流的尽头后，才发现那是一处飞瀑，飞瀑下是一汪深不可测的潭水，他们又失去了方向。

这一下队伍里又炸开了锅，有人抱怨老蔡的错误决策，有人嘲弄赵小戈的狗屁故事，老蔡和赵小戈也很泄气，一言不发，任凭别人数落，但很快大家都选择了沉默，死一般的沉默才最可怕，因为那代表着绝望。

周围依旧是郁郁苍苍的森林，大家两天前已经断粮了，手机也没电了，七个人一时间不知道何去何从，甚至连站起来继续前行的勇气都没有了。

不知道沉寂了多久，忽然间，草丛里传来一阵"窸窸窣窣"的响动，众人回头看去，只见一只硕大的狼从林中蹿了出来，大家一阵惊呼，慌作一团，可那只狼猛然间撞上这么多人，也被吓了一跳，它吼了一嗓子，掉头就跑开了。

这时，老蔡大喊一声："兄弟们，快跟上，那是条狼狗！"大家一听这话，像是上了发条一样，拔腿就跑。既然是条家养的狼狗，那就意味着附近有它的主人，跟着它跑就一定能找到出路。

狼狗发现一群人追着它，就更加狂奔起来，狗跑得快多了，很快就要消失在树丛中。

这是大家逃出深山的最好机会，机会转瞬即逝，失去机会就意味着走上绝路，一群人跑得气喘吁吁，却又急得六神无主。

就在这个时候，突然间，一个扁扁的东西在半空中划出一道美丽的弧线，飞到了狼狗的前头，那狼狗腾身跃起，一个侧扑，稳稳地将那扁东西一口咬住。那是一个儿童玩的塑料飞盘，正是赵小戈的女儿给老爸的又一个宝贝。

狼狗叼着飞盘，迟疑地朝赵小戈等人观望着。

赵小戈叫大家止步，然后轻声地呼唤着那条狼狗，狼狗迟疑一会儿，终于撒开四腿，跑到了赵小戈的身边，赵小戈从它口中取出飞盘，又朝半空中掷去，狼狗又飞奔着将飞盘叼了回来，几次嬉戏，那狼狗便和赵小戈亲昵得很了。

就这样，一条陌生的狼狗带着赵小戈一行人找到了狗的主人，狗的主人是一位猎人，他说，他经常和自己的狗玩扔飞盘的游戏，而赵小戈眼看狗要跑远，突发奇想，也是因为女儿经常和自家的宠物狗玩这个游戏。

七个人从地狱重新回到了天堂，所有人都没想到，他们这么丰富的野外生存经验和工具都失去了作用，只是一个小女孩的几件玩具拯救了他们，赵小戈说，这几件东西，都是女儿的心爱之物，她见爸爸要出远门，就把自己最心爱的东西给了爸爸，他能逃离深山不是因为玩具，而是因为女儿的爱和他一路随行。

赵小戈回到家后，可饿坏了，他对着满桌子的大鱼大肉，吃得不亦乐乎。

女儿看着他的馋相，不满意地说："爸爸，你真笨，我还给了你一个回形针，你不会把它弯成鱼钩、钓儿条鱼来吃啊？"

（题图、插图：魏忠善）

人各有道

□ 高 菁

取 痣

常言道："想要成功，就要耐住寂寞。"这话说说容易，做起来却难得很呢。就拿刘帅来说吧，前阵子他的书法作品在省里展出，从众多书法家中脱颖而出，夺得金奖，也就在这时候，烦恼来了。

刘帅在文化馆工作，馆长知道刘帅得奖的消息后大喜过望，决定为他举办个人书法展，借此拉动"商机"，可是书法展办了两天，展厅内却冷冷清清的，没人气，自然也没有财气，刘帅的三十几幅作品，竟然一幅也没卖出去。馆长面色有些凝重，而刘帅更是羞愧难当，再加上妻子成天抱怨他的字变不成现钱，刘帅恨不得挖个地洞钻进去。

就在刘帅无地自容的时候，忽然听到外面有人好像在喊"取字"，他一惊，探头一看，只见文化馆大门一侧有一个中年男人，正扯起嗓子在喊，

身边还立着个招牌，上面写的是——"祖传秘方取痣"。刘帅见了，自嘲地自言自语："我写字你取字（痣），难怪我的字卖不出去，晦气！"

取痣人的叫卖声引来了不少路人，他的摊前人头济济，可就是没人拐进展厅去看刘帅的书法，刘帅干瞪眼，没辙。

到了中午，还没人光顾展厅，倒是那个取痣人优哉游哉地踱进了展厅，他在这幅字前望望，那幅字前瞅瞅，还对着刘帅讨好地笑笑，刘帅心里对他有气，板起脸不理他。取痣人回去后，摊前很快又围满了人，刘帅有点好奇，也闲着没事，就走了出去，挤在人群里，想看个究竟。这当儿，只

见取痣人正在给一个女人取痣，他用一根极细的铁丝，从一个小瓶子里粘一点腥红色的液体，涂在那女人脸上的黑痣上，嘴里说道："放心，我这是祖传秘方，我天天都在这儿取痣，一周以后，要是痣不脱落，你来找我好了。"刘帅凑上前去，问："取一颗痣，多少钱？"取痣人见是刘帅，也算是个熟人了，便笑呵呵地说"取痣论颗数不论大小，一律五元。"

刘帅大吃一惊：乖乖，一颗痣五元钱，有的人一下要取十几颗呢，这就得几十元，这家伙纯粹是暴利呀！而且来取痣的都是女人，个个打扮得时髦光鲜。如果平均每天有十个人来取痣，每人掏几十元，这取痣人每天就可以收入几百元，再加上他还能修脚挖鸡眼，比自己写字强多了啊！

临近下班前，取痣人又走进展厅来看刘帅的字，这回刘帅笑容可掬了，他说："老兄，我看你手艺不错，把我脸上这几颗痣也取了试试？"

取痣人看看刘帅的脸，既坚决又神秘地说道："老弟，你这一脸的痣，除了眉毛上和下巴上的不能取外，其余的都该取掉。"

刘帅问："这个也有讲究吗？"

取痣人指着刘帅眼睛下面的一颗痣，一脸认真地说："当然有讲究啦，比如，这叫'流泪痣'，不取的话，要流不少泪。"

刘帅想想，说："先取一颗吧，看看疼不疼，留不留疤痕。"

取痣人一脸傲气地说："放心，我这是祖传秘方，姑娘们都找上门来让我取呢！"说完，取痣人拿出一个本是装青霉素注射药的小瓶子，瓶里面是一些腥红色的糊状物。

刘帅不相信地问："你这药是用什么配的呀，是硫酸吧？"

取痣人没有做声，而是用一根极细的铁丝粘了一点瓶里的糊糊，涂在刘帅眼下的一颗痣上。过了一会儿，刘帅感到一阵灼痛，"哇哇"大叫起来；又过了一会儿，灼痛感就过去了，刘帅照了照镜子，脸上没什么异常，便掏钱付给那取痣人，不料却被他拒绝了，取痣人笑笑说"我是个书法爱好者，很想跟你交流交流，这点钱就当学费吧。"刘帅听了，忽然觉得自己像明星了，不过这一丝丝得意很快就烟消云散了，刘帅知道自己仍旧是一个连一幅字都卖不出去的穷光蛋。

两人又攀谈了很久，刘帅得知取痣人叫商新，他这取痣的摊子居然已经在文化馆门前摆了好几年，可刘帅却从来没正眼瞅过他，几乎不知道还有这样一个人存在。

偷 艺

商新的手艺果然好，一周后，刘帅眼下的那颗痣居然真的不见了，他高兴啊，于是便对眼前这个貌不惊人的取痣人由衷地钦佩起来，也开始关

注起商新这个取痣摊子。

相比商新，刘帅的日子不好过呀，馆长的脸色越来越难看，老婆一气之下回了娘家。看到商新生意总是那么好，而自己书法展上的作品却卖不出去，眼见着艺术比不上手艺，刘帅心头像着了魔似的，他决定找商新拜师学艺。

那天，刘帅和商新闲聊，半开玩笑地说："老兄，收我做你的徒弟吧。"商新吃了一惊，神色慌乱地说："这可使不得，我哪有资格做你们这些文人的老师，你别逗我了！"

刘帅表情有些严肃，说："老兄，我确实想学这门手艺，做你的徒弟。"

商新见刘帅一脸真诚，叹了口气，说道："不瞒老弟说，我还真想收一个徒弟呢，但我这门手艺是祖上传下来的，只传子，不传女儿和女婿，唉，偏偏老天爷又没给我个儿子，这门手艺怕要失传喽。老弟啊，虽说这行当来钱快，却不是你这号书法家干的事啊，有辱斯文呐！"

刘帅有些失望，商新的话其实已经婉拒了他，于是，他又开玩笑地说："跟你说着玩呢，像我这样的书法家，怎么好意思蹲街边摆地摊呢……"

商新脸上立刻变了色，喃喃地说："是啊，我们这号人多下贱呐，我真羡慕你啊……"

眼看这"正面拜师"失败了，刘帅只有采取第二套方案了，他找了个和商新一模一样的瓶子，又花了两天时间，搞出一种外观跟商新瓶里的糊

糊几乎一样的东西。这一天，他暗中揣着瓶子，去找商新闲聊，到了摊前，只见商新正在给一个男人修脚，刘帅走上前去，打着哈哈说："老兄，你的手艺真不错呢，给我取的痣一点疤都没有，我再来取一颗。"

于是，刘帅坐到商新身边，有一搭没一搭地闲聊，趁商新不注意，飞快地将两个瓶子掉了包。为了不让商新怀疑，他没有马上走掉，装模作样地等着商新给他取痣，药早就掉包了，现在商新手头的瓶里装的可是刘帅调弄的"糊糊"。为了装得像，刘帅不动声色地让商新给自己上了药，然后又坚决地付了钱，这才揣着一颗"怦怦"直跳的心走了。

回到文化馆，刘帅赶紧到了洗手间，关上门，洗掉了脸上自制的"糊糊"，抹上了偷偷换到手的药，接着，他咬牙花了几百块钱，到药检局去化验糊糊里的成分。

几天后，刘帅正在文化馆上班，忽听门外传来争吵声，一个女人尖着嗓子嚷道："这种破手艺还出来摆摊挣钱？花了我几十块钱，脸上的痣一点皮都没脱，骗钱的吧？"

刘帅赶紧走到门口，一看，商新正和一个女人在争执，他激动得声音都变沙哑了："骗钱？哪个骗钱？我取了半辈子痣，还从来没有取不了的痣呢！"那个女人要拖商新去"消协"，刘帅赶紧冲出来对女人说："肯定是皮肤的差异，你看，我也是前几天找他取的痣，疤痕都还看不到一点儿呢。"女人看了看刘帅脸上的痣，没再多说，最后要商新给她退钱，刘帅帮商新爽快地答应了。

女人走后，商新闷闷不乐地收拾自己的东西，刘帅以为他是为赔钱的事难过，便安慰他，劝他别跟女人们计较，哪料想商新忽然"哈哈"大笑起来："计较？哈哈哈，多有意思啊……骗子，我竟然成了骗子，太好了，感谢她帮我揭了这块疤！"看到商新的样子，刘帅为自己偷艺的行为而惴惴不安，但想起这么多年清贫的生活，想到跟着他从没享过一天福的老婆，想到没有"钱途"的未来，他在心里默默地说：老兄，对不住了！

可奇怪的是，第二天，商新的摊子忽然不见了，第三天、第四天都没见他的影子，从此以后，商新从刘帅的眼前彻底消失了……

重　逢

其实商新的消失不过是暂时的。

商新的字从小写得好，时常有人夸他："哎呀，商新，凭你这手好字，长大怎么也是个书法家呀！"说者无意听者有心，商新在心里暗暗下定决心：将来要当一个书法家。可老天没有眷顾他，他没当成书法家，却当了一个乡村小学的老师，而最终他连一

个乡村小学的老师都当不成了：一个下雨天，他让学生在教室里自习，自己在隔壁办公室里练书法，一个学生偷偷溜出教室玩耍，掉到了附近的一个池塘里，淹死了，这一下商新可闯大祸了，学校将他除名了。为了谋生，他从爷爷那里学了一门独特的手艺。

爷爷的手艺其实就是给人取痣修脚挖鸡眼，商新原先一直认为这是世上最下贱的营生，谁承想现如今生活水平提高了，大伙儿爱美了，大姑娘小媳妇俊男靓女都想让自己的脸上光光鲜鲜的，所以取痣的生意一天比一天好，他一干就是十几年。在这十几年里，商新没有忘记当书法家的梦想，每天夜里，他都会练上两小时书

法，就连他的摊摆在文化馆门前，也是有道理的，为的是文化馆里时常有书法的交流、观摩活动。

自从那天商新被人骂了"骗子"后，他觉得自己仅有的一点脸面全丢尽了，他想，人活一辈子，多少还得活出些价值和尊严来吧，自己现在不愁吃不愁穿，为什么不沉下心来在书法上有所建树呢？就这样，商新失踪了，谁也不知道他去了哪里。

几年后，商新回到了这座城市，那天，阳光明媚，正是春暖花开的时节。商新拎着一只黑色的皮包，包里揣着一叠获奖证书。这一次，他底气十足，他要会一会刘帅，跟刘帅平等地交流交流书法艺术。到了文化馆，商新推开了一间办公室的门，一看，里面有男有女，但没有刘帅，商新问："请问刘帅在吗？"

一个瘦高个微微一怔，说："刘帅？他早下海了，都好几年啦！"

那人让商新去落霞街53号找。

商新一路找去，好不容易才在一条僻静的小街上找到了"落霞街53号"，透过玻璃门，商新看到了刘帅，这一见呀，真个是让商新目瞪口呆，张大了嘴巴久久合不上：刘帅脸色红润，意气飞扬，就像商新当年一样，正在为一位女士取脸上的痣！

商新呆呆地站在门前，不知要不要推开面前那扇玻璃门……

（题图、插图：杨宏富）

毕不了业的

□ 向曙红

论文

心理学专业的研究生小王快要毕业了，正在准备毕业论文，他一连送了两个选题给自己的导师看，都被导师给"毙"了。导师的目光一次比一次失望，他说："你怎么总选这些陈旧的命题？人家这方面的论文写得太多了。你要想论文顺利通过，得想一些新颖、讨巧的命题，别跟在人家屁股后面跑。"

导师失望的目光让小王很受伤，他一方面恨自己笨，另一方面，他又暗暗发誓，一定要选出一个新颖、讨巧的命题，让导师对自己刮目相看。

也许是受了导师目光的影响，小

王想到了一个新的命题——《目光暗示对他人心理及行为产生的影响》。写好这个题目之后，他立即上网搜索，想看看这样的命题别人写没写过，一搜之下，搜索结果为零，别人从没写过这样的论文。他好高兴，喜滋滋地拿着题目去给导师看，导师看了也很激动："这样的命题好，我相信，你的论文会通过的；另外，我觉得，这不仅仅是一个毕业论文的题目，它完全可以作为一个课题进行专题研究，说不定还能出成果呢，好好干！"

小王大受鼓舞。

要写论文，就要掌握第一手资料，小王决定，随机找一些人做测试和调查，为论文提供论证数据。他列下了测试和调查的提纲：

一、含怒的目光暗示，对他人心理及行为产生的影响。

二、含笑的目光暗示，对他人心理及行为产生的影响。

……

列好了提纲，小王就开始选择地点进行测试和调查。离学校几站路的地方有一个公园，小王曾经去过几次，公园里有个小湖，堤岸弯曲有致，四周垂柳拂水，环境很幽静，每天晨昏之际都有一些人绕着小湖散步、锻炼身体。小王觉得那里是个做测试和调查的好地方，在那里活动的人男女老少都有，既有随机性，而且覆盖面广，提供的数据应该有说服力。

小王当天傍晚就去了，因为去得比较早，小湖边并没有几个人。小王选择湖堤上一个较显眼的石椅坐下，调整姿势，准备他的测试。

按照计划，小王先是用含怒的目光瞪着从他面前经过的人，看看人家看到他的目光暗示之后有何反应，然后再上前与人谈话，了解人家在看到他的目光暗示后心理层面的反应和变化。小王坐在椅子上等着，大约两三分钟后，过来一个人，二十五六岁的年龄，体壮肌健，短衣短裤，正绕着湖堤小跑。那小伙子快到小王跟前时，小王立即挺直腰板坐直了身体，用含怒的目光瞪着对方。对方看到了，立即放慢了脚步，皱了皱眉，接着也瞪了他一眼。小王想，有反应了呢，得继续看看对方的反应有多大，于是他继续狠狠地瞪着对方，对方有

些恼了，索性停了下来，面对着小王怒声问道："干吗？想找事？单挑还是咋的？"

小王只得收回目光，刚想解释，小伙子晃荡着肩膀走了过来，一拳砸在小王的脸上，正打在右眼睛上，痛得他赶紧捂住了眼睛，小伙子骂了一句："敢瞪我？老子灭不了你？"说罢，小伙子扬长而去。

小王痛得直呻吟，他连向小伙子解释都顾不上了，只顾揉眼睛，心里想道，为了学术研究，只能做出牺牲了。揉了好半天，又过来一个人，是个女孩，长得很俊俏，正围着湖堤慢慢散步，一边散步一边欣赏着四周的风景。一会儿，女孩走到小王身边，小王立即调整姿势，一手捂着受伤的眼睛，另一只眼睛怒视着对方。女孩正悠闲地看风景呢，一双眼睛慢慢就和小王的目光对上了，一看到小王的目光，她显然受了惊吓，一下便止了步，戒备地望着小王。小王继续用含怒的目光瞪着她，她惊慌起来，倒退了一步，惊慌失措地左顾右盼，似乎想寻求帮助和保护。

就这工夫，刚才打小王的小伙子已经绕着小湖跑了一圈，又跑过来了，女孩受了惊吓，情不自禁地往他身边靠近，似乎这样才安全。小伙子豪气万丈，大声说："小姐，别怕，有我呢。"说着话就冲上来，照着小王的左眼又是一拳，骂道："连女孩子都欺

负，你还算男人吗？小样，老子还真不信打不死你呢！"

小王双眼发黑，晃晃悠悠，他什么话也解释不了，只听到小伙子和女孩子离去的脚步声，还有小伙子柔声细语的说话声："小姐贵姓？今后碰到这种小瘪三别怕，谁欺负你你跟我说……"

小王再也张不开眼了，测试自然没法继续下去了，他只得回家。

第二天，小王成了熊猫眼，眼皮肿得像核桃，睁都睁不开，用目光去暗示别人的测试自然做不了，但他不想闲着，交毕业论文的时间很紧，于是，他戴上墨镜，测试做不了就去做调查吧，问问别人在碰到含怒的目光暗示时心理会受到什么影响。

调查还是在公园的小湖边进行，小王又看到了昨天的那个小伙子和女孩子，此时他们正手牵着手亲热地在一起散步呢。这么说来，目光暗示的影响真是巨大啊，不但受测试的人有情绪和行为上的反应，就连这本不相干的两个测试者之间也发生了心理和情感上的反应、牵起手来了！

小王正这么想着，小伙子又看到他了，喝斥道"你还敢来？你以为戴副墨镜我就认不出你了？小

样！"小伙子横着膀子就过来了，还有意拐着双臂，在他那个新女朋友面前显示着强壮的肌肉。

小王心头一沉，对自己说"一个一心想在异性面前显示自己的勇敢和力量的男人，千万惹不得，惹了，只会成就了别人，痛苦了自己。"他是何等聪明的人，知道对方不会听自己解释的，当下再不敢上前，一转身，撒腿跑了。

第二项测试和调查，小王不敢再选在公园的小湖边了，他选择在高尔夫球场。去那里打球的，都是有身份的人，上档次，有涵养，不容易产生误会和冲突，人家也愿意配合调查，结果和数据会更完美些。当然，更重要的一点，自己会更安全。

但是，小王肿胀的双眼一直没好，测试做不了，他急啊，交论文的日子就快到了，完不成论文，几年研究生白念了。就在这时候，女朋友来看小王，见他急得不成样子，忙安慰说"不就是个测试和调查么，我帮你做。"女朋友也是本科毕业，虽然学问不及小王，但做个测试和调查还是不在话下，于是，小王放心地将第二项测试和调查交给了她——用含笑的目光暗示别人时，会对别人的心理和行为产生什么影响。

女朋友按照小王指点的地点去了，但当天，女朋友没回来；第二天，女朋友还是没回来，到第三天，小王实在忍不住了，便打女朋友的手机，女朋友说"我还在调查呢，还没调查完。"

女朋友真是认真啊，这也说明女朋友多么爱他，他交给她的任务，她会那么一丝不苟、不遗余力地去做，小王说："真是辛苦你了，都三天了，你测试和调查了很多对象吧？"

女朋友说："没呢，就测试和调查了一个对象。"

小王惊呆了："三天哪，就测试和调查了一个对象？"

女朋友说："学术研究嘛，当然得仔细。虽然只有一个对象，但我相信，测试和调查的结果是真实的，对你的论文一定有帮助。我将一些心理和行为的反应情况告诉你吧，希望对你有

用——我是在高尔夫球场的门口遇到他的，他是这里的贵宾级会员，开着一辆宝马。他下车时，我用含笑的目光看着他，于是他也用含笑的目光看着我，他还温文尔雅地赞美我，说我长得真美。我也觉得他很帅，不但帅，还很有气质、很有风度，是那种成熟男人的气质和风度。我的心理产生了某些微妙的变化，我看得出来，他的心理也产生了某些微妙的变化。我想约他一起喝茶，但我说不出口，他似乎猜得到我的心思，他主动约了……小王，对不起，我们同居了。我现在正在调查他事业成就方面的问题，越调查就越觉得，我这次的测试和调查做对了……"

到了交论文的日子，小王的样子着实将他的导师和评委吓了一跳：他胡子拉碴，面色蜡黄，整个人瘦了好几圈，几乎只剩皮包骨头了。他的论文更是将大家吓了一跳，只有两行字："目光暗示对他人的心理和行为产生的影响太巨大了，巨大到我没有勇气写出它的论证数据和论证过程。我不敢面对它。"

小王的论文没能通过，这也就意味着他无法毕业、无法拿到硕士学位。他的导师很为他惋惜，评委们则很茫然，其实就连小王自己也很茫然，他不知道自己选择这个课题到底哪里出了错，会弄出这么个局面……

（题图、插图：张恩卫）

定金和订金

□丁昌春

老唐的儿子工作好几年了，谈了个女朋友，这女朋友表示："结婚要到新房子里去。"意思很清楚，不跟老唐老两口子住在一起，要老唐买房子。这也是老唐意料之中的事，现如今有几个媳妇愿意跟老人住在一起啊？好在老唐有这个准备，早就攒了几十万块钱，在银行存着呢。

儿子回来说了，两个人看上了一处刚刚开盘的"蓝韵花园"三室一厅的房子。老唐第二天就去那里看了看，确实不错：户型好，环境好，销售正火呢。老唐问清楚了价格就回去准备钱了，取出定期存折一看，还差两个月才到期呢，现在要是取出来的话，这几十万存款的利息损失可不小呢，想来想去跟儿子说了一下，最后商定先凑几万块钱，交上订金，免得两个月以后看上的房子被别人买走，或者房子涨价。

于是呢，老唐就带上了五万块钱，交给了房地产商，除了收据外还写了一张交付订金的说明："今有唐国明交订金五万元整，拟购蓝韵花园4号楼一单元402户，60日内补齐其余房屋款。"

可情况在不断变化，这段时间里，房子的价格像使了酵母似的，不停地涨，这"蓝韵花园"开盘没多久就卖光了，老伴担心地对老唐说："你还是去看看咱的房子是不是也给卖掉

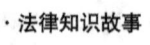

了。"

老唐笑了笑说："别瞎操心，咱是交了订金的，房子卖不了。"不过说归说，老唐的心里也没个底，因为这些年来房地产商玩的花头太多了，于是第二天，老唐就来到了"蓝韵花园"，一打听好高兴，房子每平米涨了300块，自己那100平方的房子就是30000块啊！

老唐一路溜达，不紧不慢地来到自己交了订金的那户房子门前，一看，吓了一跳：怎么有人在装修？难道自己走错？回过头来仔细看了看，没错：4号楼一单元402户。他走进房子想问问，一位年轻人走了出来："大爷，我这装修设计还行吧？"

老唐生气地问："谁让你们装修的？"

年轻人一愣："我的房子我不装修你给装修？"

"这是我的房子！"

年轻人一愣，等弄明白老唐不是在开玩笑，便回身从包里拿出一个本子，递给老唐："认识吧？"老唐一看，是全套的购房凭据，可写的不是自己的名字，他立刻呆住了！

年轻人说："你去售房中心问问，是不是弄错了？"老唐不敢怠慢，来到售房中心说明情况，售房小姐说："可能是财务上没有及时告诉我们，这样吧，我们退给你订金。"

老唐一听火了："我不要订金，我

要房子，再说房子又涨价了，这损失怎么办？"

双方争执不下，老唐一气之下请了律师，律师一看老唐手里的那张说明，就说："不用告了，这官司你打不赢。"

看着老唐一脸疑惑的样子，律师就详细说了起来："定金"和"订金"是有本质区别的，所谓"定金"，是指合同一方当事人根据合同的约定，预先付给另一方当事人一定数额的金额，以保证合同的履行，是作为债权担保而存在的。在买卖合同中，只要约定了定金条款，如果违约都要承担与定金数额相等的损失。换句话说，如果支付定金的一方违约，即丧失定金的所有权，定金归收取定金的一方所有；如果收取定金的一方违约，则应双倍返还定金。而"订金"只是预付款的一部分，起不到担保债权的作用，即使开发商违约了，但在不签订合同的情况下，依然无法得到保障。

也就是说，开发商故意用"订金"这个词来免责，老唐的房子已经涨了30000元，但现在开发商只需把50000元订金退了，即可了事，而通过房子涨价，却可赚30000元；如果当时使用了"定金"这个词，现在的情况下，开发商应退给老唐100000元。

老唐一听懊悔不已：自己当时怎么就没有想到这个细节！

编读聊天室：众手浇开故事花

天津王芳芳：我是《故事会》的忠实读者，看故事已经有十多年了，在众多的栏目中，我最喜欢"中篇故事"，因为这个栏目的故事篇幅长，信息量大，最重要的是能一口气看好几个情节，而且每个情节都很精彩，很过瘾，像《追包》、《换个模样做人》、《我们都是一家人》、《七星痣》都是我喜欢的作品。

编辑部：谢谢您对我刊的支持，我们将继续努力，将最好看的故事呈现给大家。

合肥赵思琪：一直很喜欢看《故事会》，尤其是"新一千零一夜"这个新栏目，每一期的故事都很特别，题材很新颖，今年《故事会》会推出什么新栏目？有什么新变化呢？

编辑部：今年我刊会在一些情趣性的品牌栏目上精益求精，比如"阿P系列幽默故事"，很多读者都很喜欢阿P这个人物，几期不见就会有人询问，今年我刊会尽量争取做到每期都为这个栏目奉上一个好故事；另外，"快乐辞典"栏目也将扩充为一个整版。

在新栏目的建设方面，我刊近期将新增"新聊斋"的栏目。

南京张斌：你好！我是《故事会》的忠实读者，《故事会》不但影响着我，同时也影响着我的家人，我们经常会被刊物中感人的故事情节所感染，被阿P机智滑稽的精神胜利所折服，被"3分钟典藏故事"中的生活哲理所触动。谢谢《故事会》伴随着我们，融入我们的生活，祝愿《故事会》在新的一年里更受读者欢迎。

编辑部：谢谢您的祝愿，也祝愿广大的读者们新年快乐，事事顺心！

律师点评：

根据《担保法》有关规定，合同当事人为了确保合同的履行，依据法律或当事人双方约定，由当事人一方在合同订立时或订立后，按照合同标的额的一定比例（不超过20%）预先给付对方金钱或替代物，这就是具有担保性质的"定金"。如给付定金一方悔约，无权要求对方返还，如接受定金一方悔约，则需向另一方双倍返还，然而"订金"在法律上却没有明确规定，在审判实践中一般视为预付款，即使认定为一种履约保证，这种保证也只对给付方形成约束，若给付方违约，收受方会以种种理由把订金抵作赔偿金或违约金而不予退还；若收受方违约，只退回原订金，而得不到双倍返还。

从《定金和订金》故事中，我们可见两者虽只是一字之差，但其所产生的法律后果是截然不同的。

（题图：谭海彦）

□叶雪松

赌瓜

骊山马谷旁有个小村子，村里有一个读书人和一个庄稼汉，读书人叫郎七，庄稼汉叫侯八，别看两人身份不一样，却是一对好朋友，赛如兄弟。

这天，两人在一起山南海北地闲聊，聊着聊着就打起了赌，郎七说："兄弟，我知道你是种庄稼的好手，尤其擅长种瓜，这样吧，如果你能想办法在冬天里种出瓜来，我就想办法让你家对门的月儿嫁给你。"

侯八现在都快三十了，还是光棍一条呢，而月儿可是村子里最漂亮的姑娘，郎七家是村里首屈一指的富户，他自然有办法说动月儿家嫁女。侯八一听，喜从天降，他对郎七说："大哥，如果我能在冬天里种出瓜来，你果真说话算话？"郎七点头说"那是当然，我郎七啥时说话不算话？如果你真能在冬天里种出瓜来，你办喜事的费用我全给你包了！"

君子一言，驷马难追，红口白牙，老天作证，于是，就这么说定了。

郎七走后，侯八不禁暗自偷着乐：郎七呀郎七，这次你是输定了！

侯八为什么这么自信？因为，其实他已经在冬天里种出瓜来了！

三年前的一个暴雪天，侯八无意间发现，在马谷的一个山洞里，有一眼温泉，无论春夏秋冬，都生长草木。侯八心里想：这里可真是个福地，既然这么暖和，既然能生长草木，会不会也能长出瓜来呢？于是，侯八弄来几粒瓜籽儿，把瓜籽儿埋在了土里。

一个月后，侯八又来到了山洞里，他惊讶地发现瓜籽儿破土而出了，竟然长成了瓜秧，而且瓜秧上还开了两朵小花，一雄一雌，这让他兴奋不已。侯八把雄花摘下来扣在雌花上边，打那以后，侯八就天天来这里，经过他的精心侍弄，居然收获了好几个又大又嫩的瓜。虽然他已经有两年没在那儿种过瓜了，可他知道，只要把种子埋在那儿，一准会长出又大又嫩的瓜来。

就这样，侯八开始种瓜了，正如他所预想的那样，他将瓜籽儿埋进温泉旁边的土里，几天后，数十棵瓜秧就长出来了；又过了二十几天，瓜秧上果然结出了一个个小小的瓜蛋儿。侯八找到郎七，将他带到温泉旁。

郎七又惊又喜，对侯八说："兄弟，我说过，如果你赢了，我就想办法让月儿嫁给你，现在你赢了，我也绝不食言，你就等着好消息吧！不过，你得把这些瓜看护好，不让外人靠近半步。"侯八笑着说："大哥，你要我看护瓜没问题，不过，咱哥俩说的话只是笑谈，打什么赌呀，娶月儿我想都不敢想呀！"郎七就问侯八想要什么，侯八摸了摸脑袋"还是那句老话——三亩地一头牛，老婆孩子热炕头……"郎七也笑了："你瞧，还不是想要老婆呀？别不好意思，你就等

着迎娶月儿吧。"

接着，郎七果然给侯八张罗起来，也不知道他使了多少银子，五天后，张灯结彩，吹吹打打，一顶花轿，抬着月儿，送进了侯八的家门。侯八原以为和郎七打赌种瓜是开玩笑的事，压根儿就没往心里头去，兄弟间开个玩笑，怎能当得了真？不过，不知道为什么，自打侯八的婚事办完后，就再也没看见郎七的影子，这家伙干什么去了？

其实，郎七和侯八打赌种瓜是有原因的：郎七有一个好朋友，这好朋友居然突然在京城当上了官，郎七再三打听，这朋友才告诉他，当今皇帝对奇闻怪事非常感兴趣，有不少人投其所好、平步青云，这朋友就是凭着给皇帝讲了一些奇闻怪事才当上官的。朋友对郎七说，只要郎七有能让皇帝感兴趣的奇闻怪事，他就可代为引荐。郎七做梦都想当官，可什么奇闻怪事才能打动皇帝呢？他绞尽脑汁，也没想到一件奇闻怪事。

没想到机会说来就来了，有一回，郎七无意间听人说侯八能在冬天种出瓜来，他就乐得喜上了眉梢，大冬天能长瓜，不是奇闻又是什么？皇帝听后一定感兴趣，于是，郎七就和侯八打赌种瓜。

郎七原先心里还有点七上八下的：这大冬天到底能不能种出瓜来？没想到这瓜还真的在冬天长出来了，看着绿油

油的瓜叶和瓜秧上那小小的瓜蛋儿，郎七知道升官发财的机会来了，于是他赶忙叮嘱侯八看护好瓜，并且匆匆给侯八张罗好了婚事，自己便跑到京城去见皇帝。

通过那个朋友的引荐，郎七见到了皇帝，踏上金銮宝殿的台阶时，郎七心里那个高兴劲就甭提了，他心里想，这回总算一步登天了，我得好好表现一把，把皇帝的好奇心给勾起

来。三拜九叩之后，郎七就绘声绘色地给皇帝讲起了冬天长瓜的事。

皇帝听后，觉得果然是件奇事，他问郎七说的可是实情，郎七说："草民说的千真万确，如果皇上不信，可亲自去看看。"皇帝高兴劲儿一上来，当场给郎七封了个"郎官"的官衔，又对郎七说："你就带朕去看看这天下奇景吧！"

于是，选了一个黄道吉日，郎七领路，皇帝在文武百官的陪同下，带着新选的三百多名郎官看瓜去了。郎七骑在高头大马上洋洋得意，心想，如果皇帝玩得高兴，说不定自己还能连升三级呢，到那时可就光宗耀祖了。侯八呀侯八，你小子就是和土坷垃打交道的命，老子略施小计，就升官发财了。郎七想着想着，脸上就绽开了一朵花儿。

再说自打郎七走后，侯八吃住都在温泉，他想，人家要我看护好瓜，那我一定得好好看着，做人，可不能失了信用呀！

这天，侯八正在温泉口张望呢，忽见旌旗招展，来了一队人马，那气派是侯八从来没有见过的。突然，在这队伍中闪出一匹马来，马上那人穿官衣戴官帽，竟是多日不见的郎七。郎七下马，走到侯八身边，笑道："兄弟，来来来，你的富贵来了，跟我去见皇上吧！"侯八一听，要他去见皇上，吓得直哆嗦，他大气也不敢喘，跟

着郎七来到仪仗威武的车驾前，车上坐着一个相貌堂堂的人，郎七领着侯八到车前跪下，禀告道："皇上，臣把冬天种瓜的侯八找来了。"

皇上问侯八："听说你能在冬天种出瓜来，朕觉得此事甚奇，所以特意率领众卿前来欣赏。侯八，前头带路。"侯八哆哆嗦嗦地应了一声，随后将皇上一行领到了温泉旁。

皇上见温泉旁那一片鲜嫩的瓜和翠绿的瓜秧，龙颜大悦，对众人说："现当严寒之时，果实皆残，为何马谷能生出瓜来？请众卿说说原因。"

众官暗自称奇，都说是祥瑞之兆。皇上见众人议论纷纷，就说："既然众卿都说是祥兆，大家就在原地各赋一词，待朕欣赏。郎七，你也要在此做一篇给朕看。"

皇上说罢，率队出谷而去，只留下三百多个郎官在此谋篇作赋。郎七见皇帝特意吩咐要他作赋，很是得意，心想，皇上对我另眼相看，恩宠有加，我更要加倍用心，把这篇赋作得出类拔萃，说不定又该升官发财了，如此一想，就挖空心思地琢磨起来。侯八见皇帝率队出谷，郎七他们三百多个郎官一个个摇头晃脑，全都想着如何把马屁拍得让皇帝更舒服，自己待在这里也没事，就悄悄混在人群中回家了。

侯八回家后，将今天看到的事儿对村里人说了一遍，大伙儿都暗暗称奇，没想到郎七现在飞黄腾达，成了皇帝身边的红人。

大家正在议论呢，忽听马谷方向"轰隆隆"地一阵响，随即烟尘飞扬，不知道发生了什么事情。第二天，侯八就听说跟随皇上一起看瓜的三百多个郎官全被砸死在山谷里了。

原来，这皇帝是个暴君，他听信儒生，说是海外有长生不死药，可花费了大量钱财后，那些儒生却不见归来，皇帝这才知道自己被他们给骗了，从此对儒生恨之入骨，发誓要杀光天下儒生。于是，皇帝假意招贤纳儒，那些一心想当官发财的儒生便蜂拥而至，皇帝之所以把这些人全部封为郎官，就是想稳住他们，然后寻找机会，将他们在没有防备的情况下一网打尽。

恰巧就在这个时候，郎七前去邀宠，皇上听说冬天结瓜感到大为惊奇，灵机一动，便有了除掉这些郎官的主意，于是领着这些人来看冬天里长出的奇瓜，又借口让他们作赋，随后命人封死谷口，把这三百多个郎官全都杀死在谷中。

这些隐情，身为一介草民的侯八又怎能得知呢？不过，打那时起，人们再也没看见郎七，而那个侯八，不求升官发财，"三亩地一头牛，老婆孩子热炕头"，日子过得有滋有味，活到了百岁高龄。

（题图、插图：刘斌昆）

项链魔术

□吴 励

高二学生的功课真紧啊，暑假已经过了一大半，文文还没有痛快地玩过一整天呢。那天下午，她正在房间里复习，忽然听见楼下传来嬉笑声，打开窗户一看，原来一位魔术师正在街头表演呢。

这位魔术师的表演主要是拿观众的项链作道具，手法出神入化，动作潇洒利落，围观的人们连连鼓掌叫好。文文再也忍不住，下了楼，挤在人群里看。她发现这位魔术师很年轻，长得又英俊，手法又特别好，花季少女总是容易心动的，文文一下子就喜欢上他了，正好她今天戴着项链，于是就走上前去，也让他变一次。

魔术师接过项链，手一挥，项链没了，再一挥，项链又出现了。两三分钟的表演很快结束，他把项链还给文文，对她帅气地一笑，文文脸都红了。

晚上，文文躺在床上，回想着白天的情形，笑眯眯地把玩着项链，忽然，她发现这条项链竟然不是她的！

文文的链子有个特别的刮痕，这条链子款式、颜色和粗细都跟她的一样，但绝对不是她那条，奇怪的是坠子还是自己原来的那个，好怪呀！

文文把这件怪事告诉了姐姐，姐姐叹了一口气，说："小傻瓜，你遇见骗子了。"文文大吃一惊，姐姐说，女孩们的项链坠子五花八门，链子款式却都差不多，那人事先准备好不同款式的廉价链子，以变魔术为名暗中调换。因为坠子还是原来那个，所以人们根本不会发现。一天下来，他把偷换到的链子拿去卖了，可以赚不少钱。

文文觉得心被刺痛了，那个年轻、英俊又有才华的魔术师竟然是骗子，给那么多人带来欢乐的表演竟然隐藏着不可告人的目的，这样的现实文文接受不了，她不由得冲着姐姐叫了起来："你胡说！他才不会骗人！"文文平时很文静，此刻竟然如此失态，姐姐惊讶地看着她，文文也愣了，她想不到自己竟会这么冲动，片刻，她低声说了句"对不起"，跑进房间，关上了门。

左思右想，文文拿出奶奶给她的一条银项链戴上，她想，也许姐姐猜得不对呢，说不定魔术师只是一时失手，拿错了而已。她现在的银项链比原来那条值钱多了，原来的虽然是"金项链"，但成色很低，明天，她要去再变一次。文文对自己说：明天，一切就见分晓！可是，明天会是一个怎么样的结局呢？

第二天，文文早早做完作业，什么也没心思干，吃过午饭就站在窗边等着。等着等着，楼下又传来了欢声笑语，他果然来了，文文飞快地跑下了楼。

魔术师已经被观众们团团围住，文文看见好几个跟她差不多大的女孩，满脸兴奋，又叫又笑的，她忽然犹豫起来，何必破坏这么美好的情景呢？

文文正在发呆，突然听见魔术师问："谁还想试试？"文文稍一犹豫，冲口而出："我！"声音很大，大得大家都转过头来看。魔术师一笑，伸出手来。文文解开项链扣子，项链早被她的体温温暖了，可她觉得它冰冷冰冷的，那种冷，使她的手指都颤抖了。

魔术师用文文的项链开始了神奇的表演，观众连连叫好，只有文文视而不见，像在做梦一样，心里像有两个人在挣扎、对决。

好像只有一眨眼工夫，表演就完了，魔术师笑眯眯地向观众鞠躬致谢，把项链递了过来。文文的心狂跳着，她接过项链一看——自己暗中做的记号还在，是她的！文文喜出望外，已经准备按"110"的另一只手松开了手机。

黄昏时分，人群散去，文文走上前，把项链的事告诉了魔术师，连自己拿银项链试探的秘密也说了，魔术师脸色平静，没有责怪她，只是看着她，文文的脸更红了，连忙说了几次"对不起"，目光里充满了歉意和羞涩。

魔术师"哈哈"一笑，手一挥，变出了一条红色丝巾，披在她肩上，说："你是我见过的最可爱的女孩，这个送给你，明天我要到另一个城市表演了。"

文文满怀甜蜜的心情回家了，魔术师久久地看着她远去的背影，拿出手机拨了个电话："喂，是我，咱们得另找个活……没事，我就是不想干了……" （题图：谢 颖）

请喝咖啡

□ 王建江

有时生活中刹那间的一个情景，会让你刻骨铭心、荡气回肠，以至感动一辈子，老王就遇上过这样的事。

老王是一个普通职员，那一天，他有事去一个县城，回来时，突然想起老友老章也在这个城市，不久前一群好友聚会的时候，老章气度不凡，一副大老板的派头，名片上赫然印着某某策划公司的总经理。饭桌上，老章高谈阔论，天南海北、头头是道，让大伙敬佩不已。

既然是老友，经过这里，那就应该去看看他，老王不记得那家公司的名称了，于是只好翻电话簿，谢天谢地，老章的电话倒是存下了，于是拨通了他的手机。

电话很快通了，对方一听是老王的声音，立马热情起来："是你呀，对对，我就在公司！唉，忙哪，当个总经理可真累呢！对了，有机会来我们县城玩……什么？哦，我公司的地址是黄山路185号……"话音刚落，电话断了，老王一看，是他的手机没电了。

巧得很，那个时候，老王就在黄山路的附近，于是一路找去，没费太大劲，便找到了黄山路185号，乍一看，老王还以为找错了地方，这是一个非常简陋的店面，再一看，没错，门边挂着一块粗糙的木牌子，上面赫然写着老章那个公司的名称。

老章开门看到是老王，愣了半天才回过神来似的，大声笑道："怎么，你就在咱们这里呀！"笑声里明显有些不自然，老王"哼哼哈哈"地应答着，再一看，这是什么大策划公司呀，一张桌子，一台电话，一堆彩印的资料，除了老章，一个员工也没有，简陋得不能再简陋了，再打量老章，全然没有那天参加聚会时的派头，一身普通工人的打扮，神色有些黯然。

一时两人都不说话，空气有些沉闷。

老王想掩饰一下眼前这尴尬的气氛，就嚷着："这么热的天，渴死了！"说完，他抓起桌上的一个纸杯就要往饮水机上倒水喝，就在这时，老章突然喊起来："不能喝！"老王吓了一跳，回头看老章拼命阻止的样子，有些奇怪，老章大概也意识到了自己的失态，不好意思地笑笑："我有一包咖啡，今天早上扔在车子后备箱里忘记拿过来了，现在就给你拿来！"老王忙说不用了，说着又要去倒水喝，老章连忙抢过老王手里的杯子，沉下脸来："你这是看不起我是吧？不当我是哥们了？"老王一看老章真的发火了，不好违拗，就顺着他的话说："那好那好，我喝咖啡就是了！"

老章这才转恼为笑："我去去就来！"临出门，老章好像又想起什么，不好意思地说："不是我信不过你，我是怕你太口渴了，等不到咖啡就喝水了！"说着，他把桌上剩下的纸杯统统拿走，这才转身走了。

老王看着老章的举动，总觉得怪怪的，但想想老章说的也在理，就没有太在意。一会儿，老王无意间向窗外一望，只见老章走进了对面的一家小超市……

老章很快回来了，气喘吁吁的，手里拿着放咖啡的杯子，急步来到饮水机前，冲上热水，递给老王："这是我上次从国外……不，是国外一个朋友带过来的……"老王"哦"了一声，老章继续说："不过，我还是觉得，这种进口的咖啡和一般的没多大区别，口感差不多……我甚至觉得，还是白开水好喝……"说着，老章笑笑。

老王捧着这杯热腾腾的进口咖啡，不知道说什么好，他心里嘀咕着老章不是说咖啡放在后备箱里吗，那他去超市干吗？既然你老章觉得还是白开水好喝，为什么非要来回折腾、让我喝咖啡呢？

那天，老王和老章匆匆聊了一会儿，借故还要赶时间，便要离开，老章客气地说了几句挽留的话，接着便送老王来到附近的汽车站，然后就回去了。过了一会，老王突然想起自己的一个材料袋刚才随手放在老章公司的门背后，忘拿了，于是打的来到老章的公司。

公司的门开着，老章不在，那个饮水机上的纯净水桶也不在了，老王想起刚才的确是快没水了，难道老章换水去啦？他找到了材料袋，正犹豫着要不要再跟老章打个招呼，突然听到一阵水流的声音，他透过窗子，循声望去，看到了一幕令他永远难忘的情景：不远处一个很陈旧的公共水龙头前，老章正提着那个大大的纯净水桶在灌装自来水，他的后背被汗水湿

透了……

天哪，老王这才突然想起，刚才他来到老章的公司要喝水时，是把纸杯放在饮水机的冷水开关下的，这是自来水啊，难怪老章执意不让他喝，又假意说咖啡放在车子后备箱里，其实是到超市去买咖啡，咖啡是要用热水泡的，这样，即使用的是自来水，烧开后也没事了……

老章灌好水后很快就会回来，老王快速地思考了一下，为稳妥起见，他把材料袋放回门背后，然后悄悄回去了。在车上，老王给老章打了个电话，告诉他有一个材料袋可能留在他那里了，请他帮忙找找看。老章过了一会儿，回话说，材料袋果真在他那里，怪他没提醒，过了两天，老章就让快递把材料袋送过来了。

后来，老王他们几个好友又聚会了几次，老章却一直没有来过。有人说，老章生意越做越大，即使再忙吧，朋友的情分总该有呀！老王听到这里，心头酸酸的，说，也许老章真的太忙，总有机会见面的吧！就这样过了几年，不久前，老章主动邀请老王他们几个好友去他那里坐坐，到了那里，老王惊呆了：老章的公司今非昔比，十分气派。吃饭时，老章给老王敬酒，这是一杯很高档的酒，就在这一刹那，老王竟然分不清杯里的究竟是酒，还是咖啡了……

（题图、插图：谭海彦）

奇遇 岛上

根据美国作家迈克尔·布莱克的作品改编

有一位孤身的男子，是个已退休的公司总裁，他唯一的喜好是打高尔夫球，只要一有空闲，他就会沉湎其间，乐此不疲。有一次，他决定出去度假，他在游轮公司为自己订了一张到加勒比海游览的票，然后就开始去享受他的人生。

总裁的旅程就这样开始了，可天有不测风云，游轮航行到中途突然发生了故障，而且是致命的，船沉没后，总裁一个人漂流到了一座小岛上，岛上没有其他人，没有日用品，什么都没有，只有香蕉和椰子。

一天，总裁躺在沙滩上，他忽然看到了一个女人从海水里冒出来，朝岸上走过来，这是他在世上见到的最美的女人！

总裁简直不敢相信自己的眼睛，他问道："你是从哪来的？你是怎样来到这里的？"

女人答道："这个岛的南边还有一个小岛，我乘坐的游轮沉没后我就漂流到了那里，今天，我是从那小岛上划船过来的。"

总裁一问，才知道那女人乘坐的是另外一艘游轮，总裁惊讶地说："太神奇了，你真幸运，竟然有一条划船随你一起被冲到那小岛上。"

女人解释说，那划船是她在岛上找了一些原材料做成的，桨是用橡胶树枝削成的，她还用棕榈枝编织船底，船侧和船尾是用桉树做的。

总裁听了惊奇得张大了嘴巴："但是，你在哪里找到的工具？"

"哦，那不是问题，"那女人回答说，"在我那个岛上，有一片非同寻常的砂矿岩石层露出海面，我发现，如果将这些砂矿岩石放进炉子里加热到一定温度，就会熔化成铁，我用铁来做工具，然后用那些工具来制造五金器件。"

总裁听了这番话后，像是听了天方夜谭，张口结舌，说不出话来。

女人笑嘻嘻地说："我们一起乘船划到我那个地方吧？"

总裁答应了女人的邀请，划了十几分钟后，来到了一个小岛，女人将船停靠在一个小码头上。总裁抬头往岸上一看，差点从船上掉入水中：出现在他面前的是一条石砌的走道，一直通到一座被油漆漆得十分漂亮的精致平房！那女人用一根编织得很好的麻绳将船绑定，这个时候，总裁只是呆呆地凝视着前方，惊讶得哑口无言。他们走进了漂亮的平房后，女人很随意地说："这里并不怎么样，但我把它称之为'家'。请坐吧！要喝点东西吗？"

"不用，不用，谢谢你！"总裁脱口而出，"我再也喝不下一滴椰子汁了，这么多日子，都喝厌了。"

"我请你喝的不是椰子汁，"女人眨眨眼，"我有一个蒸馏器，来一杯椰林飘香果酒怎样？"

总裁为了掩饰他那连续不断的惊讶，于是便接受了女人的提议，然后一起坐到沙发上交谈，他们谈了各自的情况，女人宣布："我要做些更加舒服的事情，你要洗个澡和刮刮脸吗？楼上的浴室橱柜里有剃刀。"

总裁不再提任何问题，直接走进浴室，一看，橱柜里有一把龟骨做成的剃刀，两片贝壳磨得锋利光亮，固定在剃刀的顶端，贝壳之间是一个旋转装置，"这个女人真是太神奇了！"总裁舒服地洗了澡，刮了脸，他沉思道："接下来会做什么呢？"

总裁返回客厅时，女人已经在那里等着他了，她身上没穿衣服，只是挂着一些藤条，有意识地遮住某些部位，另外，她身上散发出淡淡的栀子花香味，她招手叫总裁坐到身边。

"告诉我，"女人的身体渐渐向他靠近，并开始了提示，"我们出来已经很多个月了……你一直都是孤零零的，我相信有一件事你现在一定就想做，你有什么事渴望去做的吗？"

女人凝视着总裁的眼睛，说话时脉脉含情，总裁无法相信自己听到的话，"你是说，"他激动地咽下一口口水，眼泪充盈在眼眶里，"你不是要告诉我——你在这里建造了一处高尔夫球场吧？"

（译者：陈荣生；推荐者：缘 草）

（题图、插图：张恩卫）

土豆里没有

童话

□ 马 超

刘三柱弟兄仨，他在家排行老三，娘去世早，是三柱爹把他们几个拉扯长大成人，还帮着老大、老二陆续成了家。三柱刚升入初三的这一年秋天，爹突然一病不起，病来如山倒，往日家里的顶梁柱，很快就有灯枯油尽的苗头了。

这一天，三柱爹让三柱把大哥、二哥叫到床前，指着墙边的三个麻袋说："我知道自己一病不起了，我这一走，你们肯定过不到一起去，就把家分了吧。你们也都知道咱们家里穷，今年又碰到水灾，收成不好，眼下家里只剩下这三麻袋土豆。我按照你们弟兄仨的排行标好号了，划一横的是大柱的，划两横的是二柱的，划三横的是三柱的，我走后，你们不可拿错，领回去掺着南瓜、白菜、红薯，省着点吃，熬到明年麦收还是可以的。"

等大哥二哥各自把自己那麻袋土豆扛走之后，爹挣扎着坐起来，拉着三柱的手说："三娃，你要好好读书啊，爹只能给你留这一麻袋土豆了，足够你吃半年的，半年后，你初三就毕业了，到那时你仔细看看麻袋最底下，有些东西是爹留给你的，能考上中专就拿去卖了交学费，考不上就拿去卖了，让你大哥帮着娶个媳妇成个家，老老实实过日子吧……"

该交代的交代完了，不久，三柱爹带着一脸皱纹和满腔遗憾离开人世。

这一年从冬天到春天，三柱全部

的食物就是盐水煮土豆，吃到直想吐。有一天，三柱误吃了一个发了芽的土豆，浑身抽搐，差点把命丢了，大哥连夜把他背到二十里外的镇上，总算捡回了一条命。

三柱从镇医院再回到老房子，心里已经凉到底了，他望着墙角那半麻袋土豆，心里越想越难过，这样的日子哪一天才是个头啊！突然，三柱想到父亲去世前交代的那番话，对啊，为什么不提前看看爹留的是什么东西？想到这里，三柱顾不上他爹的嘱咐，一股脑儿把土豆全倒在地上。土豆全部倒出来，三柱却傻了眼：除了土豆还是土豆，哪里有什么能换钱的东西啊？三柱大失所望，他的心凉透了，也对爹生了几分恼意，不过他很快想通了：其实是爹临终之前别无他法，便编了一个土豆的美丽童话，给他埋下了希望，可土豆就是土豆，不可能从土豆里滚出金疙瘩，他决定不上学了，要到外面闯一闯、搏一搏！

第二天，三柱收拾收拾就要离开村子，可让他没想到的事情发生了——二柱在村口拦住了他："咋了三弟，得了好处就要离开我们啊？"

三柱被二柱问得莫名其妙，没等三柱解释，二柱就动手搜弟弟的身："是不是拿了爹留下的好东西、自己想出去过？都是家里的东西，你不能一个人独吞！"

二柱没在三柱身上搜出什么东西，立刻急了，他直奔三柱住的草房子，把墙角那半袋土豆全倒了出来，仍然一无所获，只得气呼呼地走了。

三柱见二柱这副模样，悲伤万分，一母同胞手足相连，可人一穷，哪还有什么兄弟情分啊，他流着泪，心中一遍又一遍地说着："三柱，你走吧，再也不要回到这个穷地方，就是死也要饿死在外面！"

都说"人挪活树挪死"，没想到三柱这一出去，还真是改变了命运，经过十多年的打拼，居然富了起来，还在城里娶妻生子，过上了好日子。

这一年年底，三柱思来想去，决定回家看看，毕竟打断骨头连着筋，那个穷家乡可是他的根啊，就这样，三柱带着老婆孩子回了趟老家。

十几年没见面，大柱见三柱从车里下来，五十多岁的他，顿时号啕大哭，扑上前去，抓住三柱的手就是不松开，相比之下，二哥二柱的态度却出奇冷漠，十几年没见，也只是冷冷地说了句："回来了？"二柱嘴上这么说，大年初二晚上，还是主动请三柱一家到家里吃饭。

三柱拎着两瓶好酒，带着老婆、孩子高高兴兴地去了。到了二柱家院前，抬头一看，没想到还是土墙茅草顶，三柱心里酸酸的，他走进屋里，眼往桌子上一扫，人就傻了：桌子上的菜倒是不少，一眼看去有十几个，可每一样都跟土豆有关：醋溜土豆丝，油炸土豆条，水煮小土豆……唯一的荤菜也是土豆炒小鸡。

就在这时候，大柱进了屋，他见桌子上全是土豆做的菜，不由呆住了，一时说不出话来。三柱见状，赶紧把大哥扯到主位上坐下，然后若无其事地拿起筷子，夹了一个水煮小土豆吃了一口，连声说："好吃，好吃。"

二柱冷冷地说："你是我们刘家从土豆里飞出去的金凤凰，能说不好吗？"听老二话里有话，大柱再也忍不住了，一摔筷子："老二，说啥呢！"

二柱满不在乎地说："大哥，你人穷志不穷，那是你的本事，我这人，人穷志短，吃了哑巴亏谁不想说说？胳膊长了疮谁不想摸摸？"

眼见大哥和二哥争吵起来，三柱放下筷子，说了句："大哥，你别说二哥了，其实这么多年来，我对不起二哥，实说吧，爹当初确实在那袋土豆里给我留了东西，我进城后卖了，这才发的家。"说着，他从大衣口袋里摸出两沓钱来，放在桌子上。

二柱夫妇愣住了，他们完全没想到三柱会拿出钱来。大柱见了，气呼呼地说："老三，你把钱给我收起来，你干吗要吃这个亏，我知道当初爹啥也没给你留下，你当年离开村子时，身子也搜了，家也抄了，不是没搜出什么吗？"这时，坐在三柱身边的儿子毛毛见爸爸掏出两沓钱来，小声问道："爸爸，你拿钱出来干什么？"三

柱摸了摸儿子的头："毛毛，爸爸告诉你，这些钱是从一个大土豆里生出来的，这大土豆是你大伯伯、二伯伯辛辛苦苦养大的，所以爸爸要把它生出来的钱还给你大伯伯、二伯伯。"

谁都能听出这话是哄孩子的，听三柱这么说，大柱和二柱面色凝重，而毛毛却天真地说："爸爸，你说的是

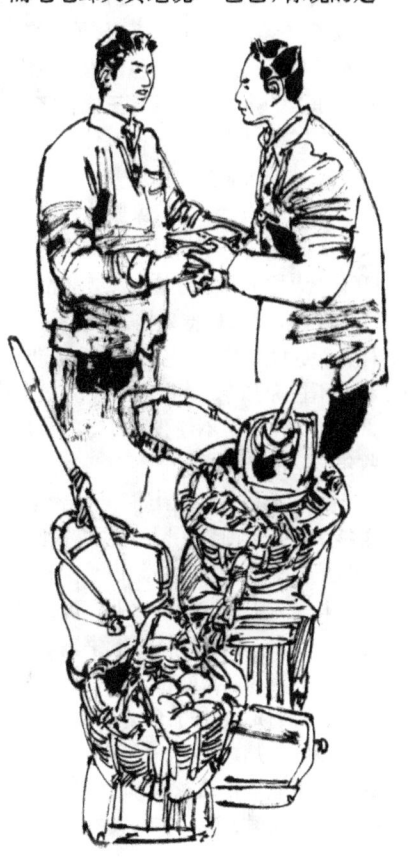

真的吗？土豆也能生出钱来？"

三柱摸了摸毛毛的头："大人种土豆才能生钱，小孩子种土豆只能生出玩具，不过能生玩具的土豆得你自己种，还要帮它拔草、施肥、浇水，你要辛苦地干活，要早起晚睡，不要贪懒，要有耐心，这样等到土豆长大了，就可以帮你生玩具了。"毛毛一听，高兴极了，"咯咯"笑出了声，孩子一笑，气氛就好了，饭桌上再也没提土豆袋里藏东西的事。吃完饭，三柱各塞给大哥、二哥一沓钱，大柱说什么也不要，二柱则不客气地收下了。

当天夜里，三柱一家就住在大柱家里，等三柱老婆带着毛毛进了里间睡下，大柱把那沓钱掏出来，死活要还给三柱，兄弟俩推来推去，最后，大柱吞吞吐吐地说："老三，这么多年，我对不住你和老二啊！"三柱说："大哥，你有什么对不住我和二哥？这些年你吃的苦最多……"

大柱摇摇头，说出了一个秘密：当年，爹去世前，在留给三柱的那袋土豆里，确实是放了一副银手镯和一副金耳坠，天下父母疼幺儿，再说当时三柱还没有成家，还在念书，娘又去得早，他爹最放心不下的自然就是三柱。那时候，大柱的老婆病得重，手头又没钱治病，大柱估计爹会在三弟的袋子里放点什么东西，所以趁三柱去上学的时候，偷偷把两人的土豆袋子换了，把里面的东西取出来，变卖了，买了药……

说到这里，大柱痛哭流涕："可没想到你大嫂还是没能挺过来，钱搭进去了，人没了。后来我拼命攒钱想补还给你，没想到你进城后就不回来了，三弟呀，我这十多年都没睡好，想想都对不住你呀……"

听到这里，三柱惊呆了，他没想到爹真的在装土豆的麻袋里给他留了东西，更没想到大哥背着他拿走了，他长叹一声，心中感慨万千，幸亏自己当初没发现那副银手镯和金耳坠，否则，现在他的命运也不会比大哥二哥好多少，他最后之所以离开村里，决意要到外面闯荡，完全是因为那个发了芽、让他中了毒的土豆，使他失去了留在家乡的全部希望，也正是这个毒土豆改变了他的一生。回头看看，对人的一生来说，那颗发芽的毒土豆远比那些金银重要得多……

夜已深了，三柱心事重重地进了里间，见妻子和毛毛已经睡着了，他走到床前，见毛毛面带微笑，小手还紧紧地捏着一个大土豆，看来小家伙真的以为土豆能生玩具了。三柱叹了口气，轻轻地把土豆拿走，他俯下身子，亲了亲毛毛，心里说道："孩子，土豆是不能生玩具的，土豆里也是没有童话的，也不能有童话，有了童话就会禁锢你的一生……"

（题图、插图：刘斌昆）

赵大头的

烦恼

□ 鲍璐

赵大头今年四十多了，这大半辈子也算窝窝囊囊地过来了，到现在，他一家子还困在当年单位分的"鸽子笼"里。几年前单位倒闭后，这块地皮就被开发商盯上了，眼前，摆在赵大头面前的，有两件非常重要的事情：一是要买套房子，因为他已经接到了搬迁通知；二是赵大头的女儿马上就要参加中考了。还好，赵大头最欣慰的事就是养了个好女儿，成绩很好，学习根本不用他操心。

于是，赵大头便把主要精力放在买房子上了。买房子对于赵大头来说，压力还是非常大的，但最近有一个好消息，说是市里筹建了一批经济适用房，价格比市面上的商品房便宜将近一半，马上就要开始公开申购了。以赵大头的家庭条件，申请购买经济适用房是名正言顺的，可是僧多粥少，要想买到经济适用房，不仅要符合条件，还要有好运气，因为房管局会组织在申请的住户中进行摇号，只有摇中号码才有购买的资格。

赵大头填了申购表之后，便和老婆商量开了，他这一辈子就是因为不会走关系，才混得如此潦倒，提拔、涨工资总是没他的份，而下岗的名单中第一个就是他。这一次申购经济适用房，最后能买到房子的家庭只占申请户数的十分之一，赵大头一向没有什么好运气，再说这个过程中说不定会有什么猫腻，以前就听说过"开豪华车，买经济房"的事，这样一来机会就更渺茫了，赵大头便对老婆说："我们去走走门路，找找关系吧！"

老婆说："好是好，可你认识谁啊？"

赵大头说："那你就别管了，我自有办法！"

赵大头窝囊大半辈子了，这一次

他想翻个身了，可赵大头在房管局两眼一抹黑，想找个人也难。不过，赵大头要真想办成件事，倒也不是一点办法没有，他有个老同学叫胡四通，这个人活络得很，路子很广。赵大头虽然跟他交情不深，现在为了房子这件大事，也不得不去求人了。于是，赵大头提着两瓶名酒、一条好烟就上了胡四通的门，这胡四通左右逢源，有一副好脾气，他乐呵呵地收下了赵大头的礼物，答应帮着探探路子。

很快，胡四通打来电话说，他有一个朋友认识房管局的朱副局长，不过，这朱副局长虽然管事，但行事谨

慎，不是熟人托的事一般不予理会。于是，赵大头摆了一桌酒席，请胡四通和他的朋友喝了个痛快，最后，胡四通酒足饭饱，打着嗝对赵大头说："兄弟，你放心好了，你的事包在我身上了！"

赵大头连声道谢"谢谢胡哥，需要打点您尽管吩咐！"这胡四通办事效率也挺高，过了一个礼拜，便让赵大头来拿申购登记资料，当然，还让他准备三万块钱的疏通费。三万块，赵大头很是心疼，现在他们省吃俭用的钱，连个首付都付不起，即使买到经济适用房，也还是要求爷爷告奶奶地去借钱。赵大头和老婆又讨论了大半夜，最后，赵大头狠狠心，说："舍不得孩子套不着狼，买到经济适用房，能节省十几万呢，我这大半辈子就吃亏在不舍得送礼上！"

于是，赵大头当机立断，拿出了壮士断腕的勇气，咬着牙将三万块钱交给了胡四通。又过了一个礼拜，胡四通打来电话说："大头啊，事情已经妥了！"赵大头见如此顺利，悬着的心终于放下了，但事情最终没有落实，他还是有些不安。

接下来赵大头也顾不上多想了，他的女儿开始中考了。两口子小心翼翼地服侍着女儿，考试完后，赵大头便专心等待着，一边等待着女儿的中考成绩公布，一边等待着经济适用房的摇号。

然而，等到的结果对赵大头的打击是毁灭性的，首先是中考分数的公布，一向成绩优异的女儿这次遭遇了滑铁卢，原本以为能够稳稳地考上重点高中市一中，但实际分数离市一中去年的录取分数线还差三十多分。赵大头彻底懵了，他自己这一辈子窝囊倒也罢了，女儿一直是他的希望，也是他唯一可以扬眉吐气的，现在女儿如果考不上一中，他真的不知道该怎么活了。赵大头一边抱怨自己忙得顾不上女儿，一边又狠狠地骂女儿不争气，女儿从未挨过父母骂，这下可委屈了，她把自己关在屋子里哭了整整一天，怎么敲门都不开，后来虽然开了门，一直是茶饭不思的。赵大头没办法，只得把女儿送到最喜欢她的外婆那里，让她去放松放松。

倒霉的事情并没有结束，就在经济适用房申购摇号举行前一个月，赵大头又听到一个坏消息：房管局的朱副局长出事了，而且，听说他就是因为这次经济适用房的贪污受贿事件，被隔离审查了，而经济适用房的摇号也要被推迟进行了。赵大头的头越来越大了，老婆整日对他横加指责。

市一中的录取分数线出来了，女儿的分数比录取分数线整整少了二十三分，差这么多，交择校费也不够格啊，赵大头的日子真没法过了！

这一天，赵大头找到了胡四通，胡四通满面歉意地说："大头啊，真对不住啊，我也不知道会出这事啊！"

赵大头神色颓唐地说："胡哥，这事我也不怨你，现在房子买不买都无所谓了，但我女儿的前途很重要，我一定要让她上市一中，将来考个好大学。我女儿的成绩离录取分数线差不少，还得请你活动活动啊！"

胡四通拍拍赵大头的肩膀，叹口气说道："我知道兄弟不容易啊，这事就包我身上了！"

胡四通这回把事办得很牢靠，他很快请到了市一中的牛校长。

酒桌上的气氛很热烈，虽然赵大头不善言辞，但胡四通很卖力，他不时地插科打诨，逗得牛校长开怀大笑，酒过三巡，牛校长直喝得满面红光，胡四通见时机成熟，给赵大头使了个眼色，赵大头马上递上一个纸包，牛校长心领神会，任由赵大头将纸包塞进自己的口袋里，然后，他抓着赵大头的手说："老赵，不就是分数差得多了点嘛，小事一桩，把你女儿的资料给我，这事就包我身上了。"

一听这话，赵大头感激涕零，连声说道："谢谢牛校长，谢谢牛校长！"

这一顿饭，再加上送礼，赵大头又花出去两万多，即使上了一中，还得交三万块的择校费，买房子，看来是彻底没希望了。不过，无所谓了，经济适用房本来就没有他的份了，赵大

头听说市里已经彻查了申购名单，凡是跟朱副局长有关系的都被取消了申购资格。

赵大头的大脑袋耷拉了近一个月，像一根发蔫的黄瓜，但这天上午，他又被狠狠地刺激了一下，因为经济适用房的申购摇号结果出来了，赵大头并没有抱任何希望，他随意翻看了报纸，却发现自己的名字赫然在列！看来他给朱副局长送礼的事并没有被调查出来，可恨的是马上要给女儿交择校费，这笔钱他还得东拼西凑呢，买房子简直是奢望了。赵大头郁闷得简直想撞墙，如果女儿顺利地考上一中，他也不至于多花五万多块的冤枉钱啊，买房子自然也有着落了。

赵大头正懊恼不已，他的女儿拿着市一中的录取通知书，兴高采烈地回来了。本来是件高兴事，赵大头却一阵怒火从心底冒了出来，他把手中的报纸撕成了两半，用力地摔在地上，冲着女儿大吼道："你要是争点气，我也不至于买不了房子！"

女儿一下子呆了，哭着说："爸，你说什么啊？我都凭着自己的本事考上了市一中，你还要怎样？"

赵大头更加愤怒地喊道："你狗屁的本事，还不是我找了人，才让你进了一中！"

女儿哭了，泣不成声地说："你……你就是不……不相信我，我的成绩出来后，我又去学校登记查卷了，果然……果然是阅卷的老师把我的分数统计错了，我……我超过分数线二十多分呢！"

"什么？"赵大头瞪大了眼睛，半晌才说出话来，"你怎么不告诉我？"

女儿气鼓鼓地说："你根本不信任我，只知道骂我，所以我一直在外婆家呆着，就不想告诉你们……后来，我又想等拿到通知书后给你们一个惊喜。"

赵大头还是满腹狐疑地问"这是真的吗？"

女儿气呼呼走进了自己的房间，用力带上了房门，再也不理赵大头了。

这回，赵大头的头更大了，他赶紧去找胡四通，胡四通又给牛校长拨通了电话，牛校长电话里的声音很洪亮："啊，通知书拿到了？好得很，哦，对了，上次我回来一查，他女儿的分数超分数线了，录取没问题，可事情一多，也就忘了跟你说这事了。好事啊，择校费都不用交了，恭喜恭喜啊！"

电话里，牛校长压根也没提他收的那两万块钱的事，这钱花得真是冤枉啊！唉，算了，反正自己的女儿还在人家的学校，多少能照应点吧，赵大头只能这样安慰自己了。

赵大头失魂落魄地从胡四通家中走了出来，忽然觉得自己的口袋里多了什么东西，掏出来一看，是一沓厚厚的钞票，还附了一张纸条："大头，今天看了报纸，那公示的经济适用房购买名单里有你的名字，上午我那朋友来向我退钱了，因为那三万块钱他压根没有送出去，他跟那朱副局长其实不熟。正因为如此，淘汰了那些跟朱副局长有关系的名额，你才有更多的机会中了号码，他见你在名单中，怕事情露了馅所以才来退钱的。不过，这人做事太不地道，我都不好意思当面跟你说了。三万块钱退给你，赶紧去买房子吧，经济上紧张的话吱一声，老哥这些事都没给你办好，惭愧得很！"

赵大头看到这里，像个木头桩子一样戳在那里很久很久，唉，女儿的事，不需要花钱却花了冤枉钱，房子的事该花钱却没花出去，倒还成了事，赵大头猛地拍了一下自己的大脑袋，嘀咕道："我赵大头，这几个月都瞎忙活了什么啊！"

（题图、插图：张恩卫）

· 本刊信息传真 ·

上故事中国网　了解幕后故事

在2010年，故事中国网(www.storychina.cn)继续给你带来精彩内容。

深受欢迎的"编辑手记"栏目今年将摇身变为访谈形式，每期的责任编辑都会接受故事中国网的特别访问，除了谈当期作品，还会道出更多《故事会》的幕后戏，以及编辑们在生活中的另一面。这个栏目大家绝对不要错过哦！每期的有奖点评和咬文嚼字将继续举办，欢迎你读完刊物后来评头论足。

2009年度中国最佳故事和故事家的评选即将揭晓答案，而2010年度最佳故事和故事家的评选也将继续进行，无论是你自己创作发表的故事，还是在书刊报纸上读到的好故事，都可以推荐参评，赢取最高3000元的大奖。（更多详情请登录故事中国网了解）

天下好字

□ 刘臻理

山不在高，有仙则灵；水不在深，有龙则灵，小城很小，但也有一个了不起的名人，他就是张力——张老。

张老绝对是个名人，他原来是省报的主任记者，五十年代写过一篇为民请命但不合时宜的报道，后来被打成了"右派分子"。落实政策复出后，张老东山再起，成了个不大不小的地方名人，而且他的书法极好，一手颜体正楷，他写字从不照抄唐诗宋词、名人语录，而是针对求字者的具体情况，撰写出精美的对联或者骈体短句，因而求他写字的人络绎不绝，很有"洛阳纸贵"之势。

张老退休后便离开省城，回到了家乡，一来重温一下日渐淡薄的乡情，二来也避避省城求字的风头。

不料张老到小城后也躲不了清闲，求他写字的人还是不少。

星期天下午，张老家里来了两个人，一个是刘老师，当了四十多年小学教师、班主任，现退休闲居；一个是现在正走红的胜伊公司总经理兼县政协副主席李存，两人上门，都是别人引荐，求张老写字的。

刘老师先上前介绍"张老，我叫刘芳，退休小学教师……"

"刘老师，久仰久仰。一身正气，两袖清风，三尺讲台，四十年班主任，劳苦功高，桃李遍天下啊！怎么，我听说几十年来你获得的荣誉证书，摞起来有一米多高，有人还居然开玩笑，叫你'中国最大的主任'？"

刘老师略微有点尴尬，说："是，是。尽管近年来教师的地位有所提高，但有些人看重的还是权力和财富，这两方面欠缺，想让人家尊重，是不现实的。张老，别怪我说话愚鲁。"

这时，张老已铺好了宣纸，笑着说："咱就抒发抒发这种感情吧。"然后他备砚铺纸，挥毫泼墨，"刷刷"几下，顷刻间一幅流利、遒劲的楷书展现在大家面前：

> 刘芳老师惠存
> 有德有才无地位
> 无权无势有精神
>
> 　　　张力学书

"好字，真是天下第一的好字。"一旁的李存抢先鼓着掌说，"词儿也好，恰如其分。张老，求您也给我写一幅吧。"

"你——"张老眯着眼看着李存，刘老师赶紧介绍说："这是胜伊公司的李总，兼县……"

"喔，我知道了。李主席是咱县的商界奇才，在商海中拼搏，能熟练地运用我国兵法中的'三十六计'，比如：'无中生有'、'树上开花'、'金蝉脱壳'，并屡屡得手，佩服；再就是，致富不忘国家，我听说李主席曾在自己企业发不出工资的情况下，贷款给县财政交了几十万的利税，当然，投资是要效益的，再说还有'金蝉脱壳'嘛，哈哈，一颗政坛新星……"

这时，李存的脸上一阵红一阵白，刘老师赶紧打圆场："张老，还是赐墨吧。"

"好，好……不过我还真没想好给李主席写什么词儿。"张老看看李存，"要不，容我想想，你有空再来？"

"张老，别嫌我鲁莽，我看您给刘老师写的这幅字，无论是形式还是内容，都值得珍藏，您就写同样的一幅给我吧。"

"这——也好。"张老略一思索，就痛快地答应了，"我应李主席的要求，只把上款改一下，其他一字不差地照写一幅。"

张老说着，铺开宣纸，握紧蘸饱墨汁的笔，看一眼李存，刷刷点点，一挥而就。大家一看，依然是一幅流利、遒劲的楷书，只是写道：

> 李总惠存
> 无德无才有地位
> 有权有势无精神
>
> 　　　张力学书

房间里的空气一时间似乎凝固了，刘老师看看李存，再看看张老，不知道说什么好，可眼下这情势，李存不便说话，刘老师沉吟半晌才说道：

"张老,您是不是写错了?"

张老笑着,语气十分肯定地说:"没有写错,你们看,除了上款外,和刘老师那一幅一个字都不错!"

刘老师估摸着张老年纪大了,眼力差了,正想再提醒一下,没料到李存站起身来,脸上带着诡秘的笑容,连连向张老点头哈腰,说:"是没错,好字,好词儿,值得珍藏,谢谢张老。"说着,他从旁边找了一张旧报纸,把它衬在写了字的宣纸上,麻利地卷起来,说:"我穷忙,有事,先走了,刘老师你陪张老说说话……"

李存走后,刘老师对张老说"张

老,你——"

"我——老右派的脾气改不了!"张老说着,微微一笑。

这天,张老在街上一个露天摊点吃"老豆腐",听见一位退休干部模样的人在和周围的人眉飞色舞地说着什么,侧耳一听,原来说的是——咱省那个著名书法家,给咱县魔术师式的企业家、"厚黑学"专家、政协副主席李存写字,说他"无德无才有地位,有权有势无精神",你猜怎么着?人家李存一点不在意,后来请了一位技艺高超的装裱师,剪剪贴贴一加工,成了"有德有才无地位,无权无势有精神"了。现在居然配上了不知道叫什么"山人"的一幅风竹图,挂在客厅的显眼处,见人就炫耀一通,可笑的是那位书法家还不知道哩,看来大儒就是斗不过奸商啊!

听到这里,张老觉得像是遭到了愚弄,他老豆腐没吃完,结了账就匆匆回家了。

第二天,县法院接到了省报退休记者张力告胜伊公司总经理、县政协副主席李存侵犯知识产权的诉状;过了几天,小城风传张老与李存的官司,在几位县领导的说合下,达成了庭外和解,和解条件是:李存把装裱好的字退还给张老,并向他道歉;张老则在想好合适的"词儿"时,再给李存写一幅字……

(题图、插图:谭海彦)

袖中藏沙

□ 赵娜娜

清朝乾隆年间,百姓安居乐业,国泰民安,天下到处都是一片欣欣向荣的景象。

晓月格格是乾隆帝宠爱的一个妹妹,她天真活泼,喜欢玩花赏月,吟诗作对。皇宫虽好,但在晓月格格看来,无异于漂亮的图圄,在里面根本

找不到快乐,所以,晓月格格时常带几个丫鬟女扮男装到民间玩耍。

这日,晓月格格带着丫鬟玉莲来到滨州,滨州城正逢庙会,贩夫走卒、达官贵人都往这里凑,真是热闹非凡。街边有个"晾诗铺",专供人们题诗诵词,铺里围满了人,晓月格格也想凑凑热闹,她带丫鬟一起钻进脱离世俗的巴掌小地,甩甩衣袖,研好墨,挥笔题了一首诗"滨州真好玩,好玩真滨州。"最后,晓月又落了款 笑月。

"笑月"是格格的"笔名",有"晓月"谐音之意,更有笑谈云月之意,晓月格格觉得这名字有诗意、有才气,所以每次作完诗,一定要把"笑月"署上。

丫鬟玉莲看了这两句诗,好不难受,压低声音说:"小姐,上次咱们在扬州游玩,你作了首'扬州真好玩,好玩真扬州'的诗,还有上上次在苏州,上上上次在湖州……"

晓月轻嗔道:"就你多嘴!我又

不是文人雅客，哪有那么多文采，能作出这诗就不错了，再说，我就为图个好心情。"

在"晾诗铺"玩了半天，晓月格格领着玉莲往前走，心里无比喜悦。突然，玉莲压低声音说"小姐，你瞧，这么多人都披红挂绿，他们的衣服上都绣着凤凰，好看得很呢。"可不是吗，这里的人好像约好了一样，穿的全都是一种款式的衣服，这令晓月格格很奇怪，她忙截住一个大娘问："大娘，你们怎么都像商量好了一样，都穿这么漂亮的衣服，不知道的还以为你们是一家人呢。"

大娘咧嘴笑笑："姑娘不是本地人吧？我们穿的这衣服叫'挂红'，是在一家裁缝那里做的，只要穿上挂红，老百姓一年都会平安的。"

晓月格格忙问那裁缝在何处，大娘用手一指"南边的那家就是，那裁缝叫刘公子。你可要抓紧了，听说庙会一过，刘公子就不做衣服了，还有明后两天时间。"

晓月格格和玉莲往前拐过两个弯，果真看到一家裁缝店，只是这家店很特殊，店名叫"无名"，而店里只做"挂红"一种衣服，再别样颜色的布料。裁缝是位年轻后生，年纪不大，长得十分秀气，这应该就是大娘所说的刘公子。

晓月格格看了刘公子第一眼，就心生爱意，小脸羞个通红，未出声，先露三分怯："请……请问，你是不是做挂……挂……"

刘公子微微一笑："小生是做挂红的，请问姑娘是来做衣服的吗？"

晓月格格更加拘谨了："是……"说着，她用眼角偷偷瞅了刘公子一眼，见他也正在注视自己，四目相对，晓月格格的心跳得更加厉害，忙用手碰碰身边的玉莲："玉莲，快和刘公子帮我挑布料。"

裁缝店只有大红布料，哪还有挑拣的余地？这只是晓月格格故意打的小算盘，她叫玉莲和刘公子对着布料东挑西拣，为的是分散他的注意力，自己这才有机会偷眼看他。晓月格格越看越喜欢，竟看得有些痴了，直到刘公子拿着一根尺子走到她面前，晓月格格愣了："你要用戒尺打我啊？"刘公子"哈哈"一乐："姑娘真会开玩笑，小生给姑娘量体裁衣啊！"

刘公子给晓月格格量衣，手不小心碰到了她的腰，晓月格格暗自祈祷："阿弥陀佛，佛祖显灵，让他的手来得更猛些吧！"

晓月格格为了掩饰心中的慌乱，故意无话找话："请问公子怎么称呼？"

"敝姓刘。"

丈量完毕，刘公子点点头"明天即可完工，到时候姑娘便可取衣。"

晓月格格看刘公子看得动不了步，要不是玉莲在一边生拉硬拽，她还赖在裁缝店里不走。

晚上，晓月格格躺在床上翻来覆去难以入睡，不禁感慨道："问世间情为何物，直叫人晚上烙烧饼。"玉莲"扑哧"一声乐了："小姐，看你对刘公子有意，明天我代你表明如何？"

第二天，公鸡还没打鸣，晓月格格就梳妆打扮完毕，带玉莲"杀"向裁缝店。等了两个时辰，刘公子才开店营业，晓月格格一个箭步冲上去，把刘公子吓了一跳："姑娘来了？"

晓月格格低头直乐，又用眼角偷占人家的便宜。刘公子把挂红交给晓月格格，晓月格格一试穿，真是再合适不过，衣服合体程度，就像花生仁外面包的那层红皮。临走之前，刘公子告诉晓月格格，这挂红乃辟邪扬善

之物，如果衣服受到损害，则挂红失去祈福之能。晓月格格听完，点头如鸡啄米。

回到家，晓月格格正想穿上挂红，突然，她觉得这挂红有点奇怪，左袖子沉甸甸的，再仔细端详，发现左袖的内侧鼓鼓的，用手一摸，里面被填了东西。晓月格格不知道这到底是怎么回事，一边的玉莲说："小姐，我觉得刘公子八成对你有意了。"

晓月格格听了，好不喜欢："真的？"

玉莲点点头："你想啊，刘公子说，挂红受损则祈福之能消失，叫我们不能动袖子，那么只有他本人可以修改呀，刘公子的意思是叫我们回去找他。"

晓月格格拧了一下玉莲的胳膊："小样，真有你的。"

晓月格格重新"杀"回裁缝店，却发现小店已经拆了，只留下一个"无名"的牌子。晓月格格非常生气："官府拆迁太不像话了！"玉莲说："小姐，这哪是官府干的啊，估计是刘公子自己走了。"

刘公子离自己而去，晓月格格好不伤心，她雇人把那"无名"木板摘了下来，搬到自己落脚的地方。从此，晓月格格茶不思，饭不想，整天对着"无名"木板发呆，害起了相思病。玉莲好言相劝，也无济于事，只能感慨道："问世间情为何物，直叫人盯着木板子不吃饭……"

几日不进饭食，晓月格格很快瘦了下来，精神也变得恍惚起来，嘴里时常嘟囔着"挂红挂红挂挂红"之类的不搭调的话语。

这天晚上，晓月格格又抱着木板瞅了半天，头一沉，睡了过去。突然，晓月格格觉得有人碰了她一下，惊醒后，晓月格格见玉莲手里拿着一封书信。玉莲说："小姐，外面有个小叫化给了我封信，说是一位俊秀公子给的。"

晓月格格急忙打开信，但见这封信好生奇怪，信中画有一件衣服，在衣袖处有"挂红"两字，衣袖旁边有一把剪刀，似是要把袖子剪断。而袖子下面画有一个圆口大碗，碗里盛满了清水，碗底落有一枚铜钱，挂红的上方画有皇宫！

晓月格格眉头紧皱，这封信中有"挂红"二字，想必是刘公子所写，他一定有什么事想告诉自己，但为什么他不当面讲清？而信中除了一幅图，没有只言片语，并没有交待什么事情。

玉莲轻声说道："小姐，我看刘公子一定有什么难言之隐，他之所以不敢明说，一定心里有苦衷。"

晓月格格点点头："不错，刘公子送的这封信，是画中有话！他要说的事，应该就在那挂红里面！而其中的蹊跷就在那不同寻常的衣袖中！"

晓月格格忙叫玉莲拿来一口大碗，碗中放入清水，接着，晓月格格让玉莲放入一枚铜钱，玉莲很为难："小姐，我们只带了银子，直接放银子行不行？"

晓月格格杏眼一瞪："刘公子画图寓意于我，我们必须按他说的做，去兑零钱！"

玉莲取回零钱，把一枚铜钱轻轻放入碗中，又取了一把剪刀，把挂红的左袖口缝结处开了一个小口，抽出线头，顷刻间，从袖口里"哗哗"地流出了异物，流出了什么？细沙！

晓月格格陷入了沉思：刘公子把细沙缝入袖中，是什么意思呢？她百思不得其解，人仿佛又苍老了许多。

这一晚，晓月格格又对着那块"无名"木板发呆，她努力思索刘公子

在信中要表达的意思：碗中的铜钱是钱财，而清水又代表什么呢？

钱和"乾"谐音，再联想到清水，这不就是说的乾清宫吗？刘公子是想见皇上？

想到自己离开皇宫已经多日，再加上心中的困惑，晓月格格便带着玉莲回到了宫中。见了乾隆帝，晓月格格把事情一说，乾隆眉头紧皱，他背着手，在皇宫里踱来踱去，一边走，一边想："袖中藏沙？这是何意呢？"突然，乾隆好像想到了什么，他问晓月格格："细沙果真藏在左袖之中？"

晓月格格点点头："千真万确！"

乾隆的脸一下沉了下来，不紧不慢地说："朝中有一个官员叫左沙，几个月前因为贪污库银被朝中大臣奏了一本，已经打入死牢，秋后就要问斩。"

晓月格格想了一下，说："左袖藏沙，莫非说的就是这个'左沙'？或许这里面有隐情？"

乾隆点点头："当时朕也觉得此事蹊跷。"

于是，乾隆下旨重审左沙一案，经过彻查，果不其然，左沙乃一清官，他看不惯贪官搜刮民脂民膏，想把这些蛀虫扳倒，却没想到众贪官联名反诬左沙中饱私囊，众口铄金，左沙就这样被诬告而打入死牢。

案件已经查明，乾隆帝释放了左沙，左沙官复原职。

这一天，晓月格格又带着玉莲出宫了，走在街上，突然发现了刘公子，只是刘公子当天却是一副女装打扮，原来，她是左沙的女儿左秀儿，父亲被关入死牢，左秀儿知道如果自己当面诉冤，那些贪官哪能容自己说真话？最后，左秀儿想到一条计策：早听说晓月格格爱出宫巡游，而且曾放话要把天下带'州'的地方玩个遍，左秀儿又得知格格每出游一个地方，都会留下诗句，而且这些诗句都是一种格式，去年在扬州，格格作的诗是"扬州真好玩，好玩真扬州。"按诗句推算，格格今年来滨州的机会最大，于是，左秀儿装扮成裁缝，在挂红上做文章，让晓月格格在皇帝耳边"递话"。

晓月格格知道了事情的真相后，好一声叹息："问世间情为何物，直叫人白忙活一场……"

（题图、插图：黄全昌）

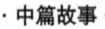

·中篇故事·

每个人都应该有感恩的心，但是当一个人背负太多受人恩惠的枷锁时，感恩也会成为一种压力……

移山

□ 方冠晴

1．一双球鞋

市里要举行中学生篮球赛，三中的高一学生李恩被学校选为校队参赛球员。

李恩将这个消息带回家，爸爸老李高兴坏了，这可是他的宝贝儿子第一次给他带回一个有点出息的消息。老李正乐呢，李恩又说话了："参加这样大的比赛，鞋子得穿得出去，你替我买双耐克球鞋吧。"

老李的笑容僵住了："耐克？那要多少钱一双？"

李恩的手臂轻松一挥："一千块钱以下的甭买了，我在同学面前丢不起这个人。"老李呆了，他们的房租快到期了，又该续交下一个年度的房租

了，他正为凑不足这房租费而犯愁呢，儿子却在这时候来事，老李叹了一口气，傻傻地问："孩子，上个学期我不是帮你买了一双一千多的吗？叫阿什么斯的。"

李恩撇了撇嘴，跟这样的老爸真的没法沟通，地球人都知道的牌子，到他嘴里成"阿什么斯"了，他问老李："你给我买了一双阿迪达斯就了不起啦？我们同学谁不是阿迪达斯和耐克轮着穿？就我寒酸！"他说这话当然有点夸大其词，但他知道，对付老爸，只能这样。

果然，老李直搓双手，而后咬咬牙："好吧，我买。我也不能让儿子丢脸不是？"老李说话算话，真买了

70

一双耐克球鞋，看样子挺不错的。李恩满意，也就没问价钱。

第二天下午放学后，李恩他们球队要去五中和五中篮球队打一场热身赛，李恩带着那双新鞋就去了。学校还组织了一个全由女生组成的拉拉队，跟去为他们助威。

赛前，李恩坐在场地边换球鞋，脱下一双阿迪达斯，换上一双耐克，全是名牌呢，很风光。这时，五中一个大头队员走了过来，盯着他的耐克球鞋看，问他："你这鞋，多少钱？"

李恩愣了一下，他没向爸爸问价，爸爸也没说，他答不上来了。他这一愣一沉默，对方暧昧地笑了："不好意思说价钱了吧？我说呢，怎么看怎么像个假货呢。"

李恩恼了："你眼瞎了，什么假货？耐克！你没见商标吗？"

"就因为你这商标呢！大家看看他鞋上的商标，再看看我们的。"大头拉过来几个穿耐克鞋的，指指点点地比划着。大头这一说，围上来好几个同学看稀奇，其中就有几个拉拉队的女生，大家看李恩的鞋，李恩自己也看，这一看，他心里不由得"咯噔"一下：别人的耐克商标在鞋帮上，而自己鞋上的商标到鞋跟了，怎么会这样？莫不是爸爸买了双水货哄自己？

李恩心里打鼓，大头却不放过，阴阳怪气地笑："我说错了，你这不是假货，是山寨版的耐克，哈哈……"大

头笑声一起，周围的同学跟着哄笑起来。要知道，同学们虽然追逐名牌，穿名牌时觉得有面子，但没穿名牌也不会遭人耻笑，最让大家瞧不起的，就是没钱买名牌却买个假名牌装面子，那种虚荣是会成为同学们的笑柄的！

大家这一笑，李恩脸没地方搁了，他恼羞成怒，用力推了大头一把，大头一屁股跌坐在地上。这下可不得了，打篮球的有几个是怕人的主？大头爬起来瞪着李恩："找抽呢，动我？""你他妈的才找抽！"李恩二话没说就扑了上来。五中两个球员一见这架势，吆喝着也上阵了："你小子太狂了，到我们学校来打人，真是欺负到我们头上了！"那两个球员帮大头将李恩按倒在地上，一顿猛揍。

两边的体育老师都上来喝斥，没能喝住，最后还是三中拉拉队的队长傅月跳了出来，大叫："你们干吗？给我住手！"傅月这一叫，比体育老师还管用，大头收了手，对同伴说："算了，傅月是我初中的同桌呢，她开口了，咱给个面子。"

李恩从地上爬起来，灰头土脸，再也没脸见人。自己弄双假名牌装门面，成为别人笑柄，现在打一架又打输了，他真恨不得找个地缝钻进去，他拨开围观的同学，就跑了出来，这场球，他不可能打了。

李恩才钻出人群，迎面就看到了

他爸爸。老李是一家批发站的送货工，每天开着小货车送货，五中的小卖部就在篮球场边上，他每天的这个时候都往这家小卖部送货。

老李一看李恩那副衣衫不整的样子，慌了，赶紧迎上来问："孩子，咋了？"李恩拔萝卜似的扯下脚上的耐克鞋，用力摔在老李面前，吼道："钱就是你的命吗？我有你这样的爸爸，算是倒了八辈子霉啦！"吼完，他头也不回地跑了。老李开着小货车追，李恩不理，搭上一辆出租车回了家，关上门，用被子蒙上头，任凭爸爸叫破天他都不吭一声。

2. 一架纸飞机

第二天，李恩就被学校篮球队除名了。昨天那场架是他先动的手，学校拿他开刀了，以儆效尤。这让本来就没脸见人的李恩更没脸见人了，学校还没放学呢，他就跑了出来，直奔五中来了。是大头让他蒙受了耻辱，成了大家的笑柄，现在，又害他被球队开除，他要找大头报仇。

李恩就是这样一个有仇必报的人，他平时在学校，与同学有个小磕小绊，都会大打出手，同学们都不敢惹他，现在大头让他连栽了两个跟头，他哪有轻饶的道理？李恩来到五中时，学校刚放学，他躲在围墙边守着，却始终不见大头出校门，直到学生走得差不多了，他才看见大头和一帮球员在小卖部门口的篮球场上练球呢。

李恩躲到小卖部边上的围墙外，扒着围墙观察大头的动静，正看着呢，一辆小货车开过来。他眼尖，认出那是爸爸的送货车，要是让爸爸发现他，今天的仇甭想报了。他吓得一下子蹿上围墙，顺着围墙就跳上了小卖部的屋顶，躲过了老李的视线。

小卖部是平顶房，房顶比围墙高不了多少。李恩趴在房顶上，他看得到操场上的大头，也看得到刚将车停在小卖部门口的爸爸，但下面的这些人不可能抬头往上望，所以谁也发现不了他。李恩趴在房顶上看大头，大头在操场上打球打得正欢呢，这惹得李恩更是气不打一处来，但他这会儿没办法冲过去与大头决战，人家有同伴呢，冲过去只会像昨天的下场一样，自取其辱，得想个办法将大头从这些同学中支开，让大头落单，自己才有报仇和获胜的希望。

可怎样才能将大头支开呢？李恩想啊想，终于想到了一个人：傅月！

傅月是大头初中时的同学，而且昨天就是傅月喝斥了一声，大头才住了手，那效果比老师的命令还见效。这么看来，大头八成是喜欢上傅月了，才会这么听傅月的话。这很有可能哦，傅月那么漂亮，成绩又好，是会招男同学喜欢的。

李恩一下子便有了主意，他立即掏出纸笔，模仿起傅月的口气，给大头写信，幸亏他知道傅月的住址，可他不知道大头叫什么名字，他想了想，干脆不写称呼了，只要在落款写上"傅月"的名字，兴许还是有效果的吧。

信是这样写的：

"我觉得，我可能有点喜欢你了。你能来我家附近跟我见面吗？我家在北环四路173号的紫竹小区里。我等你到6点半，过时不候。傅月。"

李恩将写好的信看了一遍，他觉得自己几乎是个天才，大头要是捡到这样一封信，还不屁颠屁颠地跑去见傅月了？这样就将大头和这几个同学分开了，自己只要跟过去，嘿嘿，狭路相逢，亮剑！

李恩当即将这封信折成一个小飞机，还特意让"傅月"两个字露在外面，这样，大头一见，就能知道是写给他的，然后，他对着十多米外的篮球场，将这纸飞机"飞"了出去……可遗憾的是，纸飞机没折好，一边轻一边重，扔出去才三五米，就一头栽在地上。

再来！李恩依样又重写了一封信，很认真地将信折成了纸飞机，掷了出去。这次的纸飞机折得太漂亮了，一直飞到了篮球场的中央，在大头他们的头顶上绕了一圈，又飞回来，撞上小卖部的墙壁，掉进了停在小卖部门边的一辆货车的车斗里，这货车正是李恩的爸爸开来的!

李恩正想再写信，不料这会儿大头他们已经停止打球了，各人到场边拿了各自的衣物，一群人说笑着往校外走，而就在这个时候，更糟糕的事情发生了：李恩的爸爸卸完货后正要走，无意中看见了车斗里的信，李恩倒并不担心爸爸会发现这信是他写的，因为他故意把字写得特别工整，但问题是爸爸把信拆开来看了，随即便问起了小卖部的大爷："你有看到刚才有谁往我的车斗里放信吗？"

"信？什么信？"大爷走了过来，要看，老李却将信揣进了裤兜里："也没什么啦，只是——你刚才看见有谁靠近我的车吗？"

大爷挠起了头："学校放学都一

个钟头了，学生早走光了，会是谁呢？哦，刚才倒是有两个女人从你车边经过。"

老李顿时激动起来："长什么样子的？"

大爷笑了："长什么样倒也没细看，反正是女的呗！"

"谢谢您啊大爷！"老李乐了，他匆匆地抬腕看了看表，"哟，离六点半只差二十分钟了，大爷，我赶时间，账就明天再来结了！"

老李跳上车，将车匆匆地开走了，李恩看着这一切，傻了眼：不会吧？爸爸居然以为那封信是给他的，而且，他，还真打算去赴约了？

3. 一段隐情

李恩看到老李将车开出校门后就拐头向北，便断定爸爸真是要去赴约了，因为送货后只能是回家或者回批发站，而这两个地方都在五中的南边，不可能将车向北开。

这时候，李恩的脸阵阵发烧：爸爸是想女人想疯了吗？这样的一个纸条他就当真了？也难怪，李恩从小就没见过妈妈面呢，老李说过，妈妈生李恩时难产死了，老李一直再没娶上媳妇，成老光棍了，可就是老光棍也得有自知之明呀，都一把年纪了，谁瞧得上他？还会给他写信？李恩在房顶上发了好半天的呆，他觉得爸爸有点丢人了，他突然有了个主意：得赶

去傅月那个小区看看。

是什么原因让李恩拿了这么个主意，他自己也说不清楚，是想看爸爸的笑话？还是抓爸爸一个"把柄"、以后要什么时方便些？还是去想个法儿将爸爸带回家？他说不上来，管它呢，先去看看。

李恩打的来到了北环四路的紫竹小区，刚下车，他就看到爸爸了，老李正在那里和小区保安周旋："你让我进去，是傅月写信约我来的。"保安不让："刚刚不是和业主通过电话了吗？傅月说了，她不认识你。"老李还在坚持："可她妈妈认识我，她妈妈是我的朋友。"保安上上下下地打量着老李："那你就在这里等吧，她妈妈也快回家了。"

丢人啊，爸爸当真了，当真到几乎发神经的地步了！李恩没脸过去，他不是怕爸爸难堪，而是怕自己难堪，保安要是知道他是这么一个发神经的人的儿子，会怎么想？于是，李恩便在附近一棵树后面坐了下来。

等了大约七八分钟的时间，一个中年妇女从外面回来，老李迎了上去，大惊小怪的："陆姐！是你吗？"那女人被吓了一跳，仔细打量老李，随即也惊喜地叫起来："老李？你是李老弟？"

李恩眼珠子都快瞪出来，爸爸在这里还真有认识的人？

那边的两个人却热络起来，那个

姓陆的女人问老李怎么找到这里来了，老李则说，他是无意中看到一张纸条，上面有傅月的名字，还有家庭住址，天下同名同姓的人多，他也是试着找来的……一旁的李恩听了，心想，还好，他算是还没发神经，没说纸条上的那些混话，要不，李恩都不知道该怎么收场了。

简单的寒暄之后，老李就激动地问起来："傅月呢，怎么样？长成大姑娘了吧？刚才我还跟她通电话来着，可她说她不认识我。"

姓陆的女人笑了："你最后一次见她才多大，一岁多一点呢，她哪能记得你？对了，李恩呢？长成大小伙子了吧？那孩子怎么样？"

一谈到李恩，老李低下了头，叹了一口气，说："我对不起大周，我没将他的孩子教育好。李恩这孩子，不争气啊，学习嘛，不及格的科目多，平日里就只知道讲吃讲穿讲玩，唉……"

李恩听了，霍地从地上跳了起来，什么大周？什么"他的孩子"？

那边姓陆的女人在宽慰老李："你也别自责，我相信你尽力了。孩子自己不争气，怨谁？我相信就是大周自己抚养，他也不定能将孩子教成什么样。"

李恩的双眼瞪得大大的，现在再明白不过了，他不是老李亲生的，他是大周的儿子！到了这个时候，李恩

再也无法克制了，他从树后走出，愣头愣脑地冲过去，大声问："谁是大周？"

李恩的突然出现，将两个大人吓了一跳，老李和姓陆的女人起先还吞吞吐吐的，后来见无法遮掩，姓陆的女人叹了一口气，对老李说："要不，告诉他吧？毕竟孩子也这么大了……"老李耷拉着脑袋，舔了舔干裂的嘴唇，最终点了头："他都知道了，不说不中啊！"

姓陆的女人过来拉住了李恩的手："这样吧，不忙。我们两家，快15年没见了，难得今天碰到，一起去我家吃个饭吧。孩子，别急，到我家去，我们会慢慢告诉你的。"

一行人去了陆阿姨家，傅月也迎出来，大家在沙发上坐下之后，老李讲起了一段往事：

15年前，老李还是个二十出头的毛小伙子，为一家运输公司开货车。一天，他送一车化肥去山里，返程时，经过盘山公路的一个弯道，刚转过弯，猛然发现路面中央有块大石头，近在咫尺。他想避开已经来不及了，刹车也来不及了，车子撞上石头，翻了，翻向山坡下面，整个车子打了一个滚，最终在悬崖边上搁住了。

当时他头破血流，最要命的是，车子被撞得严重变形，他的一条腿被卡住了，他逃不出来，只能虚弱地呼救，眼看情势危急，可还是没见人来，山道上本就行人稀少，即使有人来，又有谁敢救？就在这时，山道上开过来一辆运竹子的货车，车上的司机就是傅月的爸爸老傅，货主则是李恩的亲生父亲大周。两个人一听到老李的呼救，就停下车过来察看，他们知道救人极度危险，但不救，车子随时有可能滚下悬崖去。那时候通讯并不发达，谁也没有手机，没法报警求援。最终，老傅和大周想了一个办法，解下自己车上绑竹子的绳子，将老李的货车绊在树上。他们以为这样车子就不会滚下悬崖去，他们就可以放心施救，但他们不是专业的救援人员，忽略了一点：绑竹子的绳子，哪里能够

牵得住一辆货车的重量呢？就在刚刚救出老李的时候，车子一动，扯断了绳子，车子碾过大周的身体，带着老傅，跌下了悬崖，而老李，因为被恰好路过的山民们拉着，捡了一条小命。

老傅和大周死了，而大周还有个八个月大的儿子，妻子在生产时因难产死了，现在，孩子成了孤儿，老李感念大周的救命之恩，将孩子领养了过来……

听完老李的叙述，李恩愣了好半天，许久之后，他点着头，说了两个字："难怪。"

老李和陆阿姨都糊涂了："什么难怪？"

李恩幽幽地说："我不是你亲生儿子，你才会买一双假冒的耐克鞋来打发我，我要是你的亲生儿子，你会吗？"老李呆住了，好半天才委屈地叫起来："天地良心，你是我恩人的儿子呀，我、我……你去武胜路的耐克专卖店打听，我买给你的，是不是假冒的！"

4.渴望一顿揍

陆阿姨家的晚餐办得很丰盛，她热情地款待了李家父子，还特意开了酒，为两家15年后的相逢而庆祝。

老李举起酒杯，激动得连话都说不清了："陆姐，当初你家搬房子时为什么不告诉我一声，害得我这15年来

一直在找你。我、我一直不能为你们做点什么，心中不安啊！"

陆阿姨笑了，说："我搬房子就是为了躲着你呀！"

"为、为什么？"

"因为你光知道感恩、报恩，你总是来我家做这做那的，我过意不去呀！"

"有什么过意不去的？那都是我应该做的，你们本来就是我的恩人呀……"老李没说完，陆阿姨打断了他的话："其实，我们不是你的恩人……李老弟，有一件事我一直没脸说出口，今天，我索性说了吧！"

陆阿姨沉默了一会儿，似乎不知从何说起，但最终她还是咬了咬牙，一一道出："15年前，就在你发生车祸的前一天晚上，大周上我们家和老傅商量事情，我隐隐约约听到了几句话，他们说——'现在挣钱很难，要是、要是……'"

屋里所有的人都盯着陆阿姨："'要是'怎么样？"

陆阿姨一咬牙："直说了吧，他们决定在盘山公路上放一块石头，拦住路过的车辆，好对路过的车辆实施抢劫！"

所有的人都惊呆了，怎么会是这样？老李叫起来："老傅和大周不是这样

的人！他们要是这样的人，就不会冒死救我！"

陆阿姨叹了一口气："你怎么还不明白呢？他们救你只是赎罪，你明白吗？是他们让你发生了车祸，后来眼见得你的命要没了，这才良心发现，他们于你，没有恩，只是赎罪，你明白吗？"

听到这里，老李、傅月、李恩全傻了，最无法接受的是李恩，他叫了起来："你的意思是——我的亲爹是个抢劫的？"陆阿姨点了点头。

"他救、救李爸爸，不是为了救他，而是赎罪？"

陆阿姨还是点了点头。

"这怎么可能？我不是他的亲生儿子也就罢了，还不是他恩人的儿子，而是故意制造车祸的抢劫犯的儿子……"李恩像遭人打了一闷棍，痛苦地大叫一声，冲出门去……

李恩一直跑到小区门口才停下

来，在那里徘徊，要是往日，他这样跑出来，老李肯定是会追出来的，这样一想，李恩突然为自己的命运担忧起来，以前老李收养他，是因为他是老李恩人的儿子，老李要报恩，而现在，他什么都不是了，老李还会管他吗？他现在与老李有什么关系？什么关系都没有啊！

李恩哭起来，他这才意识到自己成孤儿了。他哭了好久，没有一个人来理睬他，他不知道该去哪里，回家？那还是自己的家吗？他没地方去了，他漫无目的、无精打采地在街上转悠，走呀走，他就这样走到了武胜路，看到了那家耐克专卖店。他自己都说不上来是什么原因，他跨进了店里，走进了鞋区，他一眼就看到了老李为他买的那款鞋子——商标靠近鞋跟的那种。他愣住了，一旁的服务员热情地介绍说："这是新款，1180元一双。"李恩的目光又转向大头他们穿的那种款式，服务员说："这种要便宜些，760元，最受中学生欢迎了，你要哪种？"

李恩什么都不要，他一下子便流了泪，弄得服务员不知所措。李恩跑出了专卖店，在街头抽泣。原来，老李并没骗他，给他买的是真耐克，比大头他们的还贵，他这才想起老李的好来。其实，老李平时对他是真好，他看见人家富家子弟有什么便也跟着

要什么，以老李的收入，哪能满足他啊？但每一次，他要什么老李就给什么，砸锅卖铁也要给，可着劲儿宠着他，可自己从来没感激过，总觉得这是当爹的应该做的，现在想来，老李不仅仅将他当儿子，而且是在报恩啊，可刚刚陆阿姨说了，老李对他李恩，根本无恩需报……一切都成了过去，因为一双鞋，因为一架纸飞机，因为陆阿姨的出现，一切都改变了……

李恩就这样在街上晃荡了整整一夜，天亮的时候，他发现自己竟然站在五中的校门口，他自己都不知道要干什么。学生陆陆续续来上学了，大头和几个伙伴也说笑着来了，李恩这才明白了，他原本就是来找大头的，于是，他怪叫一声，扑了上去。

大头早看到了李恩，早就攥着拳头提防着他呢，见他扑过来，就迎面给了他一拳，他的鼻子当即就出了血，一屁股跌坐在地上。

李恩爬起来又怪叫着扑上去，大头的那几个伙伴也帮着一起将李恩摁在地上，揍了起来，但大家一松手，他又爬起来，怪叫着扑上去。大头意识到不对：这小子怎么啦？光挨揍不还手，发神经啊？大头喝住了大家，让同伴别打了，可李恩怪叫着又扑了上去，当然，他又被撂倒了……

就在这时，李恩听到了一声喊："你们干吗打我的孩子？"是老李奔

了过来，大头他们见了，"哄"地一下散了，跑进校园里去了。

5.移去一座山

老李怎么会赶过来的呢？

其实，不但老李来了，陆阿姨和傅月也来了。李恩离开陆阿姨家不久，老李就出来找他了，找不到，便告知了陆阿姨，陆阿姨和傅月也出来一起找。他们在街上找了整整一个晚上，没找到李恩。天亮时，傅月才醒悟过来，说："前天下午，李恩跟五中的球员们打了一架呢，他为这事被学校球队除名了。他平时就爱打架，不会是怀恨在心、找五中的学生报仇去了吧？"她这一说，大家就奔五中来了。

老李奔上来，搂着李恩，看到李恩脸上的血，心痛得流了泪。李恩却望着他，试探地问"你刚才说——'你们干吗打我的孩子'，'我的孩子'，是这样说的吧？"

"是。"老李将李恩搂得更紧了，"你本来就是我的孩子，我养了你15年，你难道还想不认我这个爸爸？"

李恩心头一热"我认，认！可我的生身父亲他……"

"这又有什么关系？孩子，我以前是将你当恩人的

儿子待，现在咱们改变一下关系，你做我的亲儿子，好吗？"

李恩哭了："爸，你揍我一顿吧，亲爸都揍亲儿子的，你也揍我一顿吧。我以前太混了，你都没打过我，你打我吧，让我醒醒。我今天来找大头，就是渴望一顿揍啊，我以前真该揍啊！"

"你以前是该揍！"老李举起了手，但是，他没打下来，而是伸手过来抹掉了李恩脸上的血，"爸舍不得揍你，爸高兴，你今天能说出这样的话来，爸高兴还来不及呢。"说着，老李抹起了泪。

陆阿姨和傅月站在远处，望着父子抱头痛哭的场景，陆阿姨笑了："这就好了。"

傅月却有些儿生气，瞪着妈妈：

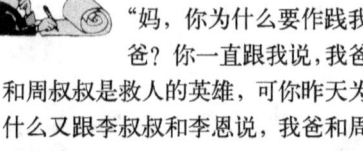

"妈,你为什么要作践我爸?你一直跟我说,我爸和周叔叔是救人的英雄,可你昨天为什么又跟李叔叔和李恩说,我爸和周叔叔他们……"

陆阿姨叹了一口气:"孩子,'恩'这东西,有时就像一座山,会压死人的,何况你李叔叔是一个特别感恩的人。我当年为什么搬家?就是因为他恨不得做牛做马来报答你爸爸的救命之恩。他这15年来,连老婆都没找,就是怕找了老婆、老婆会因为李恩不是亲生的而对李恩不好。他哪是将李恩当儿子,他简直就是在给李恩当儿子啊!这样还教得好李恩吗?你也看到了,他这样宠着、惯着李恩,是

什么结果?李恩懂得感恩吗?你没见到昨天晚上李恩听说自己是老李的恩人的儿子时那种表情?那表情让人害怕呀,所以,我觉得,是该将老李心中的那座山移走了,这样,他活得轻松些,对李恩的成长也有利呀!"

傅月诧异地望着陆阿姨:"可是,李叔叔会误会爸爸和周叔叔的呀!"

陆阿姨想了想,说:"误会又有什么关系呢?我们干吗一定要人家记着恩呢?如果一段恩,会连累和害了别人,那还是恩吗?"

傅月似懂非懂地点了点头,而那边,老李将李恩搀了起来,父子扶持,走上了回家的路……

(题图、插图:杨宏富)

·本刊信息传真·

第四届"梅陇杯"法律知识故事征文评选揭晓

由司法部法制宣传司、上海市法制宣传教育联席会议办公室主办,上海市闵行区法宣办、上海市闵行区梅陇镇人民政府、《故事会》杂志社联合举办的2009年"梅陇杯"法律知识故事创作大赛征文,经评审委员会评定,各项奖已产生,现公布如下:

一等奖:《喝出来的官司》(李敬文);二等奖:《破损的借据》(石竹)、《你也逃不了》(啸声 倍斯);三等奖:《飞来的儿子》(严岐成)、《这个字怎么念》(杨明)、《都市花园里的被告》(顾诗)、《蜜月里的车祸》(范大宇)、《最倒霉的被告》(李炳来 姜东旭);优秀作品奖:《一根鱼刺闹人命》(顾文显)、《一张社保卡》(宋桓)、《谁说与你无关》(子墨)、《维权时刻》(吴迪)、《好心办来的坏事》(张协)、《这个责免不了》(罗凤仙)等。

为办好"法律知识故事"这个栏目,我刊决定再次面向全国征文。希望通过发生在我们身边的、短小而具体的个案,生动形象地宣传法律知识。这些知识注重现实性,实用性,真正起到解剖一个案例,明白一个道理的作用。

本次征文也欢迎读者和法律界人士提供法律及生活素材,一经录用,即付稿酬。

来稿方式: 1. 从邮局寄发,请在信封上注明"法律知识故事"字样,本刊地址: 上海市绍兴路74号《故事会》杂志社,邮编 200020。2. 从网上传递,可寄以下信箱: wulun@vip.sohu.net,请在主题上注明"法律知识故事"字样。凡已和我刊编辑有联系的作者,稿件可继续投给原来的编辑。

说起书生，只知道他们读书成瘾，爱书成癖，却不知还有爱美容成狂的，不信吧？看了这个故事就知道了……

书生
爱美容

□ 胡海珊

时机，于是那女鬼白衣飘飘，一路前来，双脚竟丝毫不沾地。

之所以有声响发出，只是因为她的裙摆太大了，飘起来碰到了地面而已。

女鬼到了庙里，见门虚掩着，明明闻到人气，却不见人影，就有些纳闷了。她透过门缝偷偷往里看，但夜色深沉，并不能看清，于是她越凑越近，越凑越近，几乎把鼻子贴到了门上。

张生呢？他敛息静气等了半天，也没有动静，只是觉得门外阴风阵阵，他冻得有些受不了啦，向外一望，隐隐约约看见一团白影晃来晃去，心想这莫非不是强盗、而是鬼吗？

话说清朝年间，有个姓张的书生进京赶考，夜宿一座破败的古庙。夜里，睡得迷迷糊糊的时候，忽然听到一阵"窸窸窣窣"的响动，他想，这山中少有人迹，深更半夜，难道是强盗？

这张生向来胆大，非但不怕，反而爬起来，到门后找了根门栓在手里握住，悄悄候着。

再说那响动的来源，其实不是强盗，而是一个女鬼。

这女鬼死了也不知多少年，只因尸身埋在庙后，就一直在此逗留。这晚上月黑风高，实在是出行掠食的好张生书读得多，有关书生和女鬼的传闻轶事他看得多了，因此并不害怕，心想：不管是强盗是鬼，还是先下手为强！

张生主意一定，举着门栓，"嘎吱"一声，突然把门拉开了，而这个时候，也实在是好巧，那女鬼刚好也不耐烦了，正想推门进来，门却自动开了。她本来是倚在门上的，这下失去重心，身子不由自主地向前扑去，竟然把开门的张生也撞在地上，面对面压了个正着，顿时四只眼睛如顶牛般地对在一起！

"啊——"

"啊——"

你看我，我望你，两个人，不，是一人一鬼，忽然齐声大叫起来——

"哇，你这个臭男人，皮肤怎么保养得这么好？"

"哇，真是鬼呀！好你个女鬼，怕该是几百岁了吧，怎么容颜如此年轻？"

话一叫开，一人一鬼互看一眼，竟然都笑了，当下便热烈讨论起来。

女鬼说："我常年不晒日光，又不干活，自然衰老得慢，只是缺乏血色，过于苍白了，所以偶尔才不得已吃几个人来补充一下。"

张生说："我日常注意饮食，少吃油腻荤食，多饮水，但小痘痘的问题么还是难以彻底解决，你有何良方呀？"

女鬼说："这个嘛，你可以煲一些清凉解毒的汤喝啊，我现在已是鬼了，这些煲汤的法子倒是还记得，等一下写给你。"

原来，这一人一鬼却有同好，都是爱美到极致的，可一个孤魂野鬼自然没人跟她讨论这个。张生呢，堂堂男儿，当然也不敢跟人高谈阔论，探讨皮肤保养之类的女儿家话题，所以平时都是极难碰到知音的，这时话匣子一开，简直就是滔滔不绝，就这样你一言我一语，这一人一鬼越说越投机。

也不知过了多久，忽然远远听得一声鸡叫，天边已泛起鱼肚白来。

捧了个罐子回来。

第二天，张生便带着女鬼一同上京了，一路上，他每到夜间便放女鬼出来，和她彻夜长谈，白天则昏昏欲睡，什么圣贤之书几乎忘得一干二净了。

就这样，张生因为过度沉湎于跟女鬼进行美容探讨，终于考学失败，但他并不难过，索性变卖了祖传的一块玉佩，也不回乡了，将那钱作为起步资本，在京城开了家叫"美颜堂"的店铺，专营女子美容之物，而研制的第一件产品，就是灵感来自于女鬼的防晒霜，据说此物一出，当即引领京城时尚之风，没多久，张生就赚了个金银满钵。

张生很是感激女鬼，虽说不能和她结为夫妻，但始终以礼相待。

女鬼也感动个半死，当即发誓再不吃人了，日后也果真不食言，只吸取动物精髓。

据说，"美颜堂"的第一品牌"乌鸡玲珑丸"，就是那女鬼为了补阴特意研究出来的，治疗女子阴虚，效果好得很呢。

（题图、插图：安玉民　梁　丽）

女鬼这才一惊跳起，说："哎呀，天亮了，我得走了，不然被日光晒到我会魂飞魄散的。"

"啊？这就走呀？"张生急了，"可我还有很多想法没有跟你探讨呢。"

"我也是啊！"女鬼也依依不舍，她想了想，毅然说道，"这样吧，你到后院去，那里有一棵老槐树，你去那树下挖，掘地三尺有一个小陶罐，我的骨灰就在里面，你带着它，我就能跟你一起上路，我们也好继续探讨了。"

"好办法，我这就去！"

张生大喜，雀跃而去，没多久，就

农村

□ 一 冰

"黑话"

这段时间，阿P迷上了钓鱼，他置办了一套钓具，到了周末，阿P就带着媳妇小兰一起去郊外钓鱼。

他们找到一口池塘，这池塘离村子较远，四下无人，阿P想这一定是无人承包的野塘，不管有鱼没鱼钓着玩一下，反正他出来也不是为钓鱼的，主要跟小兰谈情说爱、密切感情的。

阿P刚打好鱼窝子，忽然从池塘对面的树下走出来一个人，那是个邋邋遢遢、走路一瘸一拐的农村汉子。

阿P的心一紧，难道是这池塘的主人来了？刚才没看见有人，原来是躺在树后面，可那汉子只远远看了他们几眼，接着便朝他们走来，走近后就在池塘边坐了下来，也没说话，只是眼睛盯着池塘看。

阿P是个机灵人，善于察言观色，见那人坐在旁边没做声，心想：他是谁呢？要么他不是池塘的主人，闲着没事做，来看自己钓鱼的；要么就是

这个池塘的主人，等自己把鱼钓起来之后，再论斤收钱，现在在哪里钓鱼都是这样，钓到了鱼就花钱买下来，这没什么，所以阿P也没有放在心上。

钓了一会儿，没想到这池塘的鱼太好钓了，鱼都像是饿鬼一般，鱼饵丢下去就被吞了。阿P大喜，钓了一条又一条，鱼竿舞得风生水起，可正钓得起劲，忽然那汉子叫了起来"起风了，别钓了！"

阿P看看池塘，果然起了风，原来镜子一样的水面现在泛起一道道水波。阿P满不在乎地说"起风也不怕，我钓鱼的技术高着呢，看得见鱼漂子。"

那汉子的声音霹雷般地响了起来："起风了，不能钓了，快把鱼竿收起来！"

小兰见汉子凶神恶煞的，有些害怕，就说累了，要回去。阿P收起鱼竿，和小兰走了，随手把鱼也带走了，那汉子居然也没找他们要钱。

阿P百思不得其解，这汉子究竟是不是这池塘的主人？还有，起风了，为什么就不能钓了呢？

阿P回去把鱼做了吃啦，那鱼居然是野鱼，不是用饲料喂大的家鱼，特别的香，小兰非常喜欢吃。

为了讨小兰的欢心，过了两个星期，阿P再次带着小兰去那个池塘钓鱼。到了那里，那个汉子又来了，仍然是坐在他们旁边，看着池塘。

过了一会儿，池塘起了风，汉子又叫了起来："起风了，别钓了！"

阿P忍不住问那汉子："为什么起风了就不能钓了呢？"

那汉子愣了一下，说："这、这是规矩。"

阿P忽然有些明白了，他想起自己上学的时候看过的武侠小说，上面写过一些江湖黑话，像"踩点"、"扯呼"之类的就是黑话。

这"起风了"，可能就是当地农村的方言，算得上农村"黑话"，既是"黑话"，自然不能轻易向外人泄露；再说那汉子既不阻拦他们钓鱼，也不问他们收钱，自然不是池塘的主人，"起风了"说不定就是"主人来了"的意思，是提醒他们的。

后来，只要周末没事，阿P就会带着小兰去那个池塘钓鱼，只要那汉子说一声"起风了"，他就识趣地带着小兰和钓的鱼走人，彼此心照不宣，相安无事。

小兰对"起风了"这话也很纳闷，有一次在回家的路上问阿P："'起风了'究竟是啥意思？"

阿P把自己的猜想告诉小兰，说"我想可能是农村的黑话，咱们不能问，如果真问明白了，把事说穿了，只怕以后不能再在那里钓鱼了，最好装糊涂。"

小兰也点头称是，她深知阿P的为人，综观阿P的人生，很多场合都是靠"装糊涂"转危为安、化险为夷的，如果不是"装糊涂"，他阿P甚至不可能恋爱成功、婚姻结果。

到了又一个周末，又要去钓鱼了，这次小兰没去，她要和小姐妹逛商场，阿P就带了三个同事去。

那三个同事吃过阿P钓的鱼后赞不绝口，也要来"过把瘾"。四个人刚到池塘边坐定，情况突变，那个汉子一瘸一拐地快步走过来，一边走一边叫："不能钓鱼！不能钓鱼！"

阿P忙赔着笑递上一支烟，说："大哥不认识我了？上周我还来过，这会也没有风，正是钓鱼的最好时机。"

那汉子连连摇头，把阿P递过来的烟也毫不留情地挡了回去，断然说道："这里不能钓鱼！"

阿P这人最爱面子，当着同事的面被人拒绝，他顿时觉得脸面扫地，他大步走到汉子的面前，说："这池塘又不是你的，你凭什么要管？"

"谁说不是我的？"汉子拍拍胸脯说，"这鱼塘就是我承包的！"

阿P"哼"了一声，冷笑着说"你把我当三岁孩子是吧？我以前每次来钓鱼你怎么没说是你的？你怎么从来没收过钱？再说这池塘的鱼都是野鱼，肯定是没人喂养的野塘，别欺负我们城里人不懂！"

说着，阿P回头对另外三个同事说："别理他，我们钓我们的！"他仗着自己今天人多，根本不把汉子放在眼里。四个人都掏出了鱼竿，准备下

手了，那汉子急了，冲了过来，一把抓起阿P的鱼竿，在膝盖上狠狠一磕，就将鱼竿折断了。

阿P顿时就火了，他这根鱼竿花了两千多元买的，顶他一个月工资了，心疼哪，他像下山猛虎一般扑了上去，跟汉子扭作一团，打了起来。

三个同事一见，这事弄大了，可他们都是斯文人，不会打架，就打电话报了警。

不一会儿，警察赶来了。

那警察就是管这片的，认识那汉子，他说那汉子正是池塘的主人。

汉子前些年出去打工，摔断了腿，回来后村里照顾他，让他承包了这口池塘。因为穷，连老婆都没娶上，他也舍不得花钱买鱼饲料，所以塘里的鱼就像野鱼一样……

阿P愣了："可我以前每次来钓鱼，他都没有拒绝啊！"

虎年送给属虎人的文化礼品 —— 中国《虎文化》

中国人往往自称龙的传人，却忽略了我们也是虎的传人。
虎龙并崇的文化亘古绵延，直到秦汉建立统一帝国。

龙被正式定为王权的象征，从此"龙上天，虎落地"。也因此，虎在民间艺术中化身千万，成为无数人心中的吉祥物与保护神。

至此2010庚寅虎年，故事会文化传媒有限公司隆重推出大型图书《虎文化》，包含《论述篇》与《两千虎图》两册。《论述篇》对中国虎文化的形成做了从未有过的探索，一步步揭示深藏民间数千年的虎文化之谜；《两千虎图》博彩各个民间艺术品类中的两千张虎图，展现了虎文化存在于民俗生活中的整体面貌。《虎文化》是虎年送给属虎人的最佳礼品。

警察一听，觉得奇怪，便问汉子："这是怎么回事？"

汉子黑脸一红，嗫嚅着说："那是……那是……他……他媳妇长得好

看……我想多看看……"

阿P这才恍然大悟，终于明白汉子为什么要说"起风了"：那汉子见小兰长得漂亮，自然想多看几眼，"光棍看女人，越看越上心"，但汉子不敢面对面、眼对眼地看，于是就"转弯抹角"，看水面上的影子。可每当一起风，水面上看不到人影了，汉子就赶紧让阿P走了，他心疼鱼呢！他也不敢找阿P要钱，怕再也看不到美女了……

明白了缘故，阿P"扑哧"笑了：那个汉子，为了看我阿P的老婆，居然心甘情愿让我们白钓鱼，由此可见，我老婆该是如何的美貌，下次省里"选美"，让小兰报名去！

（题图、插图：顾子易）

天堂套牌车

□ 胡宝龙

父亲过世早，母亲很怀念父亲，她总是对儿子说：你爸爸在世的时候没有享过福，到了天堂可不能让他再受委屈，咱得多给他"捎"些东西。所以，每逢祭奠之日，母亲都会给父亲"捎"去大量的纸钱和时兴的纸扎品：早些时候是"冰箱"、"彩电"、"手机"，现在更有"摇钱树"、"宅院"、"马车"、"仆役"……母亲经常梦见父亲，而且在梦里她看到"捎"去的东

西都派上用场，父亲生活得很舒心。

这一天，又到父亲的忌日，母亲对儿子说，现在时兴纸扎的小轿车，要儿子打听卖的地方，买一个给父亲"捎"去。儿子多方打探，终于买到两辆扎制精美的"奔驰"轿车，车里还配有"司机"。母亲十分满意，"轿车""捎"去后，母亲很快梦见父亲在"那边"坐着"奔驰"轿车兜风。

但过了不久，母亲对儿子说，最近电视上老是播交警查车的事，扣了好多无牌车，咱"捎"去的车就没有牌照，要让"那边"的"交警"给查扣了，可就麻烦了，咱得赶紧给你爸爸弄两副车牌。于是，儿子又定做了两副"车牌"：天Ａ00001 和天Ａ00002。儿子对母亲说，这两副车牌"牛"得很，若是在阳世的话，这样的车牌，普通人就是再有钱也弄不到！

车牌"捎"走后，母亲果然又梦见了父亲：他的"奔驰"上了牌照后，路上畅通无阻，不但"交警"不敢轻易拦车，而且"收费站"都让他免费通过。这样的梦母亲做了不止一次，乐得她梦中几次笑醒。

又过了半个多月，一天夜里，母亲忽然慌慌张张地把儿子叫醒，说："儿子呀，我刚才又梦见你爸爸了，'交警'扣了他的车，说他开的是套牌车，一辆套了玉皇大帝的车牌，另一辆套了阎王爷的车牌，你爸爸正犯难呢，咱得赶快替他想想办法！"

找关系

□ 李英梅

阿贵想让儿子今年上小学，可去附近的第五小学一打听才知道，人家对年龄卡得很严，只要2003年8月31日以前出生的，阿贵儿子的生日是9月1日，正好晚了一天，唉……

阿贵回家对老婆一说，老婆一下急了："今年上不成可就麻烦了，咱这儿的房子年底就要拆迁，明年肯定就不在第五小学的招生范围了，第五小学可是市重点呢！"

阿贵一听也急了，他天天都在做望子成龙的美梦呢，哪能让儿子输在起跑线上。想了想，阿贵一拍胸脯对老婆说："你别慌，我这就去托人找关系，我就不相信还有托人办不了的事儿！"

阿贵说干就干，他找朋友，找同学，求亲戚，整整忙活了半个月。虽说请人吃饭花了不少钱，好烟好酒也

送出了不少，可托去办事的人回来都说："没办法啊，人家学校卡得很紧，说这是明文规定！"这结果让阿贵很不服气，阿贵回家又跟老婆要钱，准备再去找找人。

老婆不同意阿贵再去求人，说："算了吧，别又花了冤枉钱！"

阿贵瞪着眼一挥手，说"怎么会呢，我在单位大小也是个科长，这点儿小事找找关系还办不了？"

看着阿贵不知天高地厚的样子，老婆忍不住讥讽他说："快别提什么找关系了，要不是你当初喜欢找关系，咱儿子今年早顺顺当当上第五小学了！"

"你什么意思？"阿贵一下愣住了，没想到老婆说："你忘了吗，当初我本来定好8月31日做剖腹产的，可你非要找关系，让熟人的亲戚主刀，结果多等了一天，9月1日才做的手术！"

命运的恩人

□紫檀木难　推荐

纽约有一个面包店的老板，以十万美元的代价将面包店脱手，然后飞往加州度晚年。途中，飞机出了故障，机长宣布，飞机将暂时在拉斯维加斯着陆做维修。停留期间，乘客可以在喜欢的任何旅馆吃饭，一切费用由航空公司负担，可是旅客要赌博，费用需自负。就这样，乘客们住进了豪华的旅馆，然后开心地在赌城游玩，这位面包店老板也想去赌场试试运气，结果等他回过神来的时候，养老用的十万美元已经输光了。

输光了钱后，面包店老板神思恍惚，他往投币式洗手间走去，可是，连上洗手间所需要的二毛五的硬币也没有，正在万分尴尬的时候，恰好一个同一班飞机的客人来了，他好心地拿出二毛五的硬币，塞进了面包店老板的手里。"谢谢你。"面包店老板说，"只要我一有了钱，就会马上还给你。"说完，面包店老板便强迫那个好心的男人写下名字和住址。

面包店老板拿了钱就想进洗手间，就在这个时候，有人用完洗手间后没关门就走了，面包店老板赶紧溜了进去，就这样，他没用那二毛五就解决了问题。回到大厅，他发现角落里放着一台老虎机，他想，这二毛五也派不上什么大用场，于是就随手将这钱投进了机里……你猜，接下来发生了什么事？他竟中了大奖啦，拉斯维加斯空前的幸运降临到他身上！

老板到了加州，靠着那钱又开始经营面包店，店很快就兴隆起来，数年之后，那老板就成了百万富翁。

有一天，老板把自己在拉斯维加斯的经历说给店员听："我在加州拥有的一切，都是那个陌生的男人所赐，我一定要竭尽全力，找到那人！"一个店员疑惑地问道："借给您二毛五的那个人，不是把名字和地址都给您了吗？""我要找的不是那个男人。"面包店老板说，"我要找的是——没有关洗手间门的那个男人！"

457

2010
SEMIMONTHLY
下半月刊

2月
STORIES

欢迎登录本刊主办"故事中国网"（www.storychina.cn）

故事会
—STORIES—

2010 年 2 月
下半月刊·绿版

社 长、主编：何承伟
常务副主编：吴 伦
副主编：姚自豪（上半月·红版）
副主编：夏一鸣（下半月·绿版）
本期责任编辑：邢 悦
电子邮箱：simyyue@126.com

绿版发稿编辑：
夏一鸣 朱 虹 杭 帆
刘迎曦（见习） 颜轶超（见习）
美术编辑：李宝强
电脑制作：郭瑾玮
通 联：归依玲

本社办公室电话：021-64375030
上半月刊编辑部电话：021-64332325
下半月刊编辑部电话：021-64336469
（上海市绍兴路74号 邮编：200020）
主管、主办：上海文艺出版（集团）有限公司
出版单位：《故事会》杂志社

制作、发行总监：张 凯
电话：021-64313938
广告业务：上海故事会文化传媒有限公司
广告总监：张 淮
广告业务：021-34010383
广告投诉：021-64333738
广告经营许可证
沪工商广字 3100320050022 号
发行：中国图书进出口上海公司

·笑话·

医生的建议

个哮喘病人去医院复诊。医生问他："你的病需要新鲜空气，有没有听从我的建议，开着窗户睡觉啊？"

病人说："听了。我天天开着窗睡觉。"

医生得意地说："怎么样？你的哮喘病没了吧？"

病人摇摇头："哮喘还有，但我其他东西没了。"

医生疑惑地问："什么东西没了？"

病人手一摊说："自从睡觉开了窗，我的手表、手机和手提电脑都没影了。"

（白　磊）

（本栏插图：李　加）

丢大人啦

大李有个朋友是导游。这天，大李看到朋友一边写东西一边叹气，便问他出了什么事。朋友懊丧地说："唉，写检查，扣奖金。这次丢大人啦！"大李听了一头雾水，便问他犯了什么错误。朋友无精打采地说了一句："唉，丢大人啦！"大李还是不明白，追问道："到底是什么事啊？"

朋友气冲冲地吼道："不是说了吗？丢大人啦！我当导游这么多年，以前丢过小孩儿，没想到，这次把一个大人丢在外地啦！"（黄　玉）

暗　恋

有个男生暗恋一个女生很久了。一天自习课上，男生终于鼓足勇气，写了张表白的字条传给那个女生，上面写着：其实我注意你很久了。

不一会儿，字条就传了回来，男生忐忑不安地将字条打开一看，只见上面写着：拜托你千万别告诉老师，我保证以后再也不上课嗑瓜子了！

（小　叶）

你的煎饼

小赵每天上班时，都会在单位门口买个煎饼当早点，时间一长，就和摊主熟了。小赵只要在远处伸出一个指头，摊主就会立马摊一套煎饼，等小赵过来拿。

一天，小赵吃过早点才来上班，路过煎饼摊时，扬手和摊主打了个招呼，然后径直进了办公室。

没想到刚坐下不久，摊主就气喘吁吁地跑进来，拎着个袋子对小赵说："给，这是你的煎饼，赶紧趁热吃吧。"小赵被搞糊涂了："我没要煎饼啊？"摊主一愣："怎么没有？我刚才见你伸了五个手指，就赶紧做了五套煎饼。等你也不来，只好送过来了……"　　　　（黄金顺）

太不像话

老师们正在办公室里改期中试卷，语文老师突然一拍桌子站了起来："现在的学生实在太不像话了。"

数学老师疑惑地问："怎么了？"

语文老师一指试卷说："你看，这道题要求用现代汉语翻译古文——'子在川上曰：逝者如斯夫，不舍昼夜……'你猜有人怎么翻的。"

"怎么翻啊？"

"他写的是'死去的那个人好像是我的丈夫，白天晚上看起来都很像'。"　　　　（木　木）

挑食

那天晚饭后，豆豆跟妈妈去散步。

豆豆正在为妈妈批评自己挑食闷闷不乐，一句话都不说。

这时，妈妈看到前面有个孕妇在不停呕吐，便借题发挥说："你看妈妈肚子里有宝宝的时候多难受啊，做妈妈的不容易啊！你说，以后还要不要听妈妈的话？"

妈妈说完，见豆豆没什么反应，便继续问道："你知道那位新妈妈为什么呕吐吗？"

豆豆不屑地说："肯定是她的宝宝挑食呗。"

（于广益）

避雷针

有个山区经常打雷，住在山坡上的刘三总担心被雷劈到，终日不安。

这天，刘三听说避雷针能防雷，赶紧跑到城里买了一根。

过了一个月，卖避雷针的公司打电话来询问使用情况，接电话的是刘三老婆。刘三老婆一听对方是卖避雷针的，立刻火冒三丈："你们这些卖假货的骗子，把我家刘三给害苦了。"

"怎么了？我们卖的可都是合格品啊！"

刘三老婆气呼呼地说："胡说！那天，他刚把你们的避雷针绑到身上，没过一会儿，就被雷给劈了。"

（木　木）

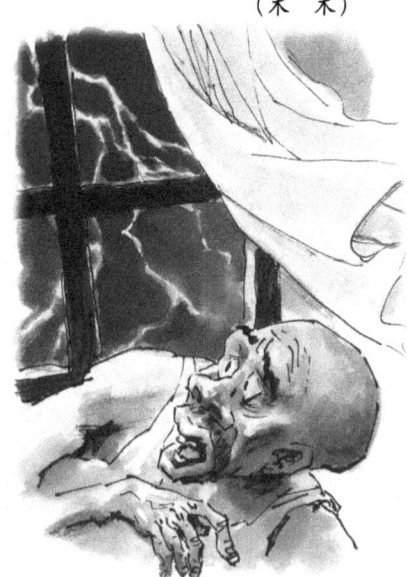

真正的麻烦

一个男子愁眉苦脸地走出法庭，律师奇怪地问他："怎么了？我觉得你应该高兴才是，原本你要被判三年徒刑的，经过我的辩护，你无罪开释了！"

"我知道，但这才是真正的麻烦，"男子垂头丧气地对律师说，"我一直以为我要坐三年牢，所以我在来法庭前刚把我的房子租出去了，租期三年。"

（白　全）

成本问题

一个中国人到纽约唐人街的中餐馆吃饭，他见到餐桌上只摆了刀叉，没有筷子，觉得很奇怪。

服务员告诉他"如果您需要，本餐馆可以提供筷子。"

这个人好奇地问："那你们为什么不直接提供筷子呢？既方便，又省事，而且不用再请人洗刀叉了。"

服务员答道："您说得没错，但这样我们就得多聘请三个人来收拾餐桌。"

"为什么？"

服务员耸了耸肩："那些美国人大多不会用筷子，让他们用筷子夹菜，餐桌肯定会被搞得一塌糊涂。"

（美丽心情　摘）

安全锤放哪儿

杰克听说最近经常发生汽车失控坠河的事故，便给母亲买了一个安全锤，让她放在车上，万一碰到意外，可以从车子里砸开玻璃求生。

这天，杰克上了母亲的车，问她有没有使用自己买的安全锤。

母亲高兴地说："你放心吧，我已经放在车上了。"

可杰克在车里找了半天，都没找到那把锤子，便问："你把安全锤放在哪儿了？"

母亲答道："我把它放在车后背的行李箱里了。"

（美丽心情 摘）

噩 梦

一个病人去看心理医生。他对医生说道"我最近总是做同样的噩梦，这到底是怎么了？"

医生问他："你能不能描述一下，你做了什么噩梦啊？"

病人一边回忆一边说："我总梦到我走到了一扇门边，于是我就推啊推，但总是推不开！"

医生觉得自己可能找到病因了，追问道："你有没有注意到门上有什么？"

病人想了想，痛苦地说："有一个'拉'字……"　（焦淳朴）

生活安排

一对小夫妻去逛街，路上，老公问老婆："亲爱的，春节就快到了，你对新一年的生活有什么打算啊？"

老婆歪着头东张西望了一阵，然后说："你看那边的广告牌上写的话，那就是我对明年的安排！"

老公往她手指的方向看去，只见不远处竖着一块商业中心的广告牌，上面写着八个大字：购物、休闲、娱乐、餐饮。

（焦淳朴）

（本栏目欢迎原创作品，翻译作品。来稿可从邮局寄发，也可从网上传递。如为电子邮件，请发以下信箱：simyyue@126.com）

与老师的零分约定

□ [美]斯蒂文弗

小汤姆是个初中生,在学校里,他是个让老师头疼的孩子,调皮、厌学,还一心想成为赛车手。可一到考试,他的成绩就变成了雷打不动的"C",所有教他的老师都对他失去了信心。这一切直到新班主任卡尔森小姐到来,才发生了改变。

上课第一天,当卡尔森小姐点到小汤姆的名字时,冲他笑了笑,说:"你就是整天梦想当赛车手,却不爱学习的汤姆吗?"

"是的。"小汤姆有些不服气地说,"车王舒马赫就是我的偶像,他像我这么大时成绩也很糟糕,听说他还曾经考过零分,后来不是一样当了世界顶尖赛车手?"

听了小汤姆的话,卡尔森小姐爽朗地笑了起来:"他考了零分当了赛车手,而你从来没有考过零分啊,每

次都是'C'!"说完,她扬了扬手中的成绩单。

卡尔森小姐竟然笑话自己没有考过零分!小汤姆觉得当众受到了羞辱,他强压住心里的怒火,咽了一口唾沫,从喉咙里发出低沉的声音:"哼,下次我就考零分给你看看!"

卡尔森小姐伸长了耳朵,仿佛一下子抓住了小汤姆的"小辫子"似的,说:"好啊,这个创意很好!咱们不妨做个约定,你要是考了零分,那么在这个班级里你做什么都可以,我决不干涉;可你一天没有考到零分,就要服从我的管理,好好学习!"

小汤姆吐了吐舌头,感觉自己遇到了天底下最最可爱,又最最愚蠢的

老师。哼，考个零分还不容易？

"不过，既然是'考'，咱们还得遵循必要的考试规则：试卷必须答完，不能一字不填就交卷，更不能临场脱逃。如果那样的话即视为违约，好不好？"卡尔森小姐补充道。

这还不简单！小汤姆不假思索地答道："没有任何问题！"

考试的日子很快就到了。发下试卷后，小汤姆赶紧填好自己的名字，开始答卷。他拿着试卷，像以往那样乱蒙一通。

走出考场，小汤姆忽然发现，自己手心里竟然出了汗，他第一次感觉，原来，考零分竟然跟考满分一样难！特别是那些讨厌的选择题，自己不知道哪个答案是对的，因此无论如何都找不到那个肯定错误的选项，这样怎么能保证自己得零分呢？

小汤姆的心情沮丧极了，他突然明白过来，指望考一个零分就彻底解放自己的想法只是一个梦，可望而不可即。

试卷结果出来了，成绩又是"C"，而不是"0"！可恶的"C"！小汤姆恨不得拿起笔，把"C"上那个刺眼的缺口给补上。

卡尔森小姐走过来，笑着提醒道："咱们可是有约在先的哟，如果你没有考到零分，你必须听从我的指挥和安排。"

小汤姆羞愧地低下头，暗骂自己不争气。

卡尔森小姐指着那张试卷，说道："现在，我要求你，早一天考出零分，或者说，你近期的学习目标是向零分冲刺！"小汤姆无奈地点了点头。

第二场考试很快就来了，结局还是一样，小汤姆又拿到了"C"！

第三次、第四次……小汤姆一次又一次地向零分冲刺。为了得到零分，小汤姆开始发奋学习，渐渐地，他竟然发现自己有把握做错的题越来越多，换句话说，他会做的题变得越来

"相约世博，欢聚上海"故事征文大赛启事

2010年，全世界的目光将聚焦中国上海，上海因世博而美好，世界因上海而精彩。届时，242个国家与国际组织将赴上海世博盛会，上海将以绚丽多姿的惊世风采欢迎四海友朋、八方来宾！为此，《故事会》杂志社决定举办"相约世博，欢聚上海"故事征文大赛。征文活动截止期为10月31日。其间我们将邀请50名获奖作者来上海，亲临世博园区，浏览迷人的世博景观，领略绮丽的浦江风情。所有费用均由杂志社承担。

征稿范围： 1. 具有现实感、新鲜感且可读性强的中短篇（包括超短篇）原创作品；2.故事性强、有口传性、能引起读者兴趣的推荐作品。

征稿字数： 超短篇（如"幽默故事"）的字数一般在1000字以内，短篇（如"中国新传说"）的字数一般在5000字以内，中篇故事的字数一般在15000字以内。

来稿方法： 1. 从邮局寄发，请在信封上注明"征文大赛"字样，本刊地址：上海市绍兴路74号《故事会》杂志社，邮编：200020。2. 从网上传递，可寄各责任编辑信箱，请在主题上注明"征文大赛"字样，本期责任编辑的信箱是：simyyue@126.com。

越多。为了考到零分，小汤姆暂时放弃了自己的小赛车，他的赛车手梦也渐渐淡去，取而代之的，是萦绕在他脑海中的一道道试题。

终于，一年后，小汤姆成功地考到了第一个零分！也就是说，试卷上的所有题目他都会做，都能判断出哪个答案正确，哪个错误。

卡尔森小姐把试卷发下来后，大声地宣布："小汤姆，祝贺你，终于考到了零分！"全班响起了热烈的掌声，是祝福的掌声！小汤姆感到羞愧难当，脸不由红了。

"好了，你终于凭着自己掌握的知识考到了零分，按照我们的约定，你可以在班级内做任何想做的事情了。"卡尔森小姐走过来，抚着小汤姆的头温和地说。

小汤姆的眼睛渐渐湿润，他哽咽了许久，终于脱口而出："谢谢您，老师，在我没有成为世界一流赛车手之前，我想成为一名出色的中学生……"

"小汤姆，你是好样的，"卡尔森小姐用赞赏的语气说，"在我心目中，一个凭实力考了零分的学生跟考了'A'的学生是一样出色的！我为你感到骄傲！"

（推荐者：雅　心）

（题图、插图：安玉民　梁　丽）

（本栏目欢迎来稿。来稿可从邮局寄发，也可从网上传递。如为电子邮件，请发以下信箱：simyyue@126.com）

运动会上，运动员破纪录是常有的事，可对我父亲而言，进城后竟然也连连"破纪录"，这就奇怪了，因为他不是去参加运动会，而是去打工的……

父亲破纪录

□ 刘俊杰

那年，我在镇上读高中。一个周末，我从学校回家，吃罢晚饭，邻居就跑来叫母亲听电话。这是我家雷打不动的周末节目，我家没电话，每到周末，在城里打工的父亲就会打电话到邻居家，让我们娘俩去听。

母亲和父亲说了几句话，便把话筒递给我："你爸要和你说话。"

接过话筒，我头皮有点发麻，父亲肯定又要问我的学习成绩了。升上高中后，我的成绩一直在中游徘徊。父亲很着急，每次都会问我学习怎么样，让我一拿话筒就直发怵。

没想到，父亲一开口却乐呵呵地说道："这个星期，我让你妈给你二十五块，多五块，怎么样，高兴吧？"

我一听，以为自己听错了。父亲给我定的生活费标准是每星期二十块，他不开口，母亲一分钱也不会多给我。没想到，他这次居然主动加了五块钱。

没等我回过神来，父亲又说："你老爸我今天破纪录了！所以嘛，也给你破个纪录。哎，啥时候，你学习上也给我破一回纪录呀？"

我只好"嗯嗯嗯"地应着。回去

的路上，母亲说："你爸爸说他在城里破了纪录，所以也要给你破纪录，这个星期他给你加了五块钱。"

我好奇地问："爸爸破什么纪录了？是不是赚了好多钱啊？"母亲撇撇嘴"他没说，不过他能破什么纪录呀？估计又是在过嘴瘾罢了！"

我一想也对，父亲这个人长得五大三粗，性格开朗豪爽，平常爱说爱笑，还喜欢吹点小牛。他说破纪录，肯定是逗母亲乐罢了。

打那以后，我每个星期的生活费就涨到了二十五块。而每次通话，父亲都会得意地跟我提他"破纪录"的事，还问我能不能也破个纪录。次数多了，我也有些不服气，哼，我下次就破个纪录让你看看。

眼看期末考试就要到了，我也比原来更加努力了，就想好好破个纪录让父亲看看。到了周末，我留在家里准备考试，没有和母亲一起去接电话。母亲回来时，我发现她的脸色好像有点不太高兴，便问她怎么了。母亲没回答我，只是一边干活儿，一边絮絮叨叨地埋怨父亲"破纪录，破纪录，回回都说破纪录，也不知破的什么鬼纪录！"

回学校前，母亲把生活费给我，我一看，她递过来三张十块的，就说"妈，我手头没有五块还你。"

谁知，母亲把钱往我手里一递："给你，不用还了，这个星期给你三十。"她顿了顿，叹了口气，"你爸爸说他又破纪录了。"我一听，心中"咯噔"一下，父亲又破纪录了，看来，这次我再不努力，真要被他小看了。不过，似乎母亲有点不高兴，我心里暗想，她一定是心痛这些钱，不满父亲给我提高标准哩。

考试结束后的一天，我趁着休息的时间挤到学校的会议室看体育比赛，看到电视里有个运动员特别厉害，接二连三地打破纪录，看得电视机前的同学们惊叹不已，拼命鼓掌叫好。

听着耳边传来同学们的赞叹声，

跟母亲说了声，就迫不及待地坐班车进城去找父亲了。

一来我想亲自向父亲报喜，二来嘛，也想弄明白他破的是什么纪录。

我向别人打听过，父亲干活的地方是在河边的码头。我走到那儿的时候，刚好那儿停着一艘船，好多人正在往岸上卸砖。我一眼就看见了父亲高大的身躯，他正挑着一担砖从船上大步走上来。

我大声冲他喊："爸爸！"

父亲扭头一看是我，愣了一下，接着向我挥挥手，没有停步，径直把砖挑到放砖的地方。把砖都下完后，他才朝我这里走过来，大咧咧地问："你怎么来了，家里出什么事了？"

我说没事儿，放假了，就进城转一转，顺便看看他。父亲责怪了我两句，然后说道："我现在没空，等卸完这船砖，我再带你到处走走。"

"爸，"我小声地叫住他，瞄了一眼四周，有点难为情地说，"这次考试，我破纪录了……"

"真的？"父亲一听大喜过望，笑呵呵地说，"傻小子，破纪录好啊，有什么不好意思的！你等着我啊！"说罢大步流星向货船走去。

见父亲这么开心，我心里乐开了花，找了个地方坐下来等他，谁知这一等就等了三个多钟头，肚子也饿得"咕咕"直叫，直到天擦黑的时候，才终于等到他们把那船砖卸完。

我一下就想到了父亲破纪录的事儿，忽然间耳热脸红，没头没脑地冒出来这么一句："我爸也经常破纪录！"

周围的同学先是愣了一下，接着有人问我："你爸干什么的？"

我说他就在城里打工，那个同学哈哈一笑："打工能破什么纪录呀？笑话！"同学们顿时哄堂大笑起来。

我一下子羞红了脸，恨不得找条地缝儿钻下去，我真是自己找没趣，干吗要说这句话呢？是啊，父亲在城里干活挣钱，只是个打工的，哪能跟这些运动员比？可父亲说的"破纪录"到底是怎么回事呢？

终于盼到考试成绩出来，我破天荒地进了前五名。我高兴坏了，放假一回家，我也等不及父亲来电话了，

间谍对间谍

《间谍对间谍》（Spy vs Spy）是古巴漫画家安东尼奥·普罗希亚斯开创的系列连环漫画。漫画的主角是一个黑衣间谍和一个白衣间谍，他们都想窃取对方的机密，同时又设下圈套，想要除掉对方，由此制造了一幕幕令人捧腹大笑的闹剧。

我见父亲朝我这里走来，便拍拍屁股站起来，迫不及待地迎了上去。这时有个工头模样的人走到父亲身边，一拍他的肩膀，大声说道"老刘，行啊，今天又破纪录了！"说着一扬手头的记录本，"你看，你今天卸了八千四百七十五块砖，比你上次的七千九百多块，又多了五百块，这次你工钱又要涨了。"周围的人听到工头的话，都纷纷向父亲打招呼："老刘，真有你的，要是奥运会有这个项目，你还不天天拿冠军啊？"

父亲豪爽地笑着，应道："这不儿子来了，有动力了嘛！"他一边说着，一边向我走过来，身上还在不停地往下淌汗。我愣愣地站着，心里说不清是什么滋味，原来父亲说的"破纪录"是这样。难怪母亲听到父亲一次又一次破纪录，心里不太乐意，想来她大约已经猜到父亲是如何破纪录了。

第二天，父亲带我玩了半天，然后就催我回去。送我上车时，他压低声音说道："回去别让你妈知道我破纪录的事，让她猜死也猜不到，懂不懂？"说着，冲我眨眨眼。

我鼻子酸酸地点点头，他拍拍我肩膀，大声道："好了，回去吧！你爸今天还能破纪录，你信不信？"说完，他哈哈笑着，转身大步走了。

（题图、插图：安玉民　梁　丽）

□ 杨金凤

为啥
不开枪

经撞翻好几个摊子了，人也伤了两个。

阿良马上想，疯牛上街，这倒真挺刺激。他不敢怠慢，马上向所长报告。所长一听二话没说，带上全所的人马跑了出去。一看，街上简直乱成了一锅粥，水果、米粉什么的撒得满街都是，好像刚刚来过土匪一样。所长带着大伙往人多的地方跑，果然看见了那头疯牛。此时它已经闯进了一个时装店里，正在发飙，所有的人都离得远远地看着，谁也不敢冒险上前。

阿良他们先把围观群众隔离开来，再一打量这个闯下大祸的家伙，几个人心里暗暗一惊，这家伙壮得像头犀牛，两只牛角既尖又长，眼睛血红，暴躁狂怒，看样子已经六亲不认了，这时候别说人，就是一头大象恐怕也不是它的对手。再仔细看，这牛

阿良是个警校在校生，最近被安排到一个小镇派出所实习。来了不到一个月，阿良就觉得有点没劲了。咋的？小镇的治安太好了，来了这么久，一个案子也没遇上过，真有些英雄无用武之地的感慨。看来派出所墙上挂的那个"全市治安模范乡镇"，还真不是买来的哩。

这天是镇上的集日，快到散集的时候，突然有个婆娘像被鬼赶一样跑了进来："不好了，出大事了！"

阿良坐在接待室里，一听，不由精神为之一振，抢着问："出什么大事了？快说！"那婆娘是在镇上开店的老板娘，她焦急地告诉阿良，不知谁家的牛疯了，跑到街上横冲直撞，已

四只脚都沾有泥巴，鼻子上的环还在，就是牛绳断了，只剩下一米来长吊着，看来这牛发疯前还在田里干着活呢，不知咋的就着了魔了。

阿良他们还没想出对策，疯牛就一头冲了出来，所到之处，如入无人之境。所长带着阿良他们跟着疯牛跑，从这条街跑到那条街，累得半死。最后，他们想出了一个办法，冒险把疯牛往屠宰场里赶，只要把牛赶离人群就好办了。

几个人折腾了半天，总算把牛赶进了屠宰场。阿良他们立刻封住门口，把枪都拔了出来，决定不能再让

它出去了。瞧热闹的群众一看，都乐了，说这下好了，把这牛就地击毙，马上剥皮，估计还能卖掉。

那疯牛被逼到一个角落里，似乎也有些累了，没有再继续搞破坏，也没有硬冲出来，只是抵着两只角吓人，鼻子不停地往外喷气。

就在相持的时候，疯牛的主人来了，是附近一个村子的吴老汉。他头上缠着纱布，怒气冲冲地从卫生院赶来，指着牛破口大骂："疯牛，疯牛！毙了它，毙了它！哎哟！"

所长仔细瞅了瞅那牛，判断这牛一时半会儿肯定好不了，照这种情况，就唯有就地击毙了。

阿良一听所长说要毙牛，兴奋起来，主动向所长请战："让我打吧，我在学校枪法是最好的，保证一枪毙命！"

谁知所长眼珠一转，说："等等，我先给老管打个电话。"说着，拿出手机拨了老管的号码，说：老管啊，这里有头发疯的牛，准备要击毙，你能来不能来？

只听老管在那头大声回答："能来，能来，你们等等啊，我马上就到！"所长挂了电话，命令说："牛不动，咱就先等着，老管要来。"

阿良一怔，心里可纳闷了。这个老管他认识，是派出所里年龄最大的民警，土生土长的本地人，没读过什么书，年轻时当治安员，后来转正当

了民警，一个光杆司令管了镇子十几年。他长得既小又瘦，还有点驼背，不穿警服，跟一个农村的小老头没什么两样，喝酒的时候也习惯光着脚丫蹲在板凳上，身上光光的，只穿一个裤头，全身上下挂满了奇形怪状的伤疤，就好像一个个纪念章一样，很有特色。阿良记得，老管跟他提起过，过了这个月，他就退休安度晚年了。

阿良实在不明白，老管今天有事请假了，为什么所长偏偏要在这关键时刻给他打电话呢？所长一瞅阿良的脸色，立马就猜到了他在想什么，一拍阿良肩膀说道："你以后还有机会，今天让老管打，他干了一辈子警察，还没开过一枪呢。"

阿良诧异极了："什么？他真的一枪也没开过？"所长点点头说，是真的，十年前好像打过一枪，但那是对着天打的，不算数。

听所长这么一说，阿良顿时理解了所长的用意，也一下子走到老管的心里去了。是呀，眼瞅着就退休了，这把枪也该交出去了，一枪也没打过，不能不说是个终生的遗憾。这头疯牛对老管来说绝对是最后一次机会了，尽管对方不是穷凶极恶的杀人犯，但至少也是个危害群众生命财产安全的活物，好歹能满足心愿了。

过了一会儿，老管果然风风火火地赶来了，光着上身，大概因为急匆匆赶来，脸蛋红扑扑的，两只小眼睛

闪闪发光。

所长说："老管，我第一时间就想到了你，你要不来，以后别说我不给你机会。"老管乐呵呵地连说谢谢，观察了一番，说："那我不客气了啊。"

老管说完拔出手枪，打开保险，上膛，然后就眯着眼向牛走过去。所长提醒他，别走太近。可老管不管，径直走到了离牛七八米的地方，这才站住，举枪、瞄准。那牛瞪大眼，茫茫然不知已死到临头。

所有的人都屏气凝神，等着那一声枪响。可等了一会儿，枪没响，老管把枪又缓缓放了下来，接着一步一步往后退。

见老管退了回来，所长惊讶地问："怎么啦？难道你连怎么开枪都忘了？"

老管说："忘你个头！"低着脑袋在地上找来找去，忽然拾起一根丢弃的绳子，就把枪递给所长拿着，两手抻着绳子又冲牛走过去。所长大吃一惊，大叫道："老管，你不要命了？"

老管回头作了个噤声的动作，说："你们别把牛惹毛了。"他手上提着绳子，小心翼翼地一步步摸过去，只见他离牛越来越近了，大家的心顿时提到了嗓子眼上。

眼看差几步就能摸到牛鼻子了，老管突然一个箭步蹿到牛跟前，没等大家叫出声来，他一只手已经抓住了

牛鼻子上的钢环。

疯牛被他抓了个措手不及，接着就再次发起狂来，脑袋乱摔，牛角横飞，好在那地方狭窄，牛没有多大的施展空间。只见老管抓着牛环死活不放，瘦小的身子就似一只猿猴般灵活，上蹿下跳，疯狂地玩起了斗牛。大家看得目瞪口呆，老管厉害啊，看他闪转腾挪的功夫，竟不比正宗的斗牛士差多少。

就在大伙惊叫连连的时候，老管忽然往后一跳，手上抓的绳子已经系在了牛鼻子的环上。接着，他又以迅雷不及掩耳之势，把绳子一头系在了一根石柱子上。那牛绕着石柱跑了几

圈，终于喘着大气停了下来。

大伙儿看到这儿，不禁大声喝起彩来。牛主人吴老汉捂着额头说："老管，你真是的，一枪打死这个畜生就行了，它就该千刀万剐啊！"老管笑笑，叮嘱吴老汉把牛放在这，让它清醒清醒，神智不清醒就不能牵回家。

回到所里，阿良遗憾地说："老管啊，你以后恐怕再没有机会开枪了。"老管说，没有就没有吧，难道说当兵的就非要打一仗才好么？说完一拍阿良肩膀，"你别看刚才吴老头怪我没开枪，口口声声咒他的牛，我要真把他的牛打死了，他肯定在心里骂我祖宗，我知道，牛是农村人的命根子呀！"

阿良愣了愣，忽然明白了，老管身上为什么会有那么多奇形怪状的伤疤。老管说得对啊，关键时刻能够不放"那一枪"，这才是最高明的功夫。

（题图、插图：安玉民 梁 丽）

您手中有没有得意之作？本刊辟有二十多个原创性栏目，如中国新传说、我的故事、情感故事、16岁故事、海外故事和中篇故事等；您读到或听到什么有趣事可以和大家一起分享吗？3分钟典藏故事、外国文学故事鉴赏和快乐辞典等都是本刊推荐性栏目。热忱欢迎来稿，可从邮局寄发，也可从网上传递。邮寄地址：上海绍兴路74号《故事会》杂志社，邮编：200020；如为电子邮件，本期责任编辑信箱：simyyue@126.com。

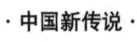

代理时代

□ 高阳侯

王大明是个成功的生意人，几年前，他取得了一个著名时装品牌的地区总代理资格，每年进项不少，但他仍不知足，最近，他正在争取一个知名化妆品的代理权。

这天，王大明正跟对方商讨加盟代理的问题，手机响了，是乡下的老爹打来的。王大明没工夫接，等谈完业务，王大明才给老爹打了过去："爹，刚才我正忙着呢，你找我有啥事？"

王老汉说："大明啊，昨天我过生日，溜溜等了你一天，咋就没见到你的影子呢？你该不会忘了吧。"

王大明说："啥？爹呀，你前两天就交代过了，这事儿我咋会忘呢？你昨天有没有收到一个大蛋糕？"

"有啊。"

"那就对了，"王大明笑了，"给你送蛋糕的人，就是代表我去的，我实在是脱不开身，就找了家礼仪公司，还花了一百多块的代理费呢。"

王老汉叹了口气："唉，好吧，既然你没空就算了。对了，还有件事，自打去年你妈走了以后，我一个孤老头子就啥乐趣也没了，最近又摔了腿，连出屋都困难，现在就是整天看电视，可是家里那台旧电视机都看不清图像了，你能不能给我买台新的啊？"

王大明答应道"爹，这还不简单吗？您就踏踏实实在家等着吧。"

过了两天，王老汉家果然来了一辆小货车，还拉来了一台大屏幕液晶电视机。不过，开车的、送货的都不是王大明。王老汉觉得奇怪"咋我家大明没跟着来？"

送货的说"大爷，您儿子预订了我们的网络代购服务，他留下的地址是您这儿，我们就送过来了。"

"啥购？"

送货的一听笑了："'代购'，代购就是代理购买的意思。就是说您儿子在那个互联网上订了货，托我们送过来。这样买东西更方便、更便宜，当然，我们也能从里面赚几个辛苦钱。"

小货车开走老远，王老汉还没明白'代购'是个啥意思，不过儿子的心思他是懂了：他现在忙，没工夫，老爹安排的事不能亲自办，就让别人代替。这小子，做生意靠代理发家也就罢了，竟跟老子也玩起代理这一套来了！行，过一阵子就是清明节了，该给你娘上坟了，我得提醒提醒你，看你这小子还能让人"代理"不？

于是，清明节前，王老汉特意给儿子打了个电话，提醒他别忘了上坟的事。王大明在电话里一口答应下来："行，我保证到时候我娘的坟上比谁家的都风光。"

可一眨眼，清明节过了好几天，王老汉也没看到王大明的影儿。不过，老伴的坟上倒也没冷清，也不知是谁家搞错了，不仅有人烧过纸，还有人放了花和供品。王老汉心里不痛快，比比人家的场面，自己儿子连回都没回来，实在太不像话，于是他快快地给王大明打电话"大明，清明节你咋没回来呢？咋不知道给你娘上坟烧纸呢？"

没想到，电话那头，王大明一点愧疚的意思都没有，反而用非常肯定的口气说："不可能！我请他们代理扫墓可是花了大钱的，他们还把扫墓的经过录了像，回来让我看了呢！"

王老汉这才明白老伴坟上的那些东西是咋回事，可是他还是想不通："我知道，现在城里时兴这'代理'那'代理'的，不过，总不能连扫墓都能代理了吧？"王大明哈哈大笑："爹，现在只要肯花钱，连生孩子都有人代理。我只要有钱，啥事不能找人代理啊？有钱能使鬼推磨嘛！"

王老汉没办法，只好幽幽地说："看来我是老了，跟不上时代了。对了，过几天我到城里去看看你。"

没想到，王大明一听就慌了："爹，我现在可是没时间陪你，我忙着赚钱呢。何况你现在腿脚也没好呢，一瘸一拐多不方便。等过段时间，我花钱找人代我看看你。"王老汉说："这你别管，我自有办法。"

过了几天，王大明的三叔忽然来到王大明的公司，王大明一见赶紧让座，吩咐秘书倒茶，然后问："三叔，你干啥来了？"

三叔来到王大明跟前，二话不说，"啪"，忽然给了王大明一记耳光。王大明急了，摸着火辣辣的腮帮子吼起来："三叔，你、你干吗打我啊？"

三叔哼了一声："你爹说了，让我也做个代理，替他教训一下你个认钱不认亲的王八羔子！"

(题图：魏忠善)

□ 张　维

画像

寻女友

老城区的东北角，藏着一条老胡同，胡同里住着一位老人，姓胡，很多人并不知道老人的大名，却知道他就是名震小城的"胡神笔"。老人搞了一辈子刑侦画像，几年前，刚刚从公安战线上退下来。

这年深冬，"胡神笔"的家门口发生了一桩怪事：有个小伙子一声不吭地站在他的家门口，一站就是一天。小伙子的长相并没有多大的特色，但他的行为绝对有点"艺术"——一连三天，他都站在"胡神笔"的家门前，日出便来，日落即回。

这个小伙子叫黄杰，他之所以在"胡神笔"的家门前"站岗"，是想求老人办件事。什么事？黄杰想求"胡神笔"给他的女朋友画张像。他女朋友网名叫格娜雅，两人是从网上认识的，一个月前，两人见了一面后，格娜雅就从人间"蒸发"了。黄杰心中不甘，就想通过画像，在网上寻找他的女朋友。

一开始，"胡神笔"并没有答应。可这个黄杰偏偏不到黄河心不死，天天守在"胡神笔"的家门口，也不敲门，就那么直挺挺地站着。到了第四天，"胡神笔"也有些不忍心了，觉得黄杰是个重情义的人，就把他喊进了家里。

"胡神笔"是个出了名的闷葫芦，话语不多，两人坐下后，连句寒暄都没有，就开始画像。黄杰先大致描述

了一下女朋友的长相，然后，"胡神笔"开始询问，从脸型到发型，从眼睛到眉毛，从鼻子到口型……就在这一问一答中，一个画像渐渐成形了，然后经过修改，大约一个小时后，黄杰终于高兴地蹦了起来："就是她。"

黄杰把画像拿到手里，一连说了几个"谢谢"，起身就往门口走。

"小伙子，等一下。""胡神笔"开口把他叫住了。

黄杰回过头，疑惑地问："大伯，还有什么事吗？"

"胡神笔"顿了顿，说："你还没付钱呢？一幅画像一千元。"

黄杰一愣，虽然他想过画像可能要收钱，但没想到"胡神笔"一开口就是一千元。

黄杰尴尬地愣在门口，好久才勉强挤出一丝笑容，说："大伯，我没带这么多钱，您看——"

"把画像留下。一手交钱，一手交画。""胡神笔"神情冷漠地说。

无奈，黄杰只好把画像先留下，然后打车回家拿钱去。在回去的路上，黄杰隐约觉得"胡神笔"这钱收得有点蹊跷：从开始，到画像，"胡神笔"虽然一直没怎么说话，但态度还算和蔼，更没谈收钱的事儿；但等到画像出来后，"胡神笔"的态度突然急转直下，不仅提出要收钱，而且语气也变得冷冰冰的。黄杰不由暗想：这

老头的脾气还真古怪！

不过还好，等黄杰拿着钱赶回来，"胡神笔"和那幅画像都还在，黄杰把钱交了，拿着画像刚想走，又被"胡神笔"叫住了。黄杰回过头，不解地问："大伯，这次还有什么事？"

"胡神笔"招手示意他坐下，然后说："小伙子，这个画像上的女孩子，我好像认识。刚才我想了想，觉得她很像我一位战友的女儿。"

"是吗？"黄杰站起身，来到"胡神笔"的面前，迫不及待地说，"大伯，您的那个战友叫什么名字？住在哪里？您赶紧告诉我，我这就去找他。"

"胡神笔"站起身，停了一会儿，才说："前两年，我和那个战友因为一件事闹僵了，好久没联系，后来听说他搬了家，电话也换了……不过，我倒是听说，他仍然住在省城。"

"一定是她。"黄杰激动地说，"我们用QQ聊天时，格娜雅就告诉过我，她是省城的。大伯，你一定要帮帮我，无论如何也要找到她。"

"这个嘛——""胡神笔"有些吞吞吐吐地说，"可省城离这里有三百多公里，我怎么——"

黄杰顿时心领神会，他又从兜里掏出五百元钱，递到"胡神笔"的手里，说"大伯，这个忙您一定要帮我，这五百元钱，您先拿着，作为路费和日常开销，如果不够，我再准备，钱

的事您不用担心。"

"胡神笔"也没有客气，他接过钱，往兜里一揣，说："我试试吧。对了，你刚才提到QQ聊天，你回去后，把你和女朋友的聊天记录发到我的电子邮箱吧，这是邮箱地址。好了，我要休息了，你回去吧，一有消息我就会通知你的。"

见"胡神笔"下了逐客令，黄杰赶紧留下了自己的手机号码，然后就告辞了。回到家，黄杰把聊天记录发给了"胡神笔"，并在格娜雅经常登录的网站，发了个"寻人启事"的帖子，还附上了那张画像。

仅仅两天后，黄杰就盼来了"胡神笔"的电话，在电话里，"胡神笔"说，他找到了黄杰的女朋友格娜雅。半个小时前，他已经安排了一个朋友开车去接黄杰，估计这个时候应该来到黄杰的楼下了。

黄杰心中大喜，慌忙跑到楼下，门前果然停着一辆轿车，一问，司机说自己是"胡神笔"派来接一个叫黄杰的朋友的。

对上了"暗号"，黄杰急急忙忙上了车。司机很健谈，和黄杰天南地北地聊着，后来就聊到了黄杰女朋友身上。

司机问："'胡神笔'跟我提过你的女朋友，能说说你和女朋友的事吗？"

黄杰有些伤感地说："我们在网上谈了一个多月，终于从虚拟走到了现实，我清楚地记得，那天我和格娜雅一起去吃烧烤，刚拐过中山路口，迎面就看到一辆摩托车冲过来，眼看躲不开了，我就一下把她推了出去，然后我就被撞晕了。等我醒来，已经躺在医院里了。医生告诉我，是一个女孩子把我送到了医院里，并先后两次留下了五万元的住院费，然后就消失了。按照医生的描述，送我来的那个女孩子，肯定就是格娜雅。但从那以后，我就再也找不到格娜雅了，她再也

没有上QQ，也不在论坛上，手机也关机了，就仿佛从人间蒸发了。"

说话间，轿车停在了路边，司机说："到了，我们下车吧。"

黄杰下了车，这才发现轿车停在了一道铁门前，再一看，竟然是看守所，他奇怪地问："怎么带我到这里来了？"

司机淡淡地说："你的女朋友就在里面，你快进去吧。"

黄杰笑了："这么说，她是警察？怪不得找不到她，是不是执行任务去了？"

司机摇摇头，严肃地说："她不是警察。黄杰，不管发生什么事，你都能坚持住吗？"

黄杰似乎有种不祥的预感，他追问道："你快说，我女朋友她——"

司机转过头，面朝着铁门，一字一句地说道："她是个犯罪嫌疑人，已经被逮捕了，现在就关在里面。"

黄杰愣了，他怎么都不敢相信这个事实，拼命摇着头嚷道："不，不可能，她这么善良，还救了我，她怎么可能……"

司机用安慰的语气说："我们也不愿面对，可是，你的女朋友——格娜雅的确是个杀人案的嫌疑人。她就在里面，你快去看看吧。"

"不——"黄杰大喊道，接着便蹲在地上痛哭起来……

最终，黄杰和格娜雅还是相见了，隔着厚厚的玻璃，谁也没说一句话，彼此对视着，都已泪流满面。末了，还是格娜雅先开口了："你都知道了吧，我是杀人犯，我杀了两个人。"

"为什么？"黄杰已经泣不成声了。在恍恍惚惚中，他终于了解到了格娜雅的经历：格娜雅原本是个大学生，大二那年，她在网上被人骗了，还怀上了对方的孩子。后来，学校知道了这件事，开除了格娜雅，还通知了她的父母。回到家后，父母对她百般责骂，父亲甚至给了她一根绳子，让她上吊自杀。从那以后，格娜雅恨透了网上的骗子，发展到后来竟恨透了所有在网上和女孩谈情说爱的人，并发誓找到一个，杀死一个。那天格娜雅和黄杰见面，原本是想找机会杀了黄杰，可是那场车祸却让她改变了主意，她看到黄杰为救自己险些丧命，善良的心灵终于复苏了……

此时此刻，黄杰什么都明白了，他明白了格娜雅避而不见的原因。可是，他没有想到，自己竟然是以这种方式，和格娜雅见了面。

探望的时间到了，黄杰目送着格娜雅一步一回头地走进了牢房，看着格娜雅的背影，他心中顿时涌起了说不出的滋味。

这时，黄杰看到"胡神笔"来到了自己面前。"胡神笔"说："其实，在你让我画像的十几天前，我就画

编读往来：你的问题我来答

沈阳读者邱宏： 大学时期，我在闲暇之余，便开始阅读《故事会》，至今已有30载。如今，家中书橱的一个隔断中，挤满了《故事会》。《故事会》给人以快乐；给人以启迪；给人以智慧；给人以美感。

《故事会》不仅文章选取精粹，并且版面安排灵活，题图质量较高，栏目设置精当。从开篇到结尾，从小到大，从笑话到中篇，最终以"幽默故事"压轴，一气呵成，每册《故事会》，均颇似京剧的一大段唱腔，循序渐进，错落有致，引人入胜。我之所以酷爱《故事会》，还有一个重要原因：学习《故事会》中文章的写作手法。因为我是《沈阳日报》的专栏记者，每天所撰写文章，其风格与《故事会》文章大同小异，每每阅读《故事会》后，总有不少的收获和启迪。为此，向各位编辑、领导致谢！

绿版编辑部： 您好。很高兴能收到您的来信。我们把这封信看成是一种鼓励和鞭策，我们只有更加努力地工作，将这本杂志办好，才能不辜负您和广大读者对我们的爱护。新春将至，我们全体编辑部成员，向您，以及所有关心我们的读者拜个早年。

祝大家万事如意，阖家安康！

（本栏目欢迎读者提供新鲜活泼、有代表性的问题，一经采用，即致薄酬。）

了一份几乎完全相同的画像，是市公安局让我画的。我当初故意向你收高价钱，还说是老战友的女儿，就是要稳住你，让你帮助我们破案。最后，的确是你的那份聊天记录帮了我们大忙。"

黄杰什么也没说，只是默默地低着头。

"胡神笔"接着说："从你们的聊天记录，和她后来的表现分析，我们觉得格娜雅已经爱上了你。于是，我们根据聊天记录里的信息，再结合她的画像，对市里的宾馆进行了排查，终于在一家宾馆里找到了她的落脚点，那家宾馆就在医院附近，你住院时，她一直住在那里。看来，她是舍不得离开你啊。我们根据这条线索，终于追踪到了格娜雅，她没有离开这座城市。格娜雅告诉我们，她之所以没有走，就是想偷偷多看你几眼，其实，她也想过去自首，可她说，要是去了，就再也见不到你了……"

黄杰听后，不由号啕大哭起来……

几天后，黄杰收到了一张汇款单，是"胡神笔"汇给他的一千五百元。

（题图、插图：刘斌昆）

这车
摸不得

□ 陈万创

李浩大学毕业后留在省城工作，没几年就发达了，房子、票子、车子一样都不缺。于是，他决定开着自己新换的宝马车，来个"衣锦还乡"。

宝马车在省城里不是啥稀罕东西，但到了李浩的老家，那就稀奇了。这不，李浩的宝马驶进村的时候，乡亲们眼都直了，纷纷将手上的活儿放下来，跟着来到李浩家门前，都想仔细看看这城里的高级车子。

村长李老栓眯着眼，细细打量着那辆宝马，然后伸出手去摸了一下铮亮的车身，不料那车像受了惊似的发出了尖锐的警报声，把在场的人都吓了一跳。

李浩哈哈一笑，解释说："这是报警器。"

"哦。"李老栓似懂非懂地点点头，脸上的神情变得有点不自然了。人群里一位大妈说："这报警器突然这么一响，怪吓人的，把它关了吧。"

大伙儿听了，也纷纷附和："对，对，对，把报警器关了吧。"可李浩不同意："不，这报警器开着是防盗用的，不能关。"

李浩娘见状，脸色一沉，把李浩拉到一边，悄声说"你这是什么话？乡里乡亲的，谁会偷你的车？快，把它关了。"既然娘都这么开口了，李浩也不好再说什么，便拿出遥控器按了一下，关了报警器。李老栓走上前，用脚轻轻踢了下车轮子，嘿，这次车子还真的不响了。

报警器关了，现场的气氛顿时快活起来。人们满心欢喜，一个个都围着那辆宝马转，激动之余，小心翼翼地伸出手，摸摸这，摸摸那，一边不住地点头："嗯，不赖，不赖。"最兴奋的莫过于孩子们了，他们一边围着车子转，一边嬉戏打闹，时不时伸出手在车子上摸一下。

第二天一大早，李浩起来第一件事，就是去看他那辆车。可这么一看，他顿时火冒三丈，原来车身上满是手印，脏兮兮的，更可气的是，靠近左前门的一个地方竟然留着一道明显的划痕！要知道自己这车刚买没多久，而且来之前刚打过车蜡。李浩铁着脸，一声不吭，转身进屋去了。

午饭过后，同村的李二爹来了，李浩皱了皱眉头，他知道李二爹肯定是为看他的车子才来的。果然，李二爹刚进门就朗声说道："昨天闺女去了，没能来看看新车子，据说这车子在城里也不多见，今个儿回来了，我一定要过来看看。"李二爹说完，和其他人一样，伸手摸了摸车子。

突然，车子大声地乱鸣乱叫起来。原来，李浩刚才又把报警器给打开了。再看李二爹，"扑通"一声倒在地上，不省人事了。

坏了，把李二爹吓死了。李浩这下慌了手脚，忙把李二爹抱上车，送

到镇上的卫生站。幸亏抢救及时，李二爹不久就苏醒了，大夫告诉李浩，李二爹心脏本来就不好，刚才受到惊吓，这才一下子昏过去了。

好险，一个报警器差点酿成一场大祸，村里的人知道了这件事，都来看那辆惹祸的宝马车。有人开始埋怨起李浩来，说："你怎么又把报警器给打开了？"

出了这样的事，李浩本来心情就不好，此刻见大家责怪他，也来气了，说"什么又开了？怎么不问问你们自己？你们也真的，见我把报警器关了，就乱来了，你看看，把我这车糟蹋成什么样子了？我这可是新车，你说我如果不把报警器开着，能放心吗？"

"不就是摸几下吗？哪有你说的那么严重？哪能算得上糟蹋了？"人群中有人说道。李浩一听，火了："还不严重？光是那道划痕，保养费恐怕就要上千元呢。"听李浩这么说，大伙吃了一惊，沉默了。

这天过后，村里的人便很少到李浩家来了，就是来，也会离那辆车远远的，更别说去摸了。这正是李浩所希望的，倒是李浩娘不安起来，常常说："这样下去，不像是乡里乡亲，倒像是陌路人了，怎么变成这样了啊？要么你还是把这报警器关了吧。"

李浩却直摇头："娘啊，你怎么帮别人说话啊。你儿子这车刚买来，万

一再多两条划痕，回去修车花的可是咱自己家的钱。"李浩娘听了，只好默不作声地在一旁叹气。

这天，李浩开着车子到一个同学家去，等他回来时，天下起了暴雨，乡间的土路变得泥泞起来。李浩小心翼翼地驾着车，眼看还有不长的路就进村了，可就在这时，轮子一歪，车陷进了泥坑。李浩急了，猛踩油门，希望能冲出去，但车子反而越陷越深了。

李浩叹了口气，掏出手机给家里

打电话，让娘从村里找几个人来帮忙推车。可等了很长时间，帮忙推车的人还没出现，李浩不耐烦了，又一次拨通家里的电话，问娘怎么回事。娘在电话里说："村里的每户人家我都去过了，他们一听是帮你推车，一个一个都摇头。他们都说，你的报警器吓死人，你的车子他们摸不得啊。"

"什么摸不得？不愿意就不愿意，还找这鬼理由。"李浩心里暗暗骂了一句，挂了电话。

雨早已停了，李浩走出驾驶室，看着深陷在泥坑里的车子，发愁了：没人愿意来帮忙，那可怎么办？

就在这时，前方出现了一个人影，等那人走近，李浩认出来了，是村长李老栓。只见李老栓肩上扛着把铁锹，正朝这边走过来。李浩大喜，急忙迎上去，热情地叫了一声："村长，还是您热心，可您怎么一个人来了？这车咱两人可推不动啊。"

李老栓瞧瞧李浩，似乎明白了什么，忙一摆手说："哦，我不是来推车的，我是来修路的。你的车子我可不敢摸啊。"李老栓一边往前走，一边自言自语，"你车上的报警器声音哇啦哇啦叫着吓人，不是在告诉我们，别摸你的车吗？李二多就摸了一下车子，差点连命都丢了，真是的……"

李浩愣住了，良久，他才醒悟过来，对着李老栓的背影喊："村长，我这就把报警器关了！"

李老栓停下了脚步，返回来，说"唉，好小子，就等你这句话呢。"接着又问，"知道乡亲们为什么不来帮忙吗？"

李浩说："他们怕听见着警报声？"

"警报声听头一回怕，听第二回就不怕了，"李老栓摇摇头，继续说，"只是乡亲们听见警报声时，心里都一阵阵痛，报警器本是防坏人用的，你却用它来对付自己乡亲，这样一来，乡亲们谁会把你当自己人啊？"

李浩恍然大悟，原来如此，怪不得没有人愿意来帮忙了。"那我这车子……"李浩转头看着他的宝马，又开始发起愁来。

"莫担心，再等等，他们很快就来了。"李老栓把握十足地说。果然，不大一会儿，一群身影就出现在前面了。

李老栓笑着说："乡里乡亲的，哪家遇上麻烦了，大伙绝不会袖手旁观。刚才大伙儿听了你的事都要出来帮你，是你娘让大伙儿晚点来，就是借这个机会给你提个醒。"李老栓顿了顿，接着说，"你那报警器，不如把它关了。当然，我们都知道你那车金贵，报警器关了，小偷还是要防的。我家那大黄狗挺凶猛机灵的，回去我就给你牵过去拴着。"

李浩听了，用力点了点头："村长，我明白你的意思，在乡亲们面前，我这报警器再也不会开了。"

"好，好，我一会儿就告诉乡亲们，待会儿推车的时候，再也不用担心那吓人的警报声啦。"李老栓说着，会心地笑了起来……

（题图、插图：谭海彦）

· 本刊信息传真 ·

上故事中国网　了解幕后故事

在2010年，故事中国网"www.storychina.cn"继续给你带来精彩内容。

深受欢迎的"编辑手记"栏目今年将改版为访谈形式，每期的责任编辑都会接受故事中国网的特别访问，除了谈当期作品，还会道出更多《故事会》的幕后戏，以及编辑们在生活中的另一面。这个栏目大家绝对不要错过哦！每期的"有奖点评"和"咬文嚼字"将继续举办，欢迎你读完刊物后来评头论足。

2009年度中国最佳故事和故事家的评选即将揭晓答案，而2010年度最佳故事和故事家的评选也将继续进行，无论是你自己创作发表的故事，还是在书刊报纸上读到的好故事，都可以推荐参评，赢取最高3000元的大奖（更多详情请登录故事中国网了解）。

手机追踪器

□ 邹德元

难觅凶手

珍妮的丈夫不久前被人杀死了，案子至今还没有破。这天，珍妮坐在空荡荡的房子里，望着亡夫切西的遗像，泪如泉涌，她忍不住拿起电话，再一次拨通了布朗警长的电话："……警长，我是珍妮……"

电话那头，布朗警长迟疑了一下，而后缓缓道："珍妮小姐，我对你说过很多次了，我们一定会尽力破案，你就安心在家等着消息吧。"

"可是，布朗警长，这个劫匪已经作案多次了，难道就没人记住他的模样？"珍妮幽幽地说。

"事情不是你说的那么简单，这个劫匪太狡猾了，我们掌握不了他的行踪……好了，这事以后再说吧。"布朗警长说完，挂掉了电话。

珍妮痛苦地摇了摇头，这一个多月来，她都记不清自己到底给布朗警长打过多少次电话了。可每次布朗警长都以各种理由搪塞她。她不明白，这么一个简单明了的案子怎么会让警察局那么为难？她望着相片中的丈夫，不由想起了丈夫遇害那天的情形。

那是一个多月前的一个傍晚，珍妮正往家里走，突然，一个蒙面劫匪骑着摩托车从身后冲来，一把抢过她挂在身上的坤包，珍妮被一瞬间的冲力带倒了，她拼命地喊叫起来。叫声被来接珍妮的切西听到了，他不顾一切冲向劫匪，可是，还没等他动手，劫匪就抢先从身上拔出一把尖刀，刺向了切西！切西倒在了血泊中，而珍妮因为惊吓晕倒了……珍妮醒来的时候，发现自己躺在医院的病床上，布朗警长正等候在她病床前。珍妮哭泣着大声呼喊切西的名字，使劲要挣扎下床。布朗警长按住了她，告诉她切西已经遇害，请她务必要安心养伤。之后，他问了珍妮一些事发时的情况，接着就匆匆离开了。

之后的日子里，珍妮一直沉浸在巨大的悲痛之中。她频繁地给布朗警长打电话，请求他早日将那万恶的歹徒捉拿归案。可是，日子一天天过去，什么好消息都没有。不仅如此，珍妮还听说，那歹徒竟然还在频频作案，而他的下手对象，就是那些背着坤包的女子。珍妮对警察局的无能非常失望，她甚至想自己去寻找歹徒，拼着命也要为亡夫报仇！但手无缚鸡之力的她，如何斗得过穷凶极恶的歹徒呢？

终于，机会来了。

这天，珍妮正落寞地走在屋外那条僻静的小道上，突然，一个陌生男子迎面走过来，和她搭讪道："你好，夫人……"

珍妮下意识地退后了几步，惊恐地说："你，你想干什么？"

"别误会，我不是坏人，请相信我。我只是想帮您。"那男子微笑着说，"恕我直言，看到您一个人这么伤心地在这里徘徊，如果我没猜错，您一定和您丈夫产生了矛盾。是您的丈夫背叛了您吗？"

听到这里，珍妮的神色更加黯淡。看到珍妮的表情，那个男子似乎坚定了自己的判断，继续说道"如果是这样，我不妨向你推介一件小产品，保证对你有用。"他说着从包里摸

出了一部崭新的手机，"这是一款很特别的手机，它里面有微型窃听器和追踪器。你可以把这手机当做礼物送给你先生，这样不管他走到哪里，所发生的一切你都能听得清清楚楚。还能将对话录音。"

听到对方不停提到自己的丈夫，珍妮再也忍受不了了，她逃也似的跑开了，不想听到任何有关丈夫的话题。她跑着跑着，忽然停下了脚步，思忖了片刻，之后又蓦地回过身来，沿原路折了回去，找到那名男子，说："好吧，你这部手机我买了。"

设计追踪

几天后的一个傍晚，珍妮穿戴一新出了门，肩挂着一只新买的坤包，一个人来到西遇害的那个路段。她戴上墨镜，在那条路上来回徘徊，似乎在等什么人。其实，她是在等着那个该死的劫匪，在她的坤包里装着从那陌生男子手里买来的手机。珍妮希望在她身上再发生一次劫案，让劫匪把这手机抢了去。这样，她就可以通过窃听器了解劫匪的行踪，然后在第一时间内告知布朗警长，好将这万恶的歹徒绳之以法。

珍妮在那条路上等了好几天，终于，那个劫匪出现了！没错，正是他！一样的服饰，一样的摩托，噩梦般的情形再次出现在珍妮面前。她禁不住一阵慌乱，但很快就镇定了下

来，装着若无其事的样子继续在小路上徘徊。几秒钟之后，只听"呼"的一声，摩托车从她身边呼啸而过，一切顺理成章，那歹徒飞快地从她肩上抢走了坤包，又消失在路的那头。

珍妮一点都没惊慌，她缓缓地摘下了墨镜，从鼻孔里重重地"哼"了一声，随即从口袋里掏出了一部手机。这同样是一部特制手机，是从那陌生男子手里一并买来的。她按照那男子的交代，轻轻按下了其中的一个小键，将手机放在耳边接听。成功了，手机里果然传来了摩托车急速行驶的"呼呼"声。接着，她在手机的电子地图上，找到了劫匪的位置！珍妮的心

禁不住一阵狂跳。她急忙掏出了自己的手机，打通了布朗警长的电话："……布朗警长，我是珍妮！我要向你提供一条重要消息，我掌握了那个劫匪的行踪……"

显然，电话那头的布朗警长非常吃惊，急急忙忙地说道"什么？你知道那劫匪的行踪？怎么可能呢？你是怎么知道的……"

"千真万确！"珍妮急切地说，"他刚刚抢走了我的一只坤包……"珍妮想告诉警长坤包内有一部暗藏着窃听器和追踪器的手机。忽然，她想起陌生男子反复告诫她的话：无论在什么情况下，都不能将窃听器的事透露给警方，因为无论是贩卖还是使用窃听器都是违法的事，怎么能让警方知道呢？想到这里，珍妮又马上说道："总之，他的行踪我掌握得清清楚楚，我知道，他现在正沿着海滨大道急速行驶。好了，待会儿我将有更多信息提供给你，布朗警长，请你务必做好抓捕准备……"珍妮说完挂了电话，继续监视着那劫匪的行踪。

她听到那摩托车的车速慢了下来，不一会，车停了，紧接着她又听到了一阵手机铃声，那劫匪接听了电话，只说了一句："好，我马上过来。"之后就又是摩托车行驶的声音……

过了没多久，珍妮听到，车又停了，劫匪似乎进入了一个房间……过了一会，房间里又进来一个人，一个

恶狠狠的声音传了过来："怎么搞的！你的行踪暴露了？"

珍妮听到这声音非常耳熟，但又一时想不起是谁，紧接着又听到劫匪在那里辩解道："不会的，怎么可能暴露呢？"

"你还狡辩！刚才被抢的那位珍妮小姐还给我打来电话，说已经掌握了你的行踪……"

天啊，是布朗警长！珍妮只觉得头"嗡"地一声响，她完全蒙了，这到底是怎么回事？难道布朗警长和劫匪是……珍妮不敢往下想了。这时，她忽然又想起了那陌生男子说过的话——如果听到两人在对话，可以按下"录音键"保存记录。珍妮未及多想，急忙按下了"录音键"，这时，只听手机里传来一声巨响，之后，什么声音也没有了……

天啊，这又是怎么回事？珍妮越来越糊涂了，她试图再次拨打布朗警长的电话，可怎么也打不通。许久，她只好拖着沉重的脚步回到了家中。

惊人真相

第二天一早，珍妮在早报上忽然看到了一条惊人的消息：昨日傍晚，一间出租屋发生不明物体爆炸，两人殒命，其中一人是警察局布朗警长，另一人则疑为频频作案的劫匪……

珍妮惊呆了！她完全不敢相信这一切。这么说，昨天和劫匪在一起的

真的是布朗警长？他们真的是串通好的？那这样看来，昨天那一声沉闷的巨响，应该就是爆炸时的声音了，那是什么东西爆炸了呢？珍妮只觉得大脑一阵阵地发胀，她使劲地用双手揉着头部，什么也不敢再想了……

也不知过了多久，忽然，家里的电话响了。珍妮一把抓了起来，电话里传来一个陌生的声音："早上好！珍妮小姐……"

"你是谁？"珍妮警觉地问道。

"哈哈哈……珍妮小姐，你不记得我们几天前的见面吗？你从我手里买走了那个神奇的手机追踪器！珍妮小姐，你是不是用它来跟踪那个该死的劫匪呢？"电话那边答道。

天啊，是他！珍妮不禁一阵震颤。眼下发生的这一团乱糟糟的事莫非同他有关？心力交瘁的珍妮整个身子都软了下来。许久，她低低地问了一句："你怎么知道我的电话？"

那边又是一阵大笑，之后对方平静地答道："珍妮小姐，你可真糊涂啊，我连你的长相、住址以及你丈夫遇害的事都了如指掌，还能不知道你的电话号码吗？……当然，搜集到你的这些资料的确是不易，但我必须要找到你啊，不然我和谁一起完成这件事呢？"

"你到底在说些什么？"珍妮咆哮了起来。

"请不要激动，珍妮小姐。"那边淡淡地说，"其实，我的苦难遭遇同你一样，几个月前，我的爱妻也死在那个劫匪的手上！我发誓，一定要捉到这个恶魔，为我的妻子报仇。一开始，我也曾寄希望于警察局，可后来我失望了，一次偶然的机会，我竟然发现布朗警长和劫匪是一伙的……这两个人害死了我的妻子，我发誓要将他们碎尸万段！"

老天！珍妮惊愕不已，手中的话筒差点也掉了下来。原来这一切都是真的，布朗警长真的同那劫匪狼狈为奸！怪不得警察永远也找不到那劫匪的行踪！珍妮强压住内心的激动，问道："这么说，这些都是你策划的？那

个手机追踪器到底是怎么一回事？"

"你看来一点都不笨。"对方又笑了起来，"不错，这个事件的确是我精心策划的。那个手机除了能跟踪，同时还是一枚威力无比的微型炸弹！而我叮嘱过你的那个录音键，就是炸弹的遥控开关。是你替我，不，是替我们完成了报仇的心愿。"

珍妮只感到一阵天旋地转！她顺手搬过来一张椅子，无力地斜靠在上面："……可你为什么，为什么要拖我下水？"

"请你冷静！珍妮小姐。"那边继续不温不火地说道，"不错，这一切都是我策划好的。请不要抱怨我拖你入伙，因为那个劫匪只抢劫女性，我尝试几次引诱劫匪失败后，这才想到了你……请原谅我，因为只有你才同我一样，有着共同的命运以及共同的仇人……"

这时，珍妮家的门铃响了。那边继续说道："好了，我要挂了，警察在你的门口了，放心，他们只是例行询问，所有和你有关的证据都消失了，你也不要再想找到我。请守住我们共同的秘密。"接着，电话那头传出了"嘟嘟"的忙音。

珍妮手一松，话筒掉落下来，"啪"的一声砸在了地板上……

（题图、插图：佐　夫）

巧取豪夺

□ 郑珲惊

偷天换日

话说京城里有个姓王的富商,家财万贯。而他生性乐善好施,经常扶穷济困,因此人人都称他为"王大善人"。一次,王富商花大价钱买到一幅《春树秋香图》,十分喜爱,特意为其做了个画框,把它挂在堂前。

可没过几天,这幅画就被人惦记上了。惦记这幅画的人叫刘武仁,原本是当地的一个穷光蛋,王富商看他可怜,经常在过年过节的时候接济他。军阀混战开始后,刘武仁觉得当兵至少还能混口饭吃,于是就参加了张大帅的军队。谁料到,他在那儿如鱼得水,靠着溜须拍马,当上了小军官。后来随着张大帅的部队进了京城。

几天前,刘武仁来拜会王富商,见到了那幅《春树秋香图》,心里就开始打上了小九九。临走时,他求王富商把这幅画卖给他,王富商哪里会肯,结果两人不欢而散。没过几天,刘武仁找了个借口称王富商私通革命党,把他抓了起来关进大牢。王富商的家人知道刘武仁的意图,只好把画拿去交给了他。刘武仁见这画到手了,也就把王富商给放了出来。

一拿到这幅画,刘武仁立马带了画去拜访张大帅。其实,他要这幅画的目的,就是为了拍张大帅的马屁。这张大帅虽然大字不识几个,但最喜欢别人送他古玩字画,一听有人给他

送名画，马上就接见了刘武仁。大帅的师爷看完画，告诉大帅，这幅画是真迹，最少值两万大洋。张大帅一听这话，高兴坏了，直接给刘武仁连升了三级。他见这幅画这么值钱，就把它挂在了大厅的正中。

再说那王富商，从牢中出来后，痛心刘武仁的忘恩负义，再加上在牢里受了风寒，就此一病不起，吃了多少药也不见好转。一天，有个年轻人上门拜访，说是受过王富商恩惠。他见富商生了这么重的病，不由大吃一惊："先生正值壮年，怎么会病成这样？"王富商的家人就把事情原原本本地告诉了他，这年轻人皱了皱眉头说："先生是心疼那幅画啊。这样吧，我帮您把画给弄回来。"王富商无力地笑了笑："唉，听说这画现在已经被送给了张大帅，怎么可能弄得回来

呢？"年轻人笑了笑说："别人也许不行，可是我燕子李三一定行。"说完一纵身，居然从平地一下蹿到了房梁之上，然后三晃两晃就没了踪影。王富商见到此人身手这么好，心里存了盼头，病情慢慢有了起色。

销声匿迹

斗转星移，一晃两个月过去了。眼看张大帅的生日快到了，大帅府正在张灯结彩忙着准备寿宴。门房通报说刘武仁的副官前来送礼，张大帅对刘武仁这个名字有些印象，就让人把那个副官叫进了大厅。副官见了大帅，行了礼，然后说道："刘长官得知大帅生日在即，特意收集了张大千的《李广射虎》，命小人送来。"

张大帅打开画一看，只见画上是一个将军模样的人，正拉着弓对着远

36

处的一块石头要射。那将军栩栩如生，张大帅是行伍之人，自然格外喜欢，就问那副官："这画不是叫《李广射虎》吗，怎么射的是石头啊？"

那副官指着画边上的一行诗句，说道："这画画的是汉代大将军李广的故事，也是这几句诗文里的意境啊！"然后，他对大帅说道："刘长官说，宝剑赠英雄，如今这画送给大帅您是实至名归啊，当世除了大帅您，还有哪个人配称大将军李广呢？大帅所向披靡，打下全国只是早晚的事啊！"

张大帅被这马屁一拍，都快飘上天了，连忙说道："果然是好画。来人，赏一百大洋！"副官接了大洋，千恩万谢地去了。大帅马上找来仆人，把这画和《春树秋香图》分别挂在左右两边。大帅左看看，右看看，越看越高兴，心想 这个刘武仁真是懂事，以后有机会还要再提拔他一把。

又过了两天，张大帅的生日到了。他在府上设宴，宴请京城名流绅士和各国公使。宴会上人声鼎沸，觥筹交错，热闹非凡。吃到一半，有人提议让大帅给大家说两句。大帅站起来，刚要开口说话。突然，就听见"砰"的一声巨响，整个会场的灯一下全灭了。顿时，大厅里一片漆黑，只听见风声四起，好像有无数只燕子在空中翻飞一般。

张大帅连忙命人点起蜡烛。随着蜡烛一根根地点起，大厅慢慢恢复了光明。突然有人大叫道："燕子李三！"只见大厅的天花板上，明晃晃地钉着一个铁燕子模样的飞镖。这正是大盗燕子李三的招牌标记，大厅里顿时乱做一团。张大帅不愧为带兵的人，刷的一下从怀里掏出手枪，"啪啪啪"对天开了三枪，大喊道："不要怕，大家都不要动，一动就让李三跑了！"果然这几枪马上就把场面给镇住了，人群安静了下来。

此时，不知谁又喊了句："画！画被李三偷了！"大伙抬头一看，果然挂在大厅正中的那幅《春树秋香图》已经不翼而飞，只有那画框光秃秃挂在墙上。大帅火冒三丈，忙派人去问门外的守卫，有没有人看见燕子李三逃走。结果守卫都说，刚才连只蚊子都没有飞出大帅府。大帅于是命令手下道："把大厅所有的人都集中起来，挨个地搜！"

一个副官小声提醒张大帅："这里有好多外国人，可千万不能乱搜，惹恼了他们不好办啊！"

大帅正在气头上，哪听得进去，"啪"抬手就给副官一个耳光，咬牙骂道"老子说搜就搜，天皇老子也不许放过。放跑了燕子李三，唯你是问！"副官没有办法，只好挨个搜了过去。那些外国人在中国哪受过这样的羞辱啊，都气得直骂娘。谁知，卫兵里里外外搜了个遍，连地毯都掀起

来细细查了一遍，结果什么都没有搜到。

张大帅没有办法，只好把所有人都放了。那些外国公使走出大帅府的时候，都狠狠地对张大帅说："我们对你的行为提出严正抗议，你一定会受到惩罚的！"大帅一肚子火没地方撒，就把当天守在外面的卫兵全部鞭打了一遍……

原形毕露

张大帅被燕子李三偷了画的消

息，马上传遍了京城。市井街坊里逐渐开始流传各种传闻。有的说，李三一定是挖了条地道，带着画从地道里偷偷跑掉了；有的说，李三是把画吞到了肚子里，然后带出大帅府后吐了出来；更有人离奇地说，那李三偷完了画以后就肋生双翅，飞出了大帅府。

王富商知道这事，就安心等李三送画回来。谁知道他盼星星，盼月亮，连李三的影子都没见到。难道燕子李三也是个贪财之人，见那画价值连城，就想据为己有？王富商这下也看开了，对家人说道："就当我没得过那幅画吧！"

过了三天，大帅府里来了个叫叶紫的京城名流。此人落座后，对那幅《李广射虎》看了又看，然后对大帅说道："大帅，有句话我不知当讲不当讲？"

大帅有些奇怪，就让他有话直说。

叶紫于是说道："在下和张大千是至交，但我从未见过此画，因此怀疑此画是伪作。而且您请看，"叶紫一指画上的题诗，"这首《塞下曲》中错了两个字，这怎么可能是张大千的作品呢？"

大帅大字不识一个，哪知道错没错，便把师爷叫了来。师爷一看说道："叶先生说的没错，那两个字的确是写错了！"

大帅一听大发雷霆，大骂道"你这个师爷干什么吃的，让这么多人看我的笑话！"师爷被臭骂了一顿，脸上红一阵白一阵。他心里暗暗想，你当时那么喜欢这幅画，我哪敢说啊!

大帅又冲外面叫道："来人，给我把这幅画拿去烧了！"随即从门外进来两个家丁，把那幅画拿了下来。正搬着呢，其中一个家丁悄悄对另一个嘀咕了几句。

大帅眼尖，一下就看见了，大骂道："你，是不是在取笑老子啊？"

那家丁吓得全身抖若筛糠，连忙说道："我哪敢取笑大帅，只是我听说，刘武仁在外面说大帅你附庸风雅。他随便弄了幅假画糊弄您，您就当宝贝一样挂起来！"大帅气得吩咐手下道："去，马上把刘武仁抓起来，给我关进大牢。"

那两个家丁吓坏了，忙把那幅假画搬到了后院。他们放下了画。一个家丁对另一个说："吓死我了，阿土，你胆子真大，这都敢说！"

阿土答道："没办法啊，要不是这样说，大帅一发火，我脑袋可就没了。哎，我前面问你的事怎么样？"

被问的家丁想了想："大帅说要把这画给烧了，要是画让你带走了，大帅问起来怎么办？"一边说，一边眼珠直转。

阿土立刻明白他的意思，就从怀里掏出一块大洋递了过去。对方想了想，收下了大洋，让阿土带走了那幅画。

完璧归赵

阿土拿着画，立马溜出了大帅府。他三转两转，居然来到了王富商家门前，敲起了门。王家人将他带到王富商面前。王富商见此人从未见过，便疑惑地问道："这位小哥，找我不知有何贵干！"阿土哈哈大笑，在脸上搓揉了几下，露出一张英俊的脸庞。原来竟是燕子李三。李三告诉王富商自己是来还画的，说着便从大帅府带来的画拿了出来。

王富商听说李三是来还画的，一开始挺高兴，可当他看到那幅画时，却皱了皱眉："这幅不是《春树秋香图》啊！"

李三笑了笑道："别急，你看我给你变个戏法！"说着，便在画的四边摸索了几下，然后刷的一声把那幅《李广射虎》撕了下来，只见《春树秋香图》就好端端地藏在那假画的后面。

王富商高兴坏了，连声道谢。原来当日李三切断电源后，并没有把图直接拿出大厅，而是放在了《李广射虎》的下面。那些卫兵在大厅翻得底朝天的时候，谁都没有想到，这幅真画就静静地藏在另一幅画的后面。

然后，李三找人给叶紫放出风声，说大帅府上有一幅张大千的假

危险的 传说

□ 张晓群　改编

爱情传说

张雨是个女侦探，协助警方破过不少案子，在圈子里小有名气。

这天，做警察的好友小丽来找她，约她去参加一个生日酒会，并说过生日的是自己朋友，也是个探案故事迷，很想认识张雨这个大侦探。见小丽兴致很高，张雨也不推脱了，两人便一同前往。

酒会在一栋别墅里举行，两人到场时，酒会还没开始。她俩正四下张望，就见一位年轻漂亮的小姐迎上来，和小丽打起了招呼。

小丽介绍说，这位漂亮小姐叫李木子，是个刚走红的演员，也是这场生日酒会的主角。李木子听说眼前站

画。叶紫跟张大千交情甚好，自然会到大帅府上揭穿假画。这样，李三就轻而易举地把真假两幅画一起带出了大帅府。

这宝贝物归原主了，李三就打算告辞。王富商连忙拦住了他，叫家人拿了一千块大洋出来，说道："大恩无以为报，这一千块大洋你就收下吧！"李三坚决不收，王员外再三恳求。李三只好拿了一块大洋："既然这

样，我就收您一个大洋。因为这幅画我就是一个大洋买来的！"接着就把一块大洋换画的事说了一遍，众人听了都哈哈大笑起来。

至于刘武仁，在大牢里关着，受尽了折磨，没几天就一命呜呼了。张大帅呢，由于那次宴会得罪了外国公使，原先那些外国靠山都不再给他提供军火物资，不久就被赶出了京城。

（题图、插图：黄全昌）

着的就是侦探张雨，开心极了，拉着张雨的手说："张大侦探，客厅人太多，咱们去楼上坐坐吧，趁酒会没开始，你给我讲讲你的破案故事。"说完，领着张雨和小丽上了楼。

三人来到楼上，找了个僻静的地方，刚聊了没几句，李木子的手机突然响了，她接通电话，不耐烦地"嗯"了两声，然后把电话一挂，招呼张雨两人道："不好意思，化妆师找我去补个妆，我得失陪一下，要不你们先下楼等我，酒会一会儿就开始。"说罢起身走了。

张雨和小丽又回到了楼下的大厅，突然，小丽好像发现了什么，嘀咕了一声："咦？他怎么也来了？"

张雨好奇地问："谁啊？"

小丽指了指不远处一个男子，说道："那人叫赵大中，是木子成名前的男朋友，没想到他也会来。"

张雨随口问小丽，两人为什么会分手。小丽摇摇头，说自己也不清楚，只是听说李木子脾气不是很好，两人经常吵架。正说着，大厅中荡起了音乐声，酒会开始了。李木子缓缓走下楼梯，此时，她换了一套晚礼服，显得光彩照人，吸引了全场人的目光，张雨注意到，赵大中看李木子的眼神似乎有些异样。

李木子走下楼，来到大厅里一一招待来宾。这时，张雨注意到李木子有个奇怪动作——不时地用左手食指去触摸鼻子右侧，便笑着对小丽说："瞧，明星也有这种奇怪的小动作啊。"

小丽低声解释道"听说，关于这个小动作，还有段传说呢！二战期间，有一对恋人被迫分离，他们担心以后见面会认不出对方，于是就商量了这个动作。这样不管两人外貌怎么改变，只要不时做这个动作，双方就能相认。后来两人真的在战争中失散了，若干年后，两位老人在集市上偶然相遇，最终凭着这个小动作认出了对方。"

张雨手一摊："可是李木子要和谁破镜重圆呢？该不会是那个赵先生吧？"小丽摇摇头："应该不是。木子是希望这个动作能带给她好运，找到属于自己的爱情。一开始，她只是因为好玩而刻意模仿，但到了后来，反倒成了她不知不觉的小动作……"

小丽的话没有说完，突然听到人群中发出一阵尖叫声。

突发事件

张雨和小丽急忙跑上前，拨开人群一看，不禁大吃一惊。只见李木子正躺在地上挣扎，脸色极为痛苦，不一会儿便没有了气息。

张雨判断李木子是中毒身亡。小丽马上拿起手机，联系警署。张雨则站到台阶上，让大家不要乱动，以免破坏现场。她四下扫了一眼，发现有几个人神色尤其慌张，过去一问才知道，李木子出事时，这几个人就站在她身边。张雨便询问起事发时的情景："当时李木子有什么异样吗？"

几个人连连摇头："没有啊，我们一边聊天一边吃点心，突然，她就倒下了……"

其中一个人紧张地问："我们都吃了一样的点心，不会也中毒了吧？"

张雨耸耸肩："不会，不然你早就像李木子小姐一样了……"那人听了，这才捂住胸口长舒了一口气。

张雨又问道："你们当时都吃了

什么点心？"

一个人指着桌子上的几样点心说："就这几样，曲奇、蛋糕，还有巧克力饼。"

"还有别的吗？"

一位姿态优雅的女士回忆了一下，说道："好像化妆师明明小姐端来过一盘新点心让李木子吃。不过，我和丈夫也都吃了。"她指着桌角上的一个盘子说，"就是那盘子里的圆形点心。瞧，只剩一个了！"张雨俯下身仔细观察，发现这点心看上去很油腻，似乎加了不少黄油。

这时，小丽的同事们也来到了现场，他们对点心和餐具进行了初步检查，没有发现毒物反应，只在李木子的左手指尖和鼻侧发现了微量的剧毒物质。

张雨看着那盘油腻的点心，咬着嘴唇想了想，转身询问刚才的那几个人："李木子刚才是怎么吃那种点心的？"

"就是直接用手拿着吃呗！"一位男士撇撇嘴道。另一人补充说"我记得当时她用左手拿的，因为她右手还拿着吃了一口的曲奇，之后居然还舔了手指。"

原来如此，张雨嘴角泛起一个不易察觉的微笑：现在只剩下动机和证据了。想到这，她找到小丽，问道"小丽，赵大中和李木子交往之前的事情你知道吗？"

小丽摇摇头："嗯？我不清楚，只是听说他和李木子，还有明明都是大学同学，这和案件有关系吗？"

张雨没回答小丽的问题，反而继续问道："那个传说又是谁讲给大家听的？"

"很久了，大概三四年前，在一次聚会上化妆师明明说的。那时我还笑木子会模仿这个动作，没想到……"

谁是真凶

接着，张雨又直接找到了赵大中："赵先生，我想问您一件事，希望能如实回答。"

"哦，什么事？"

"请问您原来和明明交往过吗？"

赵大中的脸色明显变了一下，但很快平静了下来："你是怎么知道的？不过是很久以前的事了，怎么了？"张雨微微笑了笑："没什么，那你后来怎么又和李木子小姐在一起了呢？"

赵大中冷冷地说："我想这是第二件事了。"说完，转过头，不再说话了。

这人脾气真臭！张雨不禁摇了摇头。随后，她再一次找到了小丽，压低声音跟她交代了几句话。小丽点点头，匆匆走了。没一会，小丽回来对着张雨耳语了一番。张雨听完想了一想，站上了楼梯的台阶，冲大家说道："大家安静一下，我已经知道凶手是谁了。"

见众人纷纷聚拢过来，张雨接着说道："李木子小姐死于中毒。警察在李木子的左手指尖和鼻子右侧都发现了微量的毒药成分。但在餐具和点心里都没有发现毒药，所以，嫌疑人把毒直接下在了她的身上！"

一旁的小丽点点头："是的，毒就下在粉底里，是在给李木子化妆时直接下的毒。"

张雨接口说："能做到这一点的，就只有化妆师明明小姐了！"

众人的眼光一下子集中到明明身上。明明镇定地说："这是个误会，李木子说不定是在什么地方碰到了毒药，不小心抹到自己鼻子上的。"

张雨微笑着说："那你能不能解释一下，刚才李木子右手还拿着曲奇的时候，你为什么迫不及待地让她吃你送来的点心呢？"

明明"哼"了一声："我知道她喜欢吃这种点心，经常点名要它，我只不过是好心而已。"

张雨盯着明明，说道："是吗？恐怕真正的原因，是你希望她用左手来拿新点心吧？"张雨说着伸出左手，做了个摸鼻子的动作，"你知道她习惯用左手摸鼻子，因此化妆时，在她鼻子右侧下了毒，当她摸鼻子时，毒就沾到了手指上，然后沾到了点心上。而且，新点心很油腻，李木子身边又没有擦手的东西，因此她只能偷偷吮去手指的油腻，以免弄脏晚礼服，这也就加快了她的中毒。你是想把大家的注意力引到点心和木子的手指上，以便自己能逃离警方的调查。"

面对张雨的层层推理，化妆师明明的额头渐渐渗出了汗水。

幕后故事

张雨继续说："我估计这么短时间，你一定来不及处理证据，于是便请警察去找掺毒的粉底，果然被我们找到了。"

明明咬着发白的嘴唇，申辩道："这种手法并不难，只要熟悉李木子的人都能做到，我的化妆盒又没有上锁，肯定有人陷害我！"

"可当初那个爱情传说是你讲给她听的！"张雨步步紧逼道。

"那都是三四年前的事了，再说我怎么知道她听了故事会不会这么做？"明明眼神里闪过一丝挑衅的味道。

"够了！"旁边的赵大中再也忍不住了，冲出来对着张雨吼道，"你到底要刁难明明到什么时候？"

张雨没理他，继续问明明："我打听过了，李木子特别喜欢模仿爱情传说里主人公的行为。你很清楚她的性格，讲这个故事，就是有意识地引导她养成这样的习惯。而且掺毒的粉底是单独放的，就是为了方便销毁证据。"

明明低着头，没再说话。一旁的赵大中焦急地说："你快反驳啊，明明，一定是有人陷害你的。"

张雨深深看了赵大中一眼说："其实这件事情，是因为你而起。"

"因为我？"

"能说说你和明明，还有李木子的故事吗？"

"这……"赵大中显然不太愿意回答，他看了看一旁无助的明明，只能硬着头皮说道，"我和明明是大学时的恋人，后来李木子横刀夺爱主动约我，我……"

"别说了！"明明突然大喊一声，"人是我杀的。三年前讲这个故事就是为了杀她，她抢走了我和大中的爱情。当时，我想如果大中能够幸福的话，我可以忍下去，所以一直没有下手。可我后来得知，她对大中并不好，还经常发小姐脾气。她成了名，就把大中甩了……我恨她，真的恨她！所以我就采用了原先的计划！"明明说完，掩面大哭起来。

张雨看着掩面哭泣的明明，缓缓说："虽然李木子小姐做得有些过分，可是她会从爱情传说里学习小动作，这说明在她的内心对爱情依然很看重，只是她的脾气和为人差些。但无论如何，你都没有资格判定一个人的生死。"

警察把明明带上警车，张雨望着远去的警车，久久没有说话……

（题图、插图：张恩卫）

墙纸上的爱

一个母亲下班刚回到家，8岁的大儿子就忙跑过来告状："刚才，趁爸爸不注意，弟弟拿着蜡笔在卧室乱写了一通，都写在你刚贴的新墙纸上了。"

母亲听着皱起了眉头，问道："你弟弟现在在哪里？"

"他躲在他房间的衣柜里。"

母亲气极了，一边数落着小儿子以前的"罪行"，一边走向卧室。

而小儿子躲在衣柜里，瑟瑟发抖，他知道母亲这次是真的生气了。

"砰"的一声，母亲推开了小儿子房间的门。然而，当她看到墙上的字时，心中的怒火瞬间消失得无影无踪，只见墙纸上写着"我爱妈妈！"周围围着一颗粉红的心。

母亲一把抱住小儿子，眼泪夺眶而出……

母亲保留了这张墙纸，并且为它加上了一个大大的相框。因为有了孩子的爱，这张墙纸才变得真正珍贵起来。

它也提醒我们，不要总把孩子的调皮行为想歪，有时孩子调皮只是想表达他对你的爱。

（编译：庞启帆；推荐者：冯国伟）

愚人节短信

有个三流小报的记者，在愚人节这天，收到了一则短信，让他晚上七点到五月花大酒店303号房间，与《洛杉矶时报》的主编共进晚餐。

一开始，这个记者以为是有人开玩笑，可是他对"《洛杉矶时报》主编"这几个字非常感兴趣，因为五年前，他曾经向该报投过求职信，但却石沉大海。

这件事除他本人外，没有第二个人知道。这条短信究竟是怎么回事？

最后，记者的好奇心被激了起来，他决定晚上下班后前往，一探究竟。

晚上七点，记者准时出现在了短信上的地点，令他欣喜的是，《洛杉矶时报》的主编竟然真的在那儿。

不久，又来了三个人。主编招呼大家坐下，然后解释说，几位都是近年来曾向《洛杉矶时报》投过简历的，自己想结识一下。

饭后回到家，记者很奇怪，他觉得这次聚会的原因不会那么简单。尽管已是深夜，他还是忍不住拨通了主编先生的电话。

主编让记者三天后到自己的办公室听答复。

三天后，记者来到主编办公室，总编问他是否愿意到自己报纸当首席记者。

记者不假思索地答应了。随后，他问主编为什么会选自己。

主编笑着说："愚人节那天，我们给曾向我们投简历的二十个求职者发了短信，结果只有四人到场。而这顿奇怪的晚餐后，只有你一个人寻根究底。我相信，一个从事新闻工作许多年，但依然对这条短信和这顿晚餐充满好奇的人，应该是不会对职业产生倦怠的出色的新闻工作者。"

记者这才明白，是好奇心成全了自己。

（作者：赵功强）

两段树根

有两段树根，一段被雕匠雕成了神，一段被雕成了猴。

于是，两段树根有了不同的命运：一段被人供奉膜拜，一段成了人的玩物。

被雕成猴的树根埋怨雕匠说："我们同是树根，命运却如此截然不同，都是因为你把我雕成了猴，把它雕成了神，我们的命运，都是你一手雕刻而成的啊！"

"我哪有这等本事，去雕刻别人的命运！"雕匠感叹道，"其实，在雕刻你们之前，你们的命运就已经'成形'了。从土里出来的时候，你们一个像神，一个像猴，我只是按着你们的原貌略加雕刻而已。"

最后，雕匠叹了口气，缓缓说道："所以，你们的命运并不是我雕刻的，而是你们的成长决定的，你们在泥土中那段成长的过程，就决定了你们最终的走向……"

（作者：黄小平；推荐者：乐　乐）

（**本栏插图**：安玉民　梁丽）

学写作文，从读故事开始

□希 希 改编

10分钟之前

一件宝贝

阿俊是一家公司的文秘人员。这天晚上，他在公司加班，回家的时候已经是深夜了。他刚走出办公楼，只听"吱"的一声，一辆出租车停在了他的身边。只见司机从车窗里探出头来说："先生，要不要坐车？"阿俊打着哈欠，点了点头，拉开车门坐了进去。

路上，司机搭话道："先生，看样子很不顺心嘛。"见阿俊点头，司机又继续道，"其实我可以帮助你。"

阿俊摇了摇头，叹了口气。

"今天，我很不幸运，"司机热心地说，"你是我拉到的唯一一位客人，不过，这说明我们俩有缘分。"说完，司机把车停在路边，从口袋里掏出一件东西，递了过来，"我送你一件礼物吧！"

阿俊伸手接过来一看，是块普通的机械表。

阿俊感觉被嘲弄了，面露不悦之色。司机赶紧说："先生，你不要看它貌不惊人，但本领可不小啊。"

"什么本领？"

"只要你把分针往回拨10分钟，哈哈，妙不可言啊……"

见司机执意要把手表送给自己，阿俊就没再说什么，顺手把它放进了公文包。

然而，不久之后，一个偶然的机会，阿俊发现那块表果然魔力非凡：只要把分针往回拨10分钟，场景就能回复到10分钟之前，而这10分钟之间的事就像没发生过一样。

阿俊意识到自己得到了一件宝贝。

从此之后，阿俊在工作上有了惊人的进步。每次，他听到别人有好的工作建议，便把这个建议写进自己的

报告里，然后把时间往回拨10分钟，抢先把报告交给上级。

三个月后，凭借"出色"的工作表现，阿俊连升几级，坐上了部门经理的位置。

有道是好事成双，最近，公司来了一个叫兰祯的漂亮女孩。阿俊一见钟情，觉得生命中的另一半找到了，于是使出浑身的解数，拼命地追，没多久，他们俩坠入了爱河，兰祯很快就接受了阿俊的求婚。

一次警告

求婚成功那天，阿俊像中了大奖似的，在房间里又是蹦又是跳的，就在这时，门铃响了，阿俊打开门，发现来者竟是那个出租车司机！

阿俊诧异极了，问道："怎么是你？你怎么找到我的？"

司机冷冷地答道："你做了一个错误的决定，我是来警告你的。"

"错误的决定？"阿俊弄蒙了，疑惑地问道，"你这是什么意思？"

司机还是用冷冷的声音回答道："你不要和那个叫兰祯的女人结婚。"

"为什么？"

司机冷笑了一声："因为她不是一个值得你爱的女人，她嫌贫爱富，而且会害死你的。"

阿俊一听就笑了："你不要胡说了，我们那么相爱，兰祯怎么会害我

呢？再说了，以后的事情你怎么可能知道？"

司机急了，辩解道："我怎么会不知道呢？实话告诉你吧，我不是出租车司机，是从地狱来的使者。你是我来人间遇到的第一个人，我不希望你出事。"

阿俊想了想，摇摇头："我不相信！就算兰祯会害我，我可以用手表让时间倒退啊。"

司机"哼"了一声："到那时候，神仙也救不了你！我已经警告你了，听不听由你。"司机说完就走了。

阿俊并没有理会那个司机的话。他相信兰祯是真心爱自己的。阿俊曾经告诉兰祯，自己得到这一切只是因为那块神奇的手表，一旦手表的魔力消失，自己可能又会变成一文不名的穷光蛋。而兰祯听了这一切，却只是甜甜地冲阿俊笑笑，安慰他说，即使阿俊什么都没有，自己也会永远和他在一起。阿俊心想，兰祯对自己那么好，怎么会害自己呢？

不久之后就是"情人节"，阿俊和兰祯在"情人节"那天举行了婚礼。

婚后的生活十分甜蜜，但是这种甜蜜却没有维持太长时间，阿俊渐渐发现兰祯有事情瞒着自己。

一次，阿俊提早下班回家，发现兰祯不在家里，打她的手机，也一直无法接通。就在这时，阿俊透过窗子，看到了他不愿看到的一幕，在小区的

门口，一辆保时捷跑车停了下来，从车上下来一男一女，两人相拥后，女人走进了小区大门，阿俊清楚地看到了那个女人正是兰祯。原来她真的有了外遇。

但阿俊却装作什么事情都没有发生，依然像往常那样对待兰祯，他依然爱着兰祯，希望通过自己的努力挽回兰祯的心。

眼看就要到"情人节"两人的结婚纪念日了，阿俊觉得这是一个好机会，可以和兰祯好好谈谈。

一场意外

结婚纪念日这天，兰祯一大早就出去买菜了，回来之后就进厨房准备起来，显然她也没忘记这个重要的日子。阿俊也买来了兰祯最喜欢的巧克力蛋糕。

见老婆忙里忙外的样子，阿俊觉得很感动，他挽起袖子就要帮忙："老婆，我来帮你。"

"不用了，我一个人就能干，你出去看电视吧。"兰祯说完，冲他一笑。

阿俊回到卧室，坐在床边，随手拿起了床头上的相册，里面装的是他们的结婚照。阿俊慢慢地翻看着照片，回忆起以前幸

福的日子，不由得露出了笑容……

阿俊还沉浸在幸福的回忆之中，就听见兰祯在外面叫："老公，吃饭了！"

"来啦！"阿俊放下相册，匆匆走了出去。

兰祯今天准备了一大桌的菜，每道菜都是阿俊喜欢吃的。阿俊在餐桌前坐了下来。这时兰祯端来两杯红酒，把其中的一杯递给阿俊，说道："老公，今天是我们的结婚纪念日，让我们先干了这杯酒，然后再切蛋糕。"

"先等一下，在喝这杯酒之前，我有话要说。"阿俊放下了手里的酒杯接着说道，"兰祯，其实你在外面的事情我早就知道了，但我不愿失去你，只要你肯和那个男人断绝来往，回到我身边来，我可以什么都不计较。"

"老公，你说什么，我怎么听不明

白？"

阿俊没想到，兰祯到现在还在装糊涂，有些生气道："别装了，你做了什么事你还不知道吗？"

兰祯也不示弱，抬高嗓门问道："什么事，你说啊？"

阿俊这下有些失望了，他气冲冲地嚷道："够了，我原以为你可以跟我坦白，既然你现在什么都不说，那我们只能离婚了。"

听了阿俊的话，兰祯的脸色也变了，愤愤地说道："好啊，离婚，这是你说的。既然你什么都知道了，我就告诉你。对，我在外面有别的男人了，就你那点可怜的工资能够给我什么？他比你有钱，什么都比你强，我就喜欢他了，怎么样？我现在就告诉你，我要和你离婚！"

阿俊压在心底的怒火终于爆发出来，他气急败坏，伸手就甩了兰祯一个耳光。兰祯被打了个措手不及，一头栽倒，头重重地磕在桌角上……

阿俊一下子清醒了，连忙跑过去俯下身子去拉兰祯。然而，当他抱起兰祯时，忽然感到手上湿漉漉的，张开手一看，满手的血迹。

阿俊托起兰祯的头，发现兰祯的太阳穴上有一个三角口子，鲜血从伤口里不停地往外流。阿俊把手指放到兰祯的鼻子下，兰祯已经没有气息了。

阿俊一下坐在了地上，抱着兰祯放声痛哭："兰祯，我错了，你活过来吧，不管你做错什么，只要你活着就好。只要你活过来，我一定让你走，让你去寻找自己的幸福……"

就在这时，阿俊脑子灵光一现，忙放下怀中的兰祯，冲进卧室，找出了一个纸盒，从里面拿出了一块手表，用颤抖的手拨起来……

一个阴谋

一阵光晕闪过，外面传来了兰祯喊他吃饭的声音："老公，吃饭了！"

阿俊长舒了一口气，庆幸手表的神奇功能没有消失。他把手表放进口袋，站起来说道："来啦！"

这时，阿俊发现手上的血迹也没有了。他定了定神走了出去，再次坐到了餐桌前。兰祯端来两杯红酒，她把其中的一杯递给了阿俊，说道："老公，今天是我们的结婚纪念日，让我们先干了这杯酒，然后再切蛋糕。"

阿俊心里想：只要我在喝酒之前什么话也不说，什么事都不会发生。

于是，他接过酒杯，一饮而尽。这时，他发现兰祯没有喝酒，于是说道"我都干了，你怎么还没有喝？"

兰祯却问道："老公，这酒好喝吗？"

阿俊点点头"不错，看来这瓶红酒很贵吧。"

"是的，这红酒是我为老公亲手调制的，你好好享受吧！"兰祯说完，嘴角掠过一丝不易觉察的笑容。

突然，阿俊感到胸口很闷，眼前的事物也越来越迷糊。他明白过来，兰祯在他的酒里下了毒。这一刻阿俊想到了手表，他要把时间拨回去。他伸手从口袋里掏出手表，正要拨动，却见兰祯大步上前，一把夺过手表，远远地扔了出去，说道"我不会让时间倒退的，你去死吧！"

阿俊身子一软，从椅子上摔了下来。他用尽全身的力气，向那块表的方向爬去。突然，在他的周围出现了一片银色的光环，光环中出现了那个来自地狱的使者。阿俊伸手拽住了使者的衣摆，语气急促地说道："快，快给我手表，我要回到10分钟以前。"

地狱使者面无表情地说："给你手表也没用了，它是救不了你的。我说过，兰祯那个女人会害死你的，你不信，现在我说的话实现了吧。"

阿俊哀求道"我求求你，救救我吧，我还不想死，你一定有办法的。"

"我没有办法，实话告诉你吧，我来人间的目的就是带走兰祯，让她下地狱，但没想到你用神奇的手表救了她，现在只能由你代替她下地狱。我从来都不会空着手回去的。"

这时，门铃"叮铃铃"地响起来了，阿俊看到兰祯走过去打开门，进来的正是那个开保时捷的男人。只听男人说道："一切都顺利吧？"

兰祯咯咯一笑，说："十分顺利，现场怎么办？"

"不用管，有人会帮我们处理的，我们走吧，飞机快起飞了。"

然后，阿俊看到兰祯和那个男人一起走出了家门……

地狱使者问阿俊："你现在后悔了吧？"

没想到，阿俊却平静说"我不后悔，我说过，只要兰祯能活过来，我就放她走，怪就只能怪我还爱着她。还是我跟你走吧。"说完，他慢慢闭上了眼睛……

（题图、插图：张思卫）

农闲或冬令时节，京城皇城根下就会聚集着一些人，他们牵着驴，专供四乡八镇的人往返京城骑坐，价钱也不贵，十几里路也就几百文铜钱，老百姓称这一行当为"赶脚"。

赶 脚

□ 赵守玉

接 活

这天下午，那些赶脚的正在皇城根儿等生意，这时来了一个瘦高个儿汉子。见来了主顾，赶脚的全都牵驴往上凑，生怕被别人抢了先。瘦高个儿四下扫了一眼，问："你们谁去北洼子庄？"

一听去北洼子庄，围上来的人呼啦一下全散了。谁都知道那地方去不得，道路偏远不说，还不太平，搞不好就会把小命搭上，于是赶脚的纷纷摇头摆手。这时候，就听旁边冒出一个声音："三百文，我去！"

大家伙儿顺着声音扭头一看，说话的是老驴头。老驴头儿是这堆人里赶脚年头最长的，没人知道他姓啥叫啥，每天太阳从东山刚露出条眉毛他

就蹲在了皇城根儿下，直到太阳全部隐到西海里了，他才牵着驴回家，他就像一头专门为赶脚而生的驴，所以大家伙都叫他老驴头儿。

老驴头儿赶了一辈子驴，眼看年纪越来越大，可生意却一点儿不输那些后生棒小伙儿，为啥？一是腿脚勤，他不在乎多迎多送那么一步两步一里半里的；二是嘴巴好，嘴甜嘴快，能让你一道上不寂寞，所以，一般人

的活儿还真赶不上他。

见老驴头愿意接这生意，瘦高个儿也不找别人了，说了声"走"，便抬腿上驴，一拍驴屁股，老驴头儿一路小跑，紧跟在驴后，两个人离开了皇城根儿。

"我说伙计，北洼子庄没人敢去，怕碰上土匪，你咋不怕呀？"瘦高个儿问道。

"怕啥，人都是命，该井里死的河里死不了。再说了，我和先生你一样，一看就是好人，这好人呀，老天爷都照应着！"

瘦高个儿一笑："老天爷都照应你什么了？"

"咱有家有老婆，儿子十七了，虽没念过书，可啥毛病没有，这不全是老天爷照应的嘛！"

瘦高个儿点点头："十七可不小了，婆亲没有呀？别连给儿子婆亲的钱都没攒下吧？"

"别看咱是个赶脚的，可咱也有正事儿，这些年虽说没给孩子攒下金山银山，可婆个媳妇置个家的钱还是有的。"

瘦高个儿摇了摇头："伙计，吹牛呢吧，赶脚的比驴还多，你咋就能有那些钱呢？"

"先生你是不常坐脚驴，不知道我，不是我吹，我这个人，脚好嘴好心眼儿好，皇城根儿下每天赶脚儿的活儿只要有我在，基本上没别人的。

这还不算，那回，我从乡下往回返，半道上碰着一个老叫花子，瘫在那儿实在走不动，求我把他驮到城里。我这人心好，啥也没说就把他扶上了驴。到了城里你猜怎么着？他是新科一进士老爷的老爹，进士老爷一下子就赏了咱一大堆白花花的银子。这样的事儿，好几次，你说咱给孩子婆亲还愁钱吗？对了，先生，你要有熟悉的丫头，庄户人家就成，给咱儿子介绍介绍，有相亲的打算，就到皇城根儿下找老驴头儿，全都知道。"

"我看给你儿子说媒不急，我先跟你学会赶驴倒是正事儿。"

"先生笑话我了，你一看就是挣大钱的人，哪能看上这点儿小钱哟！"

瘦高个儿和老驴头儿全笑了，一边说笑一边加紧赶路。

遇 贼

傍晚时分，两个人过了北洼子庄，在瘦高个儿的指挥下，又走出十几里路，拐进一座大山，东拐西拐，在一间小屋前停下，瘦高个儿下驴进了小屋，老驴头儿还没弄明白东西南北，便被不知道从哪儿蹿出来的几个人推进了小屋。

老驴头儿一抬头，瘦高个儿坐在正中间，旁边站着几个横眉立目的人，每个人脸上都带着杀气，一股不

祥之感顿时油然而生。

瘦高个儿一笑："老驴头儿，实不相瞒，爷们儿是吃江湖饭的，昨天刚在道上报号，今天我出去踩盘子，看看带弟兄们绑哪家的少爷小姐。盘子没踩着，没想到碰上你这个赶脚的倒是块肥肉，对不住了，这也是你老驴头儿和我'一刀绝'有缘呀！"

老驴头儿脑袋"嗡"的一声，他"哩"的一下跪倒在地，磕头如捣蒜："一刀绝大爷，您放了我吧，我那都是瞎吹呀，我一个赶脚的，能糊口就烧高香了，哪有什么银子呀！"

一刀绝脸上立时堆满了杀气："快说你家怎么走？要不然，先砍下你一条胳膊。"

老驴头儿一哆嗦，急忙说出了自己家的住处，然后又从怀里掏出

个小布袋："一刀绝大爷，这是我今天赶脚挣的一千七百文铜钱，我孝敬大爷了，只求大爷别杀我，别让我遭罪。"

"老二，你去老驴头儿家送信儿，让他们明天晚上拿三百两银子赎人。老三，咱这儿没法儿生火做饭，你去打酒买菜。"一刀绝说着把小布袋扔给了一个土匪。

"我直接把那头驴也牵去卖了。"老三说道。

"这京城方圆百十里的店面差不多都认识我，也都认识我那头驴，你要是一卖，那不就露馅儿了吗？"老驴头儿说道。

一刀绝点了点头："别动那驴，你们去吧！"

老二老三走了。一刀绝还真讲情面，并没有打骂老驴头儿，也没有难为他，等老三提着酒肉回来，命令老驴头儿在一旁侍候着，众土匪大吃大喝起来。酒过三巡，门一开，送信儿的老二闯了进来。

"怎么样，老二？"一刀绝端起酒碗问道。

老二接过酒一扬脖灌下，又

狼吞虎咽吃了几块肉，一把扯过老驴头儿，左右开弓就是几个嘴巴子："你那个浑蛋老婆和儿子，竟然不相信老子是绑票的，老子今天就先割了你的耳朵拿去让他们相信！"

"不能呀！"老驴头儿又跪倒在地，"二当家的，我那老婆和儿子都是一根筋，你就算割了我的耳朵，他们照样也能认为你是割别人的。这么办，我把我这件衣服脱给你，你再把我家那头驴牵去，他们就肯定相信了。"

老二一愣，扭头看了看一刀绝："大哥，怎么办？"

"哎呀，你们快点儿吧！"老驴头儿倒着急，"我那头驴赶脚的都认识，等到天亮了你再牵着进城，万一有人报了官呢！我可不想死，也不想在你们这儿多呆，我家有钱，你再去他们肯定就会赎人的。"

一刀绝点了点头："老二，你再跑一趟吧！"

"是，大哥！"老二说完，转身出去，牵起那头驴，消失在了夜色之中。

众土匪又举起酒碗，吆五喝六地喝了起来，渐渐地，东方发白，天亮了。

脱 险

突然，门"砰"的一声被撞开，老二跟跟踉踉抢了进来。

"老二，你怎么了？"一刀绝和众人急忙迎过去，一把扶住老二。

"老驴头儿！老……"

"我和你们拼了！"还没等老二说完，老驴头儿狂吼一声，猛地抢起一把凳子，劈头盖脑朝着一刀绝砸了过去。

一个土匪一把推开一刀绝，在旁边狠狠一脚，老驴头儿一下子被踹倒在地，三两个土匪一拥而上，狠狠一阵拳打脚踹，老驴头儿像泥一样瘫在了地上。

"别打了！"一刀绝喊住众人，"老二，到底是怎么回事？"

"他娘的，我连夜又到了老驴头儿家，谁知道老驴头儿子一见那头驴，'嗷'的一声，像狼一样操起一把菜刀就砍过来了，他老婆也像只母老虎，抢起擀面棍就和我拼命。我一个没留神，挨了一刀。我拼了命，才从他家跑出来。那两玩意儿，疯了一样在后面追我，边追边喊抓土匪。要不是我手脚麻利又趁着天黑，我就回不来了。"

一刀绝几步来到老驴头儿的跟前："老驴头儿，这些其实你都料想到了，对吗？"

"对！我早和家里人交代过了，人在驴在，他们一看到你们把驴牵回去，就断定我已经让你们杀了，所以他们自然要和你们拼命了。"

一刀绝听了，两眼直冒火："难道

你不怕我宰了你？"

"原先怕，是怕你们把那头驴宰了。自从你们同意把那头驴牵回去，我就不怕了。"

一刀绝一愣："你愿意拿你的命换一头驴？"

"在你们眼里那只是一头驴，可对于赶脚的来说，那就是家里一口人，有了它，家里人就有饭吃，没它，家里人可能就会饿死。只要那头驴回去了，孩儿和他娘就饿不死了。我这辈子没给他们娘俩带来啥福，可也绝不能给他们招来灾！"

一刀绝呆呆地站在那儿，许久没有说话。老半天，他吁了口气："老驴头儿，你家到底有没有钱？"

"我有钱还会赶脚吗？我跟你说的那些救进士老爹得赏什么的全是假的，孩子十七了，却没娶上亲，还不因为咱是赶脚的，人家都嫌咱穷吗？我每次赶脚都和人家说自己家有钱，就是盼着能碰上好心人给咱作媒，万一成了呢，咱也算对得起孩子，可没

想到碰上了你们……"

一刀绝没有说话，又过了许久，他扶起老驴头儿："你走吧！"

老驴头儿和众土匪全愣了，他们呆呆地看着一刀绝。

"有钱谁赶脚呀？有钱谁当土匪呀？"一刀绝仿佛在喃喃自语着，朝着老驴头儿摆了摆手，"走吧！"

就这样，老驴头儿死里逃生回到了家。第二天，他又牵着那头驴蹲到了皇城根儿下，好像啥事儿都没发生过。

几个月后，老驴头儿的儿子娶亲了，姑娘是个外乡人，据说是经她的远房亲戚介绍的，姑娘没要彩礼，还带了一千七百文铜钱过来，说是陪嫁的嫁妆。

打那后，不管什么人提起老驴头儿遇险的事儿，老驴头儿一家人脑袋摇得全都跟拨浪鼓一样。

（题图、插图：黄全昌）

（本栏目欢迎来稿。来稿可从邮局寄发，也可从网上传递。如为电子邮件，请发以下信箱：simyyue@126.com）

无效行动

□ 楚横声

点都不惊讶，反而长舒了一口气，对吉米说道："你终于来了，动手吧。"

吉米以前杀过不少人，但从来没有人表现得像约翰逊这样。这让吉米十分费解，忍不住问道"你难道知道我会来杀你？"约翰逊哼了一声，说"虽然我不停地换名字，不停地搬家，可我知道你们是不会放过我的，不然你们就没法保住那笔奖金。"

约翰逊说话的神情让吉米心里一颤，似乎在哪里见过，但他更关注的是约翰逊提到的"奖金"。

吉米的好奇心再次被激发出来："奖金？什么奖金？为什么杀了你就能保住奖金？"

约翰逊愣了一下，疑惑地问："怎么？你不是康威尔博彩公司的人？"

吉米也愣了，康威尔可是一家很有名的博彩公司，难道自己的雇主居然是他们？为一个行将就木的老人出那么多钱，真不知道这些人是怎么想的。只听约翰逊继续说道："先生，似乎你对钱更感兴趣，我想我们可以做一笔交易，请问康威尔公司付给你多

奇怪的生意

吉米是一个落魄的杀手，穷得连老婆都要和他离婚了。没想到，这天他突然接到一笔生意，有人请他去杀一个叫约翰逊的老人。

吉米按客户提供的地址找到约翰逊，小心翼翼地监视了两天，心里不由产生了疑问：约翰逊独自住在一所破房子里，每天只有义工来照顾他，而且看样子他病得很厉害，看来活不了多久了，怎么还会有人花钱来杀他？

不过，吉米很快就把这个问题抛到脑后去了，完成任务，拿到酬金才是他最关心的。这天，义工离开之后，吉米便大摇大摆地走进约翰逊的房间，掏出手枪，瞄准了约翰逊。可奇怪的是，约翰逊对吉米的到来似乎一

少钱来杀我？"

吉米想了想，决定撒个小谎，于是回答说："十万块。"

约翰逊似乎对这个数字很失望，喃喃地说"太可笑了，他们竟然认为我只值十万块钱吗？"他顿了顿，冲吉米说道："放过我，我给你五十万。"吉米用怀疑的眼神看了看约翰逊，又打量了一下他的屋子，嘲讽地说："五十万？你该不会给我打张欠条吧？"

约翰逊笑了："这只是一次小小的赊账，七天，你只要再等七天，就可以拿到五十万的现金。怎么样？"

吉米真想放声大笑，这老头真会开玩笑。约翰逊似乎看出了吉米的怀疑，便继续说道："你应该听到过一个叫梅森的演员吧，那就是我。"

私下的交易

听到梅森的名字，吉米一下子惊呆了，那是他曾经的偶像，怪不得眼前这个老人有些眼熟。可是，梅森是一个体形剽悍、气势逼人的家伙，吉米无论如何都无法将他和眼前这个瘦小干枯的老头联系起来。

吉米疑惑地上下打量着眼前这个老人。老人突然挺直了腰板，平静地说："我会坚强地活着，等着击败你们的那一天。"

对，是梅森，这是他最经典的台词之一。那神情、音调和吉米记忆中的一模一样。吉米一下子回想起了那些关于梅森的事情。十年前，四十岁的梅森凭着一部描写杀手的影片一举成名，但随后却因为投资失败赔光了所有的财产，雪上加霜的是，他被诊断出得了晚期肝硬化。如果不做手术，最多只能活两年，而这种手术成功的概率不超过百分之二十。

可梅森却想要挑战医学的权威，他相信自己强大的意志力能够战胜病魔。为了表示自己的信心，他和康威尔博彩公司打了一个赌，赌自己能够再活十年。当时，梅森拥有很大的号召力，康威尔公司觉得这是一个炒作的好机会，而且医学证明，梅森几乎没有赢的机会。于是，康威尔公司以三百比一的赔率接受了梅森一万美金的赌注。这件事在当时被炒得沸沸扬扬。

吉米想到这里，大喊起来："当时

所有的人都认为你输定了，虽然你的手术获得了成功，可你只能躺在床上，医生说你随时都会死。难道……难道你真的活到了现在？"

梅森脸上露出骄傲的神色："是的，我不但离开了病床，而且一直活到了现在。只是我一直想方设法躲开康威尔公司的视线。为了保住三百万的赌金，他们肯定会对我下手，现在只差七天，我就可以赢得奖金了。"

吉米动心了，比起梅森的许诺，那点杀手酬金实在太少了。以梅森现在的状态，不要说七天，再活七十天都有可能。于是，他说："我可以放过你，还可以帮你躲过康威尔公司的追杀，不过，我要一百万。"

梅森斩钉截铁地说："不可能，我只能付给你五十万，否则的话，我宁可你杀了我，因为那二百五十万是留给我的朋友的，当年因为他我才得以渡过难关。"

见梅森的态度如此坚决，吉米只能接受了他的条件。等到晚上，他悄悄地把梅森带到郊区藏匿起来，再去医院偷了具尸体运到梅森家，放了把火，把一切烧得干干净净，然后向雇主汇报说完成了任务。

增加的筹码

就在吉米为自己的聪明暗暗得意的时候，雇主突然打来电话，把他臭骂了一通。原来，他偷来的尸体惹了

祸，死者的家属发现尸体不见了，便报了警。经过齿痕比对，警方很快确认梅森家的尸体就是失踪的那具。因此康威尔公司知道吉米欺骗了他们。

电话那头，雇主愤怒地说"真没想到你这么不守规矩。不过，如果你现在干掉梅森，一切就当没发生过，否则，我们不会放过你。"

吉米毫不客气地拒绝了，只要有了五十万，他可以到地球的任何一个角落去，谁也别想找到他。但吉米想得太简单了，仅仅过了两个小时，他又接到雇主打来的电话"吉米，你的妻子现在在我们手里，如果你不干掉梅森，就等着为你妻子送葬吧。"

电话里传来了妻子的哭叫声，吉米一下子惊呆了。看到吉米的样子，一旁的梅森便猜到发生了什么事，他向吉米比划着，让吉米杀死自己，自己不愿连累无辜的人。

然而，吉米却狂笑起来"杀死她吧，我还得感谢你们呢，你们让我节省了一大笔离婚费。"说完，他轻松地挂断了电话。

梅森吃惊地看着吉米："你……你居然为了五十万，而放弃你妻子的性命？"

"这女人年轻时还算漂亮，可现在每天只知道唠唠叨叨，我早就烦透她了。"吉米毫不在意地说，"只要我拿到了五十万，什么样的女人找不到？"

为了保险起见，吉米带着梅森又换了一个地方，并且关掉了手机。一个杀手和一个老人躲在屋子里，两人整日里守着一台电视过日子。

梅森和康威尔公司约定的最后日期到了，这天，吉米正在考虑该怎么花掉那五十万美元，突然看到电视屏幕的下方正在滚动一则启事，竟然是自己妻子刊登的，要吉米尽快与她联系，这样就能得到一大笔钱。

难道康威尔博彩公司的人没有杀掉她吗？得到一大笔钱是什么意思？吉米有些疑惑不解，于是给妻子打去电话，在听筒里他听到了雇主的声音："吉米，我们没有杀你的妻子，你可以听听她的声音。"

电话里传来妻子的咒骂声，吉米

才不理会呢，他问雇主到底有什么事情找他。雇主叹了口气说："我们知道，一定是梅森许诺给你更多的钱，所以你才选择了背叛我们，该死的市场竞争就是这样，我们不怪你。但是现在我们可以重新谈谈价钱，我们出一百万怎么样？"

吉米的心剧烈地跳动起来，他努力让自己用平静的声音说："一百万？梅森已经出了这个价钱，我觉得二百万更合理一些，而且我要你们签下协议，永远不会找我的麻烦。"

"一百二十万，我们发誓不找你的麻烦。"雇主冷冷地说，"这是我们的底线，干不干你考虑一下吧。"

不需要考虑，哪怕只有一百万都已经足够了。吉米满意地放下电话，伸手去抓自己的枪套，是该解决掉梅森了。可是，没想到，他的手却摸了个空。吉米大吃一惊，只听梅森冷冷地说："你是想掏这把枪吗？"

黑黢黢的枪管顶在了吉米面前，吉米呆呆地望着这个仿佛随时会病死的人，不明白他怎么能悄无声息地取走自己的枪："你怎么做到的？"

梅森不屑地说："如果我愿意，在你刚见到我的那一天我就能杀了你。对不起，我忘了自我介绍，我叫弗尔曼，一个假冒的梅森。"

意外的结局

眼前这个人不是梅森？这怎么可

能？他的脸型和气质，和梅森这么接近。更何况他说的那句台词……吉米不相信有人会模仿得这么像，他傻傻地问："你冒充梅森？为什么？"

"因为我要保护他啊，你这个笨蛋。"对方用枪管戳了戳吉米的脑袋说道，"我跟他长得很像，这并不奇怪，因为我一直是他的替身，他在电影中很多的危险动作都是我做的，生活当中的危险当然同样由我来承担。"

见吉米还是不懂，对方继续说道"我不但是梅森的替身，而且还是他的朋友。他得了绝症之后，希望自己能够创造奇迹。我决心帮助他完成这个心愿。但我们都知道，康威尔公司一定会提前干掉他。于是我开始拼命减肥，让自己跟他病后的体形保持一致，然后，让他隐姓埋名藏起来，由我冒充他来假装躲避博彩公司的追杀。"

"可是你现在满脸的病容，一个健康的人无法扮成你这个样子。"

对方开心地笑了："我满脸的病容是饿出来的，这几年来，我每顿饭都只吃三分饱，我现在这样子难道不像一个饿了十年的人吗？"

这一切让吉米听得目瞪口呆，他终于相信，眼前这个人不是梅森，他疑惑地问："可你当初为什么不杀了我呢？"冒牌梅森笑了："如果我干掉了你，康威尔公司就会怀疑我的身份，他们就会去寻找真正的梅森，我不会冒这个险，即使被你杀掉，我能

配合朋友梅森上演一幕人间奇迹，我觉得也是值得的。但是今天就不一样了，康威尔公司就算知道我是替身，他们也没机会找到梅森。"

说到这里，冒牌梅森的眼睛突然一亮，他抓起电视遥控器，把声音放大，只听播音员用激动的声音说"十年前一个被所有人认为必死的人，现在依然站立在我们面前。只要再过二十分钟，坚强的梅森先生将赢得康威尔公司的三百万奖金。梅森先生，能谈谈你的感想吗？"

画面镜头转向坐在轮椅上的真正的梅森，他带着一丝苦涩的笑意，说"很多的人都不知道，我有一个跟我长得很像的替身，他身手特别好，帮我完成了很多危险的动作。可以说，我的成就有一半是属于他的。当我病魔缠身的时候，他依然陪在我身边，如果没有他的话，我想我活不到今天。"说到这里，梅森哀伤地注视着摄影机，"弗尔曼，我希望你还活着。"

冒牌梅森开心地大笑起来，对着电视说："老朋友，我还活着，我这就去陪你一起迎接胜利的时刻。"他用枪指着吉米的脑袋"走吧，你保护了我这么多天，我也应该帮你一个忙，把你送到监狱里——别不高兴，康威尔公司肯定会四处追杀你，监狱恐怕是你最好的避难所了……"

（题图、插图：佐　夫）

捡漏儿

□ 寒 汐

当当是个小白领，虽说工作还算体面，但薪水却少得可怜，每天上班还得挤公交车。这天她在车上看见一个小偷偷了一个少女的钱包，少女没发现。当当怕惹事，没敢声张，提前下了车。可没想到，小偷竟然也下了车，并且在她前面转进了一条小巷。

当当路过那条小巷时，忍不住好奇地朝里面张望了一下，发现小偷早已不见踪影。突然，当当眼前一亮，她看见垃圾桶旁有只钱包，就是小偷偷的那只。当当犹豫了一下，见四周无人，就走过去，捡起了那个钱包，打开一看，是个空包，看来小偷已经把里面值钱的东西都拿走了，然后把这空钱包随手丢在了地上。

当当对时尚的东西很了解，她知道这是一个品牌钱包，要是到品牌店去买的话，大概要八百多块。这时当当想起了好朋友丁丁要过生日。对了，这钱包几乎是全新的，送给丁丁不要太有面子噢。于是，丁丁生日这天，一上班，当当就把这个钱包装在

一个漂亮的纸袋里，送给了丁丁。丁丁打开一看，发现竟然是自己梦寐以求的钱包，不由惊喜地叫了起来："好漂亮的钱包啊。当当，你真大方，买这么贵重的礼物送我。"

"嗯，这个……"当当有点心虚，"这个是二手店买来的，丁丁，你不会介意吧？"丁丁乐呵呵地说："当然不介意，炒二手名牌现在最流行了，何况这钱包就像新的一样，谢谢你，当当，我很喜欢这礼物。"丁丁一番话提醒了当当，当当心想：对啊，这种名牌钱包还是可以换钱的啊！她心里暗暗盘算道：很多小偷都是没见识的土包子，不识货，只认钱和卡，不晓得随手扔掉的空钱包有的比里面的现金还值钱！这倒是条赚钱的途径。

于是，当当破天荒地关心起了社

会新闻，还频繁地浏览网站和本地论坛。渐渐地，她对哪家商场小偷多，哪个地区偷窃发案率高有了详细的了解。她还买来地图，一到休息时间就跑去转悠，就指望遇上那些得了手的"土包子"小偷，悄悄地跟在后面"捡漏儿"。

不过，毕竟天上掉馅饼的次数有限，当当转悠了一个月，结果一无所获。就在她几乎失去耐心的时候，事情有了转机。这天，"天道酬勤"，竟然真让当当捡到了一个路易威登钱包！

当当把钱包拿到一家名牌二手店，对方一鉴定，的确是真品，并愿意收购。当当一转手，就挣了一千多块钱！当当兴奋得不得了，为了庆贺自己凭着聪明才智开发出了这样一条投入少、效益高的生财之道，她破天荒地请丁丁去西餐厅吃牛排。

在西餐厅里，面对丁丁的反复追问，当当忍不住将自己"捡漏儿"的得意之举说了出来。

丁丁惊讶之余有些忧虑地说道："那，你跟小偷不就成了一路人了吗？这钱包不就成了赃物了吗？"

当当有点不高兴："你怎么说得这么难听！这些钱包都是被扔在地上没人要的，严格来说就是垃圾，捡垃圾总不犯法吧！"丁丁摇摇头"你明明看见小偷偷东西，不但不揭发，还跟在后面捡便宜，只怕……"

当当真生气了："你这个人怎么

这样？如今挣钱多难啊，现在好不容易发现一条生财之道，又不是偷不是抢，有什么好怕的！"结果好好一顿饭，弄得不欢而散！

当当并没有把丁丁的忧虑放在心上，这天下午，她又去大商场捡漏儿，不多时，她就看到有个小偷偷走了一个胖女人的钱包，当当就在后面不紧不慢地跟着。

不出所料，小偷跑到一个僻静处，把钱包里的现金拿走后，便把空钱包扔在了地上。小偷刚一走，当当就走过去，熟练地捡起来一看，竟然又是一个名牌包。当当不由庆幸自己

的好运气，接着把钱包放进了自己的挎包里。可是还没等她的高兴劲过去，身后突然传来几声尖利的高喊："抓小偷啊，抓小偷啊！"

当当一惊，刚想走，就见那个胖女人迎面扑了上来，一把抓住当当，大叫："年纪轻轻不学好，学人家当小偷！"说完，顺手给了她两个大耳光！

当当被打得眼冒金星，脸立刻就肿了起来！闻讯赶来的警察把两人带进了派出所。胖女人一口咬定当当就是小偷。原来她发觉钱包被偷后，立刻四处寻找可疑人物，结果亲眼看见当当鬼鬼祟祟地将被偷的钱包放了挎包里，这才飞身冲了过来。

真小偷早已经跑得没了踪影，为了不变成小偷的"替罪羊"，当当只好把自己"捡漏儿"的事情说了出来。

当当本以为解释清楚就没事儿了，谁知胖女人不依不饶，一口咬定钱包里的钱没了，要当当赔，还说要请律师，说当当侵占了她的财产要告她。当当这下可傻了眼，真的说不清楚了。

律师点评：

根据《刑法》有关规定，以非法占有为目的，将他人交给自己保管的财物、遗忘物或者埋藏物非法占为己有，数额较大，拒不交还的行为构成侵占罪。而故事《捡漏儿》中的当当就是很好一例。首先反映在主观上，明知钱包来路不正，是小偷从被害人身上偷来又被丢弃的财物；其次表现在客观上，为了达到非法占有目的而通过跟踪捡钱包等行为获取非法利益；再次，除了以上两个主客观要件外，另两个要件也是必不可少，即捡漏达到一定金额又拒不交还的。当然，如是明显数额较小或及时交还的就不能认定有罪了。

（题图、插图：安玉民　梁　丽）

· 本刊信息传真 ·

法律知识故事征文启事

本刊在与司法部连续举办三届法制故事征文的基础上，推出新栏目"法律知识故事"，通过发生在我们身边的、短小而具体的个案，生动、形象地宣传法律知识。这些知识注重现实性、实用性，真正起到解剖一个案例、明白一个道理的作用。

为鼓励作者深入生活，写出高质量的法律知识故事，我刊决定面向全国征文，优秀作品除在《故事会》发表并参加评奖外，还将结集出书（具体评奖方法稍后公布）。

本次征文也欢迎读者和法律界人士提供相关素材、案例，一经录用，即付稿酬。

来稿方法：1. 从邮局寄发，请在信封上注明"法律知识故事"字样，本刊地址：上海市绍兴路74号《故事会》杂志社，邮编 200020。2. 从网上传递，可寄以下信箱 wulun@vip.sohu.net，请在主题上注明"法律知识故事"字样。凡已和我刊编辑有联系的作者，稿件可继续投给原编辑。

· 中篇故事 ·

解放的炮声渐渐临近，一座国民党监狱里，正进行着一场
善与恶的殊死较量……

□ 柴兴志

善有善报

1. 狱神保佑

这个故事发生在1948年。在北方，有座从清朝遗留下来的监狱，如今由国民政府掌管。监狱设有"黑"、"白"二区，黑区关刑事犯，白区关政治犯。特别是在监狱北面后园里，有一座狱神庙，供着一尊青脸雷公嘴的泥菩萨。在这一亩三分地里，这泥菩萨就如同大家的祖宗，连监狱长都不敢不敬，还特地安排"表现好"的犯人负责烧香供奉。

在黑区，有个小队长叫谢松，此人头子活络点子多，管刑事犯很有一套。监狱长为加强白区管理，提拔他当白区新的区队长。上任前，监狱长告诫谢松说："现在战事不利，要特别注意政治犯们的动向，遇事多动脑

子，塌了架子谁也没法儿替你扛。"谢松唯唯诺诺，表示谨记教诲。

第二天一早，谢松便去白区上任。此时，政治犯们正在院子里放风，谢松没有去办公室，而是穿过院子，来到狱神庙，给狱神烧香磕头，他一面磕一面笑：自己升了官本该感谢蒋委员长，怎么倒给这泥菩萨磕起头来了。

磕完头刚要走，突然从神像后面闪出一个五大三粗的大汉，手里拿着一瓶酒，冲着谢松抱拳作揖，恭喜谢松高升。

这个大汉叫"闷棍王"，过去是干打闷棍抢劫的。这家伙心狠手黑，拿着一头粗一头细的大棒子，夜晚埋伏在黑暗处，看到像是有钱的，照着后脑就是一闷棍，打死打残他不管，抢

了钱财就逃。按说这种罪过肯定要判吃枪子，闷棍王却用抢来的钱贿赂了法官，只判了个无期。进监狱后，又拿钱跟谢松拉上了关系，被说成"表现好"，给他派了这个看守狱神庙的美差。

谢松没理闷棍王的道喜，推开他献上的酒，问道："又有人横着出去了？"闷棍王"嗯"了一声。

这也是前朝传下来的老规矩：犯人死在狱中叫瘐死，死尸不能出狱门，只能从狱神像后面的小洞口推出去。出死尸的时候，由政训科的杜干事打开钢板门，犯人家属先给看庙的塞进来一瓶酒，闷棍王收下酒把死尸

推出去，杜干事再把钢板门一锁，鬼魂就被狱神挡在了外面，不会在监狱里作祟了。

闷棍王见谢松不稀罕这种酒，就又往他手里塞了个东西。谢松一看是个金戒指，知道闷棍王有事相求，便笑道："有屁快放！"谁知闷棍王这次求他不是为自己，而是求谢松关照一个叫朱霞的女政治犯。

谢松一听很奇怪：一个打闷棍的咋会跟政治犯拉上关系？闷棍王赶紧道出了原委：原来，他有一次打闷棍失了手，被巡警追进了一条死胡同，幸好遇到来这里出诊的朱霞。闷棍王撒谎说巡警欺侮穷人，他一怒之下就打了巡警。朱霞听了，马上脱下白大褂给闷棍王穿上，带着他进了病人家。病人是个有权有势的人物，巡警们不敢去打扰，闷棍王就此逃过了一劫。

等躲过了风头，闷棍王带着大洋去医院酬谢朱霞时，才知道朱霞被抓起来了，罪名是帮共产党购买违禁药品，没等闷棍王想办法救朱霞，他自己也被抓了进来。闷棍王可不管什么党不党、派不派，就知道有恩报恩，现在谢松成了区队长来管政治犯，正好能帮他还这个愿。

谢松觉得闷棍王倒挺够意思的，自己一个堂堂区队长也不能不讲交情，俗话说：受人钱财替人消灾，政治犯的罪名没法儿改，只能想法子给朱霞派个美差。

2. 敲他一棒

跟前任区队长交接以后，谢松翻了翻女犯花名册，果然找到了朱霞的名字，朱霞30岁，教会医院的医生，罪名是给共产党提供违禁药品，再一看档案竟判了七年，真是够重的。谢松命令看守把朱霞提出来，想听听她怎么说。

不一会儿，朱霞被带来了，只见她虽然面容憔悴却衣衫整洁，两只眼睛也像水一样纯净，坦然地直视谢松。谢松拉长了声音打着官腔问："知道我是谁吗？"朱霞说："放风的时候我看见你去狱神庙了，估计你是新来的区队长，你也相信狱神吗？"谢松笑道："别人拜我也拜，其实也不知道是哪路神仙。"

朱霞听了，微微一笑，接着便说了起来：那个青面雷公嘴的狱神叫皋陶，是虞舜时代执掌司法的最高审判官，古书上说"皋陶造狱，划地为牢"，就是皋陶首创了监狱。他设的监狱没有牢房，就在地上画一个圆圈儿，把犯人放在里面反省，外面只用两只狗看守，所以"狱"字左右各有一只"犬"。后人之所以把他尊为狱神，就是因为他正直公道又讲人情，犯人拜他是为了祈求公道，当官的拜他就是表示要主持公道了。

谢松心说：好一个伶牙俐齿的女人，还满肚子学问！他就势又打起了官腔："那给你判这个刑公道不公

道？"朱霞笑了笑："我是医生，只管治病救人，跟政治没有关系。公道不公道，何处找皋陶？"谢松直接问道"你拿白大褂救过一个人吧？他是个打闷棍的，现在也被抓进来了。"朱霞听了默默无语，谢松调侃道："怎么样，没想到自己救了一个打闷棍的吧？"朱霞说："我是医生，不是皋陶。"

谢松心想：听其言观其行，这种人应该不是危险分子。于是他拍了板："闷棍王求我照顾你，明天你去医务所上班吧！"朱霞愣住了，好像不相信自己的耳朵。过了一天，朱霞就去医务所报到了。

谢松让司书通知队长们来开会，这是他上任后第一次召开队长会议。司书小心地问："要不要通知政训科白科长？"谢松立即拉下了脸说："队长开会，关他屁事！"

谢松为何对政训科白科长如此讨厌？其实，不光是谢松，几乎所有的看守都恨那些政训人员。黑区里的刑事犯闹得天昏地暗，他们视而不见，却整天贼眉鼠眼地在白区乱窜，不光盯着犯人，连看守和队长们他们也贼眼相看，前任区队长，就是栽在了他们手里！

想起皋陶的画地为牢，谢松觉得自己和看守们也在圈子里，政训人员就是盯着他们的恶狗！

谢松正想着，政训科白科长就来

了。这家伙阴险毒辣，人也长得又高又瘦面色苍白，活像那个阴司里的索命鬼，大家都叫他"白无常"。

白无常满面堆笑地冲谢松拱拱手："恭喜谢队长高升，往后就要多仰仗你了！"说了这客气话后，话锋一转说，"听说你把朱霞调到医务所了，这事儿是不是再商量商量？"谢松冷冷地说："我给犯人派个活儿，还要请白科长批准？"白无常赔笑道："不，不，可是朱霞是政治犯，医务所接触人太多，还是防着点儿好，改个别的活儿也是一样嘛。"

谢松立马打起了官腔："命令是随便改的吗？你们不是负责思想矫正吗？不放心就常去矫正矫正嘛！"白无常碰了一鼻子灰，悻悻地走了。

给了白无常这么一"巴掌"，谢松心里可痛快了：老子现在跟你平级了，上面有监狱长撑腰，下面有队长们支持，白区的监事人事我说了算！

队长们来开会了，他们久闻谢松大名，纷纷向他道喜，正在商议给谢松摆酒接风，白无常又闯进来说：政治犯要求看报纸和改善伙食，如果不答应条件，今天晚上就开始绝食！

谢松听了，没动声色，他觉得看报纸好办，区队就有《中央日报》，那里面除了宣传领袖就是骂共产党，拿去给各监号传阅就是了，只是改善伙食是个难题，上头给的伙食费有限，

伙食长要贪，队长们要占，粮食是粮库里发霉的库底子，菜是市场打烊甩下的臭萝卜烂白菜，汤里连个油星儿都没有，再加上牢头号长盘剥，就难怪常有犯人横着出去了。

于是，谢松命令司书负责发报纸，派一个队长去通知伙食长，从今晚起改善伙食。没想到，他刚说完，白无常又来插嘴："是不是请示一下监狱长再发报纸？"谢松两眼朝天假装没听见，白无常提高了声音又问"改善伙食经费也不够呀！"谢松阴阳怪气地说："你告诉伙食长，让他少搂点儿就够了！"

队长们一听，都哄笑起来，气得白无常脸红脖子粗狼狈而去。原来，谢松和队长们都知道伙食长是白无常的小舅子，伙食费的油水白无常也没少沾光。谢松是故意敲他一棒子，乐得队长们向谢松竖起了大拇指。

3. 诡计落空

接下来，队长们便分头去准备新官上任的接风酒。谢松觉得这接风酒宴，一定要请上司来壮门面，于是他就去请监狱长，不成想进门就挨了一顿训。

监狱长拍着桌子斥道："好个新官上任三把火，你怎么烧到政训科头上了？"谢松不服气地说"政训科管他的思想矫正，我管我的监事人事，要他狗拿耗子？"监狱长又瞪了他一

眼:"那也不能硬顶,那些政训人员都是中统!上面有老头子撑腰。"谢松仍梗着脖子哼了一声。监狱长指着桌上的《中央日报》说:"你别不服气,白科长说的也有点儿道理,改善伙食安抚人心没错,让政治犯看报就是不妥!"

谢松一看报纸,只见上面大标题是:《锦州国军重创共匪》,小标题是:"转进葫芦岛会合援军围歼残敌"。他嘟囔道:"这不是宣传国军打胜了吗?"监狱长压低声音说:"胜了?胜了还跑到葫芦岛等援军?告诉你吧,锦州已经丢了,报纸上这点儿小花样可骗不过政治犯。再发报纸先让政训科审查,有问题的地方一律剪掉!"

接着监狱长脸色凝重地告诉谢松:今天接到上峰指示,由于形势发展越来越不利,在押的犯人要提前处理。准备释放那些无恶不作的刑事犯,留下他们将来给共产党捣乱。政治犯要加强矫正分化,死硬分子全部处决!

监狱长告诉谢松,刚才白无常出了个主意:要给政治犯开办一个自新班,积极声讨共产党并具结悔过的,可以分批取保释放,最好能收买一批叛徒,给共产党留下心腹之患。

谢松觉得不能让白无常占了上风,他也出了个主意:不能轻易释放那些刑事犯,先宣布可以花钱买刑期,十块大洋买一年,交够了钱马上释放。这样就能收上一大笔钱,不但可以用来收买叛徒,将来撤退的时候,也能多给看守们发点儿遣散费。

原来这座监狱的看守们大多数拉家带口,又没有经过作战训练,上峰已经决定全部遣散,监狱长正为拨不出遣散费在发愁,谢松这话说到了点子上,监狱长连连夸奖谢松的脑瓜好使,恰好明天就是"双十节",正好在庆祝会上宣布实施。

第二天,操场上挂起了庆祝"双十节"的大横幅,犯人们全体集合。旗子升起来了,白无常先指挥犯人们唱歌,犯人们不会唱,只会跟着瞎哼哼。

接着白无常宣布了开办自新班、

允许刑事犯买刑期的决定。宣布完毕，政治犯们默默无声，刑事犯们又哄闹起来，有的喊没钱，有的喊太贵，有的跺脚吹口哨，有的拍手瞎起哄，整个会场顿时乱了套。看守们抡着警棍去乱打，全场乱成一锅粥，大会只得草草收场。

黑区开始给愿意交钱的刑事犯登记，拿得出钱的讨价还价，拿不出钱的哭穷叫骂，闹得监区里像个大市场。

自新班这边却是冷冷清清，几乎没人报名参加。白无常正守在门口东张西望，一眼看到去医务所值班的朱霞，顿时眼前一亮，忙把她叫进了自新班。

原来白无常前几天扭了腰，打针吃药都不管用，疼得龇牙咧嘴，他听看守们说朱霞的医术高，便来体验一下，朱霞使出了祖传的推拿术，果然手到病除。白无常要拿她做榜样，免了她的听课发言，拿了本《思想矫正提纲》，要求朱霞照葫芦画瓢写份悔过书，保她第一批释放。

没想到朱霞还是那一套："我是医生，只管治病救人，跟政治没有关系……"白无常赶紧打断她："是呀，既然跟政治没关系，写个悔过书怕啥？"朱霞直摇头："写了悔过书可就有关系了，我也给你们开过药治过病呀，如果被你们的对头抓住，是不是

也要当政治犯？"白无常碰了一鼻子灰，他的如意算盘落空了，气得他一摆手："去去去，不写你就等着吧，看看顽固分子是啥下场！"

4. 狱神娘娘

白无常看着朱霞自由地在监区来来往往，实在不放心。而让白无常更不放心的，就是那个糊涂的医务所长。所长只给队长和看守们看病，用好药也是所长批准。犯人生病只能用"止疼片"，病重了也只好等死。自从朱霞进了医务所，竟哄得所长言听计从，同意她到监号巡诊防疫，还可以用中药给犯人治病。犯人们感恩戴德，明里说她是好人，背地里都叫她"狱神娘娘"。

因为所长是监狱长的连襟，白无常拿他没办法，便开始调查朱霞。朱霞出身于中医世家，只认准了行医济世，从不涉及党派国事。白无常想：她不是共产党，为何不肯写悔过书？是不是她认为写了就是参与了政治？

再说谢松这段日子也不消停。由于伙食长暗中搞鬼，伙食渐渐回到了老样子，政治犯们又开始酝酿绝食行动了，急得他犯了牙疼，只得捂着腮帮子去了医务所，顺便看看狱神娘娘在干什么。

所长有专用的诊室，谢区队推开门一看，里面坐着的竟是朱霞！朱霞看到谢松捂着腮帮子发愣，赶紧请他

坐到椅子上，让他张开嘴看了看，说了声："先得止疼。"她麻利地给他针灸止疼，而后大笔一挥，又开了美国消炎药。谢松说："怎么你什么事都能做？你成了精啦？"朱霞说："所长自己开了个诊所，他两头忙不过来，让我替他值个班。"

谢松恍然大悟，怪不得所长会要朱霞，原来是想腾出工夫两头挣钱！

朱霞果然医术高明，谢松的牙疼轻多了。监狱里潮湿阴暗，队长和看守们常犯腰酸腿疼，都是朱霞给他们治好了老毛病，难怪连队长看守们也叫她狱神娘娘。谢松正要嘱咐朱霞今后行动注意点，尽量少管闲事，不料没等朱霞表态，突然门外一阵嘈杂，只见闷棍王捂着血淋淋的脑袋冲了进来。朱霞一看那伤口足有两寸长，赶紧给他止血包扎。

原来刚才狱神庙出尸，杜干事打开小门，看人家塞进来的是一瓶好酒，他顺手就接了过去。闷棍王瞪着牛眼不敢发作，磨磨蹭蹭不往外推尸，杜干事火了，当头给了闷棍王一警棍。

杜干事是白无常最信任的人，为了防备有人收了贿赂，安排犯人装死逃狱，杜干事会先堵住死尸的口鼻，等过一个时辰没动静才让推出去。干这个活儿挺闹心，免不了拿犯人撒气。但打狗也该看主人，你杜干事对闷棍王下此狠手，这明摆着是跟我谢某人过不去！

谢松怒冲冲来到政训科，正好看到杜干事拿着酒给同事们显摆。谢松抓住这个岔子，大骂杜干事上班喝酒，抬手就给他一个大耳光，打得酒瓶掉在地上摔得粉碎。

白无常不是小肚鸡肠的角色，他没计较谢松打他的心腹，而是把他劝进里间，说了一个异常情况，他说刑事犯交钱减刑本来就进展缓慢，前天又突然传出了谣言，说是狱神显灵托梦，很快就有天兵天将下凡，解救受苦的众生，大家只管耐心等待，只有傻子才往水里扔钱。监狱长气急了眼，命令政训科一定要查出源头，从严惩办！

谢松瞥了白无常一眼说"那是你们政训科的事，跟我有啥关系？"白无常冷笑道："可是跟闷棍王有关系呀，最近好多穷犯人们都去求狱神保佑，闷棍王明明有钱却一直没有买刑期，我怀疑就是他散布的谣言！"谢松哼了一声："光怀疑有啥用？有本事你查呀！"白无常点点头："查出来一定严办，这可是监狱长交代下来的，你别以为我跟你过不去……"

谢松懒得听他废话，站起身，手一背，扬长而去。

其实白无常是醉翁之意不在酒，他怀疑的是朱霞捣鬼。他虽然明知朱霞不是共产党，可是好人同样可怕，好人是啥？这是老百姓对人的最高评价！好人的影响潜移默化，医务所里接触的人多，队长们不会提防朱霞。她很可能就是听到了队长们的议论，不愿意让刑事犯们花冤枉钱，利用闷棍王散布谣言。

但是白无常知道朱霞很难对付，从她嘴里是问不出什么的，他决定从闷棍王身上打开突破口。

5. 酷刑逼供

闷棍王头上的伤口感染了，躺在狱神庙里烧得直说胡话。这样烧下去只有等死。朱霞没权力给犯人用好药，中药又控制不住病情，只好给他敷冷毛巾降温。

白无常来到狱神庙，见此情景，嘴都气歪了，冲着朱霞吼道："这种东西死了只会少个祸害，你把他当爹伺候呀？"朱霞瞥了他一眼："我是医生，只管治病救人……"白无常冷笑道："你为啥救他？是狱神给他托梦了吧？嘿嘿，救活他还有用，我倒想听听狱神又说了啥！"朱霞好像听不出他话里有话，很认真地点点头说："我尽力吧。"

等白无常一走，闷棍王平生第一次落了泪，他哽咽着不知说什么才好，挣扎起来要给朱霞磕头。朱霞按住他，让他别乱动，然后匆匆赶回医务所，顺利地从所长手里领到了盘尼西林。

一针盘尼西林打下后，到了第二天早上，闷棍王的烧退了。他见朱霞进来，滚下床就捣蒜似的磕头，牛叫似的哼哼大哭。朱霞怎样拉也拉不起来。闷棍王不懂什么盘尼西林，可他知道监狱里的规矩，只见过犯人横着出去，从来没见哪个医生给犯人打过针。朱霞把他当人看，为一个打闷棍的担了这么大的风险，她不光是好人，还是自己的再生父母呀！

听说闷棍王病好了，白无常惊讶得直瞪眼，二话不说跑到了医务所，打开用药记录一查，要求使用盘尼西林的竟然是他自己！白无常大怒，指着朱霞吼道："你竟敢假传命令！"朱霞反问："你不是说救活他还有用吗？所以我就报告了所长。"白无常气坏了："那就是让你用盘尼西林吗？"朱霞摊开手："不用药拿什么救呀？"医务所所长听了直点头，白无常气得干瞪眼，一跺脚直奔狱神庙。

狱神庙里，闷棍王正对着狱神发誓："我的命是朱霞给的，要是今生不能报答，来世就给她做牛做马！"

闷棍王刚发完誓，屁股上就挨了一脚，白无常冷笑道："狱神又给你托梦了吧？天兵天将啥时候来救你？"闷棍王瞪着眼装傻，白无常上前又扇了他一记大耳光："装傻我让你进站笼！"

犯人们都知道这站笼可是个厉害刑罚，笼子又矮又窄，四周缠着铁丝网。人进去站不直坐不下，只好弓着腰曲着腿，稍微一动就挨扎，不到半天就让你皮开肉绽。不少犯人就是这样死在了站笼里。闷棍王心里明白，要释放刑事犯的消息是朱霞告诉自己的，让他别花冤枉钱。闷棍王是跟着好人学好人，他想学朱霞积德行善，就造个谣想帮那些穷犯人，没想到就惹祸上身了。他觉得事到如今只好装傻装到底，豁出命来也不能连累好人。

白无常不怕他装傻，亲自把闷棍王关进了站笼。别看闷棍王牛一样强壮，不到两个时辰就吃不住劲儿了，

笼子小，他身子大，稍微一动就挨扎，疼得他又叫又骂。朱霞不忍心看，就悄悄报告了谢松。谢松也是为难，因为监狱早有潜规则：不要说队长科长，就是一般看守处罚犯人也是天经地义，就连监狱长都不会去干涉。

又过了两个时辰，闷棍王已顾不上骂了，只像宰牛一样惨叫。惨叫声引得政治犯的监区里骚动起来，不知谁喊了一声："反对虐待犯人！""争取人身权利！"于是整个监区一齐响应，叫声震天动地。

吼声惊动了监狱长，问了原因大骂白无常："混账！监狱这么大，在哪里放站笼不行？非放在院子里？"谢松趁机说："真糊涂，把他关进黑牢里不是一样嘛。"

监狱长哼了一声走了，白无常只好把闷棍王放出了站笼。

闷棍王只想给政治犯们磕几个

头，他们都是好人哪！要不是他们闹，自己必死无疑。

6. 焦头烂额

沈阳解放，长春守军起义，东北全境落入解放军手里。传说解放军很快就要入关，国民政府各机关纷纷准备应变。

在此情形下，监狱长急了眼，命令白无常和谢松尽快分化政治犯，又命令黑区队长尽快向刑事犯收钱。

黑区队长不是不积极，只要肯交钱，他连判终身监禁的惯匪都放了，可自从有了谣言，那些想交钱的犯人就开始拖延。黑区队长花了九牛二虎之力，就是收不到钱，无奈之下，他想起了闷棍王，便把他放出了黑牢，要他给刑事犯们做个榜样。闷棍王趁机提出一个条件，要求把朱霞的刑期也一起买下来。黑区队长管不了白区的事，就过来跟谢松商量。

谢松觉得替朱霞买刑期大概行不通，但她被称为狱神娘娘，人缘好影响大，让她给政治犯们做个榜样倒很合适。他觉着凭自己对朱霞的多次关照，劝她写份悔过书应该不难。于是谢松兴冲冲地去说服朱霞，没想到朱霞还是那些话：医生只管治病救人，跟政治没关系，哪个党来了也不悔过。

谢松拉长了声音警告道："你真想当狱神娘娘呀？嗯？那可是下地狱

呀！"朱霞说："我不下地狱谁下地狱！"气得谢松半晌说不出话来。

白无常此时也是焦头烂额，分化政治犯的工作没有进展，他决定先处决一批顽固分子杀鸡吓猴。名单报上去倒是批准了，可上峰派不出行刑队，要白无常组织看守执刑。白无常跟监狱长汇报，说政训部门只负责思想矫正，执刑的事理应监管部门负责，监狱长只好把任务转给了谢松。

谢松把任务一传达，队长们又气又怕，大骂白无常，骂他平时总把效忠党国挂在嘴上，现在该他站出来表现时，反倒一推六二五，真是说人话拉狗屎！

谢松知道，这些人骂归骂，重赏之下必有勇夫。他去找监狱长，一定要把赏金和安家费落实下来。

监狱长也是愁啊，刑事犯的钱才收上来了一点儿，光给你手下的人落实安家费；黑区那些看守怎么办？监狱长曾命令黑区队长，把买刑期的钱打折，家里实在穷的，不管给多少钱就放人，看守们先放假回家，等接到通知再来领取遣散费。

命令下去，犯人们欢呼雀跃，黑区看守们却闹了起来。他们知道，有犯人才需要看守，犯人们走光了，拿什么跟上面讲价钱？看守们不肯释放刑事犯，守住牢门罢了工，一定要先发遣散费。看守们都有武器，强行镇压肯定要出大乱子。监狱长急忙找上峰要钱，可上峰还是一味拖延，气得监狱长干脆装病回家了。

监狱长有后台，上峰奈何他不得，就任命谢松代理监狱长，做好处理政治犯的工作。任命白无常为特派员，监督执行上峰的指令。

上峰的命令不敢拖延，谢松就把现有的经费都拿了出来，悬赏一百大洋招募行刑队，队长和看守们看着大洋都眼红，可是在此非常时期，谁也不愿意手上沾血。谢松费了半天唾沫，没有一个人带头报名。

杜干事看到谢松发愁，便想讨好他图个照应。吃午饭的时候，他把谢松拉到自己桌上，捏了点儿盐面撒在菜里，吃了一口就翻起白眼来，谢松马上明白了：下毒！

谢松心里骂道：这家伙真是小白无常，这种下作手段见不得天日，亏他也想得出。但嘴上他还是夸了杜干事几句，然后顺水推舟，把下毒的任务交给了他。

杜干事一听傻了眼，后悔得直想扇自己的嘴巴子。谢松摆出了监狱长的腔调说："行动一定要保密，这可是我对你的信任，只要你干得漂亮，撤退时我让你把家属都带上！"可是对这天大的好事，杜干事却高兴不起来，自己脑瓜子一热，出了这么个缺德主意，没想到竟要自己亲自下手。这可是十几条人命呀，就算遭报应下了地狱，那些冤鬼也不会放过自己

呀！但事已至此，干也得干，不干也得干，他只得悄悄去药铺买了一包砒霜。

7. 咱走着瞧

听说谢松代理了监狱长，闷棍王忍不住哈哈大笑，这一下朱霞有救了！

他打了那么多年的闷棍，从来就没有同情心。但自从认识了朱霞，知道了什么是好人，他也打心眼里想做好人，可是自己没本事救那些政治犯，只能尽力把朱霞救出来。

他马上去找谢松打探消息，谢松告诉他：朱霞不肯写悔过书，白无常

那一关肯定过不去。闷棍王的牛眼瞪得滚圆："又是这个王八蛋设卡阻挠！别把老子惹急了，找机会打他一闷棍！"谢松赶紧警告说："你已经引起了白无常的注意，想活命就老实点儿，惹出祸来我也救不了你！"闷棍王压低了声音说："老天爷睁着眼呐，好人有好报！"说着又塞给谢松一个金手镯，这是他的最后一点儿家当，现在只能孤注一掷了。

谢松望着这沉甸甸的大金镯，心说：受人钱财替人消灾。他稍一迟疑，便伸手接了下来。

谢松收下金镯子走了，闷棍王心里轻松了许多，想起自己还藏了一瓶酒，便要喝两口犒劳犒劳自己。他刚从狱神像后面把酒掏出来，就听庙门"吱呀"一响，他探头一看，原来是杜干事。闷棍王赶紧躲到狱神后面的帐幔里，杜干事看看庙里没有人，"咕咚"跪在狱神面前，一边磕头，一边小声嘟囔起来。

闷棍王奇怪了：政训科的人从来没有拜过狱神，杜干事这是怎么了？他支起耳朵仔细听了一会儿，原来是杜干事替自己辩解，虽然他要亲手下毒，可杀人是上峰定下的，枪毙服毒都是死，求狱神别让冤鬼们缠他。

杜干事磕头走了，闷棍王却被惊呆了……

开晚饭了，看守把黑窝头烂菜汤送进了监号，政治犯们一看就闹起来，敲饭碗喊口号，宣布绝食抗议。

杜干事是偷偷下的毒，眼看任务完不成了，只好报告了谢松。谢松跑来命令伙食长配合，伙食长只得把给看守们准备的炒肉片倒进了汤里，再给政治犯们送去。

炒肉片香味诱人，可政治犯还是不吃，照旧敲饭碗喊口号。看着政治犯们态度坚决，这个毒肯定是下不成了。

谢松背着手走了，杜干事刚要躲开是非之地，白无常听到吵闹声赶过来，知道了下毒的事，气得左右开弓给了杜干事一顿大耳光。白无常打完后再一想，觉得政治犯突然绝食很可疑，下毒的事肯定有人泄了密。

策划这件事的只有谢松和杜干事，他俩当然排除在外。白无常再到监号一调查，当天除了队长和值班看守，只有朱霞来过牢房巡诊。但朱霞怎么知道下毒的事呢？白无常知道再问朱霞也是白搭，最好的办法就是把顽固分子全部处决。

白无常给上峰打了小报告，上峰严令谢松马上组织行刑队，白无常监刑，杜干事验尸，三天之内必须处理完毕。谢松不敢再拖，他自己亲任队长，指定几个没有家小的单身看守组成了行刑队。

白无常拟定了处决名单，谢松一看里面有朱霞，便说朱霞虽然顽固不化，但谁都知道她不是共产党，再说

76

她又给很多队长看守们治好了病，乱杀好人难以服众，行刑队员们知道了，什么意外都有可能发生。白无常明白这是要挟，可现在不是争执的时候，执刑的事全靠谢松了，惹恼了他后果难料呀！

阴险的白无常双手一摊："名单已经报上峰核准，改是没办法改了。你负责执刑，现官不如现管，你自己看着办吧！"

谢松当然知道，私放犯人是要掉脑袋的，白无常随时可以向上峰告密，这就像给自己的脖子套上了绳索，随时可以把自己勒死！谢松心里冷笑：哼，给老子下套，咱走着瞧！

8. 替天行道

党政机关已经开始撤退，最后解决的时刻到了，上峰命令谢松和白无常马上行动。

谢松和白无常把准备处决的政治犯集中在一起，关进狱神庙旁边的一排监号。白无常交代：执刑后就拖到狱神庙后面的山沟里，浇上汽油焚尸灭迹。同时派杜干事在监区里值班，要他半夜两点打开监门，行刑队冲进去扫射后，再由杜干事检验补枪。

行刑队员们领到了赏金，那一卷卷红纸裹着的大洋，就像浸透了鲜血，包裹

着一个个冤魂。队员们无不胆战心惊，纷纷来祈求狱神，超度那些冤死的政治犯，免得厉鬼缠身。

闷棍王从他们的只言片语中感到了危机，他正要去找谢松，谢松自己来了。他咬着耳朵跟闷棍王嘀咕了一会儿，闷棍王乐得差点跳起来，等谢松一走，他装着肚子疼来到医务所，把谢松的安排告诉了朱霞。

原以为朱霞一定会乐得开花，没想到朱霞却央求闷棍王再想想办法，既然能救她就能救大家，要救就一起救，不能眼看这么多好人被屠杀。

闷棍王当然知道这些政治犯都是好人，要不是他们，自己早就死在了站笼里，如果老天爷没瞎眼，好人就该有好报！他想现在找谢松已来不及了，他一咬牙，决定铤而走险，自己替天行道！他想着真能拿自己这条贱命换这么多好人，实在值得！

晚饭过后，谢松率领行刑队员集中在会议室待命，会议室正对着监区大门，只等监区大门一开，以谢松鸣枪为号，大家一齐朝里面开枪扫射。为了避免误伤，谢松撤掉了监区两侧和后面的哨兵。白无常登上了正对监区大门的岗楼，居高临下地监刑。

快到半夜的时候，闷棍王老牛一样哼哼着，捂着肚子去敲监区大门。

会议室里的谢松感到奇怪，他已经要闷棍王告诉了朱霞，今天夜里不要睡觉，看到监区大门一开，就赶紧躲到墙角里装死。他还收买了杜干事不要补枪，完事后由闷棍王把她从洞口推出去。本来安排得好好的，闷棍王怎么偏偏这个时候闹肚子？难道他怕误伤了朱霞，要把她叫到医务所去？

杜干事看到闷棍王也是奇怪，刚要开口问一问，闷棍王瞪着牛眼嘘了一声，杜干事以为谢松有了新安排，开门把他放了进去。

岗楼上的白无常见此情景，倒没觉着奇怪，他猜这一定是谢松耍的花招，心中不禁暗暗冷笑：你小子果然钻进了套子里，嘿嘿……可他等了好一会儿不见有人出来，他突然发觉情况不妙，急忙奔下岗楼，冲进监区，一脚踹开了大门。只见杜干事昏倒在地，警棍扔在了一边，隐约听见一阵脚步声渐渐远去……

白无常跑到门口大叫："犯人跑了！快……来人呀！"

"砰！"谢松开枪了，紧跟着爆豆似的枪声响起来。队员们不管三七二十一，一边扫射一边冲锋，冲进监区里一看，全愣住了，除了满身弹洞的白无常和昏倒在地的杜干事，所有犯人都不见了！

白无常挨了这么多枪，大家心照不宣。杜干事倒是没有中枪，只是腰带上挂的钥匙不见了，再看监区侧门是虚掩的，出了侧门正是狱神庙。谢松大叫一声："快去狱神庙！"大家冲出侧门直奔狱神庙，庙门也是虚掩的，踹开门冲到狱神身后，钢板门还是虚掩的，拉开门只看见夜色茫茫，哪还看得到半个人影……

杜干事提着警棍踉踉跄跄地跑进来，谢松冲他大喝："混蛋！你是怎么搞的？"杜干事磕磕巴巴地说："闷棍王他、他指着牢房里喊……狱神娘娘显灵了！我、我刚一回头，就觉得脑袋一沉，就什么也不知道了……"

谢松扫了一眼白无常的尸体，阴沉着脸问杜干事："你打算怎么办？"杜干事没说话，跪下给狱神磕了个头，扔下警棍钻出了洞口。

队员们都看着谢松，谢松也给狱神磕了个头说："我们也跟着狱神娘娘走吧！"说罢，丢下枪也钻出了洞口，队员们也纷纷丢下枪，一个接一个地钻出洞口，消失在茫茫夜色中……

（题图、插图：杨宏富）

阿P
送树

□ 李大勇

阿P跟着哥们儿小超出去蹭饭，那请客的主儿是个办苗木基地的老板，人很热情，不仅好吃好喝地招待两人，还带着他们参观自己的基地。

路上，阿P看见有人正在地里起树苗，贪小便宜的念头就上来了，他故作好奇地问道："大哥，这都六月了，怎么还有人要栽树苗啊？能不能活啊？"

那老板回答："这是桧柏苗，专门种在陵园、墓地里。这树好活得很，往地里一栽，浇透三遍水，没问题的。"

听了这话，阿P有点失望，这死人用的树，油水不大，但走过路过，总得有点收获吧。

阿P挠了挠头皮，对小超说："小超，我有个朋友正想弄两棵这种树，你能不能让你朋友便宜卖给我两棵。"

说着就掏出了皮夹子。

那老板听到了，一拍胸脯说："卖什么卖啊，送你两株就是了。"说着一转头，冲地里的工作人员说，"去挑两株树形好的桧柏，给阿P兄弟装车上。"

阿P还在百般客套，手里的皮夹子上下挥舞，惹得那老板发火了："咱们不是兄弟，你去财务科付钱吧。"

就这句话，阿P立马很知趣地将皮夹子收起，嘴里说着"恭敬不如从命"，没多久，阿P他们便载着两株桧柏回家了。

阿P为何要种在坟地的树呢？原来，前两天老同学聚会，阿P的初恋情人小婷无意中提到想给父母墓前栽两株树。说者无意，听者有心，现在阿P有了献殷勤的机会了，他得意地拨通了小婷的手机："小婷，你要两株柏树，我给你弄到了，你看我怎么给你送过去？"

电话那头，小婷先是一愣，想了半天才明白过来说："阿P，我也没让你给我弄柏树呀，再说了，我要栽也是明年清明栽，你现在给我弄回来，我放哪儿啊？"

马屁拍在马腿上，这下轮到阿P发愣了，他对着电话"嗯嗯呀呀"地说不出话来。小婷在电话那头继续说道："阿P，你的心意我领了，这树要么还是你先放着吧。"说着把电话挂了。

这下阿P傻眼了，他想了半天，对小超说："小超，我那朋友暂时不要树了，我那儿也没地方放，要不你停个车，咱把这树扔了吧。"

小超听了直摇头："阿P，你这就不对了，这树是我朋友送的，你要扔

了，万一我朋友知道了，今后我们怎么交往？"

那可怎么办，难道给人家送回去？阿P一时也想不出更好的办法。

最后，还是小超给阿P出主意："阿P，你家楼下不是有小院子吗，把这两株树送你家楼下的，让他们栽在绿地里不也行吗？"

阿P听了直点头，这办法倒不错。一楼刘大爷和自己家关系很好，而且老人平日里就喜欢在自家院子种种花养养草，这树送他家最合适。

于是，阿P让小超将车开到自家楼下，把树从车上卸下来，接着就去敲刘大爷的家门。见了刘大爷，阿P就直接说："刘大爷，我朋友送了我两株树，送给你种到院子里吧。"

刘大爷一听，乐了："行啊，我平时就喜欢种点东西，走，带我去看看去。"说着就跟阿P出了门，一边走还一边说，"这养花养草啊，最陶冶性情了，这树要……"他正兴致勃勃地说着，突然看到了那两棵桧柏，立马不说话了，脸色变得煞白，气呼呼地说，"阿P，你，你，你这是什么意思？"

阿P愣了，不知道哪里得罪了刘大爷，忙问道："怎么了？刘大爷？"

刘大爷气得浑身发抖，指着两棵树说："阿P，你是想干啥啊？我都快八十的人了，你让我屋子前栽这种松呀柏的，弄得跟个墓园似的，你是安的什么心呀？"说着，一转身走了。

阿P这才恍然大悟，连连击打自己的脑袋，忘了，忘了，真是一急乱了阵脚。阿P赶紧让小超帮着把树搬到自家阳台上。

晚上，老婆小兰回到家，看到两棵树，便问阿P怎么回事。阿P哪敢说是替小婷要来的，只说是朋友送的，现在成了累赘。小兰心里纳闷：送什么不好，送两棵柏树有什么用？她突然想起一件事来，忙说："我远房大哥早先倒是说过，想给他老爷子墓前栽两棵柏树。不过说了两三年了，不知道栽了没有，要不我打个电话问问，要是还没栽，索性送给他得了。"

阿P觉得也是个办法，便让小兰打电话过去问。小兰拨通电话说了几句后，便把电话递给阿P说："让大哥跟你说说具体的地方。"

阿P接过来，大哥把墓地的方位说了一遍，然后连说了几个"谢谢"，最后说道："阿P，我在外地进货，一时半会儿回不去，就麻烦你帮着给栽了吧，回去一定请你好好吃一顿。"

隔天，阿P就去帮着大哥种树了。大哥老家的墓地都在一起。阿P找了半天，总算找到了地方，折腾了两个多小时，总算把树给种上了。

栽完后，阿P还特意给大哥打了个电话，叮嘱他回来千万别忘了浇水，一定要浇透。

半个月过去了，大哥那里一点回音都没有。阿P还记着那顿饭哩，觉得心里不舒服，就不停地打电话，可怎么也联系不上。我送了你树，你事后好歹说声"谢谢"啊。

好不容易这天电话通了，阿P赶紧朝大哥家跑，一进门，就故意提起了种树的事："大哥，那两棵树我辛辛苦苦帮你栽上了，怎么样啊？"

没想到，那大哥反倒埋怨起阿P来："阿P，你这就不对了，我进货回来就去给树浇水，但我找来找去，我家老爷子墓前根本就没有什么树，我还以为你逗闷子随便说说呢。"阿P摇着头说："不可能，你不是说第三排左起第二个墓吗，怎么会错呢？"

大哥听了，着急得直摇头："错了，错了，我家老爷子是第二排第三个，我说呢，你也不像说话不算话的人啊。不过那好像也是小兰的亲戚，名字和我老爷子只差一个字，看来是你搞错了。"

阿P回到家，把事情一说，小兰听了直数落他粗心大意，然后告诉阿P，种错树的那个墓是自己另一个大表哥的父亲的，这个大表哥还是个局长。

这下麻烦了，阿P种错树了不说，这大夏天的，半个月不浇水，怕树早就死了，不了解情况的，还以为是故意捣乱呢，觉得还是要给这个大表哥说一声。

阿P忙让小兰拨通电话，然后自己将种错树的事情从头到尾说了一遍。

没想到，他一说完，对方那头就急了："阿P，我正在想呢，谁在我爸墓前栽了两株死树，我还以为有人报复我，故意找茬闹我晦气呢，闹了半天是你阿P干的呀。"

阿P听了倒吸一口冷气，心里虽然郁闷，但一想，大表哥是个局长，以

后说不定还用得着人家，不能得罪，只好不停地在电话里赔罪："大表哥，都是我没讲清楚。我将功赎罪，我有一个朋友就是搞树苗基地的，到明年清明时，我再给你栽两株。"

这话一说，那边大表哥高兴起来："啊，阿P我可没怪你啊，不过既然你那么热心，我看就不要等到明年了吧。我们家正在装修小花园，你马上帮我弄些花花草草来，当然我掏钱，便宜点就行。"

阿P心里直骂娘，但嘴上说得很动听："不用，不用，自家亲戚哪能让你花钱，我让朋友多送几棵就行了。"

大表哥笑了："那好，就先谢谢你了。"

放下电话，阿P耷拉着脸，愣了好久。自己真是吃饱了撑的，出了力不说，还得出钱，真是亏大了。不过，阿P转念又一想：说不定，这次能和局长大表哥搭上关系，以后有事就能开口找人家帮忙了。想到这里，阿P不由吹起口哨来……

（题图、插图：顾子易）

绿版编辑部各编辑邮箱

夏一鸣：gshxym@163.com

邢　悦：simyyue@126.com

朱　虹：zhong98305@sina.com

杭　帆：hangfan1102@126.com

刘迎曦：liuyingxi1203@163.com

颜轶超：yanyichao1004@sina.com

找 感 觉

□ 王艳白

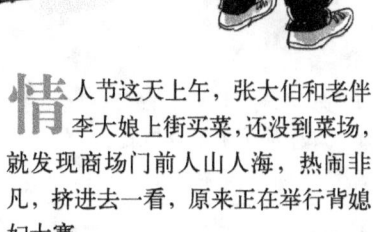

情人节这天上午，张大伯和老伴李大娘上街买菜，还没到菜场，就发现商场门前人山人海，热闹非凡，挤进去一看，原来正在举行背媳妇大赛。

看着台上那些小伙子背着姑娘们跑来跑去的景象，李大娘触景生情，把张大伯拉出人堆，说："老头子，你也背背我呗，咱俩谈恋爱时，你不是也经常这样背我吗，今天咱也找找那种浪漫心动的感觉。"

张大伯扭头四下看了看："咱们都一大把年纪了，这样不好吧，万一被熟人看见咋办？"

李大娘眼一瞪"哦，你现在不好意思了，当初那会儿你咋不怕呢，是不是现在我老了，模样丑了，你嫌弃

我了？"张大伯被李大娘问得说不出话来，只好乖乖蹲下身子，背起老伴。

谁知刚走没几步，就听"吱"一声，一辆出租车停在他们身边，司机走下来，关切地问："哎，大伯，大娘这是怎么了？"

张大伯一看，原来是邻居大刘，他怕直说被人家笑话，便随口应道："啊，你大娘刚崴了脚，疼得走不了路了。"李大娘也忙配合着龇牙咧嘴地直叫唤。

大刘一听，忙热心地打开车门："那得上医院呐，快上车！"说着，不由分说，便把二老扶上了车。

到了医院，张大伯掏出二十块钱给大刘，要当车钱，大刘推辞了两下，最后还是收下了。

老两口在医院里转悠了几圈，寻思着大刘已经走了，便一边商量着坐哪路公交回家，一边慢慢地走出医院，哪知刚出院门，大刘就迎了上来。张大伯尴尬地问："大刘，你还没走

签 名

□ 朱道能

大成是个龙套演员，可自我感觉非常好，为了更有个明星样，特意把签名练得龙飞凤舞。

这天，他搭乘摄制组的面包车从片场回来，路上想到报社去见个朋友，便在中途下了车。

他刚站定，就听到身后响起了一阵刹车声，停下来好几辆出租车。接着从车上冲下来不少"粉丝"，有的举着本子，有的举着海报，围上来让大

啊？"

大刘热心地说："我寻思大娘一时半会儿还不能走，便在这儿等着送你们回家。咦，大娘好像好多了？"

李大娘忙应道"比刚才好点了，好点了，哎哟，现在又疼了。"说着一把扶住张大伯。

大刘一看，忙打开车门，让两人坐进去。老两口苦着脸对视了一眼，只好再次坐上大刘的出租车。到家后，热心的大刘还把李大娘背到了五楼的家里。人家大刘又出车又出力，张大伯实在过意不去，又塞给了他二

十块钱。

忙活了半天，菜一根没买，还搭进去四十块钱，张大伯又怨又气，他瞪了老伴一眼："都怨你，非要我背你，说要找什么，噢，浪漫心动的感觉，看你以后还找不找！"

李大娘安慰老伴说，"老头子，虽然浪漫和心动的感觉咱都没找到，但咱们找到了另外的一种感觉呀。"

"什么感觉？"

"浪费和心痛的感觉呗！"李大娘怯怯地说。

（本栏题图、插图：包丰一）

成签名。原来这些人一直跟着剧组的车子，把大成也误认为了明星。

大成也不客气，眯着眼，一口气签了许多名，狠狠过了把明星瘾。好不容易等"粉丝"散了，大成这才捋捋头发，迈步走向报社。

报社门前坐了个小老头，脑壳一点一点的，正在打瞌睡。

听到大成的脚步声，老头醒了，抬起头，还没等大成说话，便从旁边拿起本和笔，笑容可掬地说道："请你签个名。"

咳，当明星就是麻烦，到哪儿都得签名。大成心里不禁有些得意，他顺手抓过笔，在本子上一划拉，飞快地签了一个名。

老头把本子拿回去，翻过来倒过去地看了半天，又把本子塞了回来："麻烦您能不能再签一个？"

大成心里吃惊，真没看出来，这老头还是个铁杆粉丝哩，心里高兴，干脆给他多写两个字。

于是他拿过本子，"刷刷刷"添了一句话："谢谢你的热情支持。"

等大成写完，老头拿过本子，瞅了瞅，眉头一皱："什么呀？不对，再签一次。认真点。"

大成愣了，看来这老头还不是个普通的铁杆粉丝，自己签了这么多字竟然还嫌不够？

于是，他拿过本子来，趴在桌子上，认认真真又写了一行字："愿我们成为永远的朋友。大成手书。"写完，一脸笑意地将本子递给老头。

老头一把扯过本子，扫了一眼，却又"啪"一声扔到桌上，大声训斥道："你，你这人到底怎么回事啊？"

大成被弄蒙了，愣愣地望着老头："我不是签了吗？"

老头把本子翻到前面一页，一指说："你看别人怎么签的……"说着，又翻到他签名的一页，说，"你再看你签的，要么潦潦草草，看不清楚；要么是啰哩啰嗦，没一句有用的，这么大人，连个字都签不好。"

大成这才注意到，本子的上面清清楚楚地印着一行大字：《城市晚报》来人登记册。

造 句

□荻 秋

这天放学后，方老师发现班上的小宇迟迟不走，便问："小宇，你干吗还不回家呢？"小宇低着头说："我……我，我不敢回去。"

方老师奇怪地问："怎么了？"

小宇犹豫了一会儿，这才低声说："老师，今天的作业我能不做吗？"

方老师还有些不明白："怎么了，是你作业做得不好，怕家里人骂？"

小宇忙摇头说："不是的，老师。作业我都做对了，但是，但是我爸妈……"他说不下去了，把作业拿了出来。

方老师一看，是昨天布置的造句作业，要求用"生气"一词造句。作业本上整整齐齐地写着这样一个句子："爸爸做了错事，妈妈很生气。"

方老师不解了："这句子挺好啊？"

没想到，小宇却沮丧地说"爸爸看了后很生气，说自己没做过什么错事，妈妈根本就没资格生气。然后，妈

妈就说，他做过的错事多得很，两人就这样吵起来了。"他停了一下，又说，"我再也不敢写作业了，怕惹他们生气。"

"哦，"方老师总算明白了，她对小宇说，"这很简单啊，只要你不写自己的爸爸妈妈，写其他人的，譬如说写小明的爸爸妈妈，这样不就行了？"

小宇挠挠头，说"但我不知道小明爸妈的事啊。"

方老师笑了："你把小明的爸妈当作你自己的爸妈来写，就可以了啊。"

小宇想了想，终于明白了："嗯，我知道了，谢谢老师。"

没想到第二天小宇回来，还是哭丧着脸"老师，我爸妈昨天还是吵了

起来。"

方老师问:"你没有按照我教的做吗?"

小宇说:"做了,我写的作业没错,可他们还是要吵,我也没办法啊。"

方老师打开小宇写的作业,这次作业是用"批评"一词造句,小宇写的是:"因为小明的成绩不好,小明的爸爸总会批评他。"

方老师奇怪了:"这写的明明不是你爸爸妈妈啊,他们为什么还会吵起来?"

小宇说:"是妈妈先看的,然后她说男人就爱胡乱批评人,所以总会吵得家里不得安宁。爸爸听了不服气,说女人乱骂人更常见,他们一人一句就吵起来了。"

方老师听了,觉得真拿这两口子

没办法,她想了想,跟小宇说:"这样吧,下次你就不要用'人'来造句了,写动物吧,这样就没事了。"小宇点了点头。

结果转过天,小宇又找到了方老师:"老师,我爸妈这回吵得更厉害了。"

方老师问:"这次他们是为了什么吵啊?"小宇说:"昨天您让我们用'悠闲'这个词来造句,我就写'公羊和母羊悠闲地在草原上散步'。结果……"

"结果怎么样了?"

"结果妈妈说,凭什么母羊一定要排在公羊后面,它的贡献可不比公羊少。爸爸就说公羊得整天在外头辛苦工作,肯定要排在前头啦。两个人谁也不服谁,又吵了起来。"

"那你怎么办啊?"方老师简直是哭笑不得。小宇说:"后来我把句子给改了,他们才停了下来。"方老师问:"你怎么改啊?"

小宇把作业本拿给她,方老师打开一看,只见上面端端正正地写着:

"两只性别不同的羊悠闲地在草原上散步。"

"和气致祥杯"新编十二生肖故事
大赛征稿启事

详情请见:1、《故事会》2009年12月(下),2、故事中国网www.storychina.cn。

无可代替

□ 高 勇

贝拉米饭店向来以对顾客无微不至的服务著称，无论多么刁钻的要求，他们都能满足。但是，这天他们却遇到了大麻烦。

一大早，住客马奎斯夫人就给前台打电话，抱怨自己在饭店的第一个晚上就失眠了。饭店经理杰里科匆匆赶来了解情况。只听马奎斯夫人抱怨

道："太静了，这里简直是静得令人无法忍受，你们难道就不能弄出一点点声响，伴随我入梦？"

杰里科笑容可掬地说："哦，我明白了。我们这里有顶级的音响、完美的曲库，不知道夫人想听哪一类催眠曲，是轻音乐，还是婴儿摇篮曲？"

马奎斯夫人一摆手："不、不，你说的那些玩意儿我都不感兴趣，你们有没有火车的鸣笛、狮子的咆哮，还有雷电的巨响？"

杰里科遇到过形形色色的顾客，但这种要求还是第一次碰到。他支支吾吾地答道："夫人，这个……"

马奎斯夫人生气地站起身："怎么？难道这个要求过分吗？你们不是号称百分之百满足旅客的要求吗？"

杰里科擦了一把额头的汗："好吧，夫人，我们尽量满足您的要求。"他连忙指派音响师去办理此事。

音响师不敢怠慢，先去铁轨旁给火车汽笛录音，又到动物园给狮子录音。可这第三个要求，却给音响师出了难题：现在是个大晴天，上哪儿去找雷声啊？终于，音响师灵机一动，到马戏团找了个口技演员，总算录到了雷声。杰里科让音响师把三种声音合成在一起，在马奎斯夫人的房间播放，心想，这下问题总算解决了。

可没想到，第二天天还没亮，杰里科就被前台的电话吵醒了："经理，马奎斯夫人又发火了，说我们提供的

服务根本无法满足她的要求。"

杰里科揉揉惺忪的睡眼，来不及系领带，就赶到了马奎斯夫人的房间。马奎斯夫人正对着音响师发怒，见到杰里科，火气更大了："这就是大名鼎鼎的贝拉米饭店的服务水平吗？你们就是这样敷衍客人的吗？"

音响师羞愧地对杰里科说："真对不起，我实在无法满足马奎斯夫人的要求。"杰里科斥责音响师道："你可是我们花大价钱请来的音响师，难道这一点声音就把你难住了吗？"

音响师哭丧着脸说道："可是，马奎斯夫人对声音要求太奇怪了。第一，这三种声音整夜都要有；第二，这三种声音要交互穿插；第三，形式不能重复；第四，要忽高忽低；第五……"音响师一口气说了近十条要求，杰里科都听呆了，最后，他也无

奈地一摊手："尊敬的夫人，实在很抱歉，不过，恕我直言，对您如此复杂的要求，不要说他只是一个音响师，就是把上帝他老人家请来，恐怕也难以胜任……"

马奎斯夫人冷笑道"好吧，如果我能找到这样的人，怎么办呢？"

杰里科说"没说的，我可以让您在贝拉米饭店免费住上一周。"

"这可是您说的，"马奎斯夫人掏出手机打了个电话，然后说，"那个比上帝还牛的人，马上就可以到了。"

不久，一个身材粗壮的男子走了进来，一见面，就搂住马奎斯夫人叫道："亲爱的，可急死我了，我还以为你离家出走了呢。"原来，此人是马奎斯先生。

"马奎斯先生，您很擅长口技吗？您很会模仿火车的鸣笛、狮子的咆哮以及雷电的怒吼，并且整夜整夜地模仿吗？"杰里科好奇地问道。

马奎斯使劲摇摇头，嘟囔道："见鬼，我对口技那玩意儿从来不感兴趣，不过，我的太太说，当我打呼噜的时候，她经常会听到那些声音从我这里传出来，就因为实在忍受不了这个，她前天才从家里跑出来了！"

这时，只见马奎斯夫人深情地望了丈夫一眼"该死，我以为我离开那些声音会睡一个好觉，没想到，没有它们的陪伴，在世界上最好的房间里，我也会失眠！"

家访风波

□ 天宗健

小张是二中的新老师，刚进校就被安排当了班主任。他了解到，班上的冬冬经常打架，学习成绩也不好，因此决定对冬冬来一次家访。

这天，小张来到冬冬家。冬冬父亲一听小张的来意，便叹了口气说："我知道我家孩子经常打架惹事，我们做家长的也抬不起头来。"

小张分析道："冬冬本质不坏，因为功课拉下了，有些自暴自弃，以后我可以经常到这儿给冬冬补课。"

冬冬父亲听了很高兴，连声感谢小张。送小张出门的时候，冬冬父亲还大声对小张说："谢谢您给我们家冬冬补课。"小张听了心里暖暖的。

隔了没几天，小张就上门给冬冬补课去了，这次他同样受到了热情的接待。出门时，冬冬爸爸还像上次一样大声道谢，小张忙拦住他："您太客气了，这种小事，用不着这么说，被别人听到不好。"

从此以后，小张三天两头往冬冬家跑。而每次，冬冬爸爸送他出门时，都会大声道谢，不是说"您补课辛苦了"，就是说"冬冬进步全靠了您"，小张也渐渐习惯了这种感谢方式。

眼看要到考试了，小张往冬冬家跑得更勤了，几乎天天都去。可是，他渐渐发现，冬冬父亲对自己上门补课似乎不太乐意。

终于，有一天，冬冬父亲送小张出门时，迟疑着说："张老师……你要是忙就不用再来了。"

"什么？"小张吃了一惊，疑惑地问，"是不是觉得我补课水平差，怕耽误了冬冬啊？"

"不是，不是，"冬冬父亲忙摆手，吞吞吐吐了好久，这才说道，"以前，老师上我们家都是告冬冬的状。现在，您天天来，邻居们以为我们家冬冬天天闯祸。我们做家长的，抬不起头啊。"小张这才恍然大悟，原来冬冬爸爸的大声感谢不是给自己听的，而是给邻居们听的啊。